HEIKE MECKELMANN
Küstenwolf

BEDRÜCKEND Ein gerissenes Schaf auf einem Deich gibt Rätsel auf. Ein wilder Hund, ein Wolf? Als kurz darauf im Sommeridyll der Insel Fehmarn eine furchtbar zugerichtete männliche Leiche im Wald aufgefunden wird, verlassen aufgeschreckte Urlauber panisch die Insel. Bald stellt sich heraus, dass es sich bei dem Toten um einen Jäger handelt, der bereits seit Tagen vermisst wird. Alles weist auf den Tod durch einen Tierangriff hin. Doch ist wirklich ein Wolf, der anscheinend weitere Schafe gerissen hat, der Täter? Eine erbarmungslose Jagd auf den Beutegreifer beginnt, der immer wieder in den Waldgebieten auf Fehmarn gesichtet wird. Aber irgendetwas stimmt nicht. Dirk Westermann, der eigentlich Urlaub hat, und Thomas Hartwig ermitteln auf der Insel. Und auch Charlotte Hagedorn ist aufgeschreckt. Mit ihrem Fahrrad begibt sie sich auf Spurensuche. Als wenig später ein weiterer Toter von einem Biker aufgefunden wird – ebenfalls ein Jäger – geraten auch die Inselbewohner in Panik …

© Jutta Mittschein-Schewe

Heike Meckelmann wurde in der Nähe von Elmshorn geboren und zog vor fast genau 30 Jahren auf die Insel Fehmarn. Nach dem Studium der Betriebswirtschaft führte sie auf der Insel viele Jahre einen Friseurbetrieb und eine Hochzeitsagentur, arbeitete als Fotografin und nahm als Sängerin ein eigenes maritimes Album auf, bevor sie mit ihrer Familie eine Pension übernahm. Seit 2016 arbeitet Meckelmann als freie Autorin auf Fehmarn, schreibt Kriminalromane und Reiseliteratur. Bald 17 Jahre mit einem Fehmaraner verheiratet, bezeichnet sie sich durch und durch als Insulanerin, die ihre Insel genauso liebt wie die Geschichten, die sie auf der Sonneninsel schreibt.

Bisherige Veröffentlichungen im Gmeiner-Verlag:
Küstensturm (2021)
Küstenlüge (2020)
Küstenwolf (2019)
Küstendämon (2018)
Fehmarn (2017)
Küstenschatten (2017)
Küstenschrei (2016)

HEIKE MECKELMANN
Küstenwolf

Kriminalroman

GMEINER

Immer informiert

Spannung pur – mit unserem Newsletter informieren wir Sie
regelmäßig über Wissenswertes aus unserer Bücherwelt.

Gefällt mir!

Facebook: @Gmeiner.Verlag
Instagram: @gmeinerverlag
Twitter: @GmeinerVerlag

Besuchen Sie uns im Internet:
www.gmeiner-verlag.de

© 2019 – Gmeiner-Verlag GmbH
Im Ehnried 5, 88605 Meßkirch
Telefon 0 75 75 / 20 95 - 0
info@gmeiner-verlag.de
Alle Rechte vorbehalten
4. Auflage 2021

Lektorat: Claudia Senghaas, Kirchardt
Herstellung: Julia Franze
Zeichnungen Kapiteltrenner im Buch: © Miriam Lange
Umschlaggestaltung: U.O.R.G. Lutz Eberle, Stuttgart
unter Verwendung eines Fotos von: © Jens / fotolia.com
Druck: CPI books GmbH, Leck
Printed in Germany
ISBN 978-3-8392-2403-8

Der Vollmond warf seinen silbernen Schatten auf die schlafend daliegende Ostsee. Im Schein des Trabanten glänzte die Wasseroberfläche wie ein riesiger Spiegel. Kein Windhauch regte sich, und die gespenstische Stille ließ das Bild um ihn herum wie ein Stillleben erscheinen. Die Fahrbahndecke, die über die Brücke führte und das Festland mit der Insel verband, glänzte vom Regen, der noch vor einer halben Stunde wie aus Kübeln aus schweren dunklen Wolken unaufhörlich heruntergeprasselt war.

Den Blick zielgerichtet nach vorn, lief er über den nassen Seitenweg. Sein ausgemergelter Körper zitterte. Durchnässt und frierend bewegte er sich weiter. Am höchsten Punkt der Brückenführung verminderte er das Tempo und blieb auf dem schmalen Pfad stehen. Wachsam spähte er nach allen Seiten, ob von irgendwo Gefahr drohte. Kein Auto in Sicht, kein Zug, keine Menschenseele, die zu dieser nachtschlafenden Zeit den Weg über die Stahlkonstruktion suchte.

Ermattet von der endlos langen Strecke, die er bisher hinter sich gelassen hatte, setzte er sich.

Er japste gierig nach Luft, starrte mit hoffnungsvollem Blick auf den tief stehenden Erdbegleiter, der ihm wie ein stummer Freund wochenlang nicht von der Seite gewichen war. Dann legte er den Kopf in den Nacken und heulte, als müsste er die Qualen der letzten Monate aus seinem ausgezehrten Körper hinausschreien …

PROLOG

Lauernd beobachtete er den Mann, der mit einem Jagdgewehr im Anschlag unmittelbar vor ihm stand. Im Wald war es stockdunkel, aber dank seiner ausgezeichneten Augen war es für ihn ein Leichtes, ihn genauestens zu taxieren, ohne dass der es bemerkte. Er wartete auf den richtigen Moment. Eine Eule schickte ihren gespenstischen Ruf durch die mondlose Nacht. Das Geschrei hallte durch den Forst, als käme es aus einer großen Halle. Er reckte die Nase und inhalierte gierig die unzähligen Gerüche des Waldes. Sein Riechorgan war empfindsam und nahm selbst feinste Nuancen jedweder Ausdünstung in seinem Umfeld wahr.

Die mit Salz und Algen behaftete Meeresluft, die trotz windstiller Nacht von der Seeseite zu ihm herüberwehte, weckte sein unstillbares Verlangen.

Er registrierte den herbsüßen, schweren Duft der Rapsblüten, der betäubend auf den Lungenflügeln lag, und erfasste herumstreunende Tiere, die sich ängstlich hinter Büschen und Bäumen versteckt hielten, um nicht entdeckt zu werden.

Der stattliche Mann, der direkt vor ihm unkontrolliert mit der Waffe herumhantierte, verströmte das Aroma von Schweiß und Alkohol in hoher Konzentration. Er taumelte und man sah ihm an, dass er kaum noch Herr seiner Sinne war. Fleischige Hände schwenkten die Büchse von einer Seite zur anderen. Den Zeigefinger hielt der Mann wie festgewachsen am Abzug.

Die Eule schrie erneut, und entfernt war das Kreischen einer Möwe auszumachen. Der Wind trug die Geräusche der Brandung bis zu diesem düsteren Ort. Unter die Laute mischte sich der lang gezogene Ton eines Nebelhorns. Alles schien perfekt.

Er selbst musste nur auf den passenden Moment warten, auf die richtige Gelegenheit.

Der Jäger streunte weiterhin unkonzentriert und wankend durch das dunkle Gestrüpp des Waldes. Bei jedem Schritt knackten Holzstücke unter seinen Schuhsohlen. Der Mann bemühte sich, keinen Lärm zu erzeugen, und legte sich zwischendurch laut grunzend selbst den Finger über die Lippen, wenn erneut ein Ast am Boden zerbarst.

Ein paar Meter weiter blieb er stehen, hielt inne und blickte sich um, obwohl er genau wusste, dass außer ihm niemand im Gehölz war. Er taumelte, als er seinen Körper der Lichtung zudrehte. Langsam sicherte er die Büchse und lehnte sie mit dem Lauf nach oben gegen den dicken Stamm einer alten Eiche. Ein weiterer Blick, dann zog er fahrig den Schiebergriff des Reißverschlusses seiner Hose herunter und öffnete den Hosenschlitz. Er holte sein bestes Stück heraus, um sich in freier Wildbahn zu erleichtern. Befreites Stöhnen entrang der Kehle und unterbrach für einen Augenblick die Geräuschkulisse des Waldes.

Der Jäger war für einen kurzen Moment beschäftigt. Das Gewehr lehnte gesichert einen halben Meter neben ihm an dem Baumstamm, dessen Rinde er begoss. Jetzt hielt der Beobachter seine Chance für gekommen.

Mit einem gekonnten Satz sprang er aus dem sicheren Versteck und hechtete ohne jeden unnötigen Laut auf den stattlichen Mann zu. Er warf ihn mit ungeheurer Wucht zu Boden. Der Jäger wusste nicht, wie ihm geschah, und lag geschockt auf dem Waldboden. Wortlos stellte der Angreifer sich über den hilflos auf der Erde Liegenden und sah ihm in die glasigen, schreckgeweiteten Augen, die ganz offensichtlich nicht begreifen konnten, was gerade geschah. Es war der Moment, als seinen Gegner unbändige Gier überkam. Ein letzter erhabener Blick aus glühenden Augen, dann packte er seine Kehle.

SECHS WOCHEN VORHER

Marina hatte die wetterfeste Jacke fest verschlossen und stapfte in Turnschuhen und Sportkleidung auf dem Sandweg Richtung Niobe-Denkmal. Sie genoss die einsamen Deichspaziergänge am Abend, wenn kein Tourist mehr unterwegs war. Nur die Natur des Naturschutzgebietes Grüner Brink, der Wind und die endlose Ostsee. Sie liebte den Bodennebel, der langsam von der Seeseite über den Deich kroch, um sich auf dem Wall und dem umliegenden Gelände allmählich auszubreiten. Es klang kitschig, gab ihr dennoch das Gefühl von Freiheit, nachdem sie sich, fest eingebunden im Gewühl des Großstadtdschungels Berlin, ein Leben lang gesehnt hatte.

Es dauerte zwar eine Ewigkeit, aber nach endlosem Abwägen hatte sie die Zelte der lauten Hauptstadt hinter sich abgebrochen, um einen neuen, gemächlicheren Lebensabschnitt auf der Insel ihrer Träume auszuleben. Die ausgiebigen Wanderungen auf den endlosen Deichen und meist einsamen Stränden gehörten dazu. »Das ist alles, was ich will«, sagte sie ihrer Freundin immer wieder und guckte über die blaugrüne Ostsee. Sie fuhr sich mit der

Hand durch die kurzen braunen Haare. Der Deichabschnitt, gesäumt von Linden, Birken und Tannen, glich einem Wäldchen. Die Gegend erinnerte durch die Birkenansammlung auf der rechten Seite ein wenig an die Lüneburger Heide. Lächelnd lief sie weiter.

Gerne würde sie jetzt Schuhe und Strümpfe ausziehen, um barfuß auf dem feuchten Untergrund zu laufen.

Aber sie hatte Angst, sich am Ende wieder zu erkälten. Dann würde ein Rückschlag sie von Neuem für Tage ans Bett fesseln. Nein danke, dachte sie und schüttelte den Kopf. Die letzte Grippe lag nicht lange zurück und hatte sie für geschlagene drei Wochen komplett außer Gefecht gesetzt. Sie schleppte sich noch immer ein wenig schlapp voran und stapfte weiter, angespornt vom milden Klima des Aprils. Am Ende des Deichstückes, das durch die Bäume dunkler, aber nicht unheimlich wirkte, sah sie die Lichtung, an der die letzten Sonnenstrahlen an diesem Abend festzukleben schienen.

Was für eine faszinierende Insel. Marina blieb stehen, bückte sich und hob einen Zapfen auf, der direkt vor ihren Füßen lag.

Sie wunderte sich, wie er dorthin gelangt war. Langsam drehte sie sich um und schaute zurück. Sie spürte das unangenehme Gefühl im Nacken, als wenn jemand sie beobachten würde. Aber da war niemand außer ihr. Weit und breit keine Menschenseele. Gedankenverloren steckte die 44-Jährige den Zapfen in die Jackentasche des blauen Anoraks, ohne ihn jedoch loszulassen. Es war ein angenehmes Gefühl in ihrer Hand. Ein Schmeichler, der ihre Sinne beruhigte. Kreischende Möwen und jede Menge Vögel, die sie keiner Gattung zuzuordnen in der Lage war, begleiteten ihren Spaziergang. Abgelenkt betrachtete sie die Umgebung, die sie vollends einnahm und nicht nach vorn schauen ließ.

Doch das ungute Gefühl in ihrer Magengegend verbesserte sich nicht.

Da ist jemand zwischen den Bäumen, mutmaßte sie und schaute sich irritiert immer wieder um. Vielleicht ist es besser, ich mach mich auf den Rückweg, überlegte sie. Ihr Herzschlag beschleunigte sich. Erneut blieb sie für einen Moment stehen. Dann schüttelte sie den Kopf und setzte weiterhin einen Fuß vor den anderen. Ich bin doch kein Gör, das Angst vor einer Wahrnehmung hat, lächerlich. Die schrill schreienden Möwen begleiteten sie und gaben ihr das Gefühl, nicht allein zu sein. Andächtig schaute sie den beiden Vögeln nach. Die Schatten der Bäume hatten die Mitte des Schutzdammes erreicht und streckten ihre dunklen Fühler aus. Sie lenkte den Blick wieder geradeaus und sah etwa 50 Meter vor sich etwas auf dem Deich stehen. Ein Schaf? Sie blinzelte, schärfte ihren Fokus, obwohl keine Sonne blendete.

Zögernd stiefelte sie weiter. Es war, als zöge das Objekt am anderen Ende sie an. Es ist an der Zeit umzukehren, grübelte sie, wollte abdrehen, aber die Füße bewegten sich von allein vorwärts. Solange es kein Hund ist, schluckte sie und verzog die Mundwinkel. Sie näherte sich dem Tier, und ihre Schritte wurden zögerlicher. Dafür beschleunigte sich ihr Herzschlag. Das sieht aus wie ein Hund, überlegte sie und blieb stehen. Diese Vierbeiner jedoch konnte sie nur an der Leine ihrer Besitzer leiden und das definitiv auch nur mittelprächtig. Sie wollte kein Feigling sein und marschierte mutig weiter.

»Man sollte sich seiner Angst stellen«, murmelte die zierliche Frau. Es schien, als suchte sie eine Formel gegen ihr mulmiges Gefühl.

Irgendwo muss sich der Besitzer des Köters schließlich aufhalten. Denn dass es ein Hund war, war mittlerweile nicht mehr zu übersehen. Abermals überlegte sie, umzukehren und das Weite zu suchen. Doch einem Tier den Rücken zuzukehren, erschien ihr wenig sinnvoll. Ich könnte den Rückwärtsgang einlegen. Zögerlich trat sie einige Schritte zurück. Dann blieb sie abermals stehen. Marina besann sich, atmete tief durch und schlich klopfenden Herzens weiter Richtung Niobe-Denkmal. Sie wusste, dass wenige Meter weiter ein Weg durch das Naturschutzgebiet an den Strand führte. So musste sie nicht an dem Tier vorbei. Sie hatte vor, den Deich zu verlassen, sobald der Weg in Sichtweite war. Da wird schon jemand sein, der das Viech zurückruft.

Der vermeintliche Hund bewegte sich nicht einen Millimeter von der Stelle und starrte sie unentwegt an.

Es war kein Blick, der Angst einflößte, kein Knurren, das sie erschreckte. Das brenzlige Gefühl in ihrer Magengegend ergriff ohne ihr Zutun Besitz vom gesamten Körper. Was mache ich jetzt? Wenn ich umkehre, folgt der mir 100-prozentig und fällt mich womöglich an … Sie blieb unentschlossen stehen, knetete ihre schweißnassen Hände, die tief in den Taschen steckten. Sie kannte die richtigen Verhaltensregeln nicht. Ihr Puls beschleunigte sich. Da war keine Menschenseele, zu der das Tier zu gehören schien.

Niemand rief oder pfiff nach dem Hund, der ihr riesengroß erschien. Marinas Herz schlug bis zum Hals. Der Bodennebel, der schleichend über die Deichkrone gekrochen kam, verdichtete sich und das Tier stand, wie in einen Weichzeichner gehüllt, immer noch stocksteif da. Die Entfernung betrug jetzt allerhöchstens 30 Meter. Angewurzelt blieb sie stehen und bewegte sich keinen Zentimeter weiter.

Ihre Blicke suchten den Ausweg, den schmalen Pfad zum Strand, während ihre Hand den Zapfen fest umklammerte, deren glatte Schuppen sich warm und weich anfühlten. Was, wenn das Tier sich nähert? Warum ist da niemand? Für einen Schäferhund ist der viel zu mächtig, dachte sie und schluckte. Ihr Hals war ausgetrocknet. Tränen traten in ihre Augen, als sie nach einem Fluchtplan Ausschau hielt.

Die dunkelgraue Zeichnung des Vierbeiners ängstigte sie noch mehr. Sie setzte erneut ihre Füße zurück, schaute nach hinten und suchte nach einem Weg. Zitternd erinnerte sie sich auf einmal an eine Sendung im Fernsehen, die sie auf einem Sender verfolgt hatte. Dort lief ein Bericht über einen Wolf, der auf der Suche nach einem eigenen Rudel unendlich lange Strecken in der Wildnis Alaskas zurücklegte.

Fasziniert war sie damals den Ausführungen gefolgt und hatte sich einige Merkmale des Tieres eingeprägt. Hohe Beine, kleine, dreieckige Ohren. Die hellen Flecken seiner Lefzen fielen ihr sofort ins Auge. Die Angst breitete sich wie ein Virus weiter in ihrem Körper aus.

Wenn das tatsächlich ein Wolf war, dann hatte sie nur wenige Möglichkeiten, sich aus der Gefahrenzone zu bewegen.

Die einzige Frage, die sie sich stellte, war: Wie kommt ein Wolf auf diese Insel? Automatisch machte sie weitere Schritte rückwärts. Adrenalin durchspülte ihren Körper und setzte sie in Alarmbereitschaft. Sie spannte sämtliche Muskeln an. Jetzt spinn nicht, Marina, dachte sie und blieb erneut stehen. Das ist nur ein Hund!

Sie suchte trotz der misslichen Lage nach einem Ast, um im Notfall eine Waffe in ihren Händen zu halten, mit der sie sich zumindest verteidigen konnte. Denn dass der Tannenzapfen in ihrer Jackentasche keineswegs weiterhelfen würde, war ihr in diesem Augenblick klar. Sie entdeckte ein Holzstück am Rande des Deiches, schlich langsam dorthin, um ihn aufzuheben. In dem Moment hörte sie einen lauten Knall. Erstaunt richtete sie sich auf und trat zurück auf die Deicharbe. Sie wandte den Blick wieder in die Richtung, in der sie das Tier wahrgenommen hatte. Ihr Atem stockte …

*

Der Zigarettenqualm zog in dicken Nebelschwaden durch die Scheune. Laute Schlagermusik tönte vom Plattenteller des DJs. Die Stimmung wirkte ausgelassen. Marina betrat am gleichen Abend Bauer Falks Holzscheune in Albertsdorf.

Sie bemerkte, dass die Bewohner des gesamten Dorfes hier heute ihr Stelldichein gaben. Jeder Platz an den langen Holztischen war besetzt. Lautes Gelächter und gut gelaunte Gespräche erfüllten die musikgeschwängerte Atmosphäre. Marina hasste diese Menschenansammlungen, aber sich hier auszuschließen, zeugte nicht unbedingt von Dorfgemeinschaft. Letztendlich musste sie sich anpassen, wenn sie den Anschluss nicht verlieren wollte. Sie war schließlich keine gebürtige Insulanerin, sondern eine Zugereiste aus der Großstadt. Also blieb ihr nichts anderes übrig, als sich selbst darum zu bemühen, wenigstens ein paar Kontakte für die dunkle kalte Jahreszeit auf der Insel zu knüpfen.

Seufzend stellte sie sich an den Tresen, der, aus massivem Eichenholz gezimmert, am Ende der Halle aufgebaut war. Die zarte Frau bestellte laut rufend ein Wasser. Die Kellnerin platzierte ein Glas und eine Wasserflasche direkt vor ihrer Nase. Marina drehte sich um und lehnte mit dem Rücken gegen das Holz. Ihre Ohren schmerzten bereits, dabei stand sie keine Viertelstunde im Gewühl. Jägerfest – was für ein Müll, dachte sie, blickte verächtlich in die Runde und schenkte lustlos Wasser ins Glas.

Obendrein zerrte sie fortwährend an ihrer Kleidung. Sie fühlte sich völlig deplatziert, was man ihrem grimmigen Gesichtsausdruck ansah. Marina trug eine schwarze Hose und dazu eine weiße Bluse. Jägerball, darunter hatte sie sich so etwas wie ein Fest mit nett gekleideten Menschen vorgestellt. Dass alle Anwesenden, außer der männlichen Jäger und ihr selbst, in Jeans und legeren Oberteilen erschienen waren, missfiel ihr zunehmend. Mit heruntergezogenen Mundwinkeln leerte sie das Glas. Ein Mann mittleren Alters stellte sich unverfroren neben sie. Er wankte bedrohlich und hatte eindeutig zu viel getrunken.

»Na Deern, so einsam?«, lallte er. »Da woll'n wir mal nicht so sein.«

Der Kerl in Jägerhemd und olivgrünem Pullover gekleidet, griff nach ihrem Glas, stellte es ohne eine Antwort abzuwarten, polternd auf der Tresenfläche ab. Mit festem Griff packte er sie an ihrem Handgelenk und zerrte Marina hinter sich her auf die Tanzfläche. Willenlos ließ sie es geschehen. Sie versuchte mit den ungelenken Bewegungen des Mannes Schritt zu halten und schaute auf den Boden.

Mitten in der Scheune hatten sie den Betonboden freigemacht, Sägespäne ausgeworfen, und jetzt tummelten sich hier etliche Leute, um nach Wolfgang Petrys Musik über das Parkett zu schweben. Oder eher zu fegen, weil sie bei jeder Drehung Unmengen Späne aufwirbelten.

Marina bewegte sich mitten in einem Déjà-vu. Wolfgang Petry, Tanzboden samt Sägespänen in einer Dorfscheune, umgeben von Spritköpfen und Schürzenjägern.

Sie lachte, obwohl ihr in dieser Situation nicht zum Lachen zumute war.

Das alles hatte sie in ihrer Jugend auf kleinen Dorffesten in den Ferien bei ihren Großeltern, die in einem Dorf nahe Berlin lebten, kennengelernt. Aber das war so lange her.

Ihr Gegenüber trat ihr, so oft er den akkuraten Schritt verpasste, auf die Füße, und sie hatte Not, ihren Schmerz zu unterdrücken. Es wurde geschwoft, geschubst und gedrängelt. Der Tänzer, der sie wie ein Holzstück im Schraubstock seiner Arme gefangen hielt, schleuderte sie über den rutschigen Tanzboden, dass ihr schwindelig wurde.

Seufzend ließ sie das Gezerre über sich ergehen und war erleichtert, als das Lied endlich zu Ende war. »Mädchen, wir trinken nun noch einen, sollst mal sehen, das macht bessere Laune. Du machst ja ein Gesicht wie sieben Tage Regenwetter, bist doch wohl keine Spaßbremse, oder? Aber das haben wir gleich.«

Erneut zerrte er sie, dieses Mal Richtung Sekttresen, der am anderen Ende der Scheune, direkt neben dem Eingangstor aufgebaut war. Die Leute in der riesigen Halle schienen allesamt in Bestlaune zu sein. Alle, außer ihr …

Es kam ihr vor, als hätte sie als Einzige nicht den geringsten Spaß an dieser Veranstaltung. Sie war eben doch eher ein Stadtmensch und kein Landmädel. Eine Traube gut gelaunter Männer und Frauen drängte sich um den Sektstand. Die Gespräche dröhnten in ihren Ohren, und sie schüttelte den Kopf, als schwirrte ein riesiger Bienenschwarm um sie herum.

Schweißnass drückte ihr der Unbekannte, der sich ihr als Arne Olsen vorgestellt hatte, das Sektglas in die schmale

Hand. Die Frau hinter dem Ausschank schien ihn zu kennen. Er war offensichtlich bekannt, denn es dauerte keine zehn Sekunden, da perlte der Schaumwein auf ihrer Zunge. Andere Gäste dagegen warteten bereits geraume Zeit auf ihre Drinks. Ihr war es egal. Hastig ließ sie das lauwarme Getränk die Kehle hinunterlaufen. Sie genoss das Prickeln im Mund, die Wärme, die sich in ihrem Magen ausbreitete. Das Glas war kaum leer, da hielt sie das nächste bereits in der Hand. Eine zarte Röte stieg ihr ins Gesicht, und sie spürte das Kribbeln, das der Alkohol in ihrem Blut verursachte.

Auf einmal fand sie es gar nicht mehr so schrecklich in dieser laut lärmenden, verrauchten Scheune auf dem Jägerfest und ließ sich nicht zweimal bitten, als ihr ein weiteres Glas von einem herb aussehenden Mann gereicht wurde. Der etwa 50-Jährige trug eine Sonnenbrille auf dem Kopf, und sein Bart besaß eine eigentümliche Form, die einschüchternd wirkte. Er erinnerte sie an einen Rocker, der seiner Zeit hinterherhinkte. Selbstbewusst griente er und prostete ihr zu. Marina lächelte ebenfalls, was der unangenehme Kerl sofort als Einladung deutete. Er zog sie mit sich auf die Tanzfläche und wiegte sie nach einem langsamen Jazz-Song über den Tanzboden.

Dieses Mal bewegte sie sich wie eine Feder. Selbstsicher führte der Landwirt sie über den Betonboden. Der Alkohol benebelte ihre Sinne. Sie lehnte zufrieden gegen den Mann, der sie wie selbstverständlich an sich drückte. Den Arm fordernd um ihre Hüfte gelegt, dirigierte er sie zurück an den Tresen. Er schien es für normal zu halten, sie wie einen Besitz festzuhalten. Marina schob ihn sanft von sich, rückte einen halben Meter zur Seite und versuchte, ihn in ein Gespräch zu verwickeln, damit er abgelenkt war.

»Ich glaube, ich habe heute einen Wolf gesehen«, sagte sie mit weicher Stimme.

»Du hast was?«, lachte er so laut, dass die Umstehenden jedes weitere Wort verstehen mussten.

»Ich habe einen Wolf ... oder zumindest etwas Ähnliches gesehen, als ich auf dem Deich nach Niobe spazieren gegangen bin«, rief sie wesentlich lauter und bereute gleichzeitig ihren Satz. Sie fuhr sich nervös mit der Hand durch die kurzen, verschwitzten Haare. Ungläubig guckte der Mann, der sich ihr als Michael Bruns vorgestellt hatte, sie an und tippte mit dem Finger gegen seine Stirn.

»Blödsinn«, rief er und sah sie abschätzend von oben herab an. »Es gibt auf der Insel keine Wölfe. Das war irgendein Schäferhund von einem Touri oder was weiß ich. Aber ein Wolf – nee, die gibt es hier nicht«, erwiderte er in einem abfälligen Ton, der ihr eine Gänsehaut über den Rücken laufen ließ. Marina spürte, dass er augenblicklich das Interesse an ihr verlor. Die Leute, die sich links und rechts der beiden drängelten, drehten unaufgefordert ihre Köpfe in Marinas Richtung.

Dieses Thema, das seit Jahren in der Presse immer weiter hochkochte und die Gemüter der Bevölkerung ziemlich entzweite, war bisher auf der Insel nicht als ernst zu nehmend angekommen.

Hier gab es weder Luchse noch Waschbären, geschweige denn Wölfe, die in Deutschland zum Leidwesen vieler Menschen vermehrt auftraten.

Einzig ein paar Maulwürfe hatten bislang den Weg auf die Insel geschafft. Und vereinzelt tauchten seit geraumer Zeit wie von Zauberhand Wildschweine auf dem Eiland auf. Aber Wölfe. »Du bist doch betrunken«, rief einer, der unmittelbar neben Bruns sein Bierglas leerte.

»Bin ich überhaupt nicht. Er war urplötzlich wieder verschwunden. Aber es kann euch ja auch egal sein.«

»Da machen wir kurzen Prozess. Die ballern wir gleich ab! Die haben hier null Komma nichts zu suchen, die Biester.« Damit war die Ansage des Bauern Arne Olsen erledigt. Er hob die Hände und deutete eine Waffe an. »Pch … pch … so geht das bei uns.« Lachend drehte er sich wieder seiner Begleitung zu, die in schrilles Gelächter einstimmte.

»Das ist absolut verboten, das sollten Sie als Jäger doch wissen.« Aufgebracht hielt sie die Luft an.

»Ist egal«, flüsterte sie. »Ich weiß, was ich gesehen habe.« Marina hatte genug. Sie war wütend und würde diese ominöse Jägerparade auf der Stelle verlassen.

»He, Mädchen, musst ja nicht gleich beleidigte Leberwurst spielen.« Bruns packte ihren Arm und riss sie zu sich herum. »Komm, wir trinken einen! Und dann bring ich dich Schätzchen nach Hause«, flüsterte er ihr ins Ohr. »Wir sollten das Thema noch mal alleine unter vier Augen besprechen«, sagte er leise und sah sie mit forderndem Blick und einem überheblichen Grinsen an. »Oder?«

»Ich will aber nicht!«, antwortete sie aufgebracht und riss ihren Arm zurück, den er noch immer fest umklammert hielt.

»Lass sie jetzt in Ruhe«, entgegnete ein Mann Ende 20 in Jeans und T-Shirt und stieß die Hand des Bauern von ihrem Arm.

»Du hast gar nichts zu melden. Einer vom Festland sollte lieber die Klappe halten, sonst …«, starrte Bruns den jungen Mann missbilligend an.

»Was sonst?«, baute sich der schlanke Mann, der fast einen Kopf kleiner war, vor dem Bauern auf. »Willst du mich dann auch erschießen?«

Bruns hob die Faust und fuchtelte damit vor der Nase des jungen Mannes herum. »Halt die Fresse!«

Marina hielt es für klüger, umgehend die Veranstaltung zu verlassen, bevor die Geschichte weiter hochkochte. Wenn genügend Alkohol im Spiel war, konnte die Stimmung schnell kippen, das hatte sie auf vorherigen Feiern erlebt. Sie wandte sich ab und wollte zum Ausgang marschieren, als ihr jemand mit dem Finger auf die Schulter tippte.

»Warte, sag mal, ist das wahr?«, fragte der smarte dunkelhaarige Mann, der dem vorangegangenen Gespräch zugehört hatte. Marina drehte sich ihm zu und sah ihn forschend an.

»Ja, aber ich will nicht mehr darüber reden. Das glaubt mir sowieso niemand.« Sie würde aufbrechen, zu Hause ein Buch lesen und sich auf der Couch gemütlich unter eine Decke kuscheln.

»Doch, ich glaube es dir!«

»Ne, lass man. Ich will los.« Sie ließ ihn stehen und suchte den Weg nach draußen. Im weit geöffneten Scheunentor atmete sie tief durch und begab sich auf den Weg nach Hause.

Der junge Mann kehrte zurück an den Tresen und schaute Marina hinterher, bis sie im Dunkeln verschwunden war.

Seine Gedanken fingen an zu rotieren, als ihm Bruns auf die Schulter klopfte und rief: »Du solltest hier auch besser verschwinden. Solche wie dich brauchen wir nicht.«

»Du hast gar nichts zu melden«, antwortete Dietrich. Er drehte sich um. Ohne Vorwarnung riss der Landwirt ihn zurück.

Der Schlag auf seine Nase ließ Dietrich taumeln, und der stechende Schmerz nahm ihm die Luft zum Atmen. Dann ging er zu Boden.

»So, das reicht mir jetzt, Michael, es ist genug. Du hast sie doch nicht alle. Sieh zu, dass du nach Hause kommst! Es reicht – oder muss ich dir Beine machen?« Arne Olsen sah Michael Bruns an. »Du entschuldigst dich augenblicklich und dann gehst du!«

Wortlos half der Landwirt dem am Boden liegenden Dietrich Jensen wieder auf die Beine.

»Verschwinde, ich will dich heute Abend nicht mehr sehen.«

Bruns drehte sich wutschnaubend um und verließ wortlos das Jägerfest.

Aus sicherer Entfernung beobachtete der Bauer und Mitglied der Jägergruppe Walter Jacobsen die Szene und grinste. Das läuft ja besser, als ich dachte. Wenn der Bruns so weiter macht, ist mein Weg bald frei.

»Jensen, lass uns nun mal auch Schluss machen, ist schon aasig spät«, sagte Olsen zum jungen Dietrich Jensen. Er blickte auf seine Armbanduhr und winkte die Kellnerin heran, um zu zahlen.

»Ja, aber wenn das stimmt, was die Frau vorhin erzählt hat, dann … dann sollten wir vielleicht die Ersten sein, die ihn zu fassen kriegen, oder was meinst du?« Der Landwirt blickte ihn lange aus glasigen Augen an.

»Keine Ahnung«, sagte er leise. »Du könntest recht haben.« Jensen spürte, dass es in dem Bauern arbeitete. »Weißt du was? Du fährst nach Hause und ich mach mir mal ein paar Gedanken.« Er stand auf, ging zum Tresen und beglich die Rechnung. »Und du hältst dein Maul, hast du verstanden?«

Jensen nickte und sie verließen das Fest.

FÜNF TAGE SPÄTER

Die ersten Sonnenstrahlen brachen durch die dichte Wolkendecke. Es wäre eine Frage der nächsten Minuten, dann setzten sie sich durch und die Wolken verschwanden.

Hanno Albers lief in Gummistiefeln über die Weide und genoss die morgendliche Ruhe. Die Hände hatte er in die Taschen seiner grünen Wachsjacke gesteckt. Es war kurz nach 7 Uhr morgens, als er durch das feuchte Gras stapfte. Den Blick zum Himmel gerichtet, lauschte er dem Möwengeschrei. Er gähnte, obwohl er ausgeschlafen hatte. Um diese Zeit sah er auf dem Deich nach dem Rechten. Die Durchgänge hatte er zu kontrollieren. Seine Schafherde graste seit Wochen unweit des Leuchtturms von Westermarkelsdorf. Hanno stiefelte über den Parkplatz und begab sich auf die Anhöhe. Das grüne Holztor war wie immer mit einem Riegel verschlossen. Er öffnete das quietschende Gatter und schloss es sorgfältig wieder, nachdem er durchgegangen war. Nicht auszudenken, wenn die Tiere ausbüxen. Aber irgendetwas gefiel Hanno heute Morgen nicht. Er nahm die Stille wahr, die ihn umgab, und stiefelte den schmalen ausgetretenen Pfad auf der Deichkrone entlang. Der Schafbauer suchte die Herde, die um diese Uhrzeit normalerweise hier im Umfeld des vanillefarbenen Turms mit der roten Haube graste. Die Wellen rollten hinter dem Deich gemächlich heran und brachen sich knisternd am Strand.

»Wo sind die?«, murmelte er leise. Er entdeckte keines der 60 Tiere. Seine Hände fingen an zu schwitzen. In immer schneller werdendem Tempo eilte er in großen Schritten voran und pfiff lauthals durch die Zähne.

Vor dem Leuchtturm floss ein breiter Graben, in dem sich nichts rührte. Langsam wurde er nervös. Er flötete und rief nach seinen Schafen.

Vielleicht sind die im Schilf, überlegte er und wanderte, mit einem Blick das Gelände erfassend, zwischen den Halmen hindurch, die sich bis zu den Dünen erstreckten. Aber nicht ein einziges der Tiere war in Sichtweite. Langsam breitete sich in Hanno ein mulmiges Gefühl aus. Die Tore waren verschlossen.

Keines der Schafe konnte das Areal verlassen. »Geklaut, die haben mir meine Hammel …«, murrte er, als er etwas Rotes auf dem Gras liegen sah. »Mann, jetzt lassen die ihren Müll sogar auf dem Deich rumliegen.« Wütend wetzte er weiter. Der Schafbauer Mitte 40 kratzte sich den dunkelblonden Haarschopf. Nach fast 30 Metern blieb er wie angewurzelt stehen.

Erschreckt legte er eine Hand über den Mund und bekam Atemnot. Das war kein Müll! Vor ihm lag eines seiner Schafe. Tot! Es sah aus, als hätte jemand es aufgeschlitzt. Der gesamte Bauchraum war geöffnet. Hanno trat näher, sein Herzschlag fing an zu stolpern. So etwas hatte er vorher noch nie gesehen. Alle Farbe wich aus seinem Gesicht, als er sich zu dem Jungtier herunterbeugte. Eine ekelerregende Offenbarung war das, was sich ihm zeigte. Der Bauer fiel auf die Knie und starrte auf das tote Tier. Der weit aufklaffende Bauchraum sah wie gewaschen aus. Das Muskelfleisch der Keulen war angefressen. Hanno würgte. Er hatte vieles gesehen, aber darauf war er nicht vorbereitet.

»Was zum Teufel?«, schrie er. Der Bauer sprang auf, pfiff laut nach seinen Schafen. Er rief lautstark, während er zeitgleich das Handy aus der Hosentasche zog.

Leise hörte Hanno Albers eines der Jungtiere blöken. Es klang verängstigt. Hastig lief er ein paar Meter weiter und wartete, dass am anderen Ende der Leitung endlich jemand den Hörer abnahm.

Er rutschte die Deichnarbe hinunter und zwängte sich in das Schilfgras. Die grüne Deichpforte war geöffnet. Das Holz gebrochen, der Pfahl aus der Erde gerissen. Was war hier los?, fragte er sich und schlängelte sich durch die Öffnung. Dann entdeckte er seine Herde versteckt zwischen dem Schilf. Die Tiere kauerten eng aneinander und fingen gemeinschaftlich an zu plärren, als sie den Bauern erkannten.

»Ja, Karl. Gut, dass du rangehst. Du musst sofort kommen! Wir haben, wenn ich mich nicht täusche, einen Riss auf dem Deich. Eines der Jungschafe … ja, das sieht nicht gut aus … ich weiß nicht. Merkwürdig. Vielleicht ein wilder Hund! So etwas habe ich überhaupt noch nie gesehen.«

Hanno versuchte, sich um die Herde herumzuschlängeln, die keine Anstalten unternahm, ihr sicheres Versteck nur einen Meter zu verlassen. Behutsam zog er eines der Mutterschafe mit einer Schlinge hinter sich her, in der Hoffnung, die anderen würden ihm folgen. Stur verharrten sie in ihrer Haltung und ließen sich nicht locken. Hanno seufzte und ließ sie in ihrem Zufluchtsort.

Er musste sie später mit Karl zurück auf den Deich holen. Angespannt trottete er zurück zu dem gerissenen Schaf. Hannos Blick wanderte über die Ostsee. Er steckte die Hände in die Taschen seiner Wachsjacke. Ihn fröstelte, obwohl die Sonne die letzten Wolken mittlerweile verdrängt hatte und wärmend auf ihn herabstrahlte.

Das kann nicht sein … nein, das gibt es nicht. Was für ein Viech hat das angerichtet? Zum Teufel! Von Weitem sah er Karl in Gummistiefeln auf sich zusteuern. Keuchend erreichte der Mann mittleren Alters Hanno.

»Na, nun zeig mal, was du da entdeckt hast.« Der Landwirt deutete schweigend auf das gerissene Schaf am Boden und hielt sich bestürzt die Hand vor den Mund. »Mann oh Mann, was für eine Sauerei.« Karl hockte sich hinunter, stützte die Hände auf seinen von der Feldarbeit verschmutzten Jeans ab und sah sich den Kadaver genauer an. »Wenn ich es nicht besser wüsste, würde ich sagen, dass es ein wilder Hund war«, sagte der Betriebshelfer. Er schüttelte den Kopf und öffnete mit den Händen die aufgebrochenen Rippen. Karl untersuchte den Bauchraum, der fast leer gefressen war.

»Wenn das ein Hund war, fresse ich einen Besen.«

»Da sind nur der Pansen und der Magen drin.«

»Wie, der Pansen und Magen?« Hanno schaute ihn entsetzt an.

»Mensch Hanno, das müsstest du als Jäger eigentlich wissen. Wilde Hunde fressen Pansen. Aber ein … du wirst mich sicher für verrückt halten … ein Wolf nicht.«

»Natürlich weiß ich das, aber …«

»Nichts aber. Wenn du mich fragst, dann haben wir ein Riesenproblem auf der Insel. Lass das nicht wahr sein. Denn dann gnade uns Gott.«

»Nun mach nicht gleich die Pferde scheu«, sagte Hanno Albers. »Das behalten wir erst mal für uns. Wir packen das Tier ein, und ich rufe den Wendt an. Der soll sich das Schaf genauer ansehen. Hol mal die Plane aus dem Auto, dann … ach ja, die restlichen Tiere sind im Schilf. Die holen wir im Anschluss da raus.«

Hanno zeigte mit dem Finger auf die Stelle, an der die anderen Schafe kauerten.

»Jo, machen wir. Wie sind die denn da runtergekommen?«

»Das kann ich dir nicht sagen. Das Tor ist zerstört. Die müssen fürchterlich Panik gehabt haben und durch das Gatter gedrängt sein. Anders kann ich mir das nicht vorstellen. Der gesamte Pfahl ist rausgerissen.« Karl sah ihn irritiert an. »Das bestätigt meine Vermutung nur. Die Tiere haben vor irgendetwas eine Heidenangst bekommen. Und ich bin mir sicher, wir haben ein Problem! Die Schafe müssen hier unbedingt weg, sonst …«

»Was sonst?«, fragte Hanno entsetzt und raufte sich die Haare.

Eine Stunde später hatten die Männer das tote Tier im blauen Ford Ranger auf den Hof gebracht und hinter der Absperrung für die Ponys abgelegt. Hanno telefonierte und wartete auf den Tierarzt.

*

»So, meine Herren, ich bin dann mal weg.« Hauptkommissar Dirk Westermann schob die Schreibtischschublade zu, verschloss sie und erhob sich von seinem Stuhl. Drei der anwesenden Kollegen nickten und verabschiedeten sich mit einem »schönen Urlaub und ruh dich endlich mal aus!« von ihm und wandten sich wieder ihrer Arbeit zu.

Die Fenster im Büro waren weit geöffnet, und ein Hauch feuchtwarmer Luft strömte in den ohnehin stickigen Raum. Westermann stellte sich kurz vor die Fensteröffnung und schaute versonnen hinaus. Ein graues Wolkenband zog über den Himmel, und es hatte den Anschein, als würde es Gewitter geben. Ein leises Seufzen entrang seiner Kehle, und er drehte sich um, bereit, dieses Büro für wenigstens sieben Tage den Mitarbeitern zu überlassen.

Die letzten Wochen und Monate hatten am Nervenkostüm gezerrt, und er war, im wahrsten Sinne, reif für die Insel. Sein graues Haar schien seitdem noch eine Nuance weißer geworden zu sein. Die schwierigen Fälle, die er und sein Team seit fast drei Jahren bearbeiteten, hatten sie alle verändert. Die Leichtigkeit war einer zum Teil melancholischen Stimmung gewichen. Jedem im Kollegenkreis war mittlerweile klar, dass es selbst im ländlichen Raum mehr böse Begebenheiten gab, als mancher sich vorzustellen in der Lage war. Geschichten, die tief in den Abgrund zerstörerischer Seelen blicken ließen.

Westermann schüttelte sich unmerklich. Langsam schob er die rechte Hand in die Tasche der Jeans.

»Ja, so gut möchte ich es auch mal haben«, feixte Thomas Hartwig, der ebenfalls vom Schreibtisch aufstand, nach der Jeansjacke griff und seinen Vorgesetzten aus der Grübelei riss. Er fächerte sich Luft zu und stieß die Tür zum Flur auf.

»Wieso, Jungchen? Du hast doch Feierabend.«

»Aber keine Woche frei«, murmelte er.

»Du wirst es überleben«, lachte Westermann, zog die Hand aus der Tasche und schlug sie seinem Kollegen auf die Schulter. »Kannst ja am Wochenende nach Fehmarn kommen, dann surfen wir!«

»Wir?«, lachte Thomas laut und stellte sich dem Chef gegenüber.

»Du siehst gut aus, aber ob du jemals das Surfen lernst?«, bemerkte Hartwig und betrachtete seinen Vorgesetzten, der in graublauem kurzärmligen Shirt, das er leger über die Jeans trug, vor ihm stand.

Die Bräune an Armen und Gesicht stand ihm und verstärkte den Kontrast der weißen Haarpracht und des grau melierten Dreitagebartes. Thomas Hartwig fuhr sich mit der Hand durch die verschwitzten Haare. »Du kannst dich doch gar nicht auf dem Brett halten. Das dauert ewig. Lass mal gut sein. Fahr du mal zu deiner Katrin. Aber ich komme euch gern einen Tag auf der Insel besuchen.« Hartwig grinste und drehte sich zur Tür. Gemeinsam verließen sie das Büro.

Westermann schwenkte die dunkelbraune Lederaktentasche und marschierte Richtung Parkplatz.

»Und was willst du ganze zwei Wochen auf Fehmarn? Ich meine, außer Katrin zu beglücken?«

»Faul sein und einfach nur ausspannen, ein wenig schlafen«, entgegnete Dirk und sah Thomas an. Hartwig registrierte, wie müde Dirk Westermann trotz der Bräune um die Augen herum aussah. Tief liegende Schatten hatten sich wie Brandmale in die Haut geprägt. »Du solltest dich mal richtig ausschlafen. Rund um die Uhr. Mit ein bisschen schlafen ist es bei dir nicht getan.« Thomas zwinkerte.

»Na dann – viel Spaß. Erhol dich gut. Meld dich, wenn dir zu langweilig wird. Dann machen wir zwei mal ein richtiges Fass auf, auf deiner Insel.«

Hartwig schob die Ärmel des verwaschenen grauen Shirts hoch und stieg in den Wagen. »Und dir auch ein erholsames Wochenende. Sieh zu, dass alle Verbrecher hinter Schloss und Riegel kommen.«

Dirk Westermann setzte sich ebenfalls in seinen Wagen, warf die Ledermappe neben sich auf den Beifahrersitz und öffnete das Seitenfenster. Dann startete er den Motor und rollte vom Parkplatz der Dienststelle in Oldenburg.

*

Das verendete und ausgeweidete Tier lag immer noch auf der gleichen Plane ausgebreitet auf dem Hof von Hanno Albers. Um ihn herum standen seine Frau Annerose, die nur Anne gerufen wurde, und sein Sohn Finn, der vor wenigen Minuten vom Fußballtraining nach Hause gekommen war.

»Das ist ja 'ne echte Sauerei«, rief der Schüler und steckte die Hände in die Hosentaschen seiner Jeans. »Das war sicher ein wilder Köter.«

»Ich weiß nicht«, entgegnete Hanno, »das sieht merkwürdig aus. Und Karl meinte …«, Hanno stöhnte, verschränkte die Arme vor der Brust und stoppte mitten im Satz.

Er hielt nichts davon, sich von der Schwarzmalerei eines Mitarbeiters anstecken zu lassen, der mittlerweile wieder bei der Arbeit auf dem Feld war.

Der Landwirt lief verunsichert vor der Plane auf und ab. Er nahm einen Finger in den Mund und kaute auf dem Nagel herum.

Immer wieder schaute er auf die Armbanduhr, während er auf den Viehdoktor Wendt wartete. Er war ein alter Freund der Familie und versorgte nach der Übernahme des Hofes durch Hanno weiterhin die Tiere. Ein paar Gästekinder standen unweit des Zaunes und versuchten einen Blick auf das tote Schaf zu werfen. Viel zu sehen gab es nicht, der

Landwirt hatte den Kadaver hinter die Absperrung gelegt, sodass Holzbalken die Sicht behinderten.

In diesem Moment kam Armin Wendt mit seinem Jeep auf den Hof gefahren. Der grauhaarige Mann parkte den Wagen direkt vor dem Holzzaun, stellte den Motor aus und stieg aus.

»Moin Hanno, na, was gibt's so Dringendes?«

»Das musst du dir selbst ansehen! Ich bin ein wenig sprachlos. Eines meiner Schafe ist gerissen worden. So etwas habe ich vorher nie gesehen. Karl meinte, es wäre ein … aber sieh es dir an.«

Armin Wendt gelangte gleichzeitig mit Hanno durch ein Tor in die Absperrung. Stirnrunzelnd beugte er sich über das Tier. Er zog sich Gummihandschuhe an, hockte sich hin und wurde blass.

»Was ist? Kannst du mir sagen, wer oder was das gemacht hat?« Angespannt sah er den Tierarzt an, der das gerissene Schaf eingehend betrachtete.

Dieser zog die Augenbrauen hoch und sah Hanno Albers an. »Du weißt, dass du das Tier nicht vom Fundort hättest wegbringen dürfen?«

»Nein, woher soll ich das denn wissen? Und warum hätte ich es liegen lassen sollen?«

»Damit sie alle Spuren sichern können.«

»Was für Spuren? Das Schaf ist gerissen worden, dafür brauche ich keine Spurensicherung! Und wer ist *sie*?«

»Mal langsam, Hanno. Das hier ist ein Riss – wer auch immer das getan hat. Ein wilder Hund, oder ein …« Er schüttelte den Kopf. »Dem muss nachgegangen werden. Du hättest es liegen lassen müssen, damit ein Rissgutachter nach Hinweisen suchen kann. Wenn das hier kein Hund war, brauchen wir Beweise. Du hast sehr wahrscheinlich wichtige Spuren verwischt. Habt ihr das Tier angefasst?«

»Ja, was glaubst du denn. Wie meinst du, haben wir das Schaf hierher befördert?«

»Hattest du Handschuhe an?«

»Nein, natürlich nicht!«

»Hast du den Fundort abgesperrt, ich meine abgesichert, damit dort niemand umherläuft und …«

»Ach, du spinnst doch wohl! Wir sind hier nicht beim Tatort! Mann, Armin. Das war irgendein biestiger Köter.« Hanno schnaubte und stemmte die Hände in die Hüfte.

Der Veterinär seufzte. Ihm war klar, dass niemand auf die Idee kommen würde, hier auf der Insel etwas anderes als einen wilden Hund zu vermuten.

»Aber zur Absicherung müssen Tier und Fundort auf jeden Fall untersucht und begutachtet werden! Du kommst nicht drum herum. Dein Schaf muss augenblicklich in die Tierpathologie. Wenn das etwas anderes als ein Hund war, dann prost Mahlzeit! Ich habe da eine Vermutung aber … Ich telefoniere und wir schauen, was wir machen sollen.«

»Was für eine Vermutung?« Hanno trat von einem Fuß auf den anderen. Armin Wendt hob abwinkend die Hand. »Später. Ich muss das erst klären.«

»Ja, und was machen die mit meinem Tier? Kannst du mir das wenigstens erklären?«

»Das Tier wird eingehend untersucht! DNA-Untersuchung, Bissspuren. Ich denke, das Fell muss runter.«

»Wieso muss das Fell runter?« Hanno wurde bleich.

»Wenn ich mich nicht irre … und ich irre mich selten, dann hat das hier«, er deutete auf das tote Tier, »ein Wolf angerichtet.«

»Jetzt fängst du auch noch an. Mann, wir haben keine Wölfe! Ihr habt sie doch nicht alle. Es gab hier nie auch nur einen Wolf!«, schrie Hanno.

»Aber so, wie das hier aussieht, war das kein Hund. Sieh mal.« Wendt griff vorsichtig in den Bauchraum und zeigte Hanno Magen und Darm des Tieres. »Ein Wolf frisst das meistens nicht und so sauber, wie das Schaf ausgeweidet wurde, deutet alles darauf hin. Die Keulen sind angefressen und weitere Spuren sind nicht sichtbar. Ein Hund richtet äußerlich wesentlich mehr Schaden an.« Unschlüssig stand Hanno neben dem Tierarzt. »Ich rufe jetzt an und erkundige mich, wen die schicken.«

»Mach bitte nicht die Pferde scheu. Hier streunt irgendein wilder Hund herum.« Hanno Albers war sämtliche Farbe aus dem Gesicht gewichen.

»Bleib ruhig, wenn das hier ein Wolf war, dann haben wir ein richtiges Problem und bald die ganzen Tierschützer und Wolfsberater vor Ort. Bete, dass du recht hast!«

»Lass das Tier und verschwinde sofort von meinem Hof!«

Hanno war kreidebleich, zerrte Armin Wendt am Kragen seiner Jacke zurück und stieß ihn aus der Absperrung.

Der Tierarzt wusste, was in Hanno vorging, und hielt es für besser, das Ganze sachlich abzuhandeln.

»Verpiss dich und lass mich fürs Erste in Ruhe, hörst du!«

»Aber vorher packe ich das Tier ins Auto!«

EINEN TAG SPÄTER

»Jette, so funktioniert das nicht! Ich habe keine Lust mehr, dich weiterhin mit dem beknackten Schwachmaten zu teilen. Dieser Kerl geht mir schon lange tierisch auf den Keks. Es wird Zeit, dass du dich für eine Seite entscheidest.«

Dietrich Jensen stand vor Jette Olsen, knetete die Hände und schaute unentwegt zu seinen Turnschuhen. Kleine Schweißperlen liefen die Schläfen hinunter und die Augenlider flackerten unkontrolliert. Er sah die junge Frau immer wieder kurz an, dann wanderte der Blick zurück zu den Schuhen. Sie spielte unablässig mit ihren blonden Locken, zog die Augenbrauen hoch und verzog den Mund. Wie süß sie aussieht, dachte er und schluckte. Er griff in ihre langen Haare und zog sie ruppig zu sich.

»Ich will dich, hörst du … aber ganz.« Damit stieß er sie wieder von sich.

Jette riss die Augen auf und schnaubte. Sie verabscheute es, wenn Männer so mit ihr umsprangen. Auf der anderen Seite schien es ihr zu gefallen, denn sie schlängelte sich an ihn und kokettierte: »Nun sei bitte wieder lieb.« Die 23-Jährige formte eine Schnute, der Dietrich normalerweise nicht widerstand. Sie war sich ihrer Wirkung auf Männer bewusst. »Wir wollen doch nicht streiten.« Sie kippte die Hüfte nach vorn, was einer Aufforderung gleichkam. Dietrich betrachtete Jette, die ihm in enger Jeans und aufreizendem Top barfuß gegenüber stand und all ihre weiblichen Reize gegen seine schlechte Laune einsetzte.

»Ach, Didi, sei nicht sauer. Ich kann doch nichts dafür, dass der Alte mich nicht in Ruhe lässt. Glaubst du, ich hab Bock auf den ekelhaften Sack? Der könnte mein Vater sein.« Sie schmiegte sich an Dietrich Jensen, der stocksteif vor ihr stand.

Er spürte ihren erhitzten Körper durch sein Shirt und wollte sie abweisen, aber sie roch verdammt gut.

Sie nutzte die Gelegenheit und drängte ihn zurück, sodass er sich unweigerlich auf den hinter ihm liegenden Baumstamm setzen musste. Schnell setzte sie sich auf seinen Schoß. Bereitwillig presste sie ihren schlanken Körper an seinen.

»Ne, lass mal. Ich hab keinen Bock auf diese kleinen Techtelmechtel hier im Wald.« Er schob sie von sich und sprang auf.

»Nie treffen wir uns bei dir! Dauernd irgendwo im Wald oder Auto. Wenn wir nicht aufpassen, sieht uns jemand und dann ist es vorbei mit Didi. Verstehst du? Ich will dich, und zwar ganz!« Jette führte seine Hand unter ihr knappes Top. »Sei wieder lieb«, hauchte sie ihm ins Ohr und drückte seine Finger auf ihre Haut. Sie wusste, dass sie ihn dort hatte, wo sie ihn haben wollte. »Du weißt doch genau, dass ich mir das nicht ausgesucht habe, oder?«

Es war die Wahl ihres Vaters, der sie dazu gezwungen hatte, sich auf diese lächerliche Verlobung mit Michael

Bruns einzulassen. Er sprach von wichtigen Beweisen, die sie nicht verstand und ihn unglücklich machen würden, wenn sie sich seinem Wunsch nicht fügte. Jette wehrte sich vehement, bis ihr Vater sie das erste Mal schlug. Die Ohrfeige, die Arne Olsen ihr verpasste, war so heftig, dass sie zu Boden fiel. Er hatte sie nie vorher geschlagen. Seit ihre Mutter vor mehr als zehn Jahren starb, waren sie ein Herz und eine Seele. Das änderte sich erst in dem Moment, als Michael Bruns in ihr Leben trat. Dieser unangenehme Mann musste schon tatkräftige Argumente in Händen halten, dass er, ein Jagdfreund ihres Vaters, dermaßen Einfluss auf ihre Zukunft nehmen konnte. Arne Olsen sperrte seine Tochter zu Hause ein und ließ sie nicht mehr aus den Augen, bis sie schließlich einwilligte, die Verlobung mit dem Mann einzugehen. Sie kam sich vor wie in einem schlechten Heimatroman. Weil sie ihren Vater abgöttisch liebte, überwand sie ihre Abneigung. Immer öfter ließ sie sich von dem Landwirt und leidenschaftlichem Jäger Michael Bruns zum Essen ausführen, in die Bars der Insel und auf Dorffeste begleiten. Sie trank mehr, als ihr guttat, wenn er sie anfasste, und irgendwann spaltete sie die *Liebesdienste,* wie sie sie nannte und die er einforderte, von ihrer Seele ab. Sie ließ es geschehen, in dem Gedanken, dass sie ihrem Vater half.

Nach über einem Jahr Beziehung mit Michael Bruns lernte sie auf einem Bauernfest den jungen, attraktiven und überaus schüchternen Dietrich Jensen kennen und verliebte sich augenblicklich in ihn. Es brauchte nicht viel. Einen Tanz, ein paar Blicke, und es war um sie geschehen. Vorerst verschwieg sie ihre Beziehung zu Bruns, aber schon nach kürzester Zeit fielen ihr keine Ausreden mehr ein, warum sie sich nicht ständig und überall treffen konnten. Sie erzählte ihm von dem Pakt, den sie mit ihrem Vater geschlossen hatte. Dietrich schwieg, aber hielt sich vorerst an die von ihr vorgegebenen Spielregeln. Wenngleich es ihm immer schwerer viel, diese abstruse Beziehung zu akzeptieren.

»Hörst du mir überhaupt zu?«, sagte er und streichelte mit den Fingern versöhnlich über ihre kleine Brust. »Ich rede mit deinem Vater.«

»Nein, das darfst du nicht«, schrie sie. »Niemals! Dann ist es aus mit uns!«

*

Wenig später schloss sich die Tür. Es war stockdunkel im Zimmer. Bei jedem Schritt knarrte der Dielenboden. Obwohl die Vorhänge nicht zugezogen waren, fiel keinerlei Licht in den Raum. Ich muss die Taschenlampe anschalten, sonst finde ich hier gar nichts. Der Lichtkegel der Lampe streifte ein riesiges Bücherregal, das sich über die gesamte linke Wand erstreckte. Alter, wie viele Bücher kann ein einzelner Mensch lesen?

Der antike, massive Schreibtisch stand mittig im großen Büro. Davor ein Ledersessel mit dem Rücken zum Fenster gerichtet. Beeindruckend! Die Hand tastete über das alte gegerbte Leder. Da spürt man die Kohle zwischen den Fingern. Teures Zeug! Hm … ihr werdet euch wundern. Um keinen Lärm zu verursachen, wurde eine Schublade nach der anderen vorsichtig geöffnet. Sämtliche Papiere herausgezogen, durchgeblättert und wieder an ihren Platz zurückgelegt. An irgendeiner Stelle muss dieser verdammte Vertrag sein, er ist da, ich weiß es! Das Dokument, der Beweis für all das geschehene Leid, war nicht aufzufinden. Das gibt es nicht. Er muss hier sein. Vielleicht hinter den Scheiß Büchern. Sie wurden hervorgezerrt, geschüttelt und lautlos wieder zurückgeschoben. Nichts. Verdammt! Überlege gut, wo würdest du so etwas verstecken? Der Blick senkte sich zum Boden. Lautes Schnauben erfüllte den Raum. Unter dem Teppich? Zu gefährlich, wenn die Putzfrau … Das kann nicht … Tresor?

Die Taschenlampe kreiste unruhig und leuchtete hastig jeden Zentimeter im Zimmer aus. Jedes Bild an der Wand wurde zur Seite geschoben. Die Person gab sich nicht einmal mehr die Mühe, sie wieder zurechtzurücken. Es gibt hier keinen Tresor. Das gibt's doch nicht. Verdammt! Bei dieser Großkotzigkeit hat der niemals damit gerechnet, dass jemand hier irgendwas sucht. Es muss hier sein! Die Hand schlug auf die Schreibtischplatte. Ein Blick Richtung Tür. Alles blieb still. Ich muss vorsichtig sein. Wenn ich entdeckt werde, bin ich am Arsch.

Behutsam wurden sämtliche Schubladen erneut herausgezogen. Seite für Seite der Papiere durchgeblättert. Vor der Tür knarrte der Dielenboden. Es hörte sich an, als wenn jemand über den Flur schlich. Nicht bewegen. Lampe aus! Das Licht erlosch, der Herzschlag hämmerte bis zum Gehirn. Unter dem Türspalt war ein schmaler Lichtschein zu erkennen. Ich muss mich verstecken. Die dicken Vorhänge waren ein idealer Zufluchtsort. Ein Sprung, dann verschwand der Schatten dahinter. Erneut leise Schritte, die sich entfernten. Das Licht im Flur erlosch. Augenblicklich war es wieder ruhig. Ich sehe zu, dass ich hier rauskomme. Aber nicht ohne das Beweisstück. Die Gestalt kam hinter dem bodentiefen Vorhang hervor und schlich zurück zum Schreibtisch. Die Suche ging von vorn los. Überlege, wo würdest du so ein wichtiges Schriftstück verstecken. Alter, wo hast du es? Schlagartig eine Eingebung. Vielleicht ist es hinter einem Schrank oder unter eine der verdammten Laden geklebt.

Die Hand glitt, soweit es möglich war, an der Rückwand des riesigen Bücherregals entlang. Glatte Fläche, kein Hinweis auf ein Schriftstück. Enttäuschung kroch durch den Körper. Das Regal abzurücken, war unmöglich. Der Schreibtisch. Die Person schnippte mit den Fingern. Mit der Handfläche unter jedem der Holzböden tastend, in der Hoffnung … was ist das? Ein Hindernis, das gegen die Fingerspitzen stieß.

Unvermutet knisterte Papier zwischen den Fingern. Ich hab's gewusst. Das muss es sein! Der Herzschlag wummerte in der Halsschlagader. Vorsichtig wurde der Umschlag gelöst. Der Lichtkegel der Taschenlampe fiel auf den Gegenstand. Es war ein brauner Papierumschlag, der mit Klebeband unter der Lade fixiert gewesen war. Du Aas! Bitte, lass es das sein, wonach ich suche. Hastig wurde die Lasche des Umschlages aufgerissen. Hm? Was ist das? Ein einziges, rechteckiges Blatt kam zum Vorschein. Im Licht der Funzel war es zuerst nicht zu entziffern. Es war mit Füller beschrieben. Die Gestalt hielt das vergilbte Papierstück direkt vor die Augen. Ein Schuldschein? Das ist ein ganz banaler Schuldschein. Du Schwein, du verdammtes Schwein … Der Blick fiel auf die zweite Unterschrift, die unter dem Wort Zeuge stand. Dort stand, klar und deutlich ein Name. »Das gibt's doch nicht!«

EINEN TAG SPÄTER

»Moin Deern. Hast du Hunger? Ich hab frische Brötchen da! Und Kaffee ist fertig.« Charlotte Hagedorn stand in weißer Leinenhose und luftiger, mit Blüten bedruckter Bluse vor der Kaffeemaschine und nahm die Kanne von der Warmhalteplatte. Ihre wilde Mähne, von denen ihr einige Strähnen ins Gesicht fielen, hatte sie auf dem Oberkopf lässig mit einem Zopfband zusammengetüdelt.

»Guten Morgen, Tantchen! Hast *du* gut geschlafen? Und ja, ich hab einen Riesenhunger!«

Katrin sah ihre Tante müde an und tapste barfuß in die helle, freundlich eingerichtete Küche. Verschlafen drückte sie ihr einen Kuss auf die Wange. »Ich hab geschlafen wie ein Bär.«

Charlotte Hagedorn fuhr ihrer Nichte durch die Haare, die wirr vom Kopf abstanden und weit über die Schulter fielen.

»Ich hole mal die Zeitung und dann machen wir es uns bei einem ausgiebigen Frühstück gemütlich.«

»Frühstück hört sich gut an, aber anschließend muss ich ins Büro. Heute ist Freitag und ich habe eine Hochzeit im Rathaus zu begleiten.« Sie lümmelte sich im Pyjama an den Esstisch.

Ihre Tante knurrte zwar, gab sich jedoch mit der Antwort zufrieden. »Nee, mein Deern, setz dich mal raus auf den Balkon, ist so schön draußen. Ich hab alles fein gedeckt.« Charlotte wies mit dem Kopf zur Tür, und Katrin schwang sich lustlos wieder hoch. Sie sah aus, als hätte sie eine kurze Nacht hinter sich gebracht. »Sag mal, war dein Dirk da?«, ulkte ihre Tante.

»Wieso?« Katrin schüttelte den Kopf. »Na, weil du so aussiehst, als hättest du die ganze Nacht kein Auge zugemacht.«

»Nein, der schläft in Oldenburg«, entgegnete sie. »Er wollte aber nachher vorbeikommen. Hat sich endlich mal Urlaub genommen. Mir geht es nur nicht besonders gut, weil ich tierische Migräne hab – das Wetter!«

Sie schleppte sich Richtung Wohnzimmer und schlich durch die weit geöffnete Terrassentür. Wie ein Schluck Wasser in der Kurve hangelte sie sich auf den nächstbesten Stuhl und setzte sich mit dem Rücken zur Sonne, die bereits die Fliesen der Terrasse erwärmt hatte.

»Na dann nimm halt eine Tablette«, mahnte ihre Tante.

»Du weißt doch, dass die bei mir nicht anschlagen. Ich brauch nur meine Ruhe … und Sonne? Ich weiß nicht so recht. Mir ist richtig übel.«

»Ach Deern. Der Sonnenschirm ist aufgespannt, du sitzt doch im Schatten. Mach dir keine Sorgen! Ich sollte dir vielleicht lieber einen Tee kochen.« Sie sah ihre Nichte sorgenvoll an.

»Nee, ist gut. Starker Kaffee soll ja wahre Wunder wirken. Sorg du mal für die Zeitung und ich trink schon mal eine Ladung Koffein.« Charlotte stellte die Kanne aufs

Stövchen entzündete das Teelicht und trollte sich, um die Zeitung aus dem Briefkasten zu holen.

Katrin blinzelte und schielte mit zusammengekniffenen Augen auf den Sund. Erste Segelschiffe kreuzten auf dem Wasser und zwei kleine Motorboote tuckerten auf dem Weg in die Angelgründe. Was für ein schöner Morgen, wenn mir nur nicht so schlecht wäre, grämte sich Katrin und schlürfte vorsichtig vom heißen, schwarzen Filterkaffee, der ihr überhaupt nicht schmeckte. Sie stellte den Becher angewidert zurück auf den Unterteller, nahm ihre Hände und massierte ihre Kopfhaut. Sie zog gequält an ihren Haaren, als könnte sie damit den Schmerz in ihrem Kopf lindern. Es war ein Brennen hinter dem rechten Auge. Sie war blass und ihre Wangen wirkten eingefallen. Wenn mir nur nicht so verdammt schlecht wäre. Ich glaube, ich lege mich gleich noch mal für eine Stunde wieder hin.

Selbst der Geruch des Kaffees verursachte ihr zunehmend Übelkeit. Vielleicht war das der Sekt gestern. Ich weiß genau, dass ich ihn nicht vertrage. Warum hab ich mich bloß wieder breitschlagen lassen?

Am Vortag hatte sie eine Hochzeit auf dem Kutter ausgerichtet, und es war fast ein Ritual, dass sie nach der Trauung mit dem Brautpaar als Letzte mit einem Glas Sekt anstieß, um ihnen zu gratulieren.

Niemand sollte die Anwesenheit der Wedding Planerin bemerken. Sie war eine unsichtbare Fee, die im Hintergrund alle Fäden zog. Hätte ich doch nur den Sekt nicht …

»Ich bin wieder da«, rief Charlotte ins Wohnzimmer. Sie wedelte mit der Zeitung und verschwand kurz in der Küche. Mit zwei Teebechern und der Tagespresse unterm Arm huschte sie auf den Balkon. Sie stellte die Becher ab und ließ ihren Blick für einen Moment über die Ostsee wandern. »Ist das nicht wunderbar?«, schwärmte sie und setzte sich auf ihren Stuhl. In null Komma nichts streifte sie ihre Clogs von den Füßen und patschte ihre nackten Fußsohlen auf die erwärmten Fliesen. »Herrlich! Und du weißt ja, heute Abend fahren wir zum Rapsblütenfest nach Petersdorf. Ich freue mich schon riesig. Mal ein büschen klönen, ein paar Fotos schießen. Toll!«

»Du, Tantchen, das mit dem Rapsblütenfest kannst du wohl vergessen. Ich leg mich wieder hin. Mir ist gar nicht gut.« Sie erhob sich und wankte zur Terrassentür.

Charlotte sah ihr enttäuscht nach. »Ja, mach mal, du siehst auch ganz käsig aus. Ich hol dir einen Kühlakku und den legst du dir in den Nacken. Sollst mal sehen, das hilft. Wann musst du denn los?«, fragte Charlotte, aber Katrin war bereits verschwunden.

Nachdenklich deponierte sie die Zeitung auf den Tisch und schlich eine Minute später lautlos in das Zimmer ihrer Nichte, die stöhnend in ihrem Bett lag. Sie legte das Kühlpack, eingeschlagen in ein Küchentuch, gegen Katrins Nacken, die sofort die Hand darauf presste, und verließ den abgedunkelten Raum ebenso leise wieder. Besorgt setzte sie sich auf den Stuhl unter dem ausgebreiteten Sonnenschirm und nahm die Zeitung in die Hand, um zu lesen, was sich Neues auf der Insel ereignet hatte. Als sie die Schlagzeile las, verstummte sie. Augenblicklich war die Migräne ihrer Nichte vergessen. Was sie auf der ersten Seite las, ließ sie erschaudern …

Gerissenes Schaf auf Deich von H. Albers aufgefunden. Bisher gibt es keine Hinweise auf die Todesursache oder den Täter. Es könnte sich laut ersten Untersuchungen um einen wilden Hund handeln. Genaues ist nicht bekannt.

Aufgeregt las sie den Text zu Ende und ließ die Zeitung auf den Schoß sinken. »Verdammich noch eins. Das gibt's

doch gar nicht! Wer macht den so was? Das ist ja merkwürdig. Wer reißt denn ein Schaf? Da hol mich doch der …
ich muss sofort telefonieren …«

*

Dirk Westermanns Wagen rollte mit gesenkter Geschwindigkeit über die Sundbrücke. Die Sonne verschwand in
diesem Moment hinter dem Flügger Leuchtturm.

Der Hauptkommissar ließ die Scheibe der Fahrerseite
hinunter und sog die salzige Abendluft tief in die Lungen.
Es war für die Tageszeit noch ziemlich warm, aber ein
Lüftchen war aufgekommen und brachte erfrischende Seeluft mit sich. Für einen Moment hielt er den Arm aus dem
Fenster, um den Fahrtwind auf der Haut zu spüren. Selbst
um diese Uhrzeit glitten einige Segelboote über die Ostsee und ein Angelboot schaukelte auf den kleinen Wellen.
In ihm saßen zwei Männer, die ihre Angeln in die Fluten
hielten. Die goldene Stunde, dachte Dirk und fuhr bedächtig über die Brücke. Das wäre etwas für mich. Abends in
einem Boot sitzen, auf den Wellen gleiten und eine Angel
ins Wasser halten. Wie damals als Junge mit Urgroßvater
auf der Elbe. Was für Gedanken einem in den Kopf schießen, wenn ich diese Insel anfahre. Es ist, als lasse ich auf
der Brücke den Alltag augenblicklich hinter mir. Seufzend
hielt er das Lenkrad fest und trommelte leise die Melodie
mit, die im Hintergrund aus den Lautsprechern brummte.
Herb Alperts Song *Rise*, eines seiner Lieblingslieder des in
den 70er- und 80er-Jahren angesagten Trompetenspielers,
passte zur Atmosphäre. Er wünschte sich, dass er die Zeit
anhalten könnte, nur für diesen einen Augenblick. Als er
die Brücke verließ, schloss er das Fenster und gab Gas. Es

zog ihn zum Strukkamp, zu Katrin. Er freute sich auf die Nichte von Charlotte Hagedorn, der taffen Dame, die ihm schon mehrmals in seinen Mordfällen auf der Insel hilfreich zur Seite gestanden hatte.

An der ersten Abfahrt bog er ab. Nach weiteren zehn Minuten fuhr er auf den Parkplatz des Gebäudes, in dem Katrin Duvenstedt mit ihrer Tante lebte. Er stieg aus und spähte die Fassade des zweigeschossigen weißen Hauses hoch. Wenn ich doch mal im Lotto gewinnen sollte, dann … Er grinste und schritt zur Tür. Dafür müsste ich allerdings erstmal einen Schein ausfüllen.

Wenige Stufen später stand er vor der geöffneten Tür des Appartements, in der Katrin ihn bereits sehnsüchtig erwartete. Sie fiel ihm um den Hals und drückte ihn fest an sich. »Mädchen, lass mich bitte erst mal rein.« Er löste sich, sah sie an und gab ihr einen zärtlichen Kuss.

Katrin, die ein paar Stunden geschlafen hatte, ihre Arbeit im Büro im Schnelldurchlauf hinter sich gebracht hatte und immer noch blass aussah, zog ihn durchs Wohnzimmer auf die geräumige Terrasse. »Schau mal, wer da ist.« Sie strahlte ihn an und hielt seine Hand fest in ihrer.

Charlotte sah auf und stellte ihr Glas zurück auf den Tisch. Sie stand auf und nahm ihn in die Arme. Er erwiderte die Umarmung mit der freien Hand und sagte.

»Jetzt bin ich grad auf der Insel, will endlich meine Freiheit genießen und schon bin ich gefangen.« Alle drei lachten.

»Möchtest du Wein?« Charlotte deutete auf die Flasche Rotwein auf dem Tisch.

Dirk nickte und Katrin verschwand augenblicklich im Wohnzimmer, um kurze Zeit später mit einem Glas zurückzukehren. Die Fotografin bat den Kommissar, sich neben sie auf den einladenden Stuhl zu setzen. Ohne Widerstand ließ er sich darauf fallen und streckte die langen Beine aus.

»Ist ja jetzt schon wie im Urlaub mit euch beiden. Hier könnte ich es ewig aushalten.« Er sah auf das Wasser, das rötlich schimmerte, und betrachtete die Fehmarnsund-Brücke, die im letzten Sonnenlicht ihren eigenen Glanz entfachte. »Und das Bauwerk wollen sie abreißen? Das kann ich gar nicht fassen.« Er schüttelte unverständlich den Kopf.

»Aber nicht mit mir«, rief Charlotte und streckte warnend ihren Zeigefinger in die Luft. »Die machen hier, was sie wollen, nur nicht, was sie sollen. Belt-Querung, Brücke abreißen, Angeln und Fischen verbieten, immer neue Hotels und Häuser. Das ist alles kaum auszuhalten. Die sollten lieber das Ursprüngliche dieser Insel erhalten und pflegen. Wer weiß, eines Tages haben die Leute den ganzen neumodischen Firlefanz satt und sehnen sich zurück zu einer heilen Welt. Und was dann – dann ist auf der Insel alles umgerissen und sieht genauso aus wie überall. Das kann es doch nicht sein!« Charlotte Hagedorn machte ihrem Unmut Luft und füllte die Gläser mit dem roten Wein, der ebenso rot war wie ihre Leinenhose.

»Na, dann mal Prost. Auf die Gerechtigkeit und …« Dirk Westermann lächelte, »deine wunderschöne Insel. Appartement mit Meerblick und traumhafter Begleitung«, ergänzte er, betrachtete Katrin verliebt von der Seite und hauchte ihr einen Kuss auf den Handrücken. Sie prostete ihm mit ihrem Glas Wasser zu, als der Hauptkommissar nebenbei fragte: »Und was gibt es sonst Neues auf dem Eiland?«

Charlotte verzog vielsagend das Gesicht, zuckte mit den Schultern und murmelte: »Nichts, leider alles ruhig im Staate Dänemark.«

Katrin lächelte. »Charlotte … Dänemark!«

»Und … wir gehörten schließlich ziemlich lange zu Dänemark, wenn nicht der Mellenthin gekommen wäre.« Sie zupfte ihre weiße Bluse zurecht, die mit roten Mohnblumen bedruckt war, und sah den Kommissar unbekümmert an.

»Tantchen, Pause.« Katrin deutete ein Kreuz an und legte den Zeigefinger über ihre Lippen. »Ich glaube nicht, dass Dirk gekommen ist, um sich deinen Geschichtsunterricht anzuhören.« Die junge Frau drehte ihre glänzenden Haare zwischen den Fingerspitzen. Sie sieht so süß aus, aber blass ist sie, dachte Dirk Westermann und betrachtete seine Freundin, die ihm in weißen Shorts im Strandkorb gegenüber saß und den freien Blick auf die Ostsee genoss. Er legte eine Hand auf ihre gebräunten Beine. Sie wippte mit ihren nackten Füßen, die sie locker übereinandergeschlagen hatte.

»Ja, ja, man kann ja mal ein bisschen aus dem Nähkästchen plaudern. Aber ich versteh schon, ihr wollt alleine sein«, murmelte Charlotte Hagedorn und schmollte. Sie stand auf, nahm ihr Glas und trollte sich Richtung Wohnzimmer. »Ich schau mir lieber den Kieler Tatort an. Bei Borowski ist wenigstens was los.«

»Ist mit dir alles in Ordnung?«, fragte Dirk besorgt. »Du siehst blass aus, Mädchen.«

»Das geht schon wieder. Ich hatte gestern und heute einen Migräneanfall, das hat mich ganz schön aus den Puschen gehauen.« Sie hielt die Hand gegen die Schläfe. »Aber dank Charlottes Eispack und einem Triptan geht es mir Gott sei Dank wieder besser.«

»Hast du aber ziemlich oft in letzter Zeit«, sagte Dirk besorgt. »Ist im Moment sehr viel zu tun. Die Hochzeiten geben sich die Klinke in die Hand.«

Charlotte drehte sich in der Tür noch einmal um. »Hast du mich gerufen?«, fragte sie. »Ach ja, du wolltest doch wissen, ob es etwas Neues auf der Insel gibt. Gibt es.«

Als wenn sie etwas vergessen hätte, schlurfte sie zurück auf die Terrasse und blieb direkt vor Dirk stehen. Ohne abzuwarten, sagte sie: »Sie haben ein gerissenes Schaf auf einem Deich in Westermarkelsdorf gefunden. Das ist was Neues, oder? Keine zerstückelte Leiche oder Ähnliches. Einfach nur ein Schaf. Quasi ein ermordetes Schaf. Obwohl, das hat mich geschockt. Ich fahr doch so gern mit dem Fahrrad über den Deich in Westermarkelsdorf! Wenn da jetzt so ein wilder Hund sein Unwesen treibt?«

Dirk sah erstaunt auf. »Und … wer? Ein Hund sagst du?«

Charlotte sah ihn an.

»Vielleicht. Ich war es jedenfalls nicht«, sagte sie grienend und verschwand eilig im Inneren der Wohnung.

»Und was ist das, mit dem Tier?«, wollte Dirk jetzt von Katrin wissen.

»Also, in der Zeitung stand … aber hier.« Sie stand auf, huschte ins Wohnzimmer und kam mit dem Tageslokalblatt zurück. »Lies selbst.«

Neugierig griff der Kommissar zum Tageblatt. In seinem Kopf fing es an zu rotieren. Der Hauptkommissar las den Artikel und legte die Zeitung aus der Hand. Er rieb sich das Kinn und schob die Brille zurück auf die Haare. »Wo ist denn dieser Bauer?«, fragte er.

»Wieso, willst du den Mord an einem Schaf aufklären?«, lachte Katrin und goss sich Wasser ins Glas.

»Ach Mädchen. Es interessiert mich einfach.«

»Ja, das ist der Hanno Albers. Er hat einen Hof im Westen und eine relativ große Schafherde. Merkwürdig fand ich es auch«, sagte Katrin. »Charlotte hat gleich die Anne angerufen. Also, die Anne ist die Frau von Hanno Albers. Aber die konnte nichts Genaues sagen. Das tote Schaf hat der Tierarzt mitgenommen, damit es untersucht werden kann.«

»Nun mal langsam, sonst platzt dir gleich wieder der Kopf.« Dirk Westermann legte lächelnd seinen Finger über ihre Lippen. Katrin brabbelte weiter.

»Charlotte war mit der Antwort gar nicht zufrieden, das kannst du dir ja vorstellen. In ihrem Gehirn fing es, ganz in Miss-Marple Manier, sofort wieder an zu rattern. Das habe ich ihr angesehen. Sie glaubt wahrscheinlich, ein Mörderhund hat das Schaf gerissen und sie muss den Fall unbedingt klären. Rede ihr das bloß aus.«

Dirk zog die Augenbrauen hoch. »Und das ist hier nie vorgekommen?«

»Nein, aber vielleicht willst du da mal hinfahren? Ich komm gerne mit. Wir könnten morgen Nachmittag einen Spaziergang auf dem *Deichtatort* machen, dann kannst du dir das ja mal ansehen«, feixte Katrin, setzte sich auf seinen Schoß, sah ihn an und gab ihm einen Kuss.

»Nun lass doch mal den Dirk. Der hat endlich ein paar Tage Urlaub, lass ihn erst mal ankommen«, rief Charlotte aus dem Wohnzimmer. Sie schien jedes Wort mitangehört zu haben.

»Charlotte!«, rief Katrin mit gespielter Entrüstung. »Die kriegt aber auch alles mit«, flüsterte sie Dirk ins Ohr.

»Ja, ankommen ist gut«, sagte der Kommissar und blickte auf das Ziffernblatt seiner Uhr. »Ich müsste langsam mal mein Zimmer beziehen, bevor mich Frau Martin wieder ausquartiert.« Er lächelte Katrin an.

»Aber du könntest hierbleiben, das hab ich dir angeboten«, kam die Stimme Charlottes energisch aus dem Wohnzimmer.

Die hübsche Frau auf seinem Schoß sah ihn ebenfalls fragend an. »Nein, lasst mal. Ich bin doch in eurer Nähe und wir sehen uns jeden Tag.

Nebenbei ackere ich ein paar Akten durch, die ich mir mitgebracht habe. Wir arbeiten da ein paar Cold-Cases auf. Das ist zeitintensiv und aufreibend. Als Außenstehender bekommt man Jahre später manchmal neue Einblicke in die Fälle.« Zögernd schob er Katrin von seinem Schoß und erhob sich.

Sie seufzte. »Okay, du hast ja recht. Auch, wenn ich nicht die Hälfte von dem verstehe, was du da erzählst.« Sie sah ihn liebevoll an. »Wir sehen uns dann morgen, wenn du ausgeschlafen hast. Ich muss morgen früh eine Hochzeit vorbereiten, das kann dauern.«

»Siehst du, ich bringe euren gesamten Tagesablauf durcheinander«, sagte Dirk Westermann und zog Katrin hinter sich her ins Wohnzimmer. »Gute Nacht, Charlotte, bis morgen dann. Und nicht, dass du mir mit dem Borowski durchbrennst, ich brauche dich hier.« Er deutete auf das Fernsehbild, drückte die Künstlerin, die von ihrem Sessel aufgesprungen war, und verabschiedete sich von ihr. Im Flur zog er Katrin an sich, streichelte ihr sanft über die Wange und verschloss ihren Mund mit einem zärtlichen Kuss. »Und für alles andere sind wir bei mir auch sehr viel ungestörter.« Er lächelte vielsagend und räusperte sich heiser. Dann presste er die attraktive Frau an sich. Mit geübten Fingern spielte er mit einer ihrer Haarsträhnen, versenkte seinen Kopf in der Haarpracht und sog den Wohlgeruch tief in die Lungen.

»Vielleicht gehen wir ja morgen Abend mal übers Rapsblütenfest, wenn du Lust hast«, entgegnete sie zaghaft.

»Zuerst zum Hanno und dann nach Petersdorf – ist ein Weg.«

»Das ist eine gute Idee«, antwortete Dirk. Er nahm seinen Autoschlüssel von der Kommode im Flur, zwinkerte ihr zu und verließ die Wohnung.

*

»Na kommt schon, wir wollen endlich los«, rief Anne Albers, die ungeduldig in weißer Jeans und schmal geschnittener Bluse in der Eingangstür auf dem Albers Hof stand.

Hanno hatte sich ebenfalls ausgehfein angezogen und schob sich an ihr vorbei. »Ich hol schon mal den Wagen«, murmelte er und trottete mit einem gequälten Lächeln über das frisch geharkte Kiesbett. Ohne Überlegung steuerte er auf den Pick-up zu. Sein Blick wanderte auf die leere Ladefläche, auf der vor wenigen Tagen eines seiner toten Schafe gelegen hatte. Die Mundwinkel des Landwirtes verzogen sich augenblicklich. Ihm war mulmig bei dem Gedanken, dass ein wilder Hund hier sein Unwesen trieb. An die Mär eines Wolfes glaubte er nicht. Hanno schluckte und schüttelte sich, als wollte er das unbehagliche Gefühl in seiner Magengegend verscheuchen.

»Du willst doch wohl nicht mit *dem* Wagen fahren?«, rief Anne nicht gerade erfreut und zeigte entschlossen auf ihren schwarzen BMW. »Die Kinder kommen mit und überhaupt – wie sieht dein Auto aus!«

Sie deutete mit dem Kopf zum Arbeitswagen ihres Mannes, der vor Wochen das letzte Mal eine Autowaschanlage von innen gesehen hatte. Der Staub und Dreck der Felder schien sich ausschließlich auf dem Pick-up niedergelassen zu haben. Durch die verkrusteten Scheiben konnte man kaum in den Innenraum sehen. »Ich setze mich nicht in das dreckige Teil.« Sie zeigte auf ihre helle Hose und schüttelte energisch den Kopf.

Lea und Finn kamen zum Parkplatz und stellten sich grinsend neben den Wagen der Mutter. »Siehst du, ich sag's doch.« Bestätigend nickte sie und öffnete mit dem Schlüssel das Auto.

Die Geschwister verschwanden im Fond und warteten darauf, dass die Fahrt losging. Wenige Sekunden später waren sie längst in ihre Handys versunken, die dauerhaft an den Händen zu kleben schienen.

»Okay, fahren wir mit deinem. Bleibt mir ja nichts anderes übrig«, sagte Hanno, seufzte und nahm seiner Frau den Schlüssel ab.

»Hey, das ist *mein* Auto«, rief sie lächelnd und stieg auf der Beifahrerseite ein. »Und *meine* Zeit. Wenn du fährst, sind wir morgen noch nicht da!«

»Frechheit«, lachte sie und schnallte sich an. Der Landwirt setzte sich auf den Fahrersitz und drehte den Schlüssel im Zündschloss, als sein Handy in der Hosentasche klingelte.

»Kann das Ding nicht *einmal* ausbleiben?«, schimpfte Anne und sah Hanno genervt an. »Ich dachte, wir wollten in Ruhe ohne Handygedudel zum Essen gehen. Das Gleiche gilt übrigens auch für euch.«

Sie drehte ihren Kindern den Kopf zu. Finn und Lea tippten völlig unbeeindruckt unaufhörlich weiter auf ihren Mobiltelefonen herum.

Hanno nahm mit zerknittertem Gesichtsausdruck das Gespräch an, lauschte, während er sich auf die Unterlippe biss, und schrie aufgebracht:

»Was? ... Ein Wolf?« Geschockt riss er die Wagentür auf und sprang kreidebleich aus dem Auto.

EIN PAAR TAGE SPÄTER

Die Kinder spielten im Wald von Flügge, hielten ihre Äste wie Degen vor die Brust und kämpften einen imaginären Kampf.

»Ich werde dich vernichten«, rief der achtjährige Marten und fuchtelte mit der Klinge des Holzschwertes vor dem Gesicht seines Freundes Ulf herum, der den Angriff seinerseits mit dem Schwert abwehrte. Lachend trieben sie sich immer weiter ins Innere des Gehölzes. Das Spiel dauerte eine ganze Weile, bis Marten zurückwich und ohne Vorwarnung stolperte. Etwas lag genau hinter ihm unter einem Busch und er war über ein herausragendes Teil gestolpert.

»So ein Mist, Mann, kannst du nicht aufpassen?«

»Pass doch selber auf, wenn du keine Augen im Kopf hast.«

»Wie soll ich denn, hab ich hinten welche?« Marten wollte sich aufrappeln, um das Spiel fortzusetzen. Er stützte sich mit den Händen ab und berührte dabei etwas Weiches. Angeekelt schrie er auf.

»Kacke, was ist das?« Er sprang auf, drehte sich um und ließ das Holzstück aus der Hand gleiten. »Mann, Ulf, da liegt irgendein Müll.« Kreidebleich sah er den Freund an, dann auf den blutverschmierten, undefinierbaren Gegenstand, der unter dem Busch herausragte. Der zehnjährige Ulf stapfte näher und stocherte neugierig mit seinem Schwert im umliegenden Geäst herum.

»Verdammt, da … das ist ein Tier!«, schrie er abgestoßen, drehte sich um und fing an zu würgen, als wollte er sich jeden Augenblick übergeben. Dann ließ er sein Holzschwert fallen.

Marten hob es auf und sagte: »Lass uns verschwinden, ich hab keinen Bock mehr.«

Ulf nickte und eilte, ohne noch einmal auf den Kadaver zu schauen, seinem Freund nach. »Komm, um die Wette laufen.«

Sie rannten aus dem Wäldchen, dem Stadtarbeiter Jankowski direkt in die Arme. Der hatte vor einer Stunde den Auftrag erhalten, sich des losen Buschwerks und des Plastikmülls im Flügger Waldgebiet anzunehmen und es schleunigst zu entsorgen, bevor Charlotte Hagedorn ihrerseits einen nicht zu verachtenden Leserbrief veröffentlichen würde. Sie war bis ins Rathaus bekannt dafür, sich ab und zu unbeliebt zu machen. Niemand wollte sich mit ihr anlegen. Selbst der Bürgermeister ging ihr nach dem letzten Debakel im Senator-Thomsen Haus vorsorglich aus dem Weg.

»He, he, wohin so eilig? Was habt ihr angestellt, ihr Lausejungen? Hoffentlich kein Feuer angezündet! So wie ihr ausseht, habt ihr auf jeden Fall …«

Marten blieb keuchend vor ihm stehen, stützte die Hände auf die Knie und versuchte, seine Atmung zu entschleunigen. Ulf hielt den Arm in die Höhe und wies zurück zu der Stelle, von der sie sich gerade entfernt hatten.

»Warum sollten wir Feuer anzünden? Sehen Sie da irgendwo Rauch?«

»Nun werdet mal nicht frech«, entgegnete Jankowski und hob grinsend den Finger.

»Wir sind nur abgehauen, weil es so ekelhaft war.«

»Was war ekelhaft?« Jankowski zog die Stirn kraus.

»Da liegt ein totes Tier, sieht matschig aus«, hechelte Ulf dem Stadtarbeiter entgegen und schüttelte sich.

»Mal langsam«, antwortete der stattliche Arbeiter und lächelte, bis sich tiefe Grübchen auf seinen Wangen abzeichneten. »Das wird ein Wildkaninchen sein, das da verendet ist«, sagte er und sah die beiden an. »Kommt mal mit mir mit und zeigt mir, wo ihr das Tier gefunden habt.«

»Ne, ich …« Marten sah Ulf fragend an, der sich umgedreht hatte und dem Stadtarbeiter folgte. »Aber wir kennen Sie doch gar nicht. Da kann ja jeder kommen«, versuchte Marten, seinen Freund zurückzuhalten.

»Wie du da vorne sehen kannst, steht da mein Auto. Und was steht darauf?« Er zeigte auf den weißen Pick-up, der direkt vor dem Eingang zum Wald parkte, und verlas die Aufschrift des Aufklebers »Stadt Fehmarn«. »Seid ihr nun beruhigt? Außerdem bin ich gerade auf dem Weg, ein bisschen Ordnung im Wäldchen zu schaffen. Also, zeigt mir mal euren Fund.«

Die beiden hatten sich mittlerweile beruhigt und begleiteten den gutmütigen Stadtarbeiter zurück an die Stelle, von der sie vor wenigen Minuten erst geflüchtet waren. Ulf wies mit gesichertem Abstand in die Richtung, an der sie ihren Fund gemacht hatten.

»Ja, ich seh schon. Ihr könnt jetzt wieder abhauen. Ich glaube nicht, dass ihr sehen wollt, wie ich das Tier zusammenfege, oder?«

Die beiden schüttelten heftig mit ihren Köpfen und suchten das Weite.

Der Stadtarbeiter trottete zurück zum Wagen, holte eine Kunststoffkiste, eine Schaufel und eine Harke von der Ladefläche. Dann machte er sich auf den Weg zur Fundstelle.

»Das sieht mir aber nicht nach einem Kaninchen aus«, brabbelte er und setzte die Harke an, um das tote Tier unter den Ästen herauszuziehen. »Mann, wat is dat schwer«, murmelte er und fasste mit den Zinken nach. Jankowski verengte die Augen und zog den Kadaver zu sich. Dann ließ er entsetzt sein Arbeitsgerät fallen und lief dem Ausgang des Waldes entgegen. Er riss die Tür des Wagens auf und griff zum Handy.

Eine Stunde später wimmelte es im Wäldchen von Polizeibeamten der Burger Polizeidienststelle.

*

»Hey, Thomas, was ist denn in *dich* gefahren? Sehnsucht oder ist dir *so* langweilig, dass du deinen Chef anrufst, um dich abzulenken?« Er lachte und schob die Pfeife in den anderen Mundwinkel. Dirk saß mit nackten Füßen am Strand von Katharinenhof, hielt eine Akte auf dem Schoß und schaute über die Ostsee.

Wenige Menschen liefen am Wasser entlang und suchten nach Steinen. Ein Pärchen hockte unweit vom Kommissar auf einer Decke und schmuste verliebt. »Du kannst dir gar nicht vorstellen, wie erholsam es hier ist.« Er blies den Rauch seiner Pfeife in den Himmel und wackelte mit seinen Zehen. »Du solltest meinen Körper mal sehen, ich bin braun, wie ein … äh Bär und aale mich im heißen Sand.« Er lachte über den Quatsch, den er von sich gab.

So kannte man den Kommissar nicht, der ansonsten eher in sich gekehrt und sachlich war. »Komm am Wochenende vorbei, wenn dir die Decke auf den Kopf fällt. Wir sollen in den nächsten Tagen ordentlich Wind bekommen, dann kannst du mir endlich das Surfen beibringen.«

Dann schwieg er, was darauf hinwies, dass Thomas Hartwig die Ansprache übernommen hatte. Augenblicklich nahm das Gesicht des Kommissars ernste Züge an. Seine Augenbrauen zogen sich zusammen, und es entstand eine steile Falte auf der Stirn. Er legte die Akte mit einem alten Fall aus der Hand und sah über das Wasser.

»Was sagst du da? Ihr seid schon auf dem Weg? Das glaube ich nicht … ja, ich fahre sofort los … wo sagtest du? Jimi-Hendrix-Denkmal … bis gleich.« Sprachlos drückte Hauptkommissar Westermann das Gespräch weg, nahm die Akte, schlüpfte in seine dunkelbraunen Ledermokassins, die er sich erst zwei Tage zuvor in einem Seglershop unten am Hafen gekauft hatte.

Eine halbe Stunde später erreichte er den Campingparkplatz, auf dem bereits etliche Dienstfahrzeuge parkten. Er stieg aus und ging auf den Deich, von dem aus er zum Gedenkstein des Rockmusikers gelangte. Schon von Weitem sah er das Flatterband, das den Fundort großräumig absicherte. In diesem Teil der Insel war er noch nicht gewesen. Er stapfte über die Grasfläche, registrierte den überdimensionalen Findling mit der Gravur einer Gitarre, bis er das Absperrband erreichte. Dienststellenleiter Olaf Schütt kam ihm mit hochrotem Kopf entgegen. Unter seiner Dienstmütze tropften Schweißperlen hervor, die sich auf Nasenspitze und Augenwinkeln sammelten. Der Hauptkommissar der Burger Dienststelle versuchte mit dem Handrücken der Tropfen Herr zu werden.

»Moin, dass wir uns so schnell wiedersehen, hättest du wohl nicht gedacht«, sagte er und gab Dirk Westermann die Hand.

»Na ja, eigentlich nicht.« Er zog Handschuhe aus der Hosentasche, die er vorab aus dem Kofferraum geholt hatte, und stülpte sie über.

»Wieso bist du überhaupt so schnell hier? Deine Kollegen aus Oldenburg sind doch jetzt erst auf dem Weg nach Fehmarn.« Er sah Westermann erstaunt von oben bis unten an.

»Ich mache Urlaub!«

»Tja, daraus wird in nächster Zeit wohl nichts.« Fast mitleidig zeigte er hinter sich in den Wald. »Die Leiche sieht ziemlich entstellt aus.«

Westermann zog die linke Augenbraue hoch. »Wieso entstellt?«

»Zerfl... komm mit, das musst du dir selbst ansehen. Mir war elend zumute! Fast hätte ich mich übergeben. Ich denke, dass sich nach seinem Tod reichlich Getier eingefunden hat, um es mal harmlos auszudrücken.« Wortlos stiefelte der Hauptkommissar aus Burg voran.

Westermann folgte ihm in Jeans und kurzärmligem T-Shirt durch das Dickicht. Bei jedem Schritt knackte knochentrockenes Holz unter seinen Schuhsohlen. Wenige Meter später hatten sie ihr Ziel erreicht. Um die Fundstelle bewegte sich die Gruppe der Spurensicherung.

Vor dem direkten Fund hockte der Gerichtsmediziner und untersuchte den Toten nach ersten Spuren. Ein Mitarbeiter der KT fotografierte das Opfer. Der Mediziner drehte den Leichnam auf die Seite und suchte nach weiteren Hinweisen.

»Was habt ihr?«, fragte Westermann.

»Eine männliche Leiche. Totenstarre hat komplett eingesetzt. Ich denke zwölf bis 14 Stunden, plus minus. Aber mehr können wir dir noch nicht sagen. Reichlich Tierfraß. Aber das hier, das versteh ich nicht«, sagte er und sah Dirk Westermann ungläubig an. »Gut, dass du da bist«, sagte Henning, tastete das Opfer ab und stand auf. Unter der weißen Kapuze des Overalls tropften, wie vorher bei Schütt, Schweißperlen über das Gesicht des Gerichtsmediziners. Westermann war sich nicht sicher, ob dies an der schweißtreibenden Hitze oder am Anblick des Leichnams lag.

»Erzähl, was ist los?«

»Wenn ich das wüsste. Genau kann ich dir das erst sagen, wenn er in der Gerichtsmedizin liegt, aber …«, er machte eine lange Pause. »Aber das sieht mir verdammt«, Henning schluckte erneut.

»Nun red schon«, forderte Westermann.

»Das sieht verdammt nach einem Tierriss aus.«

Westermann sah ihn ungläubig an. »Wie Tierriss?«

»Wir haben einen Mann um die 60 mit aufgebrochenem Brustkorb. Und«, er ging erneut auf die Knie, »wenn du hier am Hals schaust, dann …«

»Red schon, Henning. Wieder ein Tattoo?« Westermann wurde ungehalten.

»Hier am Hals, das ist ein Kehlbiss … wenn du verstehst, was ich meine.«

»Kehlbiss, aber sicher. Dann hat der wilde Hund, der hier auf der Insel ein Schaf gerissen haben soll, wahrscheinlich diesen Mann umgebracht und hier …« Er stutzte. »Das kann nicht sein.« Westermann sah Henning ungläubig an. Der Gerichtsmediziner bemerkte, dass irgendetwas in dem Kommissar arbeitete.

»Wieso sagst du, dass ein wilder Hund ein Schaf gerissen hat? Ich habe gar nichts in dieser Richtung erwähnt.«

»Weil es in der Zeitung stand.« Jetzt war es an Henning, Dirk Westermann ungläubig anzusehen.

»Dann liege ich doch nicht so falsch. Ich hab schon an meinem Verstand gezweifelt. Dachte aber eher an einen … halt mich nicht für verrückt … einen Wolf!«

Es entstand eine Pause. Die Ruhe im Wald war augenblicklich greifbar.

»Woher willst du wissen, dass es ein Wolf war?«, fragte Westermann und sah ihn erstaunt an. Die umstehenden Kollegen hielten abrupt in ihrer Beschäftigung inne und sahen den Gerichtsmediziner ebenfalls an.

»Sicher weiß ich vorerst mal gar nichts. Es sind nur Vermutungen, die darauf schließen lassen.«

Die Kollegen wandten sich wieder ihrer Arbeit zu.

»Aber wenn ich mir das genau ansehe, kommt der Riss eines Tieres für mich auf jeden Fall in Betracht, aber ich will nicht vorgreifen. Wir müssen ihn umgehend in die Pathologie bringen, damit wir DNA-Untersuchungen durchführen lassen können. Wenn das hier ein Tier war, dann ein relativ großer Beutegreifer. Mein Gott!«, sagte Henning und blieb mit fragendem Blick vor dem Hauptkommissar stehen.

GLEICHER ABEND

»Na, hat dein Vater sich schon gemeldet?« Dietrich Jensen schien besorgt. Jette sah ihn an und schüttelte den Kopf. Sie wirkte nicht sonderlich aufgeregt.

»Du kennst ihn doch. Wenn der erstmal einen Zug durch die Gemeinde macht, dann steckt der sonst wo.« Bei ihrem Kommentar musste sie selbst lachen. »Na, ich meine, der ist irgendwo versumpft und schläft bei einer seiner Damen den Rausch aus. Das kann schon mal dauern.«

Sie zuckte die Schultern und schlang ihre Arme um seinen Hals. Immer wieder küsste sie ihn stürmisch, und er versuchte sich loszumachen.

»Jette, was ist, wenn dein Verlobter oder dein Vater nach Hause kommen? Dann bin ich, wie man es dreht und wendet, am Arsch.«

Sie schüttelte heftig den Kopf. »Der Bruns ist auf irgendeiner Veranstaltung auf dem Festland und erst morgen zurück. Sonst hätte ich dich doch kaum zu mir nach Hause eingeladen, oder?« Sie sprang auf, zog ihr T-Shirt über den Kopf und stand oben ohne da.

»He, was ist, wenn dein Alter …?«

»Was du nur hast. Wenn der nach Hause kommt, stürzt er mit Sicherheit nicht als Erstes in mein Zimmer. Hier oben sind wir ganz für uns, glaub mir doch.« Sie streifte ihre kurzgeschnittene Jeans ab und sprang mit Geschrei auf ihn. Dietrich wehrte sich gegen die ungestümen Angriffe Jettes. Hilflos ließ er die Küsse über sich ergehen und drückte ihren fast nackten Körper an sich. Er stöhnte und schob sie zur Seite. Überall auf dem sandfarbenen Sofa lagen unterschiedlich große Kissen, zwischen denen er sich mühsam herauskämpfte.

»Jette, lass uns ein ander Mal. Du weißt, ich fühle mich hier nicht sonderlich wohl – wenn uns jemand erwischt.« Er stand auf und fiel fast über den dunklen Flechtkorb, der direkt neben dem Sofa platziert war und in dem eine Wolldecke lag. Er sah sich in dem geräumigen Zimmer um, das im Landhausstil eingerichtet war. Es befand sich im oberen Stock des großen Haupthauses, und Jette verfügte über die gesamte Etage. Sie hatte ihr Reich für diesen Abend mit jeder Menge entzündeter Kerzen kuschelig hergerichtet. Dann hatte sie ihn angerufen und gebeten, sie zu besuchen, weil sie sich allein fühlte. Zähneknirschend hatte er eingewilligt und war wie ein Dieb im Dunkeln über den Hof geschlichen, nachdem er seinen Wagen abseits des Geländes hinter einem Busch geparkt hatte.

Jetzt stand er in dem Raum, in dem jede Menge Kerzen auf silbernen Leuchtern brannten und gemütliches Ambiente verströmten. Dennoch fühlte er sich in dieser Umgebung unwohl. Auf dem Hof lag ein dunkler Schatten, der die Gesichtszüge von Bruns trug. Dietrich Jensen warf einen Blick auf die silberfarbene, überdimensionale Taschenuhr, die über dem Sofa an der Wand hing. Es ist wirklich alles perfekt auf diesem Hof, wie glücklich könnten wir hier sein, grübelte er.

»Ich muss jetzt los«, sagte er stattdessen und schlüpfte in seine Sportschuhe, die er neben der Tür ausgezogen hatte. Jette streifte ihr Shirt wieder über, zog die Shorts an und zog wütend den Reißverschluss hoch. Sie fauchte und pustete erregt eine Kerze nach der anderen aus.

»Dann eben nicht. Ich weiß gar nicht, wovor du solche Angst hast. Mann, nur noch eine Weile, dann trenne ich mich von dem Arsch. Mach doch nicht so einen Aufstand. Mein Vater mag dich, das weißt du.« Sie zögerte, bevor sie weitersprach. »Er wird es eines Tages verstehen und dann …« Die letzte Kerze auf dem Tisch erlosch. Ihr enttäuschter Blick erreichte ihn.

»Jette, es wird irgendwann alles gut, das verspreche ich dir. Aber ich muss jetzt los. Bring mich bitte raus.«

Er zog sie an sich, gab ihr einen flüchtigen Kuss und schob sie vor sich her durch die Tür, die in den dunklen Flur führte. Das Geräusch eines Schlüssels im Schloss ließ sie zusammenfahren.

*

Nachdem seine Familie gestern beleidigt allein den Hof verlassen hatte, um zum Essen zu fahren, setzte Hanno sich in der Küche an den Tisch, löste die Krawatte und hebelte den Deckel einer Bierflasche mit einem Feuerzeug auf.

Er hörte, wie ein Wagen auf den Hof fuhr. Angespannt stand er auf und öffnete die Tür.

»He Viehdoktor, hab ich dir nicht gesagt, dass ich dich hier im Moment nicht sehen will? Verräter!« Der große, schlanke Mann nickte und lief, ohne sich verschrecken zu lassen, in seinen Gummistiefeln auf die Haustür zu.

»Du kannst mich nennen, wie du willst. Aber wir müssen reden.«

»Ich hab dir doch gesagt, ich sprech nicht mehr mit dir.«

»Hanno, ich versteh dich ja, aber …«, er strich sich die nackenlangen, dunkelblonden Haare aus dem Gesicht.

»Was aber? Willst du mir sagen, dass ein Wolf mein Schaf gerissen hat? Weißt du, was das bedeuten würde?«

Der Tiermediziner verschloss die Tür, um nicht noch mehr Leute auf das Streitgespräch aufmerksam zu machen, und folgte dem Landwirt in die geräumige Bauernküche. Er zog seine Jacke aus und legte sie über die Stuhllehne. Der Bauer bot ihm keinen Stuhl an.

»Nun red schon, was hast du herausgefunden? Deshalb bist du doch hier, oder? Werd deinen Scheiß los und dann verschwinde einfach wieder.« Hannos Hände schwitzten, und er rieb die Handflächen an den Jeans.

»Pass auf, Hanno. Es gibt nur eine erste vage Vermutung. Ich habe die Proben zur genetischen Untersuchung an das Senckenberg-Forschungsinstitut geschickt.« Er schluckte. »Die Eiluntersuchung allerdings deutet darauf hin, dass wir auf der Insel ein Wolfsproblem haben. Ich bin sofort nochmal auf den Deich und habe am vermeintlichen Tatort nach Losung gesucht … und gefunden!« Er wirkte nicht sehr glücklich über den Fund. »Du weißt, was das heißt?«

»Wovon sprichst du? Ich verstehe es nicht! Nur, dass du mir schaden willst.« Hastig ließ er Bier die Kehle hinunterlaufen.

»Losung, die im ersten Verdacht zu einem Wolf gehören könnte. Und so wie es aussieht, ist es nach meinen

Erkenntnissen und den Anzeichen, die ich darin gefunden habe, die eines Canis Lupus.« Er stieß seinen Atem durch die Nase.

»Canis was? Aber das ist doch Blödsinn.«

»Im Gegenteil. Ich möchte dir helfen, bevor wirklich etwas passiert.« Hanno sah den schlaksigen Tierarzt, der die Hemdsärmel aufkrempelte und sich mit verschränkten Armen gegen die Küchenzeile lehnte, verzweifelt von der Seite an. »Was soll das heißen?«

»Ich will es dir ja gerne erklären, wenn du mich lässt. Zuerst haben sie mit Hilfe der Wildbiologin in der Tierpathologie das Tier untersucht. So weit so gut. Sie haben DNA-Spuren genommen, die nun ausgewertet werden. Was allerdings eine ganze Weile dauern kann. Aber anhand der Verletzungen des Schafes konnten sie einige erste Schlüsse ziehen.«

»Und was heißt das?«, fragte Hanno, der eine neue Flasche öffnete, an die Lippen setzte und einen großen Schluck nahm.

»Sie haben dem Tier teilweise das Fell abgezogen und nach Biss und Risswunden gesucht. Dabei ist ihnen der Drosselbiss am Hals sofort ins Auge gefallen.

Ein wilder Hund könnte es gewesen sein, aber die richten normalerweise mehr Schaden an einem Tier an, wie ich dir ja auch schon gesagt hatte. Eventuell ein gut abgerichteter Jagdhund. Aber das ist heute nicht mehr üblich.«

»Das versteh ich alles nicht. Was zum Teufel ist ein Drosselbiss?«, fragte er, stand auf und holte ein weiteres Bier aus dem Kühlschrank. Die Luft war feucht und drückend und nahm Hanno den Atem. Er sah Armin Wendt von der Seite an, der sich mit der Hand an den Kehlkopf fasste. »Du auch?«

Der Tierarzt nickte. Hanno reichte ihm versöhnlich die Flasche. »Aber du hast trotzdem keine guten Karten bei mir.«

»Ist ja gut. Also, du fragtest nach dem Drosselbiss.« Er nahm einen Schluck des kühlen Getränkes und seufzte. »Das ist ein Kehlbiss, den kennst du doch? Zwei Einstiche am Kehlkopf, das war es. Kaum Unterblutungen. Mit dem Kehlbiss drosselt er die Luftzufuhr am Kehlkopf seiner Opfer. Ein wilder Hund verbeißt sich öfter und reißt den Kadaver an mehreren Stellen auf.« Hanno schluckte erneut. »Ein Wolf tötet sein Opfer mit einem gezielten Biss, dann beißt er für gewöhnlich an der Keule, und wie bei deinem Schaf wird feinsäuberlich der Bauchraum aufgebrochen und von innen heraus gefressen.«

Der Schafbauer sprang auf und packte Wendt am Kragen. »Was willst du damit behaupten?«, schrie er.

»Nichts, lass dir doch erklären.« Der Tierarzt riss sich los und versuchte Hanno zu beruhigen. Zitternd setzte dieser sich zurück auf seinen Stuhl.

»Und das kann kein Hund angerichtet haben?«

Armin Wendt nahm einen Schluck aus der Flasche und stellte sie zurück auf die Arbeitsplatte. Er schüttelte unmerklich den Kopf. »Nicht so. Es sei denn, es ist ein sehr gut ausgebildeter Jagdhund, der darauf trainiert ist. Aber das glaube ich nicht. Außerdem waren Magen und Darm im Bauchraum. Die frisst der Wolf im Allgemeinen nicht. Ein Hund schon. Du weißt doch, wie gerne unsere Hunde Innereien fressen, oder?« Hanno nickte und sah aus, als wenn *er* gleich zum Schlachthof geführt werden sollte. Alle Farbe war aus seinem Gesicht gewichen und die Hände zitterten. »Die DNA-Proben werden letztendlich Gewissheit geben. Aber das dauert. Nur, du musst deine

Schafe schützen. Denn wenn es so ist, dass ein Wolf die Gegend unsicher macht, dann ist das erst der Anfang. Der wird sich nicht mit einem Tier zufriedengeben. Wenn es einer ist, wovon ich erstmal ausgehe, ausgehen muss, dann sollten wir ihn schnellstens sichten, betäuben und fangen.« Armin Wendt wischte mit dem Handrücken über seine Stirn. »Mann, ist das heute wieder schwül! Nach dem ersten Test kommen die Wolfsberater sowieso auf die Insel.

Sie werden sich alles genauestens ansehen und nach dem … *Wolf* suchen.« Er räusperte sich.

»Wir haben bisher nie einen Wolf auf Fehmarn gesichtet. Es ist nicht einmal einer in dieser Gegend auf dem Festland gewesen, geschweige denn auf der Insel«, jaulte Hanno Albers und fing an, die nächste Flasche auszutrinken.

»Irgendwann ist immer das erste Mal. Mit Wildschweinen haben die Insulaner vorher genauso wenig etwas am Hut gehabt – und jetzt?«

Der Tierarzt leerte ebenfalls seine Flasche und trat vor Hanno.

»Ja, aber was mache ich denn jetzt?« Die Stimme von Albers klang weinerlich, als er den Viehdoktor und Freund aus glasigen Augen ansah.

»Ich bin kein Profi auf diesem Gebiet, aber ich denke, du solltest deine Tiere reinholen. Es nützt nichts.«

»Wie stellst du dir das denn vor? Du weißt doch, wie viele Schafe ich habe! Du weißt es doch!« Hanno sprang auf und starrte den Tierarzt an. »Die müssen draußen bleiben.« Auf einmal wirkte er zusammengefallen. Seine Schultern hingen wie leblos herunter.

»Wenn du weitere Tiere verlieren willst? Letztendlich ist es deine Sache. Du musst zumindest Vorsorge treffen. Und du solltest nicht so viel trinken, das bekommt dir überhaupt nicht. Schon gar nicht bei der Hitze. Wir haben weit über 30 Grad.«

»Was soll ich denn tun? Mein Schaf ist tot. Was, wenn der zurück kommt? Was kann ich dagegen unternehmen?« Hanno war verzweifelt und sah den Viehdoktor deprimiert und alkoholisiert an.

»Es gibt mehrere Möglichkeiten. Elektrozäune sind eine davon.«

»Wie soll das gehen? Die Tiere wandern auf dem Deich ständig weiter. Ich kann doch nicht die ganze Zeit daneben stehen und die Zäune weiterrücken oder gleich den ganzen Deich einweiden.«

»Installiere als erste Hilfe einen Lappenzaun um das Gelände, auf dem sich die Tiere befinden.«

»Was ist ein Lappenzaun??«

»Das sind um die 50 Zentimeter lange und 20 Zentimeter breite Stofflappen. Die musst du in kurzem Abstand an eine Schnur nähen und straff zwischen Kunststoffpfähle spannen. Du musst nur darauf achten, dass die Unterkante der Lappen maximal 20 Zentimeter über dem Boden endet. Das ist aber nur eine vorübergehende Lösung. Ich denke, die kannst du sogar leihen. Hole deine Schafe am besten rein, bis wir Bescheid wissen, das rate ich dir. Ansonsten kann ich dir augenblicklich nicht helfen. Ich habe mit den Leuten eines Geheges telefoniert, die für dieses Gebiet zuständig sind. Und eine Wildbiologin verständigt, die die Untersuchung an dem toten Tier durchgeführt und DNA-Proben genommen hat. Das Untersuchungsergebnis wird dir umgehend mitgeteilt.«

Hanno Albers' Augenlider senkten sich. Armin Wendt sah, dass es ihm sehr schlecht ging. »In den nächsten Tagen kommen ein paar Leute und sehen sich deinen Deich an.

Die melden sich an. Die werden dir genau sagen können, was du bis dahin tun sollst. Die Presse hat einen Bericht, der wird morgen veröffentlicht. Die Bauern sind informiert, und wir treffen uns nächste Woche im Dorfkrug. Komm vorbei und wir beratschlagen zusammen.« Mit ernster Miene erhob er sich. »Bringst du mich raus? Ich muss los.«

Hanno wankte unsicher zur Tür. Dann schlurfte er zurück und setzte sich mit einer weiteren Bierflasche und einer Flasche Korn zurück an den Küchentisch.

TAGE SPÄTER

»Psst, sei leise, ich hab da was gehört«, flüsterte Dietrich Jensen, als er in der Tür stand. Seine Stimme vibrierte. Er wurde blass, hatte keine Lust, auf einen der beiden Männer zu treffen, die sich in diesem Haus frei bewegten.

»Du musst sofort verschwinden«, entgegnete Jette. Sie schob ihn aus dem Zimmer über den dunklen Flur. Immer wieder warf sie einen Blick Richtung Treppe. Zitternd öffnete sie die nächstliegende Tür und drängte ihn hinein. In dem Moment flammte das Licht im Treppenaufgang auf.

So leise sie konnte, zog sie mit klopfendem Herzen die Tür zu und rief:

»Hallo? Sie schaute über das Treppengeländer nach unten.

»Ich bin's, dein Liebster!«

Erschreckt wich Jette zurück. Allein die Stimme ließ einen kalten Schauer über ihren Rücken laufen. Sie spannte ihren Körper an und fragte so beiläufig wie möglich: »Wo kommst du denn schon so früh her?« Ihr Herz schlug bis zum Hals. Das Knarren der Holzstufen war nicht zu überhören und verursachte ihr Übelkeit. »Ich dachte, du kommst morgen erst zurück?«

Bruns stolperte die Treppe hinauf. Die junge Frau sah, dass er hoffnungslos betrunken war. Sie hegte die Hoffnung, dass er sich ziemlich schnell wieder verabschiedete oder zumindest zügig einschlief. Denn was sein Ziel war, wusste Jette ohne, dass er es angekündigt hatte. Kichernd blieb er mit dem Fuß an einer der Stufen hängen und landete auf dem Bauch. Instinktiv streckte er den Arm, in dessen Hand er eine Flasche hielt, in die Höhe, um nichts von dem teuren Whisky zu verschütten. Er reckte den Kopf und sah Jette grinsend an. Ihr Körper verkrampfte sich. Sie ahnte, was folgte. Er erreichte die letzten Stufen und sah sie durch glasige Augen gierig an.

»Wieso fragst du eigentlich, hast du mich vermisst? Ich hatte solche Sehnsucht, du heiße Braut. Wollte dich beglücken!« Er grunzte und stolperte weiter die Stufen hinauf. »Was machen wir zwei Hübschen mit dem angefangenen Abend?« Er wedelte mit der Flasche und torkelte auf die Gutshoftochter zu, als er die letzte Treppenstufe hinter sich gebracht hatte. Eine ekelerregende Fahne entwich seinem Mund und zog eine Wolke durch den Flur. Jette versuchte den unangenehmen Geruch nicht einzuatmen und wedelte angewidert mit der Hand.

»Du siehst richtig geil aus in deinem heißen Höschen«, lallte er.

»Wenn wir verheiratet sind, wirst du sehen, dann besorge ich es dir jeden Abend.«

Er packte mit einer seiner großen rauen Pranken ihre Brust, knetete sie und ließ sie in der nächsten Sekunde den Rücken hinunter bis zu ihrem Po gleiten. Sie wehrte sich nicht, obwohl die Berührungen sie anwiderten. Wenn sie sich zierte, erregte ihn das nur umso mehr. Vom Alkohol benebelt packte er ihren Arm, drängte sie ins Zimmer und schloss die Tür. Je lautloser sie sich verhielt, desto eher war es vorbei.

*

Dietrich Jensen lauerte, bis es wieder still auf dem Flur war. Er versuchte sich in der Dunkelheit zurechtzufinden und tastete mit den Händen die Wände ab, bis er an einem Haken hängen blieb, an dem ein Handtuch hing. Er wusste, dass er in Jettes Badezimmer stand. Das wenige Licht von außen gelangte nicht durch die heruntergelassene Jalousie. Mit der Hand suchte er nach der Klinke, drückte sie behutsam herunter und öffnete zentimeterweise die Tür. Er schluckte, sein Herz schlug wild, und dann schob er sich auf den Flur. Dietrich huschte durch das Dunkel. Vor Jettes Zimmertür blieb er stehen und legte den Kopf gegen die Tür. Er vernahm das Stöhnen von Bruns, der dazu irgendetwas Unverständliches lallte. Seine Nasenflügel bebten. Sein Puls raste und die Handflächen fingen nervös an zu kribbeln. Der 27-Jährige ballte die Fäuste, als er Jette ebenfalls seufzen hörte. So fest er konnte, presste er das Ohr gegen das Holz. Sein Hass kannte keine Grenzen. Bereit, sich dem Gegner entgegenzustellen und die Sache ein für alle Mal zu klären, packte Dietrich Jensen die Klinke, wild entschlossen, die Tür aufzureißen und sich auf den verhassten Bruns zu stürzen …

*

»Siehst du!«, rief Jacobsen, schlug mit der flachen Hand auf einen Zeitungsartikel des Tageblattes und sah in die Runde. In dem heutigen Bericht wurde der Verdacht geäußert, dass sich ein Wolf oder ein wilder Hund auf der Insel aufhalten könnte.

»Jetzt haben wir den Salat. Müssen uns auch noch um diese Viecher kümmern. Es scheint, als hätten wir nicht genügend mit unserem Wild zu tun.« Der Jäger war aufgebracht und kippte sich den Korn hinunter.

»Ach, komm, hör doch auf, Walter, du weißt gar nichts. Wenn es wirklich ein Wolf sein sollte, brauchen wir uns um unser Wild nicht mehr zu sorgen. Das erledigen die Biester dann für uns.« Markmann lachte laut und rief »Prost Jungs, auf die grauen Viecher. Die werden wir uns schon holen.«

Michael Bruns schüttelte den Kopf. »Was glaubt ihr eigentlich, was passiert, wenn sich das da im Tageblatt bestätigt? Was wir allerdings nicht einmal sicher wissen.« Er zeigte mit erhobenem Zeigefinger erneut auf die Zeitung.

»Ja, was dann?«, fragte Markmann.

»Dann können wir uns warm anziehen«, entgegnete Bruns. »Habt ihr noch nie etwas von Wolfsmonitoring gehört? Das sind sehr spezielle Typen, die schon dafür sorgen, dass niemand, und ich meine niemand, an das Viech herankommt. Die werden uns hier den Arsch aufreißen und alles dafür tun, damit dieses graue Monster hier weiterhin sein Unwesen treiben kann und womöglich noch ein Rudel bildet.«

»Das glaubst du doch selbst nicht!«, rief Ralle Tessmann, der just in diesem Moment hereinplatzte. »Das müssen wir vorher erledigen, ihr wisst, was ich meine. Von mir aus kann es gleich losgehen.«

»Sag mal, habt ihr sie nicht mehr alle? Diese Tiere sind durch das Washingtoner Artenschutzabkommen geschützt. Denen darf gar nichts passieren. Das wird richtig Ärger geben, wenn ihnen nur ein Haar gekrümmt wird«, raunte Tim Etech und trank einen Schluck Bier.

Bruns blickte bedeutungsvoll zu Tessmann, der ihn anscheinend verstand. »Wir sehen zu, dass wir *unsere* Tiere schützen. Du stellst hier Überlegungen an, wie der Wolf geschützt wird, und unsere Tiere verrecken dann am laufenden Band. Nee, das machen wir nicht mit«, brüllte Michael Bruns und starrte Tim Etech wütend an.

»Wir treffen uns nach der Versammlung im ›Dünen-haus‹, dann können wir in Ruhe überlegen, was zu tun ist«, flüsterte er und suchte den Blick von Markmann, der ihm zunickte.

»Wir können die Tiere nicht einschließen, bis das Viech wieder von unserer Insel verschwunden ist«, rief Hans-Werner Kropp und zog ein beschriftetes Blatt Papier aus der Jackentasche. »Wir haben die Möglichkeit, uns erst mal mit Flatterzäunen zu behelfen. Hab mir alle Informationen aus dem Internet besorgt. Aber wenn der hierbleibt, dann müssen wir uns etwas Schlaueres einfallen lassen.« Er brachte seine Wut zum Ausdruck. »Jetzt will ich euch mal eine Geschichte zu diesen Wölfen erzählen. Ich habe einen Freund in der Lüneburger Heide. Der hat 200 frei laufende Schafe, und die Viecher haben bisher 40 seiner Tiere gerissen, so sieht es aus und nicht anders. Ein paar gefressen, den Rest einfach so auf Vorrat getötet. Wisst ihr eigentlich, was das für uns bedeutet? Der ist so schlau, der hat schnell raus, was wir vorhaben. Der läuft unter den Zäunen durch und lacht uns aus. So sieht das aus!«

»Jetzt ist aber gut! Macht mal nicht die Pferde scheu. Wir sollten erst mal sehen, was an dieser Geschichte in der Zeitung überhaupt dran ist. Vielleicht war das wirklich nur ein wilder Hund und wir machen uns ganz umsonst verrückt. Bisher wurde hier nie ein Wolf gesichtet. Noch nie!« Tim schüttelte den Kopf und sprach weiter.

»Ansonsten müssten wir Elektrozäune ziehen, wenn es an dem ist. Was ich aber *nicht* glaube. Das ist unsere einzige Chance. Immer vorausgesetzt, dass das kein Gerücht ist, das sie verbreiten.« Es schien, als wäre Tim Etech der Einzige, der den Mumm aufbrachte, sich der Sache logisch zu stellen. Dann fuhr er fort. »Lasst uns abwarten, was bei den Untersuchungen herauskommt. Wir sollten nichts überstürzen. Prost Jungs!« Tim hob sein Schnapsglas und prostete seinen Jagdkollegen aufmunternd zu. Er hasste es, wenn ohne Überlegung drauflos gepoltert und der zweite vor dem ersten Schritt getan wurde.

Lautes Gemurmel und mürrische Gesichter zeigten, dass Unmut über den ungebetenen Gast in die Gruppe eingezogen war. Es schien niemand im Raum erfreut zu sein, dass ein Wolf den Weg auf die Insel gefunden haben sollte.

*

»Ich ruf jetzt die Polizei an. Ich mache mir langsam wirklich Sorgen um meinen Vater. Da stimmt etwas nicht! Ich habe alle angerufen, die mir eingefallen sind. Nirgends, er ist nirgends. Verstehst du? Weißt du nicht …?«, sagte Jette drei Tage später.

»Nein, ich kann dir auch nicht sagen, wo er sich aufhält. Ich weiß nur, dass er mit uns zum Jägerfest war. Danach …« Bruns zuckte die Schultern. »Vielleicht ist er ja doch bei einem seiner Weiber.«

Sie sah Michael Bruns an und stieß ihn von sich. »Dir ist es anscheinend egal. Du kannst ja nicht schnell genug auf unseren Hof einheiraten. Aber das sag ich dir. Wenn meinem Vater etwas passiert ist, dann mache ich dich fertig! Du bekommst den Hof niemals, hast du verstanden?« Jette zeigte sich ihm gegenüber eiskalt.

»Reg dich ab. Der wird schon wieder auftauchen, ist er bisher immer, oder?«

Bruns wankte und sah sie mit stechendem Blick an. Derartiges Verhalten ihrerseits war er nicht gewohnt. Normalerweise verhielt sie sich ihm gegenüber eher passiv.

Jette zeigte plötzlich Widerstand. Er betrachtete sie von Kopf bis Fuß. Sie hatte ihre Haare zu einem Zopf gebunden und trug ein schlabberiges T-Shirt über der knielangen Jeanshose. Anscheinend wollte sie ihn körperlich nicht reizen. Angewidert sah sie ihn an. Jette wusste, dass er, wenn er getrunken hatte, nicht mehr zurechnungsfähig war. Es passierte in letzter Zeit immer häufiger, dass er zu viel Alkohol zu sich nahm, wenn er sich mit seinen Jagdkollegen traf. Wenn sie ihn auf Abstand halten wollte, musste sie sich zugeknöpft geben.

»Geh jetzt schlafen«, flüsterte sie heiser und drehte sich um. Michael Bruns starrte sie bedrohlich an, riss sie zu sich herum, holte aus und schlug ihr ohne Vorwarnung die Faust in den Magen.

Mit einem Angriff seinerseits hatte Jette nicht gerechnet. Sie knallte mit dem Kopf auf den Holzboden und blieb benommen liegen.

»Dir werd ich zeigen, wer hier bald der Herr auf dem Hof sein wird. Du wirst mich kennenlernen. Du willst mir sagen, was ich zu tun habe? Dein Alter kann froh sein, dass ich es bin, der hier alles übernimmt und sich herablässt, *dich* zu heiraten. Wer meinst du, bist du? Eine kleine Schlampe, die das Geld ihres Vaters verprasst! Püppi, lass dir gesagt sein, wenn du nicht willig bist, habt ihr hier ein Riesenproblem. Und wenn du irgendjemandem auch nur ein Wort dieses Gespräches mitteilst, dann …« Wutschnaubend stieß er seinen Fuß in ihre Seite und ließ sie ungerührt am Boden liegen. »Dann wirst du mich richtig kennenlernen.« Seine Lippen formten sich zu schmalen Strichen und er funkelte sie an, während sie sich am Boden krümmte. Der Hass in der Stimme war unüberhörbar und erfüllte den Raum. Wortlos drehte er sich um und verließ Jettes Zimmer.

»Das wirst du bereuen«, flüsterte sie heiser.

Als er nicht mehr in Sichtweite war, schleppte sie sich zu ihrem Sofa und zog sich auf den Sitz. Sie griff nach dem Telefon und wählte die Nummer der Burger Polizeistation. Vielleicht sollte sie noch warten. Schnell legte sie wieder auf. Sie musste sich etwas einfallen lassen. Niemals würde sie seine Frau werden … niemals!

*

»Moin«, rief Westermann, als er ein paar Tage später in die Dienststelle trat.

Er setzte sich auf den Schreibtischstuhl. »Wieso bist du denn hier? Wenn was gewesen wäre, hätte ich dich doch angerufen. Du hast Urlaub!«, sagte Hartwig.

»Das kannst du vergessen! Wir werden jetzt diesen Fall bearbeiten, und dann verlasse ich euch wieder.« Thomas sah ihn erstaunt an.

»Aber die haben bisher nichts weiter herausgefunden. Es geht doch bisher nur um einen Todesfall durch Tierriss.«

»Sagtest du gerade nur? Ich bitte dich! Hier ist ein Mensch getötet worden, auf welche Weise auch immer. Und wir werden diesen Fall mit den Kollegen vor Ort klären und Amtshilfe leisten. Hat die Pathologie sich gemeldet? Wir sollten als Erstes dort anrufen.«

»Haben sie. Aber du brauchst dort nicht anrufen.« Hartwig fuhr den Rechner hoch, tippte ein paar Mal auf das Tastenfeld, und es erschien eine Videoverbindung direkt in die Pathologie.

»Guten Morgen, meine Herren. Was kann ich denn für *euch* tun?«

Westermann sah Hartwig verwundert an, dann auf den Pathologen, der von der Arbeit aufsah und in die Kamera seines Rechners schaute.

»Neueste Technik«, flüsterte Hartwig, »das erspart uns jede Menge Wege und Zeit.«

»Auch gut«, meinte Westermann, setzte sich direkt vor den Bildschirm und fing an zu sprechen. »Ja, wir haben gehofft, ihr könnt uns etwas Neues über den Toten erzählen.«

»Ich hätte dich nachher sowieso kontaktiert. Ja, es ist merkwürdig, aber wir haben tatsächlich was.«

»Red schon!«

»Der Tote ist zwischen 60 und 65 Jahre alt, männlich und exakt 1,93 Meter groß. Er wiegt 120 Kilo und ...«

»Was und?« Westermann trommelte mit den Fingerspitzen auf die Schreibtischplatte, während Hartwig Kaffee in Becher goss.

»Er wurde, wie du schon richtig vermutet hast, womöglich von einem Tier durch einen Drosselbiss getötet. Der Biss hat ihm die Luftzufuhr abgedrückt. Danach hat sich, wer das auch getan haben mag, am Toten sozusagen gesättigt. Da das Gesicht und die Hände zerstört sind, haben wir keine Möglichkeit, ihn durch irgendein Raster laufen zu lassen. Die Zahnabdrücke werden in diesem Moment angefertigt. Vielleicht können wir darüber mehr über den Mann erfahren.«

Westermann nickte, Hartwig schlürfte seinen Kaffee und schüttelte fassungslos den Kopf. »Dann hat ein Köter den Mann angefallen?«, fragte Thomas ungeniert.

»Na ja, so oder so ähnlich könnte es gewesen sein.«

»Was ist mit der Möglichkeit eines …« Westermann stutze, bevor er weitersprach, »eines Wolfes?«

»Auch das ist in der Untersuchung. Die Analyse der DNA-Spuren ist im Hinblick auf einen etwaigen Wolfsangriff sehr viel komplizierter. Das dauert länger. Die bisherigen Vergleiche lassen eine Übereinstimmung von 99,7 Prozent zu.«

»Was heißt das?«, fragte Westermann und schob die Brille auf den Kopf.

»Dass es sowohl ein Hund als auch ein Wolf gewesen sein könnte, weil der genetische Code von Wölfen und Hunden zu 99,96 Prozent identisch ist, um präzise zu sein. Genau dazu werden jetzt komplizierte Tests durchgeführt, die zu einem eindeutigeren Ergebnis führen. Aber, wie schon gesagt, das dauert.«

Westermann nickte.

»Habt ihr sonst noch Fragen?«

»Nein, das wär vorerst alles. Wir versuchen gerade herauszubekommen, um wen es sich bei dem Toten handelt. Also bis dann.«

»Ja, tschüs. Ach ja, bevor ich es vergesse. Der Mann hatte fast zwei Promille Alkohol im Blut. Ergo muss er am Abend zuvor ziemlich einen im Tee gehabt haben. Vielleicht hilft euch das weiter. Und er hat eine ziemlich lange Narbe am linken Schienbein. Wenn euch das weiterhilft. Das war es.«

Die Verbindung brach ab. »Jetzt sind wir genauso schlau wie vorher«, sagte Hartwig.

»Wie kommst du darauf?«, fragte Westermann. »Wir wissen jetzt, dass ein Tier den Mann angegriffen und durch einen Kehlbiss getötet hat. Ob nun Hund oder Wolf, ist doch erst mal zweitrangig. Es war eine Tötung, die durch ein Tier verursacht wurde. Und wir wissen, dass er jede Menge Alkohol zu sich genommen hat. Wenn ich es richtig sehe, wird die Menge niemand bei einem Essen zu sich nehmen. Entweder war er in einer Kneipe oder hat sich sonst wo den Kanal volllaufen lassen.«

»Das ist eine hervorragende Idee. Finde du mal heraus, ob jemand in einer der Kneipen hier aufgefallen ist.«

Thomas sah Dirk befremdet an. »Das ist jetzt nicht dein Ernst?«

»Oh doch, mein Bester.« Der Hauptkommissar stand auf und ging in das Büro von Schütt und ließ Hartwig sprachlos zurück.

Er klopfte an den Türrahmen und trat ein. »Olaf, hast du schon irgendeinen Hinweis darüber, wer der Tote sein könnte?«

Olaf Schütt sah ihn an und schüttelte den Kopf. »Nein! Keine Vermisstenanzeige, keinen Anruf dahingehend. Wenn es jemand von der Insel gewesen wäre, dann hätte sich mit Sicherheit bereits irgendwer gemeldet. Ich denke eher an einen Touristen.«

»Ja, aber meinst du nicht, der wird genauso vermisst?«

»Na, ja, wenn er alleine unterwegs ist?« Schütt zuckte die Schultern.

»Ja, aber der muss doch irgendwo untergekommen sein. So ein Mann ist doch in irgendeiner Pension, einem Hotel oder einer Ferienwohnung gemeldet.«

»Genau das ist das Problem. Wenn derjenige sich eine Ferienwohnung genommen hat, dann weiß man erst, wer es ist, wenn der Abreisetag ist und die Wohnung nicht geräumt wurde. Vielleicht ein Tagestourist vom Festland. Ich befürchte, wir können nichts anderes tun als warten.«

»Na gut, dann fahre ich noch mal zu dem Hof von Albers.«

In diesem Moment kam Becker ins Dienstzimmer. »Ich hab da was. Die Jette Olsen hat gerade angerufen. Die vermisst seit Tagen ihren Vater!«

*

Eine Stunde später fuhren Westermann und Hartwig auf den Gutshof in Kopendorf. Die mit Kies bedeckte Einfahrt wurde um ein mit einer Buchsbaumhecke bepflanzten Kreis geführt, in dem jede Menge roter Rosen gepflanzt worden waren. Sie parkten den Wagen unmittelbar vor dem Haus. Bauernhof konnte man dieses Gebäude kaum nennen. Es glich eher einem der großen alten schleswig-holsteinischen Gutshöfe. Das Hauptgebäude aus gelb gestrichenem Backstein war von Seitenflügeln eingerahmt, die mit weißen Holzfenstern verziert waren. Westermann ließ seinen Blick über das Haupthaus gleiten, das in den oberen Stockwerken kleine Zinnen und Türmchen besaß. Fassungslos blieben er und Hartwig vor dem Gebäude stehen.

»Die müssen ziemlich gut verdienen. Das ist ja der Hammer«, sagte der junge Kommissar und zeigte auf die zwei Buchsbaumkugeln, die in großen Töpfen im Eingangsbereich standen. Lautstark pfiff er durch die Zähne. »Mann, da würde ich auch nicht Nein sagen, wenn mir jemand so etwas anbietet.« Er machte einen Schritt auf den Eingang zu und bestaunte die große geschwungene Eingangstür.

»Dir wird *niemals* jemand so etwas anbieten, da brauchst du dir gar keinen Kopf zu machen«, lächelte Westermann, räusperte sich und kam augenblicklich wieder zur Sache. »Auf geht's, mein Jung.«

Irgendwie wurde Westermann das eigenartige Gefühl nicht los, dass der verschwundene Bauer etwas mit dem Leichenfund zu tun haben könnte. Er trat auf die Eingangsstufe und drückte auf den Klingelknopf. Hartwig blieb zurück. Sein Shirt zeigte einen feuchten Fleck auf dem Rücken. Er schwitzte und fuhr sich mit der Hand über die Stirn. Seine braunen Haare klebten am Kopf, und einige Schweißperlen schlängelten sich die Schläfen hinunter.

Er sah Westermann an, der ein kurzärmeliges, weitgeschnittenes Hemd über den Jeans trug, das die Hitze zu reflektieren schien. Er sah erfrischt aus, obwohl er müde sein musste. Thomas, der von der Sonne gebräunt war, wusste das und bewunderte seinen Chef für das Durchhaltevermögen, das er seit Jahren an den Tag legte. Westermann räusperte sich erneut, als die Tür geöffnet wurde.

Eine junge aparte Frau mit einem Zopf, aus dem einige blonde lockige Strähnen frech herausgekrabbelt waren, stand in der offenen Tür, blickte die beiden Männer verwundert an und fragte mit weicher Stimme: »Ja? Was kann ich für Sie tun?«

»Hauptkommissar Westermann, mein Kollege, Kommissar Hartwig. Können wir Sie für einen Moment sprechen? Wir kommen wegen Ihres Vaters.« Er zog seinen Ausweis aus der Brusttasche.

»Mein Vater ist immer noch nicht wieder da.« Sie zuckte hilflos mit den Schultern und sah die Männer verwundert an.

Dirk Westermann bemerkte den traurigen Zug um ihren Mund. »Wir haben ein paar Fragen. Dürfen wir hereinkommen?«

Jette bat die Kommissare ins Haus, schaute zu beiden Seiten über die Einfahrt und verschloss umgehend die Tür. »Ich wusste nicht, dass so schnell jemand vorbeikommt. Ich habe doch nur auf der Wache angerufen, weil ich mir Sorgen um ihn mache.« Sie lief voran und bat die Männer in das geräumige Wohnzimmer. Wunderschöne alte Möbel und helle Teppiche auf den Holzdielen wirkten harmonisch aufeinander abgestimmt. An der Stirnseite klotzte ein mächtiger offener Kamin, dem gestapelte Holzscheite als Dekoration dienten. »Setzen Sie sich.« Jette Olsen knetete ihre Hände.

»Nun erzählen Sie mal. Was ist denn mit Ihrem Vater passiert? Ist er schon lange weg?« Westermann nahm auf einem der Stühle Platz. Hartwig setzte sich ihm gegenüber.

»Also, mein Vater ist nicht nach Hause gekommen, aber das hatte ich doch Herrn Becker schon erzählt. Ich mache mir wirklich Sorgen um ihn.« Sie setzte sich an die Stirnseite des ausladenden Tisches.

»Seit wann ist Ihr Vater vermisst?«, fragte Westermann.

»Vermisst. Wie das klingt! Seit gut einer Woche. Solange war er noch nie weg!« Jette ließ sich auf die dunkelbraune Wildledercouch vor dem Kamin nieder. Ohne die Männer anzuschauen, ordnete sie die auf dem Designerholztisch liegenden Zeitschriften. Westermann betrachtete den mit Nieten verzierten Tisch und setzte sich mit Hartwig auf das gegenüberstehende Sofa. Die Rückenkissen aus dem gleichen Leder verhinderten, dass sie zu tief ins Polster rutschten.

»Möchten Sie Kaffee?«, fragte Jette.

»Nein, alles in Ordnung«, antwortete Westermann. »Also: Sie vermissen Ihren Vater seit einer Woche. Geht es ein bisschen präziser?« Der Hauptkommissar zog den Block aus der Brusttasche des Hemdes und schrieb erste Notizen.

»So genau kann ich das nicht sagen. Seit dem 27. Mai habe ich ihn nicht mehr gesehen.«

»Ist er schon öfter so lange weggewesen, ohne Ihnen das mitzuteilen? Alleine oder mit seiner Frau? Ich meine, sind sie zusammen weg?«

Jette schüttelte den Kopf. »Nein, meine Mutter ist tot.« Ihre Wangen glühten.

»Das tut mir leid.« Westermann sah sie mitleidig an.

»Nein, das muss Ihnen nicht leidtun, das ist so lange her.« Sie winkte ab. »Mein Vater ist alleine weg und seitdem nicht nach Hause gekommen. Er … er ist öfter mal ein paar Nächte auf Swutsch gewesen. Hat bei einer seiner vielen *Bekannten* übernachtet, wenn Sie verstehen, aber noch nie so lange, ohne mich anzurufen und überhaupt. Er hat hier jede Menge Arbeit, also normalerweise keine Zeit, um sich außerhalb zu amüsieren.«

Westermann und Hartwig sahen der jungen Frau an, dass sie nervös war. Der Hauptkommissar betrachtete sie eingehend. Ihm waren die rot verweinten Augen aufgefallen. »Ist etwas passiert?« Er deutete auf die geschwollene Stelle unterhalb des unteren Augenlids.

»Nein, nein«, stotterte sie. »Ich habe nur starke Kopfschmerzen. Bin im Badezimmer gegen den Schrank gelaufen – wam! Viel zu hastig um die Ecke gefegt. Passiert mir öfter.« Westermann spürte, dass sie log, hielt es aber für vernünftiger, nichts zu entgegnen, und nickte. Er wollte nicht tiefer in ihre Privatsphäre eindringen. Vorerst nicht.

Sie wirkte auf ihn äußerst angespannt. Rutschte auf dem Sofa von einer Seite zur anderen und rückte die Kissen hinter sich immer wieder neu zurecht, obwohl es nicht akkurater sein konnte.

Das kann am Verschwinden ihres Vaters liegen, dachte er und notierte seine Gedanken. Hartwig hingegen betrachtete den großen, geschmackvoll eingerichteten Raum und konnte sich nicht sattsehen.

»Haben Sie ein Foto von Ihrem Vater?«

»Wozu brauchen Sie ein Foto?« Jette war sichtlich irritiert.

»Wie sollen wir Ihren Vater suchen? Ich benötige ein neueres Foto, wenn wir eine Fahndung herausgeben sollen.«

»Aber Fahndung? Muss das sein?«

»Ja, sonst ist es schwierig, ihn auszumachen.«

Sie nickte, stand auf und ging zu einem großen antiken Sekretär. Gedankenverloren öffnete sie eine kleine Schublade und zog ein paar Fotos heraus. Angestrengt blätterte sie sie durch, um am Ende eines in der Hand zu behalten. Die anderen legte sie zurück.

»Hier, das ist vom letzten Jahr.« Sie reichte es Westermann, der es eingehend betrachtete und wortlos Thomas Hartwig übergab.

Ein kurzer vielsagender Blick, dann fragte Westermann: »Hat Ihr Vater besondere Merkmale – ein prägnantes Muttermal, eine auffällige Narbe oder Ähnliches?«

Jette überlegte und antwortete: »Er hat eine lange Narbe am Schienbein, ja am linken Bein. Die hat er sich mit der Sense mal selbst zugefügt.« Jetzt musste sie sogar lachen. »Wir haben ihn immer wieder damit aufgezogen, wie man so dämlich sein kann.« Sie kicherte. »Entschuldigung. Ist wohl nicht der Moment, hier rumzualbern.« Eine sanfte Röte überzog ihr Gesicht.

»Das ist schon in Ordnung. Machen Sie sich darum keine Sorgen.«

Es entstand ein Augenblick des Schweigens. Westermann sah Hartwig eindringlich von der Seite an, dann sagte er: »Aber es tut uns sehr leid, wir müssen Ihnen eine traurige Mitteilung machen.« Er überlegte, wie er das, was er ihr jetzt sagen wollte, überbringen konnte. »Haben Sie jemanden, der sich um Sie kümmern kann?«

Jette schüttelte den Kopf. »Was soll das? Ich brauche niemanden, ich habe meinen Vater. Der wird sich schon wieder einfinden.« Sie winkte ab, aber man spürte, dass sie sich nicht wohl in ihrer Haut fühlte. Sie war blass. »Ich muss jetzt. Jede Menge Arbeit! Sie verstehen das doch, oder? Außerdem kommt mein Verlobter sicherlich gleich.« Sie sprang auf und stellte sich demonstrativ vor die Männer, rückte erneut die Lederkissen zurecht und schob die Zeitschriften übereinander.

»Sie haben einen Verlobten? Wo ist der? Können Sie ihn erreichen?«

Jette Olsen nickte. »Warum, was ist denn los?«

»Geben Sie mir bitte seine Handynummer?«, sagte Hartwig und stand ebenfalls auf. Er wählte die Nummer, die sie ihm gegeben hatte, ging hinaus in die Diele und verschloss hinter sich die Tür.

»Sie sagen mir jetzt augenblicklich, was mit meinem Vater los ist. Ist er im Krankenhaus? Hatte er einen Unfall?« Sie wurde immer lauter, und Westermann hatte auf einmal das ungute Gefühl, sie könnte hyperventilieren.

»Setzen Sie sich wieder, bitte! Ich werde Ihnen erzählen, was passiert ist. Aber bitte setzen Sie sich!« Er selbst erhob sich und drückte die Gutshoftochter sanft zurück auf das Sofa.

»Reden Sie schon, was ist mit meinem Vater?« Ihre Hände zitterten. Dirk wartete, bis Thomas Hartwig zurückkam. Er nickte und setzte sich neben die junge Frau, deren Augen Westermann starr vor Angst ansahen. »Sie sind nicht hier, um meinen Vater zu suchen, oder? Sie haben ihn gefunden.« Die Stille im Raum war unerträglich.

Dirk Westermann steckte das Notizbuch zurück in die Brusttasche und sagte: »Ja, wir haben Ihren Vater leblos im Wald bei Flügge aufgefunden.«

»Neiiiin!« Ein gellender Schrei hallte durch den Raum und Jette schlug die Hände vor das Gesicht. Thomas Hartwig versuchte, sie zu beruhigen, legte seine Hand auf ihre und hielt sie fest. Westermann schwieg. Er hielt es für sinnvoller, ihr keine Einzelheiten preiszugeben. Das würde er später tun müssen, wenn er genau wusste, woran ihr Vater letztendlich gestorben war. In diesem Zustand führte es womöglich zu einem Zusammenbruch.

Jette schluchzte und entriss Hartwig ihre Hand. Sie sprang auf, griff nach der Vase auf dem Tisch und warf sie mit voller Wucht gegen den gemauerten Kamin. Das Glas zerbarst in Tausend Einzelteile, während das Wasser die weiß gestrichenen Steine entlanglief. Die roten Rosen verteilten sich vor der Wand am Boden. Sie wischte mit der Hand die Zeitschriften vom Tisch, nahm eines der Lederkissen und schleuderte es gegen ein in Glas gerahmtes Bild, das genau wie die Vase hinunterfiel und zerbrach.

»Was ist passiert? Ich will es jetzt wissen, sofort«, schrie sie und sank auf die Knie.

»Zur Todesursache können wir zu diesem Zeitpunkt keine genauen Angaben machen. Wir haben unsere Untersuchungen noch nicht abgeschlossen.«

»Hatte er einen Herzinfarkt, einen Unfall?« Sie hielt sich schluchzend die Hände vor das Gesicht.

In diesem Moment flog die Tür auf und Michael Bruns stürzte ins Zimmer. »Kleines, was ist denn los?« Er sank ebenfalls auf die Knie und zog Jette zu sich. Trotz des vorangegangenen Streits ergab sie sich willenlos wie eine Puppe in seine Arme und lehnte ihren Kopf gegen seine Brust. Er sah die beiden Kommissare an und fragte: »Was ist denn um Gottes willen passiert?«

Er streichelte Jette theatralisch über die Haare. Sie schluchzte und hörte überhaupt nicht mehr auf. Bruns hielt seine Verlobte fest umklammert.

»Ihr Vater ist tot!«, sagte Westermann.

»Was? … Tot? Hatte er einen Unfall?« Ungläubig starrte er die Männer an. Man sah, dass es in seinem Kopf arbeitete.

Der Hauptkommissar behielt ihn im Auge. Irgendetwas an ihm war nicht koscher. »Wir können auch Ihnen nicht mehr dazu sagen als Frau Olsen. Die Untersuchungen sind noch nicht abgeschlossen. Aber wir bräuchten Ihre Hilfe. Jemand muss ihn identifizieren. Ist sie die einzige Verwandte?«

Bruns nickte. »Ja, ich kann das machen. Ich war sein Freund und bin Jettes Verlobter. Wir wollen bald heiraten.«

Die auf dem Boden kniende Frau sah den Landwirt entgeistert an, sagte aber kein Wort. Ihr Körper verkrampfte sich, und sie löste sich heftig aus seiner Umarmung. Es war, als hätte die Erklärung des Mannes neben ihr sie aufgerüttelt. Hartwig entging der hasserfüllte Blick der jungen Frau nicht, die sich hastig aufrichtete. Sie schluckte und zitterte am ganzen Körper wie Espenlaub und sagte: »Ich werde meinen Vater identifizieren. Ich bin seine Tochter!«

Westermann sah sie an und antwortete: »Ich glaube, das sollten Sie nicht tun. Er ist in keiner guten Verfassung. Mehr kann ich Ihnen im Moment nicht sagen. Bitte, lassen Sie Ihren Verlobten diese schwere Aufgabe übernehmen. Es ist besser so.«

»Ich will zu meinem Vater!«, schrie sie. Dann brach sie zusammen.

SAMSTAGNACHMITTAG

»Du kannst mich hier rauslassen«, sagte Katrin und deutete auf den Straßenrand. »Ich lauf das bisschen zum Strand. Da sind sicher ein paar Surfer. Das schau ich mir an. Ich war dieses Jahr noch nicht einmal am Wasser, geschweige denn in den Fluten. Mein Board ist schon total eingesponnen, glaube ich.« Traurig sah sie Dirk an, hauchte ihm einen Kuss auf die Lippen und sprang aus dem Wagen. Nach 400 Metern würde sie den Deich erreichen. Sie winkte ihm noch einmal. Dann marschierte sie in Turnschuhen und kurzen Hosen gekleidet los.

Dirk sah ihr für einen Moment nach, wendete und fuhr den Weg zurück Richtung Hanno Albers' Bauernhof. Die Geschehnisse um den toten Bauern Olsen sowie der Zeitungsbericht waren ihm nicht aus dem Sinn gegangen. Er wollte sich unbedingt mit dem Schafbauern unterhalten. Vielleicht konnte der ihm weiterhelfen.

Als er auf das Grundstück einfuhr, sah er, dass mehrere Fahrzeuge mit fremden Kennzeichen in einer Reihe vor einem Gatter standen.

Die sind wohl ausgebucht, dachte er und lenkte den Wagen direkt auf den letzten freien Platz. Kinder tollten über das Grundstück, und ein etwa zehnjähriger Junge raste mit einem roten Gokart über den Kiesbelag, dass die Steine nur so flogen. Einige der Eltern saßen auf weißen Holzbänken und sahen ihren Kindern beim Spielen zu. Dirk stieg aus. Er steckte die Pfeife in seinen Mund und entzündete sie. Ein zaghaftes Lächeln huschte über die Lippen. Die Last der letzten Monate und Wochen fiel peu à peu von ihm ab. Dieser Todesfall erschien ihm merkwürdig, aber er hoffte auf eine natürliche Erklärung. Dazu das traumhafte Inselwetter.

Die Sonneninsel, schmunzelte er und blieb unschlüssig stehen. Er sah sich suchend um, als eine freundlich aussehende Frau zielgerichtet auf ihn zukam. »Kann ich Ihnen helfen? Suchen Sie jemanden?«

Dirk Westermann schüttelte den Kopf, um gleich darauf zu nicken. »Ja doch, wenn Sie so wollen, suche ich jemanden. Den Besitzer des Hofes, um genau zu sein.«

Die dunkelhaarige Frau lächelte verschmitzt. »Der Besitzer, beziehungsweise die Besitzerin bin ich, aber ich denke, Sie möchten meinen Mann sprechen, oder?«

Westermann nickte. »Wenn es möglich ist?«

»Wenn Sie genau hinsehen, können Sie ihn zwischen all den Leuten erkennen. Er trägt eine orangefarbene Jagdweste. Sehen Sie da hinten?« Sie zeigte auf eine freie Fläche, die mit mindestens zehn Menschen bevölkert war.

»Kann ich ihn stören? Ich komme sonst später wieder.«

»Iwo, gehen Sie ruhig hin. Sie gehören doch zu den Monitoring-Leuten. Oder sind Sie von der Presse?« Augenblicklich verschwand das Lächeln von ihren Lippen und sie steckte die Hände in die Hosentaschen ihrer khakifarbenen kurzen Hose. Abschätzend betrachtete sie den attraktiven Mann, der augenblicklich eine Hand hob.

»Keine Angst, ich gehöre weder zu der Gruppe, noch bin ich von der Zeitung. Oder sehen Sie irgendwo eine Kamera?« Er deutete Hilfe suchend auf sein blaues T-Shirt und legte die Hand auf die Brust. »Tut mir leid, ich habe ganz vergessen, mich vorzustellen.« Westermann zog seinen Ausweis aus der Brusttasche. »Ich bin Hauptkommissar Dirk Westermann und habe nur ein paar Fragen an Ihren Mann.«

»Kommissar? Was wollen Sie von ihm? Hat er etwas ausgefressen?« Sie sah ihn aufgeregt an, und ihre Wangen röteten sich.

Der Polizeibeamte befürchtete, dass es sinniger gewesen wäre, vorher anzurufen. »Ich sehe schon, es war keine gute Idee, unangemeldet herzukommen. Ich hätte vorher anrufen sollen.« Er machte eine kurze Pause. »Es ging mir nur um den Bericht in der Zeitung. Ich mache zurzeit Urlaub auf Ihrer Insel und war nur interessiert an dem Vorgang. Ich denke, ich komme ein anderes Mal wieder.«

»Ist schon in Ordnung. Gehen Sie einfach zu der Gruppe, da befinden Sie sich sehr wahrscheinlich mitten in Ihrem Thema. Die Leute sind alle da wegen des gerissenen Tieres. Die veranstalten hier einen riesigen Zirkus. Nur wegen eines Schafes. Die spinnen doch allesamt!« Sie atmete tief durch, streckte die Hand aus und winkte in Richtung der Männer. Hanno, der irgendwie hilflos inmitten der Menschentraube stand, blickte in diesem Moment zu ihr rüber. Anne deutete auf Dirk und zeigte ihm an, dass er zu ihm kommen würde. Schulterzuckend verabschiedete sie sich von Westermann und machte auf dem Absatz kehrt. Ohne ein weiteres Wort verschwand sie im Haus. Die Sonne brannte Dirk auf den Kopf, und er wischte mit der Hand eine feuchte Strähne aus dem Gesicht. Dann lief er direkt auf den Schafbauern zu.

»Und wer sind Sie?«, fragte Hanno gleichgültig. Es sah aus, als wenn er das Geschehen über sich ergehen ließ. Das Gerede um ihn herum schien förmlich an ihm abzuprallen. Der Kommissar reichte ihm die Hand.

»Westermann, Dirk Westermann. Ich bin Hauptkommissar aus Oldenburg und habe den Bericht in der Zeitung gelesen. Ich interessiere mich dafür. Aber wie ich sehe …«

»Ist jetzt schon egal. Und was wollen Sie? Das Schaf oder den Köter verhaften?« Westermann sah ihn ungläubig an.

»Weder noch. Mich interessiert nur, was genau passiert ist und wer das getan hat. Wir haben einen *ähnlichen* Fall zu klären, und mir wäre an ein paar Informationen gelegen.«

»Was für einen ähnlichen Fall? Sind hier noch mehr Schafe gerissen worden?« Hanno wurde blass.

»Nein, aber der Fall liegt trotz allem ähnlich. Mehr kann ich Ihnen dazu nicht sagen. Laufende Ermittlungen.« Westermann zog die Schultern hoch.

»Hätte ich mir ja denken können. Sie untersuchen den Fall kriminalistisch. Sicher, weil sie einen Wolf vermuten.« Er schnaufte. Die Ironie seiner Antwort war nicht zu überhören. Hanno Albers zog verächtlich die Augenbraue hoch. »Das war einfach nur ein wilder Hund, sonst gar nichts! Und wer irgendetwas anderes behauptet, lernt mich richtig kennen. So und nun lassen Sie uns auf den verdammten Deich gehen.« Er sah Westermann an und ließ die Schultern hängen.

»Wenn Sie Lust haben, kommen Sie mit. Ist jetzt auch schon egal.« Das ließ Dirk Westermann sich nicht zweimal sagen. Wortlos folgte er der Gruppe und versuchte den Ausführungen der *Kollegen* zu folgen. Sie sprachen von Auswertung der Losung, von Spuren, von DNA. Es hörte sich für ihn an, als redeten sie von einem Mordfall und einer äußerst aufwendigen Spurensuche. Während sie den Deich hochliefen, zogen die vier Männer und drei Frauen sich Vinylhandschuhe über. Westermann musste lächeln. Es hatte wahrhaftig etwas von Spurensicherung. Nur dass es sich in diesem Fall um ein normales Schaf handelte. Er wusste nicht, was er von der ganzen Sache halten sollte. Der Wind hatte zugenommen und brachte endlich die lang erhoffte Abkühlung. Dirk hielt seinen Kopf dem Luftzug entgegen und atmete tief.

Zwei der Männer ließen sich den Platz zeigen, an dem das Schaf gelegen hatte. Daraufhin nahmen sie einige Kunststoffpfosten und rammten sie großräumig um die Fundstelle in den Deich. Der Zweite rollte ein rotes Absperrband ab und befestigte es daran. Damit war der Fundort abgesperrt, der offensichtlich auch der Tatort war. Das Blut des gerissenen Tieres hatte sich über eine nicht geringe Fläche hin ausgebreitet und einen dunklen Fleck hinterlassen, der durch die Sonneneinstrahlung wie ein ausgedörrter Kuhfladen wirkte. Westermann versuchte einen Schritt näher an das Geschehen heranzukommen.

»Halt! Was wollen Sie da? Wer sind Sie überhaupt? Haben Sie eine Berechtigung? Ich kenne Sie nicht!« Es klang wie das Herunterrattern einer Plattitüde. Die Dame um die 50 starrte ihn durch zusammengekniffene Augen an.

»Nun mal ganz ruhig. Zum einen hat der Herr Albers mir erlaubt, mir das hier«, er zeigte auf den Tatort, »anzusehen und zum anderen: Ich bin Hauptkommissar Dirk Westermann von der Oldenburger Dienststelle.«

»Na, das ging aber schnell! Wer hat Sie denn instruiert? Sie können uns schon glauben, dass wir herausfinden, was hier stattgefunden hat.« Sie sprach ohne Punkt und Komma.

»Alles gut, ich bin nicht dienstlich hier. Ist reines Privatvergnügen … wenn man von Vergnügen sprechen kann. Bloßes Interesse.«

Die wortgewandte Plappertasche war augenblicklich still. »Na, dann …« Er vermied es, erneut von dem Todesfall auf der Insel zu sprechen. Sie würdigte ihn keines Blickes mehr und begab sich auf alle viere, um mit geschultem Auge den Boden zu untersuchen.

»Ich hab was«, rief ein junger Blondschopf und deutete auf den Hundekothaufen. »Das ist Losung. Wir müssen das genau analysieren, aber ich sehe jede Menge Haare und kleinste Knochen. Das könnte ein echter Hinweis sein.«

Die Wildbiologin rutschte auf Knien zu den Kotstücken. Strahlend nahm sie eines hoch und hielt es sich unter die Nase. »Es riecht frisch, typisch! Und hier die Knochenteile und Fellreste. Ich hab's gewusst«, sagte sie und reichte es dem jungen Kollegen.

Grinsend packte der den Haufen in eine vorgesehene Tüte und verschloss diese.

»Und was machen Sie jetzt damit?«, fragte Westermann den jungen Mann.

»Das geht ins Labor und wird auf DNA untersucht. Aber ich bin mir ziemlich sicher. Die Spuren am Kadaver, die Losung, das deutet alles mit ziemlicher Sicherheit auf …«

»Sei bitte still und rede nicht von etwas, von dem du keine Ahnung hast, verstanden?«, rief die mausgraue Plappertasche aufgebracht.

»Student, wenn Sie verstehen«, flüsterte ein Mann um die 40, der direkt neben Westermann auf Spurensuche gegangen war.

»Aber auf was deuten diese Spuren denn nun hin?«, wollte der Hauptkommissar wissen.

»Wenn Sie mich so fragen … aber das müssen Sie für sich behalten, dann war das hier«, er holte Luft.

»Ja, was hat das denn nun hier angerichtet?«

»Wenn wir nicht völlig daneben liegen, war das hier ein … ein Wolf!«

٭

Hand in Hand schlenderten Katrin und Dirk ein paar Stunden später auf die Partymeile zu. Das mittlerweile weit über Fehmarn hinaus bekannte Rapsblütenfest, das seit mehr als 30 Jahren um den Teich herum stattfand, beherbergte kleine Stände, an denen man das ein oder andere nette, handgefertigte Mitbringsel kaufen konnte. Es gab wohlriechende Leckereien und gegen den Durst war vorgesorgt. Ein Holzsteg, der vom Weg fast bis zur Mitte des Teiches ragte, präsentierte die Rapsblütenköniginnen, die jedes Jahr aufs Neue gewählt, gefeiert und beim Fest zur Krönung ihren Lauf über den Steg absolvierten.

»Hm, ich habe einen Mordshunger«, rief Katrin und steuerte auf einen Würstchenstand zu.

»Du hast immer Hunger«, schmunzelte der Hauptkommissar, der bis dato schweigend neben ihr herlief und willig folgte.

»Na, lauf du mal zwei Stunden am Strand entlang. Dann hättest du auch Appetit. Ich habe nicht damit gerechnet, dass du mich so lange warten lässt.«

»Mädchen, komm her. Sei nicht mehr böse. Ich musste das tun! Du weißt doch, dass ich nicht anders kann, oder?«

Dirk zog sie zu sich und gab ihr einen anhaltenden Kuss, bis sie sich atemlos von ihm wegdrückte.

»He, ich bekomm keine Luft, du wilder Kommissar! Natürlich weiß ich das, aber du erzählst so wenig von deiner Arbeit. Ich seh dich meistens nur grübelnd und nachdenklich. Kannst du dir vorstellen, dass ich mir richtig Sorgen um dich mache?« Sie sah ihn besorgt von der Seite an.

»Ich verstehe dich. Aber hole uns erst mal etwas zu trinken. Essen möchte ich nichts und reden können wir, wenn du möchtest, die ganze Nacht«, grinste er, als er sich in Bewegung setzte. Eigentlich konnte er mit den Menschenmassen kaum etwas anfangen, aber Katrin Duvenstedt zuliebe hatte er sofort zugesagt, sie auf dieses bunte, mit musikgeschwängerter Luft angefüllte Fest zu begleiten. Die Gelegenheit, zuvor den Schafbauern aufzusuchen, machte es ihm leichter. Allerdings war ihm nach der Unterhaltung auf dem Hof von Hanno Albers und der Deichbegehung nicht nach einem Volksfest. Aber Katrin hatte ihn solange bettelnd angesehen und bekniet, bis er ihr nicht mehr widerstehen konnte. Dass sie allerdings so intensiv für ihn empfand, hatte er nicht vermutet. Sie machte sich Sorgen. Dirk schüttelte den Kopf. Dann war es ihm fast unangenehm, dass er sie so kurz abgefertigt hatte, wo sie sich doch so auf diesen Abend gefreut hatte.

»Na gut, aber nicht so lange«, hatte er sie inständig und mit ernster Miene gebeten.

»Nur einmal drüberlaufen«, antwortete sie in der Hoffnung, dass es ihm später sicher besser gefallen würde. Sie hatte ihn förmlich bekniet. Wie blöd von mir.

Eine Band aus Hamburg spielte in der Festscheune, die seit Urzeiten direkt am Teich stand und bis auf den letzten Platz gefüllt war. Auf dem Tanzboden mittig der Scheune bewegten sich jede Menge Leute zu fetziger Musik. Die Wurst in der Hand, schob Katrin Dirk in das offene Holzgebäude.

»Oh nee, Mädchen, das ist nun wirklich nicht mein Ding.« Dirk Westermann empfand es als Strafe, sich diesem Lärm aussetzen zu müssen. »Nee, lass uns draußen ein bisschen laufen und dann langsam umkehren.« Er zog sie zurück, wenngleich es ihm leidtat. Aber hier in diesem verrauchten Gewusel – das konnte er nicht.

Kauend blickte sie ihn an und wusste, dass sie ihn heute Abend nicht mehr überzeugen würde. Sie hätte es sich denken können. Ihr Kommissar brauchte Ruhe und kein Festgewimmel. Für sie war er der erfahrene Held, der Mann, der selbstsicher durchs Leben ging und sie mitzog. Was beschwerte sie sich, wenn er nicht im Kneipengedudel herumsitzen wollte. Nachdenklich zog sie ihn hinter sich wieder aus der Scheune.

»Aber einen dieser gedrehten Kuchen möchte ich«, sagte sie und zog ihn zu einem Stand, dessen Betreiber Baumstriezel in einem großen Ofen herstellte. Als sie einen mit gehackten Nüssen bedeckten Striezel in ihrer Hand hielt, war ihre Welt wieder in Ordnung. Katrin schmiegte sich an ihn und inhalierte den Duft seines herben Gesichtswassers. Ein Traummann, dachte sie und gab ihm einen Kuss auf den Mund. Die Schnute mit klebriger Zucker-Nuss-Masse überzogen, schlenderte Katrin engumschlungen mit ihrem Kommissar Richtung Ausgang.

»Ich schau mir morgen den Umzug an. Wenn du Lust hast?«

Sie schwieg augenblicklich, denn sein Blick sprach Bände. »Dann geh ich halt mit Charlotte, die war eh schon beleidigt, weil wir alleine gegangen sind. Dann kann sie morgen mit ihren Damen schnattern.« Katrin kicherte. *Ich möchte ihr so viel erzählen, aber es braucht noch ein wenig Zeit. Sie ist so … so lebendig. Ich dagegen – ein alter Kauz.* Dirk Westermann schmunzelte. *Mit ihr könnte ich mir sogar eine Familie vorstellen, dieses kleine süße Biest.* Westermanns Herz schlug plötzlich viel schneller als sonst. Er wollte sich nicht eingestehen, dass er sie mehr liebte, als er zugeben konnte. Er blieb stehen, zog sie zu sich und küsste sie wie ein Ertrinkender …

✳

Am nächsten Morgen saßen Dirk Westermann und Katrin Duvenstedt im Frühstücksraum der kleinen Pension an einem Fenstertisch und tranken Kaffee. Es war kurz vor neun und der Hauptkommissar freute sich, dass er so gut geschlafen hatte. Schelmisch betrachtete er Katrin von der Seite. Sie hatte die Nacht mit ihm verbracht und strahlte mit der Sonne, die in den Raum hineinschien, um die Wette.

»Du, ich muss gleich los. Die Charlotte wartet. Wenn ich nicht heute mit ihr zum Festumzug fahre, dann bringt die mich um! Wir sehen uns heute Abend, ja? Vielleicht können wir ja dann ausgiebig über diesen Wolf sprechen. Heute Nacht hatten wir ja gar keine Zeit«, schmunzelte sie. »Ich möchte so gern wissen, was dich beschäftigt«, sagte Katrin und streichelte Dirks Wange. Er nickte. Sie sprang auf, hauchte dem Kommissar einen letzten Kuss auf die Lippen und verabschiedete sich. »Tschüs Nele«, rief sie und war bereits aus der Tür. Er schüttelte den Kopf und lächelte.

Versonnen sah er ihr durch das Fenster nach, bis sie im Auto verschwunden war. *Die Frau ist einfach so klasse. Die reißt noch die ganze Welt um mit ihrer Energie.*

Die Pensionswirtin kam herein, huschte durch die Tische und schaute mit fröhlichem Gesicht, ob alles in Ordnung war. Vor Westermann blieb sie stehen. »Hat Katrin gerufen?«

Der Kommissar nickte erneut.

»Na, alles okay? Kann ich Ihnen noch irgendwas bringen? Wie haben Sie geschlafen?«

Dirk sah die quirlige Pensionswirtin schmunzelnd an. Wie die Frauen auf dieser Insel morgens schon so viel reden können, ist mir schleierhaft. Dann antwortete er im Telegrammstil: »Ja, alles in Ordnung. Wir ... äh ich habe hervorragend geschlafen und das Einzige, was Sie mir bringen könnten – haben Sie eine Inselzeitung?«

»Es ist Sonntag! Da gibt es das Tageblatt nicht. Aber ich beziehe die Lübecker Nachrichten. Da steht jede Menge Fehmarnsches Gedankengut drin. Und dass Katrin heute Nacht bei Ihnen gewesen ist, muss Ihnen nicht peinlich sein«, zwinkerte sie.

Ohne eine Antwort abzuwarten, drehte sie sich schnurstracks grinsend um und kam Sekunden später mit der angekündigten Zeitung zurück. »Hab ich durch, können Sie gerne behalten. Äh ... bis auf den Bericht, den brauche ich noch.« Sie zeigte auf einen Artikel, auf dem der Deich als Tatort abgebildet war.

»Ja, ist gut. Ich lese sie mir durch und gebe sie Ihnen dann zurück.«

»Brauchen Sie nicht, einfach liegen lassen.« Sie winkte ab. »Was macht eigentlich unser schnuckeliger Kommissar Hartwig? Kommt der auch noch?«

»Gott bewahre, ich habe Urlaub und möchte niemanden von der Dienststelle hier sehen. Außer meiner Katrin, wenn Sie verstehen!« Dieses Mal zwinkerte er ihr zu.

»Ach so, ich dachte, Sie haben einen neuen Fall.«

»Nein, ich will nur mal ausspannen, wenn Sie verstehen.«

»Ich verstehe. Deshalb war auch die Katrin bei Ihnen.« Sie lächelte verschmitzt und ging wortlos an einen der nächsten Tische. Sofort war sie in ein neues Gespräch vertieft, und Dirk Westermann konnte in aller Ruhe seine Zeitung lesen. Er zog die Brille vom Kopf und schob sie vor die Augen.

Ein kleiner Absatz über den Toten erschien auf Seite vier des Ostholstein- Teils. »Toter im Wald von Flügge aufgefunden. Die Ermittlungen dauern an«, las er leise. Das ist alles?, dachte er und blätterte weiter. Na, die halten sich aber wirklich bedeckt. Er las von dem Tierriss und den Untersuchungen, die noch eine Weile in Anspruch nehmen würden. Vage Andeutungen, dass ein Canis Lupus, wie der Wolf im Blatt bezeichnet wurde, diesen Riss verursacht haben könnte. Aber man müsste die Laboruntersuchungen erst abwarten. Genauso nebulös, wie Kriminalisten sich in ihren Ausführungen verhielten, wenn sie einen Fall zu klären hatten, dachte er. In seiner Magengegend entstand ein mulmiges Gefühl. Hoffentlich bestätigt sich das nicht. Was machen die, wenn sich hier ein Wolf rumtreibt?

*

»Es reicht, jetzt nehmen wir das in die Hand«, rief Walter Jacobsen am frühen Abend des gleichen Tages, knallte sein Bierglas auf den Tisch und stellte sich breitbeinig vor die Gruppe. Die Jäger waren dem Aufruf von Winfried Markmann gefolgt, der dazu aufgefordert hatte, sich im Vereinsraum zu treffen, um wichtige Einzelheiten zu besprechen, die keinen Aufschub mehr duldeten. Der 1,95 Meter große schlanke Mann rückte seine Brille zurecht und fuhr sich durch die kurzen dunkelblonden Haare. »Der Hund sitzt im Auto, meine Flinte liegt geladen im Kofferraum, und von mir aus kann es sofort losgehen!« Angriffslustig sah er den Rest der Männer an.

»Ihr könnt nicht einfach losrennen und nach einem Wolf suchen, geschweige denn ihn jagen und erschießen. Nun denkt mal nach«, rief Etech.

»Ja, auf was willst du denn noch warten? Wer soll als Nächstes dran glauben?«, rief Markmann laut.

»Ich will auf gar nichts warten, aber ihr wisst, dass sie vom Wolfsmanagement uns richtigen Ärger machen, wenn sie herausfinden, dass wir das Tier aus seinem Versteck treiben wollen, um es zu erlegen. Das können wir nicht tun, und das dürfen wir auch gar nicht! Außerdem wissen wir nicht einmal, ob es nicht doch ein Hund gewesen ist.«

»Ist dann sowieso egal. Hund oder Wolf! Die haben hier nichts zu suchen und schon gar nicht unser Vieh zu reißen. Erinnerst du dich daran, als Bruns uns erzählt hat, dass ein junger Bengel vom Campingplatz im Wald von Flügge einen Wolf gesichtet hat? Der hat ihn sogar fotografiert. Und hast du die Zeitungsberichte nicht gelesen? Da steht doch eindeutig, dass es ein Wolf gewesen sein könnte.« Markmann wurde rot, verschränkte die Arme vor der Brust und sah Etech mit zusammengekniffenen Augen an.

Der Architekt, der gut einen Kopf größer war, sah den untersetzten Mann an und entgegnete gelassen: »Genau, dass es ein Wolf gewesen sein könnte, nicht ist! Ich habe die letzten Wochen nicht einen Hinweis darauf bekommen.

Nicht hier und auch nicht in meinem eigenen Revier. Das sind alles nur Vermutungen. Beutegreifer dieser Art sind in der Region bisher nicht einmal gesichtet worden. Und ich meine im ganzen Raum Ostholstein. Also, wovon reden wir hier? Außerdem glaube ich nicht an reißerische Überschriften in der Zeitung. Wenn es belegt wäre, hätte man uns doch zuerst benachrichtigt, oder etwa nicht? Wir sind die, die es angeht!«, endete Tim Etech seine Wortmeldung.

»Die vertreiben uns unser gesamtes Wild, wenn sie es nicht vorher gerissen haben. Hast du nicht letztens den Bericht dieser Treibjagd gesehen, wo der Wolf das Wild verjagt hat? Wo sind wir denn, dass wir uns das gefallen lassen?«

Dietrich Jensen räusperte sich und mischte sich ein: »Ich könnte mir vorstellen, dass ein Wolf hier sein Unwesen treibt. Erinnert ihr euch an die Begegnung von Marina? Langsam glaube ich, dass sie recht hatte. Dann die Risse der Schafe. Sag du etwas dazu, Baumgarn.« Er sah den Schafbauern Hilfe suchend an.

»Wollt ihr die Wahrheit oder eine Lüge hören?«, fragte er.

»Die Wahrheit«, rief Markmann.

»Ich würde ihn suchen und erlegen, fertig. Uns hilft hier sowieso niemand, wenn es drauf ankommt. Jagen und erschießen! Wie viele Beweise brauchen wir noch?«

»Ich bin auch dafür, dass wir ihn jagen.« Jensen sah zu Boden. Er wusste, dass er kein gern gesehener Gast war. Eigentlich hatte er es nur Arne Olsen zu verdanken, dass er in die eingeschworene Jägergemeinschaft aufgenommen worden war, und das auch nur, weil der Gutshofbesitzer schützend seine Hand über den jungen Jäger vom Festland legte. Jetzt war dieser sichere Anker für ihn weggebrochen. Er wusste, dass er sich still verhalten sollte, um nicht negativ aufzufallen.

Die Männer, die sich um Markmann aufgebaut hatten, sahen ihn an, nickten und murmelten unverständliches Zeug, als plötzlich die Tür aufging und Michael Bruns den Raum betrat. Für einen Moment trat ungewohnte Stille ein. Jacobsen sah ihn an, als wenn er ihn nicht unbedingt erwartet hätte.

»Was willst du denn hier? Ich dachte, du musst arbeiten.«

»Das lass mal meine Sorge sein. Außerdem habe ich keine Lust, mich mit einem Loser wie dir zu unterhalten. Oder glaubst du, ich weiß nicht, wie scharf du auf Jette bist?« Jacobsen wurde blass, wollte aufspringen und auf Bruns losgehen. Die Männer hassten sich, und wenn der Schweinebauer irgendwo auftauchte, ging Jacobsen augenblicklich zum Angriff über. Bruns fixierte Walter Jacobsen, stieß hörbar die Luft aus. Es hatte den Anschein, als hätte ihm irgendetwas die Laune verdorben. Er räusperte sich, ignorierte Jacobsen und sagte:

»Arne ist tot!« Der Landwirt fuhr mit der Hand über seinen dunklen Schnauzbart, der an den Seiten bis zum Kinn herunterwuchs. Die Sonnenbrille, mit der er die Augen verdeckt hatte, schob er in die Haare und ließ den Blick durch die Gruppe schweifen.

»Was?«, rief Winfried Markmann. »Das gibt's nicht. Was ist passiert?« Die Männer waren schockiert und blickten den Mann mit den kalten blauen Augen und dem finster dreinschauenden markanten Gesicht an. Arne Olsen war der ruhende Pol in ihrer Mitte gewesen, der meist gut gelaunte Gutsbesitzer und erfolgreiche Jäger mit eigenem Jagdrevier, um das ihn viele beneideten.

»Die Bullen konnten … oder wollten uns nichts Genaues sagen. Sie meinten, die Untersuchungen sind noch nicht abgeschlossen.« Bruns war blass.

»Was ist denn mit ihm passiert?«, wollte Markmann wissen.

»Nur so viel: Sie haben ihn im Wald gefunden. Aber ich weiß nicht, ob er an einem Herzinfarkt oder … er muss ziemlich zugerichtet gewesen sein.« Sein Kehlkopf hüpfte auf und ab und er zuckte die Schultern. »Ich soll morgen früh nach Lübeck in die Gerichtsmedizin und ihn identifizieren. Das wollten sie Jette nicht zumuten. Also, egal was passiert ist, er hat so etwas nicht verdient. Ich brauch erst mal einen Schnaps.«

Markmann stellte die Flasche Korn auf den Tisch und schenkte die Schnapsgläser voll, die in der Mitte des Holztisches standen. Jeder der Anwesenden griff zu, und Jacobsen sagte: »Auf Arne!«

»Auf Arne!«, murmelten die Männer. »Und seht ihr, wie recht ich habe? Er wurde im Wald gefunden. Niemand weiß, warum gerade da und er muss identifiziert werden. Sie wollten nicht einmal, dass Jette das macht. Das schreit doch zum Himmel. Das war dieses elende Viech!«, schrie Markmann aufgebracht. Alle starrten ihn entsetzt an. »Wir müssen etwas unternehmen.« Plötzlich wurde es still.

»Ja, wir gehen jetzt selbst auf die Jagd!«, rief Jacobsen und ballte die Hand zu einer Faust. »Lasst uns einen Plan machen!«

»Wir sollten auf jeden Fall die Hunde mitnehmen. Die locken ihn aus der Reserve«, rief Markmann. Daraufhin mischte sich Kropp ein. »Diese Viecher gehen sogar auf Hunde los – hab ich in einem Video gesehen. Ich werfe Artos auf keinen Fall einem Räuber zum Fraß vor. Lass ihn uns treiben und zwei von uns warten, um ihn in Empfang zu nehmen.« Die Männer nickten, aber Markmann hatte klar das Kommando übernommen.

Michael Bruns sah ihn ohne jegliche Gefühlsregung an. Niemand sah, dass er den Kontrahenten unablässig beobachtete. Es passte ihm nicht, dass der lauteste der Gruppe eine Autorität besaß, die die Männer in ihren Bann zog. Das hatte er sich anders vorgestellt. Seine Nasenflügel bebten. Er wollte nicht nur den Hof und Jette, er wollte Anführer dieser Jägergruppe sein. Sie sollten ihm den nötigen Respekt zollen, wie zuvor Arne. Aber das würde sich spätestens dann ergeben, wenn er erst mal der neue Gutsbesitzer war. Ein höhnisches Lächeln umzog auf einmal seine Lippen.

Einer der Jäger stand Michael Bruns zur Seite. »Wenn wir mit den anderen loslaufen, haben wir keine Chance ihn zu erwischen.« Er zeigte schweigend auf die Männer, die über der Fehmarnkarte die Köpfe zusammensteckten und die Gegenden einzeichneten, an denen die Sichtungen und Tierrisse vorgekommen waren. »Ich erinnere dich an die Stelle, wo die vielen Schafe gerissen wurden und wo er angeblich gesehen worden sein soll. Da wollen sie hin. Aber ich denke, der hat sich längst einen neuen Rückzugsort gesucht. Die Tiere sind schlau, das weißt du doch. Sie bleiben nicht lange an einem Ort, es sei denn, sie haben ein Rudel. Wenn das hier ein Wolf ist, dann ein Einzelgänger, der auf der Suche nach einem Partner ist. Das müssen wir ganz anders angehen! Jetzt, wo Arne nicht mehr da ist. Was meinst du?«

In Michael Bruns' Schädel arbeitete es ununterbrochen. Er stellte sich zu den anderen und verfolgte deren Jagdroute. Sie waren sich einig und wollten das Gebiet um Flügge und Westermarkelsdorf ablaufen.

Darin sah Bruns seine Chance …

»Jungs, das ist ja alles schön und gut, aber ihr wisst: Ich kann nicht mit … Jette. Ich muss bei ihr sein. Das müsst ihr, so gern ich dabei gewesen wäre, alleine durchziehen. Ich wünsche euch auf jeden Fall Waidmanns Heil!«

EINE WOCHE SPÄTER

Tjark Holthusen trödelte an diesem Abend gelangweilt über den leeren Platz, der an den Campingplatz Flügge im Westen der Insel grenzte. Die Luft war trotz der späten Stunde angenehm warm und flimmerte vor Tjarks Augen. Er ließ sich den lauen Wind ins Gesicht wehen und hielt die Nase der untergehenden Sonne entgegen. Es war kurz nach halb neun. Der hochgewachsene, schlaksige Schüler steckte die Hände in die Taschen der olivgrünen Cargo Shorts. Er steuerte gelangweilt auf den über zwei Meter hohen Gedenkstein von Jimi Hendrix zu, der wie ein Fremdkörper mitten auf der weitläufigen Wiese platziert war. Es schien, als gehörte er dort nicht hin. Tjark kannte den Musiker nicht, der viele Jahre vor seiner Geburt gelebt hatte und gestorben war. Allerdings überschüttete sein Vater Jörg ihn mit allen möglichen Informationen, die er ihm bei jedem Sommerurlaub auf Fehmarn glühend heiß unter die Nase rieb. Sein alter Herr war ein absoluter Fan des Rockgitarristen, wenngleich auch *er* ihn nicht mehr kennengelernt hatte. Aber seine Musik liebte er nach wie vor.

Der Halbwüchsige fuhr sich mit der Hand durch die braunen Naturlocken, die fast auf der Schulter endeten. Tjark bestaunte den riesigen Stein, las die Inschrift und erinnerte sich. Dieser berühmte Rockmusiker hat sein letztes Konzert hier auf Fehmarn gegeben. Love and Peace-Festival. Was für ein hirnrissiger Name. Love and Peace … Tjark schüttelte den Kopf. Wo die hier 25.000 Leute untergebracht haben wollen, ist mir ein Rätsel. Er drehte sich um die eigene Achse und versuchte es sich vorzustellen. Und das bei Pisswetter. Das muss ja voll die Matschwiese gewesen sein! Krass!

Eigentlich schade, dass er eine Woche später in London gestorben ist. Der Typ hätte mir gefallen.

Die in den Stein gemeißelte Fender-Gitarre aber, die fand er cool, obwohl er selbst kein Instrument spielte.

Angeödet schlich er um den riesigen Findling, lehnte sich dagegen und spreizte die Arme auseinander, als wollte er ihn umfassen, was bei der Größe absolut unmöglich war. Wie sie den wohl hierher geschleppt haben?, überlegte er, stieß sich vom Stein ab und starrte auf den mindestens sechs Tonnen schweren Riesenstein. Unentschlossen, ob er wieder zurück zum Wohnwagen gehen sollte oder nicht, scharrte er mit dem schwarzen Sportschuh im Sand. Um ihn herum hatte sich eine Trittfläche gebildet, die auf viele Besucher schließen ließ. Anscheinend pilgerten immer noch Menschen zu dieser Gedenkstätte.

Tjark kickte einen Stein mit der Fußspitze weg und drehte sich Richtung Wald, der sich ungefähr 50 Meter entfernt vor ihm ausbreitete. Abrupt stieß er sich mit dem Fuß vom Gedenkstein ab und richtete sich kerzengerade auf. Ungläubig zwinkerte er mit den Augen, als könnte das, was er an der Lichtung entdeckte, nur ein Hirngespinst sein. Das Flimmern der schwülen Luft schien seinen klaren Blick getrübt zu haben. Tjark bewegte sich nicht. Wie eine Statue beobachtete er bewegungslos das Geschöpf, das ihn ebenso wachsam und unbeweglich anstarrte. Die Sonne verschwand hinter den Bäumen und warf lange Schatten, die das Gebilde am Waldrand in Dunkelheit tauchten und schemenhaft erscheinen ließ. Das ist ein Schäferhund, mutmaßte er und überlegte, wie er sich verhalten sollte. Ob er auf ihn zugehen oder besser abhauen sollte. Was, wenn der bissig ist?, fragte er sich und trat ein paar Schritte zurück, ohne das Tier auch nur einen Zentimeter aus den Augen zu lassen. Noch immer stand der Vierbeiner unbeweglich am Rand des Waldes und schien ihn zu fixieren. Nicht knurrend und nicht mit den Zähnen fletschend. Er beobachtete Tjark. Der Halbwüchsige wiederum belauerte das Tier ebenso und kaute nervös auf seiner Unterlippe herum. Das ist kein Hund. Der sieht aus wie … ein Wolf? Diese kleinen, dreieckigen Ohren, die langen Beine und die weißen Lefzen, die er trotz Schatten wahrnehmen konnte, jagten ihm auf einmal Angst ein. Tjark schluckte seinen Speichel hinunter, der ihm im Hals stecken geblieben war. Mechanisch zog er in Zeitlupentempo sein Handy aus der Hosentasche, hielt es so, dass das Display sichtbar war. Dann versuchte der Schüler ohne hektische Bewegungen ein Foto zu schießen. Er zoomte das Tier heran, das nach wie vor wie in Stein gemeißelt dastand. Der Teenager bewegte sich schrittweise voran. Der *vermeintliche Wolf* blieb stehen. Die Neugierde schien auf beiden Seiten gleichermaßen groß zu sein. Ein weiterer Tritt. Es herrschte absolute Stille über der Szenerie. Nicht mal eine der immerwährend kreischenden Möwen unterbrach diesen Moment. Schritt für Schritt näherte Tjark sich dem Tier, das unbeweglich am

Waldrand ausharrte. Es schien, als würde es auf ihn warten. Seine bernsteinfarbenen Augen leuchteten ihn, durch letzte Sonnenstrahlen erfasst, eindringlich an. Als wenn die in sich glühen, dachte er. Das Herz des sonst abgeklärten Jungen klopfte wild. Jeder andere hätte wahrscheinlich längst das Weite gesucht. Das Handy lag schwer in seiner Hand, während er laufend auf den Auslöser der Kamera drückte, ohne das Tier aus den Augen zu lassen. Mittlerweile hatte der Junge sich bis auf 20 Meter herangewagt. Tjark bemerkte, dass der Wolf ebenfalls vorsichtig einen Schritt nach vorn machte. Neugierig, aber nicht bedrohlich! Der 15-Jährige bewegte sich trotz des Kribbelns in der Magengegend voran. Er verspürte keine Angst. Etwas so Ungewöhnliches hatte er in seinem bisherigen Leben noch nicht erlebt. Eine starke Anziehungskraft zog ihn Richtung Waldsaum.

Jede Sekunde dieser emotionalen Begegnung wollte er auskosten. Er spürte, dass das Tier ihn nicht angreifen würde. Das hätte er längst getan. Ich bin nicht sein Beuteschema, ich bin nicht sein Beuteschema, redete er sich ein.

Er erinnerte sich an die Worte des Bio-Lehrers, als die Klasse das Thema Beutegreifer bearbeitet hatte. Das graue Tier direkt vor ihm schien mit ihm in einer Art Verbindung zu stehen. Der warme Wind streichelte Tjarks Nacken. Es fühlte sich an, als berührte ihn jemand und würde ihn langsam voranschieben. Verlor er seinen Wirklichkeitssinn? Puppengleich setzte er einen Fuß vor den anderen. Fast hatte er den Saum des Waldes erreicht.

Vielleicht noch zehn Meter, dann …

Mit einem Mal hörte er seinen Namen: »Tjark, komm endlich, wir wollen essen!« Die Stimme des Vaters war nicht zu überhören. Er drehte den Kopf in dessen Richtung, um ihm anzuzeigen, was er sah. Hastig legte er den Zeigefinger über die Lippen und warf seinem Vater, der gestikulierend auf dem Deich stand und unüberhörbar nach ihm rief, einen missbilligenden Blick zu. Gefährliches Knurren drang zu ihm, und er drehte den Kopf zurück in die Richtung des Tieres. In diesem Moment war das Band der Faszination zerrissen. Erschreckt machte er ein paar Schritte rückwärts. Der Wolf fletschte seine Zähne und blickte ihn aus der Entfernung finster an. Tjark hörte das tiefe kehlige Geräusch und bekam eine Gänsehaut.

EIN PAAR STUNDEN VORHER

»Was die sich hier immer so zusammenspinnen«, brabbelte Charlotte vor sich hin, ohne dass sich irgendjemand in ihrer Nähe aufhielt, und schüttelte unablässig ihren Kopf. Als sie auf den Deich fuhr, der zum Campingplatz Flügge gehörte, bremste sie ab, bekam gerade noch die Kurve, um die steinige Auffahrt nicht zu verpassen. Sie wollte zum Wäldchen, wo sie den Toten aufgefunden hatten. Wenn da irgendwelche Spuren eines Wolfes sind, dann finde ich die. Charlotte fuhr mit ihrem Fahrrad über das etwa 900 Meter lange Deichstück. Dann stoppte sie und schwang sich vom Sattel, um hüpfend in ihren Holzclogs zum Stehen zu kommen.

Sie zuppelte die blumig bedruckte Bluse zurecht und fuhr sich mit der Hand durch die Haare, die vom Fahrtwind zerzaust aussahen. Dabei vergaß sie, den Umschlag ihrer Hose wieder herunterzukrempeln. Sie reckte die Nase der Sonne entgegen und genoss für einen Moment die Leichtigkeit der warmen Jahreszeit. Ein Hauch Ostseewind mit einer Prise Algen zog in ihre Nase. »Oh, ich liebe diesen Sommer.« Tief sog sie die Luft in ihre Lun-

genflügel und atmete wieder aus. Ja, ja. Wird der Grün-
donnerstag weiß, wird der Sommer sicher heiß, kam ihr
in den Sinn. Dann zerrte sie den braunen Lederrucksack
von ihren Schultern. Sie öffnete den Metallverschluss und
zog die Kamera heraus.

Ein geschulter Blick durch den Sucher über den Deich
bis hin zum Wasser zeigte ihr, dass die Kameraeinstellung
stimmte. Ebenso der Ausschnitt, den sie gewählt hatte.
Man kann nie genug Bilder haben, dachte sie und hängte
das Halteband der Nikon um ihren Hals. Lässig wie ein
junges Mädchen schulterte sie den Rucksack. Dann schob
sie das Fahrrad ein Stück weiter, bis sie an einer seichten
Stelle den Deich hinunterkonnte, um zum Wäldchen zu
gelangen. Der nackte Knöchel des rechten Beines blitzte
bei jedem Schritt vorwitzig unter dem aufgekrempelten
Hosensaum hervor. Vor dem Denkmal blieb sie stehen,
stellte das Fahrrad auf den Ständer und betrachtete den
Stein, um ein Foto zu schießen. Kann nicht schaden.

Sie schloss ihr Rad ab, um sich zu Fuß auf den Weg
ins Wäldchen zu machen. Kein Mensch weit und breit
zu sehen. Charlotte war mit sich und der Welt zufrieden. Dann stapfte sie in ihren Clogs durch das unweg-
same Gelände. Es gab keinen vorgegebenen Weg. Je tiefer sie in das Innere des Waldes gelangte, umso dunkler
wurde es. Überall gab es undefinierbare Geräusche, die sie
nicht zuordnen konnte. Vögel, die gestört von Ästen auf-
schreckten, jagten der Künstlerin einen gehörigen Schrecken ein und hinterließen ein mulmiges Gefühl in ihrer
Magengrube. Sie kannte derartige Situationen, einsames
Dickicht, aufgeschreckte Vögel – und sie saßen ihr unangenehm im Nacken. Dennoch stromerte sie unaufhalt-
sam durch das verworrene Unterholz. Ein hakenschlagen-

des Karnickel nahm Reißaus. Was habe ich hier eigentlich erwartet? Dass der böse Wolf hier im Wald auf mich lauert, um mich genüsslich aufzufressen? Sie lächelte. Ich bin die liebe Großmutter, komm, hol mich. Unermüdlich stöberte sie durch den Forst, ohne zu wissen, was sie suchte. Sie hockte sich hin und fotografierte einen alten, abgeknickten Baumstamm, der sich ihr wie ein hohler Zahn präsentierte. Das wenige Licht, das durch die Äste fiel, ließ die Dinge um sie herum bizarr erscheinen. Dann sah sie eine kaum wahrnehmbare, aus Hölzern und Zweigen zusammengeschusterte Höhle, die augenblicklich ihr Interesse weckte. Sie nahm einen Ast und schob die zufällig übereinander gehäuften Holzteile auseinander, während sie mit der rechten die Kamera vor ihr Auge hielt. Sie ging in die Hocke und stemmte mit dem Holzstück den Eingang zur Höhle frei. Dabei verheddderte sie sich mit einer Haarsträhne in einem Ast, der sie daran hinderte, weiter vorzudringen. Verbissen versuchte sie, die Strähnen vom verzweigten Geäst zu entfernen, indem sie ihren Kopf vor- und zurückbewegte, was ihr umgehend Tränen in die Augen trieb. »Verdammt«, rief sie, ließ die Nikon los und scheuerte mit der Hand über die Stelle, an der einige Haarwurzeln mitsamt Haaren ihr Leben lassen mussten. Die hingen jetzt gut sichtbar im Gestrüpp. Unverdrossen schob sie sich weiter in den hölzernen Unterschlupf.

Es waren sicherlich Kinder, die sich hier im Unterholz ein geheimes Versteck gebaut oder es zumindest versucht hatten. Sie nahm die Nikon und schoss weitere Bilder. Sie zoomte sich immer tiefer ins Innere der Höhle, als sie etwas durch das Objektiv wahrnahm. Es sah aus wie ein Haufen Stöckchen. Als sie die Ansammlung näher betrachtete, stellte sie fest, dass es sich um Knochen handelte. Sie erschrak. Knochen? Was sind das für Knochen? Sie hielt mit ihrer Kamera immer wieder auf den Berg der fingergroßen Teile. »Verdammt, was ist das hier?« Sie ließ sich nicht mehr davon abbringen, sich auf die Knie zu begeben, selbst auf die Gefahr hin, dass die Hose dann komplett verdreckt war. Beim Hineinkriechen in den Unterschlupf verlor sie obendrein einen der Holzpantoffel. Sie schob sich mit einem nackten Fuß voran. Mit einem kleinen Stöckchen rumorte sie in den Knochenteilen herum. Das sind Tierknochen und Haare. Tierknochen? Wie kommen die denn hierher? Sie nahm die Kamera und hielt unermüdlich auf das angesammelte Material. Ganz Miss-Marple-Manier zog sie den Rucksack von den Schultern, öffnete ihn und zog kleine Plastiktütchen heraus. »Für alle Fälle«, murmelte sie, stülpte eine davon über ihre rechte Hand und griff wahllos einige der Skelettteilchen und Fellreste. Vorsichtig schob sie sich zurück und stellte sich auf ihre Füße. Dann suchte sie nach ihrem Holzschuh und glitt mit dem schmutzigen Fuß hinein. Sie senkte den Kopf und stöhnte jämmerlich, als sie ihre Hose betrachtete, die, einseitig hochgekrempelt, auf Kniehöhe grünbraune Moosplacken aufwies.

Hoffentlich bekomme ich das wieder raus. »Charlotte, Charlotte.« Das leise Knurren hörte sie nicht.

*

Tjark blickte sich um – der Wolf war verschwunden. Wenige Minuten später kam er keuchend auf den Platz, auf dem der Wohnwagen der Familie stand. Sein Vater hatte die Holzkohle im Grill entzündet, und zwei übrig gebliebene Bratwürste lagen schrumpelig an der Seite des mittlerweile heruntergebrannten Aschehaufens.

»Tja, hast Pech gehabt, mein Lieber. Wer zu spät kommt … Du weißt ja.« Er sah ihn an und leerte die Bierflasche, während er sich mit der anderen Hand pappsatt über den gewölbten Bauch strich, was seinem Sohn anzeigte, dass das Essen gut geschmeckt hatte. Tjarks Mutter war dabei, ihm den übrig gebliebenen Salat mit einem Löffel aus einer roten Plastikschüssel auf den bunten Teller zu kratzen. Der Schüler wedelte aufgeregt mit dem Handy in der Hand. Das Essen schien ihn überhaupt nicht zu interessieren.

»Ihr glaubt nicht, was ich eben gesehen habe«, rief er und hielt seinem Vater das Display vor das Gesicht.

»Und? Was soll das sein?«, entgegnete der 50-Jährige ungerührt. Der braun gebrannte Mann, dessen Haare strubbelig vom Kopf abstanden, zog sich die schwarzen Shorts zurecht.

»Mensch Papa, siehst du das denn nicht? Das ist ein Wolf! Ich habe gerade erst Kontakt mit einem richtigen Wolf gehabt. Hier am Waldrand. Das war voll krass!« Er zeigte aufgeregt mit der Fingerspitze auf das Tier, das sich deutlich abzeichnete.

»So ein Blödsinn!« Der Vater tippte den Finger gegen die Stirn, zog kopfschüttelnd die Augenbrauen hoch und ließ sich auf den Gartenstuhl fallen, während er im gleichen Atemzug eine weitere Flasche Bier öffnete. »Hier gibt es keine Wölfe. Hier sagen sich vielleicht Füchse und Hasen gute Nacht, aber ein Wolf?« Er lachte und deutete mit der Hand über den Platz. Die Anlage war sauber und ordentlich. Der Wohnwagen der Holthusens stand auf einem Dauerplatz und lag in der ersten Reihe zum Wasser. Von einem Windschutz umgeben, der nur den Blick auf die Ostsee freigab, ließ er die nötige Privatsphäre zu, wenngleich man auf dem Campingplatz vertraut miteinander umging.

»Du siehst eindeutig zu viele dieser Gruselfilme«, lachte er.

»Ach, ihr habt doch keine Ahnung«, rief Tjark beleidigt und wollte in den Wohnwagen steigen, als seine Mutter ihn aufmunternd zurückrief. »Komm Schatz, zeig *mir* das mal. Ich möchte wissen, was genau du da gesehen hast.« Kerstin Holthusen winkte ihn zu sich, setzte sich aufrecht in den Lehnstuhl und zurrte ihr knappes gestreiftes T-Shirt zurecht. Dann schob sie den Zopf nach hinten, der ihre rotblonden Haare zusammenhielt. Die Sonne hatte ihr in den fast zwei Wochen, die sie bereits hier waren, eine knackige Bräune verliehen und die Sommersprossen vervielfacht.

»Ach, ihr glaubt mir sowieso nicht. Mann, was seid ihr bloß alle stur. Ihr seht nur, was ihr sehen wollt!« Beleidigt blieb er vor dem Vorzelt stehen und überlegte. Dann entschloss er sich dennoch, seiner Mutter die Entdeckung zu zeigen. »Sieh genau hin, Mama. Das ist eindeutig einer. Weder ein Fuchs«, er sah den Vater missbilligend an, »noch ein Hund!« Tjark scrollte die Fotos langsam weiter, sodass seine Mutter sie ansehen konnte.

»Ja, aber ehrlich, woran erkennst du denn, dass *das* da ein Wolf ist und kein Hund?«

»Mama, hättest du in der letzten Zeit mehr Zeitung gelesen, wüsstest du das. Fast jeden Tag zeigen sie Berichte und Fotos von diesen Tieren. Die Stimmung kocht mittlerweile richtig hoch, mit den Wolfsichtungen und den gerissenen Weidetieren. Es werden immer mehr, und die streiten sich, ob Wölfe abgeschossen werden sollen oder nicht.« Er sah seine Mutter entgeistert an, und selbst sein Vater wurde leise und verfolgte die Unterhaltung.

»Sieh mal.« Er vergrößerte die Aufnahme. »Hier siehst du es genau. Ein Wolf hat lange Beine, diese kurzen, dreieckigen Ohren und hier … die weiße Schnauze … na die Lefzen. Das ist kein Hund.«

»Das könnte doch ein Schäferhund gewesen sein.«

»Mama!«

»Und wieso ist der nicht sofort abgehauen?«, fragte die Mutter entsetzt. »Was, wenn der dich angegriffen hätte? So ein gefährliches, bösartiges Tier!«

Kerstin Holthusen sprang aus ihrem Stuhl auf. »Mama, bleib sitzen. Wölfe greifen Menschen nicht an. Sie sind scheu, vorsichtig – und schlau. Außerdem passe ich nicht in das Beuteschema eines Grauwolfes«, vollendete er seinen Satz.

»Beuteschema … Grauwolf … woher weißt du denn das alles?«

»Hab ich doch gesagt, Zeitung. Und vielleicht gehe ich obendrein zur Schule? Und wie du weißt, habe ich in der Schule den Durchblick. Außerdem haben wir das Thema wegen der Brisanz um die Tiere vor gar nicht langer Zeit ausgiebig behandelt«, sagte er stolz.

»So so. Jetzt ist genug von solch ungeheuerlichen Geschichten«, antwortete seine Mutter und goss Limonade in ihr Glas. Die Sonne war untergegangen, und Kerstin Holthusen zündete eine dicke Kerze im Windlicht an, die bedächtig zu flackern anfing. »Das ist wirklich ein fantastischer Abend«, sagte sie entspannt und sah auf das Meer, dessen Oberfläche sich kräuselte. Die leichte Brise ließ endlich wieder aufatmen. Es war nicht mehr so stickig wie die letzten Wochen.

»Siehste, ihr hört mir einfach nie zu.«

»Entschuldige bitte, Tjark, ich wollte dich nicht unterbrechen.«

»Ja, ja, schon gut«, maulte der 15-Jährige sauer.

»Lass noch mal sehen«, sagte sein Vater und griff nach dem Handy seines Sohnes. Widerwillig reichte der Schüler es ihm und latschte um den Tisch herum, um ihm die Fotos erneut zu zeigen.

Geduldig wischte Jörg Holthusen von Aufnahme zu Aufnahme und zog, je länger er sie betrachtete, die Augenbrauen mehr zusammen, sodass sich eine steile Falte auf seiner Stirn bildete. »Wenn du tatsächlich recht hast, ist das nicht lustig. Ein Wolf so dicht am Campingplatz ist nicht ohne. Hier sind schließlich jede Menge Kinder. Ich werde mich morgen oder übermorgen gleich erkundigen, ob es hier überhaupt welche geben könnte. Aber ich kann mir das nicht vorstellen. Das hätten wir mit Sicherheit gehört. Die sind Richtung Niedersachsen, Brandenburg, aber auf Fehmarn?«

EIN PAAR TAGE SPÄTER

Ein paar Tage später verabschiedete sich Jörg Holthusen mit einem Kuss von seiner Frau, die es sich bei einem Glas Wein und einem Küstenkrimi gemütlich gemacht hatte.

»Ich geh auf ein Bierchen in die Kneipe. Mal hören, ob sich irgendetwas über einen Wolf herausfinden lässt. Die in der Anmeldung wussten jedenfalls von nichts. Da stand wohl irgendwas in der Zeitung, aber das war anscheinend sehr vage.«

»Ja, geh nur, ich bleib hier. Ich will unbedingt wissen, was mit der jungen Frau passiert, die sich in der Pension versteckt hat.« Ihre Wangen glühten.

»Welche Frau? In welcher Pension?«

»Ach Mann, der Krimi, den ich mir gekauft habe. Musst du lesen. Das spielt hier auf der Insel.«

Jörg konnte nicht deuten, ob die aufbrausende Anwandlung vom Wein herrührte oder der Spannung des Krimis geschuldet war. »Ja, ja, wenn ich Zeit habe.« Er lächelte, zog den Reißverschluss seiner Sportjacke zu und nahm Kerstin in den Arm. Er küsste sie und schlenderte über den Campingplatz.

Wenig später betrat er das Restaurant und suchte nach einem freien Platz am Tresen, der auf der rechten Seite, gleich neben dem Eingang die ganze Breite des Raumes einnahm. Das urig eingerichtete Lokal war von Urlaubern bevölkert. Es war Hochsaison und der Campingplatz komplett ausgebucht. Entspannt bestellte er ein Bier bei der älteren Bedienung, die hinter dem Tresen an der Zapfanlage stand und Gläser füllte. Jörg setzte sich auf den einzigen freien Hocker. Angeregte Gespräche erfüllten den Raum und es roch nach leckerem Ostseedorsch, der auf einem opulent angerichteten Teller an einem der Tische serviert wurde. Durstig leerte er sein Glas, um gleich darauf ein weiteres zu ordern.

Vor einer mit maritimen Details bemalten Wand saßen ein paar Männer an einem Tisch, die er nicht kannte. Lautstark unterhielten sie sich.

*

»Glaubst du, an der ganzen Geschichte ist irgendetwas dran?«, fragte Michael Bruns und leerte sein Bierglas.

Markmann nickte heftig. »Ich denke«, antwortete er und blickte die anderen an.

»Wenn es so ist, werden wir das erledigen«, sagte Bruns. Er schüttete den doppelten Korn hinunter und schüttelte sich.

»Aber dann müssen wir uns beeilen und ihn finden, bevor er noch mehr Schaden anrichtet und irgendwelche Leute vom Festland kommen und hier Unruhe stiften«, sagte Dietrich Jensen sachlich. Bislang hatte er sich aus all den Tratschgeschichten und Anfeindungen herausgehalten. Er saß heute nur am Tisch, um Bruns im Auge zu behalten. Solange er ihn in seiner Nähe wusste, konnte der sich nicht bei Jette aufhalten. »Bisher haben wir gar keinen Anhaltspunkt für die Vermutung. Ich bin fast davon überzeugt, dass es ein wilder Hund war. Wenn nicht, muss er weg, sonst wird noch jemand angefallen.« Jensen leerte sein Glas Cola und orderte ein neues, dann sagte er: »Jacobsen, erinnert ihr euch an die Tante, die auf dem Jägerfest von dem Wolf oder was immer sie gesehen haben will, erzählt hat? In der Scheune? Ihr habt sie ausgelacht, aber ich weiß nicht recht, könnte doch etwas dran sein.«

»Wer weiß, was die gesehen hat«, murmelte Bruns. Er sah Jensen an, und sein Blick jagte ihm eine Gänsehaut über den Rücken. Er sagte nichts. Aber im Kopf rotierte es. Dietrich Jensen hing seinen Gedanken nach und blieb still. »Was sagst *du* denn dazu, Hans-Werner?«, fragte Bruns und sah den Architekten Kropp an.

»Wenn etwas dran ist, kriegen wir ihn«, entgegnete er leise und zog die Augenbrauen zusammen, während er die linke Faust ballte.

»Ich will los«, raunte Bruns. »Morgen muss ich früh raus. Die Schweine warten nicht.« Er erhob sich und schob den Stuhl an den Tisch. »Lasst uns die nächsten Tage weiterreden.« Müde riss er den Mund auf und gähnte ungeniert. Markmann und Kropp standen ebenfalls auf, um die Runde aufzulösen.

Jacobsen sah die Männer an, verengte die Augen zu schmalen Schlitzen und sagte zu Dietrich: »Na, dann. Jensen *du* trinkst noch einen mit mir, oder?«

Jensen nickte.

»Das hätte ich mir ja denken können«, rief Bruns schnaubend. Er hatte es sich schlagartig anders überlegt und keine Eile mehr zu gehen. »Das geht mir auf den Sack, was habt ihr denn ohne mich zu bereden?«, fragte er mit drohendem Unterton und starrte Jensen an, bevor er sich ungeniert wieder setzte. »Ihr vom Festland haltet euch immer für etwas Besseres.«

»Nun halt mal dein Maul«, rief Jacobsen und sagte an Jensen gerichtet: »Lass mal gut sein für heute. Ich denke, wir machen Feierabend. Die anderen sind auch längst weg.«

Dietrich Jensen nickte, stand auf und hielt es ebenfalls für besser zu gehen, als Bruns schnaubend aufsprang und ihn am Arm packte. »Und noch was. Wenn ich noch einmal sehe, wie du meiner Verlobten schöne Augen machst, hau ich dir aufs Maul, hast du verstanden?« Wutentbrannt sah er ihn an.

»Wieso, ich mach gar nichts«, entgegnete Jensen und sah ihm mit festem Blick in die Augen. Hat er irgendetwas mitbekommen? Wir waren vorsichtig und haben uns nichts anmerken lassen. »Ich will nichts von ihr, begreif das endlich! Ich weiß überhaupt nicht, wie du darauf kommst.« Er riss seinen Arm los. Wie gut, dass ich ihm bei Jette nicht aufs Maul gehauen habe. Wie gut!

»Ich hab dich im Auge, du widerlicher Kerl, lass dir das eine Warnung sein. Sonst knall ich dich ab wie diesen verdammten grauen Bastard.« Bruns stand vor ihm und hielt ihm die Faust unter die Nase. Jacobsen, der das Spiel die ganze Zeit beobachtete, zog ihn unsanft zurück.

»So Jungs, jetzt beruhigen wir uns und trinken einen Absacker.« Er rief die Bedienung an den Tisch und bestellte Köm und Bier. Widerwillig hockten die Männer sich wieder. »So, und nun gebt euch die Pfoten. Es ist alles gut.« Jensen hielt Bruns die Hand entgegen, der wiederum verschränkte seine Arme vor der Brust. Dietrich schwieg.

Walter Jacobsen setzte ein überlegenes Lächeln auf. Wenn zwei sich streiten …

*

Jörg, der eine halbe Stunde später immer noch am Tresen saß, drehte sich um und stellte gebannt die Ohren auf, als er mitbekam, dass die Männer über einen Wolf sprachen, den jemand gesehen haben wollte.

»Wer weiß, was die gesehen hat«, murmelte ein anderer, der auf Jörg einen unangenehmen Eindruck machte.

Ein jüngerer Typ mit dunklen Haaren, der diesem Jacobsen genau gegenüber saß, beobachtete alles stillschweigend. Er glättete mit der Hand das rot-weiß karierte Tuch, das auf dem Tisch vor ihm ausgebreitet lag, und griff nach dem Glas Cola. »Ist doch egal«, sagte er.

»Ne, ist es nicht«, polterte dieser Jacobsen, der ihm mit schwarz-gerahmter Brille und aufgekrempelten Hemdsärmeln gegenüber saß. Der unangenehme Typ mit Sonnenbrille auf dem Kopf und ellenlangen Koteletten hob drohend die Hand in Richtung des wesentlich jüngeren, der sich nicht aus der Ruhe bringen ließ. Eine ungleiche Gruppe, so viel ist sicher. Und wie laut die sind. Zumindest zwei von ihnen. So laut, dass Jörg jedes Wort, das sie sich erzählten, verstand. »Aber es könnte genauso gut ein wilder Hund sein«, sagte der junge, schmächtige Mann.

Die finstere Miene des unangenehmen Rädelsführers verhieß nichts Gutes.

Jörg versuchte, konzentriert dem Gespräch zu lauschen, um nichts vom Dialog der beiden Lautesten zu verpassen. »Schließlich sind wir hier die Zuständigkeit. Die mit ihrem Gedöns um diese Viecher gehen mir auf den Geist. Das ganze Gelaber um die Wölfe. Wenn ich das schon höre, schützenswert. Die reißen das Wild, das sie nicht vorher verjagt haben, und wenn sie damit fertig sind, sind wir dran.« Hochroten Kopfes schüttete der Auffälligste der Gruppe, den sie Bruns nannten, sein Getränk hinunter, um sich sofort ein neues zu bestellen. »Irmchen, bring uns noch einen!«, forderte er lautstark und streckte den Arm mit dem leeren Glas in die Höhe.

»Egal, Jensen? Nichts ist egal! Alles Mist, was du da redest«, rief der hochgewachsene Michael Bruns.

»Wir halten auf jeden Fall Augen und Ohren offen, falls sich da irgendetwas tut«, brummelte Markmann. Kurze Zeit später standen die Männer auf und wollten anscheinend das Lokal verlassen. Dann gab es Streit, und die, die übrig blieben, setzten sich wieder, um weiterzutrinken. Für Jörg war das die Chance, sich in das Gespräch einzuklinken.

*

Tjarks Vater stand von seinem Stuhl auf und bewegte sich auf die Dreiergruppe zu. Unschlüssig blieb er vor den Männern stehen und räusperte sich vorsichtig. Er hatte bemerkt, dass die Stimmung in der Runde nicht die allerbeste zu sein schien. Dennoch wollte er die Chance auf ein paar Informationen nicht verpassen.

»Darf ich Sie mal etwas fragen?« Augenblicklich wurde es still am Tisch. Alle drei guckten den braun gebrannten Mann an. Niemand schien ihn zu kennen, denn sie sahen sich fragend an und schüttelten unmerklich die Köpfe.

»Und?«, fragte schließlich Bruns und blickte ihn finster an.

»Sie sagten da gerade etwas von einem Wolf. Ich hätte da eine Frage.«

Der Landwirt zog verächtlich die Augenbraue hoch, stand auf und raunte missbilligend. »Wir sagten hier gar nichts. Und überhaupt, was lauschen Sie unseren Gesprächen? Machen Sie sich bloß vom Acker! Hier gibt es nichts zu erzählen, und schon gar nicht von einem Wo... Verschwinden Sie!«

»Ich wollte nur etwas fragen.«

»Weg jetzt von unserem Tisch ... sonst!« Er hob drohend die Hand.

»Michael, sei ruhig!«, murmelte Jacobsen und zog ihn am Hemdsärmel zurück auf den Stuhl.

»Ich dachte nur, weil mein Sohn einen gesehen hat«, flüsterte Jörg, winkte ab und drehte sich um. Die Männer sahen sich an.

»Nee, das geht mir gehörig auf den Zeiger! Was wollen Sie? Was ist mit Ihrem Sohn?« Plötzlich schien das Interesse der Männer geweckt.

Mit hochrotem Kopf sah Bruns den ungebetenen Gast an und dirigierte ihn mit einer energischen Handbewegung zurück an den Tisch.

Jörg überlegte, ob er nicht besser seinen Mund halten sollte. Er räusperte sich und sagte dann: »Ich glaube, mein Sohn hat heute Abend ebenfalls einen ...«, er hüstelte erneut, beugte den Kopf hinunter und flüsterte: »... einen Wolf gesehen.« Erstaunt blickte die Männerrunde den Fremden an. »Er hat mir Fotos gezeigt, die er von ihm geschossen hat. Ich bin mir sicher, es war einer.«

»Kommen Sie, setzen Sie sich zu uns. Bier?«, sagte Bruns plötzlich gönnerhaft. Er zog einen Stuhl vom Tisch, klopfte auf das Holz und dirigierte den Camper an seine rechte Seite.

»Gerne«, sagte Jörg Holthusen und setzte sich.

»So, erzähl mal der Reihe nach, ich heiße Michael«, sagte das Raubein der Truppe und hielt ihm die Hand entgegen.

»Jörg«, antwortete der Urlauber vom Campingplatz.

*

Charlotte hatte nach ihrem Fund aus dem Wald überlegt, was sie damit anstellen sollte. Ein paar Knochen und ein bisschen Fell ergaben schließlich noch keinen Tatort. Und nach einem Verbrechen sah es in diesem Fall auch nicht aus. Aber die Mitteilungen in der Zeitung und der Fund im Wald bei Flügge hatten ihre Gedanken ordentlich durcheinandergewirbelt. Vielleicht trieb sich in dieser Gegend tatsächlich ein wilder Hund herum. Ein Isegrim erschien ihr, trotz der Beweise, merkwürdigerweise unwahrscheinlicher. So hatte sie ihre Corpus Delicti sorgfältig in Gefriertüten verfrachtet und ins Eisfach des Kühlschrankes gelegt. »Sicher ist sicher«, hatte sie sich selbst bestärkt und war auf den Balkon gegangen, um ihre Entdeckung und die Fakten erst einmal bei einem Glas Eistee sacken zu lassen.

Heute war Mittwoch und sie wollte zum Markt. Neuigkeiten konnte sie keine lesen, weil die Zeitung nicht erschienen war. So stand sie gut gelaunt im Flur, schaute verschmitzt in den Spiegel. Ihre wilden Locken kämmte sie mit den Fingern und zog mit einem rosafarbenen Stift ihre Lippen nach. Dann drehte sie sich wie ein junges Mädchen vor dem Spiegel und betrachtete sich. Mädchen, Mädchen, für deine 70 siehst du noch ganz ordentlich aus. Bis auf die Haarfarbe, die ist gruselig. Sie steckte die Hände in die Taschen ihrer weißen Leinenhose und posierte wie ein Model vor ihrem Spiegelbild. Die gestreifte Bluse passte perfekt zu ihrem gebräunten Teint. Sie lächelte. Eine weitere kecke Pose, dann schlüpfte sie barfuß in ihre roten Clogs, griff nach dem Rucksack und verließ singend die Wohnung.

Ihr Fahrrad stand im Fahrradständer vor der Tür. Katrin hatte es, bevor sie ins Büro gefahren war, für sie bereitgestellt. Launig radelte sie Richtung Altstadt.

Eine Dreiviertelstunde später war die vorher entspannte Laune dahin und sie fuhr prustend, mit hochrotem Gesicht an der großen alten Kirche vorbei. Wenn ich nur geahnt hätte, wie heiß es heute wieder ist. Mühselig schaltete sie herunter in den ersten Gang, um die Steigung bis zur Querstraße überhaupt zu erreichen. Als sie absteigen musste, um vorbeifahrende Autos abzuwarten, war sie glücklich und verschnaufte für einen Moment. Oh mein Gott, irgendwie wird die Strecke immer länger, je älter ich werde.

Sie tapste mit müden Beinen über die Fahrbahn, stoppte und zog eine Flasche Wasser aus ihrem Rucksack. Nachdem sie die halb geleert hatte, schob Charlotte ihr Rad bis zum Marktplatz. Bedächtig schloss sie es an einem der Fahrradständer an.

Ihr Puls ging wieder normal, und die Röte in ihrem Gesicht war fast verschwunden. Ein wenig erfrischt schlenderte sie zum Markt und setzte sich auf eine der Bänke. Sie lauschte den Marktgeräuschen und beobachtete die vorbeifahrenden Autos. Viele Menschen fuhren und spazierten mittwochs durch die Burger Innenstadt. Charlotte liebte den Trubel, die Leute, die sie hier traf, und die Klönschnacks, die sie mit Bekannten der Insel führte. Als sie sich ein wenig ausgeruht hatte, spazierte sie zum kleinen Stand direkt vor dem Rathaus und kaufte eine Portion Kröpel. Das Hefegebäck wollte sie nachher genüsslich auf dem Balkon verputzen, wenn Katrin nach Hause kam.

Es war sinnlos, sie heute in ihrer Agentur zu besuchen, weil sie eine Strandhochzeit begleitete. Normalerweise hätte sie die Hochzeitsfotos gemacht, aber eine Freundin der Braut wollte als Hochzeitsgeschenk einen eigenen Fotografen vom Festland mitbringen. Somit konnte Charlotte getrost das Markttreiben genießen und sich die ein oder andere Leckerei gönnen. Sie bummelte zwischen den Ständen hindurch, roch an frischem Gemüse und Obst, kaufte ein, was der Rucksack trug, und begab sich am Ende ihrer Umrundung zum Blumenhändler. Der Gärtner, der immer sein schönstes Lächeln aufsetzte, wenn er sie ankommen sah, stolzierte sofort auf seine Rosen zu. »Ah, meine Liebe. Schön, Sie zu sehen. Rosen, wie immer?« Sie strahlte zurück und fühlte sich geschmeichelt, weil er sie so herzlich begrüßte. »Ja, ich nehme die weißen, mit dem roten Rand. Die sehen traumhaft aus.«

»Äußerst gute Wahl«, sagte der gut gelaunte Mann von Ende 60 und zog die Rosen aus der Vase. »Wie immer zehn Stück?«

Charlotte nickte. »Wie immer. The same procedure as every week«, witzelte sie und zog ihre Geldbörse aus dem Rucksack.

Im gleichen Atemzug, in dem sie ihm einen Schein reichte, zog der Gärtner eine einzelne rote Rose aus dem Gefäß und übergab sie ihr. »Eine schöne Rose für eine schöne Frau.« Er zwinkerte ihr zu. Der Tag hält aber heute hübsche Geschenke für mich bereit. Sie fühlte, wie ihre Wangen erröteten. Lächelnd verabschiedete sie sich und trottete Richtung Kaufhaus, um sich die fehlende Tageszeitung zu holen. Sie betrat den Seiteneingang und lief schnurstracks in die Zeitschriftenabteilung, um sich das Tageblatt zu kaufen. Aber die waren allesamt vergriffen, der Stapel war leer. Enttäuscht lief sie an die Kasse. Die hübsche blonde Verkäuferin, die freudestrahlend dahinter stand, sah sie an. »Na, Frau Hagedorn, wie geht es Ihnen?«

»Ja, danke, eigentlich. Aber ich bin traurig, haben Sie kein Tageblatt mehr?«

»Nein, die sind heute Morgen sofort alle ausverkauft gewesen, tut mir leid.«

»Ja, aber wieso denn? Gibt's irgendwas, das ich verpasst habe?«

Die junge Frau sah sie aufgeregt an. »Haben Sie das denn nicht gehört?«

Charlotte schüttelte unwissend den Kopf. »Wieso, was ist denn nun schon wieder passiert?«

»Sie haben eine Leiche im Flügger Wald gefunden. Einen Mann.« Sie flüsterte. »Der soll so zugerichtet gewesen sein, dass man ihn noch nicht identifizieren konnte.«

Charlotte riss den Mund auf. »Das gibt's doch nicht!« Sie ging zur Seite, um andere Kunden an die Kasse zu lassen, und zog die Verkäuferin hinter ihrem Tresen hervor. »Erzähl, Mädchen, was ist passiert?«

»Ich habe eigentlich keine Zeit, Sie sehen ja, was los ist. Aber so viel. Ein Mann, fürchterlich zugerichtet, wahrscheinlich von einem Tier gerissen.«

»Nee! Heiland Mailand!« Charlotte Hagedorn drehte sich um und sah, dass die Reihe, die sich hinter ihr gebildet hatte, angestrengt lauschte. Eilig verließ sie das Geschäft. Ohne nach links und rechts zu schauen, überquerte sie die Straße und schreckte erst zusammen, als zwei Autos mit quietschenden Reifen und laut hupend direkt vor ihr zum Stehen kamen.

»Na, Omchen«, rief einer der beiden beteiligten Fahrer aus dem offenen Wagenfenster. »Haben wohl Ihren Rollator vergessen? Damit geht's ein bisschen schneller.«

Was fällt dem denn ein, Rollator, dachte Charlotte pikiert, tat aber, als wäre sie sich keiner Schuld bewusst, und ignorierte den verbalen Übergriff des Mannes. Einige Leute, die auf den vorgelagerten Terrassen an eingedeckten Tischen saßen und die Szene beobachtet hatten, sahen sie kopfschüttelnd, fast strafend an. Erhobenen Hauptes schlenderte sie auf dem Bürgersteig an einem Restaurant vorbei, um gleich darauf im Seitengang zu verschwinden, der direkt zu Nele und Hendrik Martins Pension führte. Sie eilte den Weg entlang, steuerte schnurstracks auf das Gebäude zu und klingelte mehrfach hintereinander.

»Na sach mal, was ist mit dir denn los? Hast du Hummeln im Mors?« Ohne abzuwarten, schob sich Charlotte Hagedorn an Nele vorbei und drängte sich in den Flur.

»Hast du ein Tageblatt? Ich weiß, du hast das Tageblatt!« Die Pensionsbesitzerin nickte und sah die Freundin an, als stünde ihr ein Elch gegenüber.

»Ja, aber was willst du denn damit? Hast du keins?«

Die Künstlerin schüttelte den Kopf. »Nein, sonst wär ich wohl kaum hier. Nicht mal im Kaufhaus am Markt hatten sie eins. Ist das zu fassen?« Sie eilte durch den Flur in die Küche, weil sie wusste, dass die Zeitung hier immer auf dem Tisch oder der Eckbank lag.

»Ja, komm nur herein. Möchtest du einen Kaffee? Bedien dich ruhig«, murmelte Nele Martin und sah, wie sich ihre Freundin in die Bank schob und im Tageblatt auf die erste Seite starrte.

»Mit Milch und einem Kandis!«

»Kandis im Kaffee? Sonst noch was, Stückchen Sahnetorte vielleicht?«

»Was hast du denn da?«, fragte Charlotte, ohne aufzublicken. Wie gebannt stierte sie auf den Text und sog förmlich jede Zeile in sich auf.

»Was gibt's denn da so Wichtiges zu lesen?«

»Hä?« Charlotte sah Nele irritiert an. »Ja, hast du die Schlagzeile nicht gelesen?«

»Natürlich, was denkst du? Aber was soll ich damit anfangen? Die wissen ja nicht einmal, wer das ist. Irgendein Tier hat den angefallen.« Nele setzte sich und schenkte Charlotte Kaffee in einen weißen Keramikbecher ein. »Warum interessiert dich das denn so?«, hakte sie nach.

»Mensch Nele, es geht wieder los. Da ist schon wieder ein Mord passiert.« Sie sah ihre Freundin an, nahm einen Schluck Kaffee und verzog angewidert das Gesicht. »Was ist denn das für ein Tee?« Der Becher landete unsanft auf der Tischplatte.

Nele sah Charlotte an, runzelte die Stirn und sagte: »Wer hat denn gesagt, dass es Mord war? Die haben eine männliche Leiche gefunden. Wahrscheinlich von einem wilden Hund gerissen. Nichts von Mord!«

»Wenn ich es dir sage. Irgendwas stimmt hier nicht! Ich hab im Wald so komisches Zeug …« Sie schwieg plötzlich. Konnte an der Theorie mit dem Wolf doch etwas dran sein? Aber soweit sie wusste, mieden sie die Küsten von Schleswig-Holstein bisher. Die mögen unsere Inseln nicht, hatte sie gedacht, als sie in ein Buch vertieft fast ein wenig traurig über das gewesen war, was sie dort gelesen hatte. Warum Wölfe auf Inseln bisher nicht zu finden waren, hatte allerdings nicht in dem Buch gestanden. Vielleicht weil sie mit einer Fähre hätten fahren müssen. Charlotte kicherte. Hier könnte das Tier wenigstens über die Brücke laufen. Nachts, wenn alles ruhig ist, geht das bestimmt.

»Ich würde schon gern mal einen aus der Nähe sehen«, hatte sie daraufhin zu Katrin gesagt, die an jenem Abend ebenfalls lesend im Sessel saß.

»Bist du wieder in dein Wolfsbuch vertieft? Du bist ja ganz versessen auf diese Tiere. Ich möchte keinem begegnen!«, sagte Charlottes Nichte und sah ihre Tante verschmitzt an. »Aber wenn du unbedingt gefressen werden willst.« Sie sprang lachend auf, warf ihr Buch auf den Sessel und hüpfte mit erhobenen Händen knurrend vor ihrer Tante herum. Charlotte sah sie strafend an. »Soweit ich weiß, gibt es ein Wolfsgehege in der Nähe von Segeberg. Da könntest du doch hinfahren, wenn du das unbedingt haben musst.« Katrin hatte sie angelächelt und streichelte mit den Fingern über die Wange ihrer Tante.

»Das ist eine ausgezeichnete Idee«, sagte Charlotte und bekam rote Ohren.

Sie nickte, als wollte sie ihren Gedanken noch einmal bekräftigen, und sah Nele an. »Äh, was hast du gesagt?«, fragte sie stattdessen.

»Nichts, ich habe nichts gesagt«, antwortete sie.

»Kann ich die Zeitung haben?«

»Ja, nimm sie um Himmels willen mit.«

So schnell Charlotte gekommen war, so schnell war sie wieder verschwunden. Zurück ließ sie eine verdatterte Nele Martin.

Als ihre Nichte am späten Nachmittag nach Hause kam, wartete Charlotte bereits ungeduldig. Katrin befreite ihre gestressten Füße von den dunkelblauen Mokassins, stellte die Tasche neben die Kommode und legte ihre Kamera obenauf. Stöhnend warf sie ihr Schlüsselbund in die Holzschale.

Während sie den Flur entlang schlurfte, zog sie gleichzeitig das Zopfband heraus und wuschelte ihre Haare durcheinander. »Was für eine Wohltat«, murmelte sie, als sie das Wohnzimmer betrat. Sie erblickte ihre Tante auf der Terrasse. »Na, Tantchen, erholst du dich in der Sonne?« Sie schlich über den warmen Boden und schwang sich müde in den Strandkorb. »Und? Was hast du so den ganzen Tag angestellt? Hast dich ordentlich ausgeruht?«

»Ausgeruht, ausgeruht, was du wohl im Kopf hast. Recherchiert hab ich. In unserem neuen Mordfall!« Charlotte sah ihre erstaunte Nichte an und fragte: »Möchtest du etwas trinken?«

»Das ist eine sehr gute Idee. Irgendetwas Kaltes«, antwortete sie und patschte die nackten Fußsohlen auf den Boden. »Puh, das war anstrengend heute. Es war so heiß und … ich hätte dich gut gebrauchen können. Stell dir mal vor, dieser *Fotograf* ist nicht einmal gekommen. *Ich* musste die Fotos machen.« Charlotte stand auf und reichte ihr das Glas.

»Wer ist nicht gekommen und warum musstest du die Fotos machen? Welche Fotos?« Es schien, als hörte Charlotte ihrer Nichte überhaupt nicht zu.

»Ach Tantchen, der Fotograf, den die Freundin der Braut mitbringen wollte, der ist nicht gekommen. Da fing die Braut tatsächlich an zu weinen. Ich habe meine Kamera aus dem Auto geholt und die Hochzeitsfotos geknipst, so gut ich eben konnte.« Sie seufzte. »Du hast mir wirklich gefehlt!«

Charlotte Hagedorn nahm einen Schluck, wedelte mit ihren Füßen und pustete sich eine Strähne aus der Stirn. »Ich hätte heute gar keine Zeit gehabt.«

»Wieso, was hattest du denn zu tun?«

»Ermittlungen angestellt. Du hast mir ja eben nicht zugehört!« Charlotte verzog ihre Mundwinkel und schaute Katrin an. »Doch, du sagtest etwas von einem neuen Mordfall. Ich dachte, das war Spaß.«

»Spaß, Spaß, was glaubst du, tue ich den ganzen Tag? Schlafen?«

»Nein, aber ich dachte, du hast ein für alle Mal die Nase voll von Mord und Totschlag?« Katrin lächelte ihre geliebte *Miss Marple* an und neigte den Kopf. »Das letzte Mal hat doch nun wirklich gereicht.« Die Nichte von Charlotte Hagedorn trank ihr Glas leer und sagte: »Erzähl, ich will gleich duschen.«

»Nö, so nicht oder … doch. Also, die haben im Wald von Flügge eine männliche Leiche gefunden, wahrscheinlich gerissen von einem wilden Hund … sagen sie zumindest. Aber das glaube ich nicht. Vielleicht hat die da jemand abgelegt, und ein Tier hat sich hinterher daran zu schaffen gemacht.«

»Aber Tantchen, das gibt's doch nicht! Was du schon wieder für Gedanken hast. Wahrscheinlich hat derjenige einen Herzanfall bekommen und die Tiere – ich mag überhaupt nicht daran denken. Ich gehe erst mal duschen. Dirk kommt nachher.«

Damit war das Thema für sie erledigt und sie sprang auf. Sie huschte in den Flur und verschwand im Bad. »Dann werde ich das eben mit deinem *Dirk* besprechen, der hört mir wenigstens zu«, sagte sie, als das Telefon klingelte.

Charlotte nahm das Mobiltelefon in die Hand und schaute auf die Nummer, die ihr verriet, dass der Hauptkommissar wie gerufen am anderen Ende der Leitung war.

»Oh, oh, du hast keine Zeit. Da wird die Katrin aber fuchsteufelswild werden …«

NÄCHSTER MORGEN

»Moin, Chef«, rief Hartwig gut gelaunt, als er die Dienststelle betrat. »Na, schon erste Hinweise?«

Westermann schüttelte den Kopf, zog die Augenbraue nach oben und sah seinen Kollegen an. Die kalte Pfeife im Mundwinkel rutschte von einer Seite auf die andere: »Eigentlich stelle ich hier die Fragen«, schmunzelte er trotz der schwer einzuschätzenden Lage. »Aber wunderbar, dass du auch schon kommst. Wir haben den Fall bereits gelöst«, versuchte er Hartwig aus der Reserve zu locken.

»Das gibt's doch gar nicht. Wer war der Täter?« Thomas Hartwig versuchte seiner Mimik Ausdruck von Ernsthaftigkeit zu verleihen.

Dirk Westermann schüttelte den Kopf und sagte: »Nein, jetzt mal ernsthaft, wir haben«, er zeigte auf das Flipchart, welches er an der Wand mit reichlich Beweismaterial gefüllt hatte. »Wir haben eine männliche Leiche, zirka 60 Jahre alt, seit etwa zwölf Stunden, plus minus, tot, was Totenstarre, die Flecken und der Madenbefall belegen. Bei dieser Hitze verläuft der Fäulnisvorgang … er hat einen aufgebrochenen Brustkorb und sieht auch sonst ziemlich angefressen aus«, versuchte Westermann seine Worte abzumildern und sah Hartwig an.

Thomas schluckte und sagte: »Das ist ja ekelhaft! Und deinen Sarkasmus kannst du mal für dich behalten. Wer hat das getan?«

»Genau deshalb sind wir hier, um das herauszufinden«, entgegnete Westermann und kraulte mit der Hand sein Kinn.

»Du warst ja bereits auf der Insel und hattest genügend Zeit, um dich seelisch-moralisch darauf vorzubereiten – und ich? Ich muss mir das Elend wieder ohne Schonfrist zu Gemüte führen. Das ist einfach nicht fair«, jaulte Hartwig und betrachtete lieber die Dienstwagen vor dem Fenster, als sich die unappetitlichen Fotos auf dem Chart anzusehen.

»Wir wissen *auch* nicht, wie der Mann dorthin gekommen ist. Es sieht so aus, als hätte ihn jemand oder etwas unter die Büsche gezogen. Hier sind Schleifspuren«, antwortete Westermann und deutete mit dem Mundstück der Pfeife auf die Bilder, die in den Boden gedrückte Spuren zeigten.

Kleine Holzstückchen lagen links und rechts daneben, was darauf hinwies, dass sie zur Seite geschoben wurden. »Ein Mensch, könnte das ein Mensch gemacht haben?« Hartwig blickte fragend auf seinen Chef, der die Schultern zuckte.

»Weiß ich nicht. Aber was könnte deiner Meinung nach sonst in dem Wald passiert sein?«

Westermann ging zur Kaffeemaschine und goss Kaffee in einen Becher. »Du auch?«

»Danke, mir ist schon schlecht.«

»Na, habt ihr etwas rausgefunden?«, rief Schütt, der in diesem Moment die Tür aufriss und in den Raum stakste.

»Nein, das hier ist so merkwürdig, dass wir selbst nicht recht weiterkommen. Am besten, du rufst Becker und den Rest der Kollegen dazu und ihr setzt euch. Wir müssen alle Möglichkeiten durchgehen.«

»Also noch einmal«, murmelte Westermann, als die Burger Polizisten sich gesetzt hatten. »Gehen wir davon aus, dass der Mann einen Herzinfarkt erlitten hat und im Wald tot zusammengebrochen ist, dann … oder besser danach hat ihn ein Tier unter die Büsche gezogen, um sich zu bedienen.«

Westermann blickte auf die Polizisten, die sich an den Tisch gesetzt hatten und seinen Worten folgten. »Die Obduktion wird zeigen, ob dieser Hergang in Betracht kommt«, brummte der Hauptkommissar aus Oldenburg. »Oder aber wir stellen die Hypothese auf, er ist von einem Tier, in diesem Fall von einem … nennen wir ihn Wolf … angegriffen und mit einem Kehlbiss getötet worden. Auch hier wäre es denkbar, dass das Tier ihn unter die Büsche gezogen hat. Einen Mord schließe ich aus.« Westermann setzte sich zu den Kollegen und nahm einen Schluck Kaffee. Schütt zog die Stirn kraus und sah ihn an.

»Dein Wort in Gottes Gehörgang. Und du glaubst tatsächlich, dass ein Tier einen Mann dieser Gewichtsklasse einfach so unter einen Busch zerrt? Was wollte der Mann da?«

»Wenn ich das genau wüsste, dann wären wir bereits einen großen Schritt weiter«, entgegnete Westermann.

Dem Burger Dienststellenleiter war nicht nach einem weiteren Mordfall, so viel war sicher. Er zerrte an seinem Hemdkragen und wischte sich fortwährend Schweiß von der Stirn. Der Rücken des Hemdes war durchnässt, und der Ventilator, der auf einem der Schreibtische stand, reduzierte die Hitze im Raum keineswegs. Hartwig räumte ein:

»Ja, wenn das so ist, dann haben wir hier gar nichts zu tun und können den Fall den örtlichen Kollegen überlassen.« Er war sichtlich erleichtert und sah in die Runde der Burger Polizeibeamten.

»Die dritte Möglichkeit, wenn du mich ausreden lassen würdest, wäre diese. Dieses Opfer wurde ermordet, was zu beweisen wäre, indem wir die Obduktion abwarten. Allerdings wird es schwer sein, wenn er erstochen oder erwürgt wurde, weil die Riss- und Bisswunden einen erheblichen Teil des Gesichts und des Halses vernichtet haben.« Er sprang auf und zeigte mit der Pfeifenspitze auf die Fotos. »Ich weiß auch nicht. Es sieht alles so seltsam aus. Am plausibelsten wäre der Herztod, oder was mir ebenso wenig gefällt, der Angriff eines Tieres.«

»Du könntest dir also vorstellen, dass ein wilder Hund oder«, er schmunzelte, »der *böse Wolf* diesen Mann erledigt haben könnte?« Hartwig zupfte sich einen Fussel vom dunkelblauen T-Shirt, starrte erneut aus dem Fenster und verzog den Mund zu einer Grimasse.

»Ich schließe erst mal gar nichts aus«, entgegnete Westermann und sah auf die Uhr an seinem Handgelenk. Hauptmeister Becker hatte bis zu diesem Moment geschwiegen, und es sah aus, als hinge er konzentriert wichtigen Gedanken nach.

»Was meinst du, Becker?«, fragte Dirk den Kollegen, weil er sah, dass ihn etwas beschäftigte.

»Also«, er räusperte sich und fuhr mit der Hand durch die Haare, die seit dem letzten Fall noch weniger geworden zu sein schienen. »Also, zum einen gibt und gab es hier keine Wölfe. Niemals! Das ist Fakt. Die Einzigen, die ich kenne, sind aus dem Märchenbuch meiner Tochter und aus dem Fernsehen.

Wir haben jede Menge Hasen, Karnickel, Wild und auch ein paar Wildschweine – aber ein Wolf, nein, das ist unmöglich!

Die dritte Möglichkeit einer Ermordung schließe ich aus. Wer sollte hier einen Mann im Wald ermorden?«

»Na, da kann ich dir von ein paar Beispielen der letzten Zeit ausführlich berichten«, nuschelte Hartwig und sah den Burger Kollegen an.

»Nein, danke, lass mal lieber. Ich will über diese Möglichkeit einfach überhaupt nicht nachdenken müssen – basta!«, sagte Becker, stand auf und verließ den Raum.

»Und Thomas, was denkst du? Und jetzt ernsthaft!«

»Ich will nicht denken, ich brauch Urlaub«, sagte Hartwig und räusperte sich. Er streckte die Beine unter dem Tisch aus und verschränkte die Arme vor der Brust, als wollte er ein Nickerchen halten.

»Jetzt nimm die Sache bitte ernst«, sagte Westermann scharf und warf ihm einen strengen Blick zu.

»Ist ja schon gut. Ich denke, der hatte einen Herzinfarkt, und ein wilder Hund hat ihn unter die Büsche gezerrt. Fertig! Außerdem ist es hier drinnen schweineheiß.« Thomas setzte sich aufrecht hin und sah Dirk kaugummikauend an. Auch *sein* T-Shirt klebte mittlerweile am Körper.

»Ja, dann hilft es wohl nichts, wir müssen abwarten, bis die Gerichtsmedizin sich meldet«, antwortete Westermann, als Becker in diesem Moment zurück in den Raum gestürmt kam und vermeldete: »Die haben wieder Schafe gefunden!«

»Wieso bringst du eigentlich immer die schlechten Nachrichten? Schafe gefunden?«, hakte Schütt nach, sprang auf, und man sah ihm an, dass ihm die Nachricht überhaupt nicht gefiel. Becker zuckte die Schultern.

»Gerissen in Flügge, auf einer Weide zwischen Flügger Teich und Flügger Strand! Der Bauer hat gerade angerufen und mir das mitgeteilt.« Der Hauptmeister war aufgeregt, man sah ihm an, dass er sofort loswollte.

»Haben Sie ihm gesagt, dass er den Tatort auf keinen Fall verändern darf?«

»Nöö … wieso Tatort?«

»Weil das ein Tatort ist, an dem Schafe ermordet wurden«, sagte Hartwig, erhob sich und fächerte sich Luft zu, indem er sein T-Shirt vor dem Bauch immer wieder anhob.

»Na, dann mal los – oder worauf wartet ihr noch?«, rief Becker und drängelte.

»Wer ist der Landwirt, wo wohnt er und wie können wir ihn telefonisch erreichen? Notieren … bitte!«

Westermanns knappe Anweisungen zeigten Becker, wie ernst die Lage war.

✳

Eine halbe Stunde später erreichten sie die Weide, die direkt an der schmalen Straße zum Flügger Leuchtturm lag, und parkten die Wagen am Straßenrand.

Westermann hatte nach ersten Informationen des Bauern umgehend den Wildpark informiert, von wo sich sofort ein Wolfsberater auf den Weg machen wollte.

Der Hauptkommissar kletterte mit den Kollegen über den Drahtzaun, der die frei laufenden Schafe davon abhielt, auf die Straße zu laufen, aber ein anderes Tier nicht davon abgehalten hatte, sich der Herde zu nähern.

»Moin, Hinnerk, na, das sieht ja übel aus.« Schütt ließ seinen Blick über die Weide schweifen und sah das Massaker. Überall lagen tote Schafe auf dem Boden.

Bei näherer Betrachtung sah man, was den Tod herbeigeführt hatte. Jedes der Tiere hatte eine Wunde am Hals. Das Fell war an der Stelle des Kehlkopfes mit Blut getränkt. Ein sicheres Zeichen, dass sie mit einem Kehlbiss getötet wurden. Es waren 15 Schafe, die tot auf der Weide verstreut lagen. Eines war aufgebrochen. Der Bauchraum geöffnet und leer gefressen. Einige Innereien lagen neben dem Kadaver. Der Rest der Herde hatte auf der anderen Seite ein Loch in den Zaun gerissen und war zum Flügger Watt geflüchtet. Sie blökten und standen verschreckt zusammen auf einer Stelle. Eines der Schafe war ausgebrochen und im Schlick ertrunken. Es trieb leblos im seichten Wasser.

Westermann konnte die Tatsache, dass hier ein Wolf sein Unwesen trieb, nicht mehr ignorieren. Es waren die gleichen Anzeichen wie bei dem Schaf, das in Westermarkelsdorf gerissen worden war. Nur dass dies hier einem Blutbad glich. Hinnerk Baumgarn stand mit aufgerissenen Augen und aschfahl auf der Weide und schlug immer wieder entsetzt die Hände vor dem Gesicht zusammen. »Oh, mein Gott! Das gibt's doch nicht. Das war dieser verdammte Wolf! Wenn ich den zwischen die Finger kriege! Habt ihr noch Zweifel?« Den letzten Satz schrie er heraus und fing an zu heulen. Olaf Schütt stapfte über die Weide zu dem Landwirt und legte ihm die Hand auf die Schulter. »Wir kriegen den, Hinnerk. Das verspreche ich dir! Das muss ein Ende haben!«

In diesem Moment klingelte Westermanns Handy, und er sah auf das Display. »Die Pathologie«, flüsterte er Hartwig zu. »Na, was habt ihr für uns? Okay … hm … ja … ja, danke.«

Der Hauptkommissar steckte das Telefon zurück in die Hosentasche. »Und, was gibt's Neues?«

Westermann zog ihn zur Seite und sagte: »Die haben erste Tests gemacht. Also, tierische DNA ist auf jeden Fall angehaftet. Mehr konnte er mir nicht sagen. Die Untersuchungen sind noch nicht abgeschlossen. Wir müssen warten. »Aber worauf denn? «, fragte Hartwig und schüttelte den Kopf.

Eine Stunde später hielt ein Wagen direkt vor dem Zaun und drei Männer stiegen aus.

»Sie müssen die Fahrbahn freihalten!«, rief Schütt und stiefelte auf den schwarzen Kombi zu. »Parken Sie bitte hinter den anderen Fahrzeugen.«

Zwei der Insassen zogen Metallkoffer aus dem Fond und der dritte setzte sich erneut ans Steuer, um den Wagen auf die andere Straßenseite zu fahren.

Der zuständige Rissgutachter, ein bärtiger, großer Mann um die 60, kletterte umständlich über den Zaun, ging auf die Polizeibeamten und den Landwirt zu. Der zweite, ein wesentlich jüngerer trug den Koffer und folgte dem ersten. »Meinert, Rissgutachter«, sagte der Mann mit dem dichten Vollbart.

»Jo Moin, Schütt, Dienststellenleiter Burg. Das hier sind die Kollegen Hauptkommissar Westermann und Kommissar Hartwig aus Oldenburg.«

»Moin, Meinert, Johannes Meinert«, sagte er knapp und betrachtete die beiden Männer in Zivil. Seine buschigen Augenbrauen zogen sich zusammen, sodass sein Gesichtsausdruck einen grimmigen Charakter erhielt. Der junge Kollege nickte und stellte den Metallkoffer auf den feuchten Boden. »Was machen Kommissare aus Oldenburg hier?« Er kaute auf seiner Unterlippe und schien sichtlich irritiert.

»Die sind wegen eines ähnlichen«, Schütt räusperte sich, bevor er fortfuhr, »eines anderen Falles hier und waren gerade vor Ort.« Der dritte Gutachter, ein dünner Mann um die 40, erschien und sah sich ebenfalls um.

Meinert nickte und rieb sich die Hände. »Dann wollen wir mal. Das sieht nicht gut aus.« Er öffnete den Koffer, zog Handschuhe über, stieg, wie seine Kollegen, in Schutzanzüge und schritt auf das erste Tier zu. Ohne ein weiteres Wort kniete der Rissgutachter sich hin, um das getötete Schaf zu begutachten. »Eins aufgebrochen oder alle nur gerissen?«

»Wie meinen Sie das?«, fragte Hartwig unaufgefordert.

»Na, ob hier ein aufgerissenes Tier dabei ist, wollte ich wissen?« Meinert war offensichtlich nicht erfreut darüber, dass die Männer anwesend waren. Hinnerk Baumgarn nickte heftig und zeigte auf das angefressene Schaf, das fast 30 Meter entfernt lag. Der Gutachter erhob sich und bewegte sich stapfend über die feuchte Wiese. Die Gummistiefel hinterließen bei jedem Schritt ein schmatzendes Geräusch. »Saftige Weide«, stellte er sachlich fest. Seine Männer folgten ihm schweigend. Der Kollege mit dem Koffer bildete das Schlusslicht.

Meinert hockte sich erneut hin und fing an, das Tier einer ersten Untersuchung zu unterziehen.

»Sie dürfen das Gelände erstmal nicht mehr betreten, bis wir die Spuren gesichtet und gesichert haben. Haben Sie das verstanden?« Er sah den Schafbauern kurz von der Seite an. »Das ist ab sofort ein Tatort, wenn Sie verstehen.« Baumgarn nickte heftig. Sein Gesicht war gerötet, und er wartete auf die Aussage des Rissgutachters. »Wer hier nichts zu suchen hat, verlässt jetzt umgehend das Gelände. Das gilt auch für Sie, meine Herren.« Der Blick richtete sich auf die Polizeibeamten und ließ keine Widerrede zu. Die Beamten sahen sich wortlos an.

Meinert hielt dem jungen Kollegen die Hand entgegen. »Gib mal das Set«, brummte er dem Youngster zu, der dabei war, seinen dünnen, krisseligen Zopf neu zu richten. Schnell langte er in den Koffer, zog ein Röhrchen und Besteck heraus. Wortlos reichte er sie dem Gutachter.

Die Luft war schwül und legte einen dunstigen Film über die Grasfläche. Meinert wunderte sich zwar, dass die Weide trotz der wochenlangen Hitze grün war, hielt es aber dem feuchten Grund zugute. Schütt nahm seinen Handrücken und wischte sich Schweißperlen von der Stirn. Hartwig wippte mit den Füßen und erzeugte damit ein immer wiederkehrendes glucksendes Geräusch, das ihn zum Grinsen brachte.

»Thomas«, flüsterte Westermann und blies sich eine graue Strähne aus der Stirn. »Kommt, wir verlassen den Tatort«, sagte er und deutete zum Wagen, um sich auf den Rückweg zu begeben.

»Wir warten außerhalb des Geländes auf erste Resultate.« Die Kollegen nickten und trotteten gemeinsam zu den Autos zurück.

»Mann, das ist ein Wetter«, jaulte Schütt und wedelte mit der Hand Wind unter sein Hemd, das er mittlerweile gegen jede Dienstvorschrift über der Hose trug.

Sie trotteten zu den Dienstwagen, setzten sich hinein und warteten eine gute halbe Stunde, während sie das Vorgehen der Männer auf der Weide beobachteten. Als der Rissgutachter auf die Polizeibeamten zukam, saßen diese bei offenen Türen in ihren Autos.

Meinert lief direkt auf Schütt zu und sagte: »Hm, das ist genau das, was ich mir gedacht habe«, und hielt ein verschlossenes Röhrchen in der Hand. »Ich bin mit meinen Aussagen ziemlich vorsichtig, bis ich endgültige Ergeb-

nisse vorweisen kann, aber es deutet alles darauf hin …
Sie haben einen Wolf auf der Insel!«

Die Männer starrten Meinert an. Der Einzige, der mit
dieser Nachricht gerechnet hatte, war Westermann: »Ich
hab mir so etwas schon fast gedacht.« Nachdenklich schob
er die Pfeife in den anderen Mundwinkel.

»Es gleicht dem anderen, hier auf der Insel gerissenen
Schaf«, sagte der Gutachter.

Westermann schwieg und beobachtete die beiden Männer bei ihrer Arbeit. Der Jüngere erhob sich und stakste
über die Wiese, als würde er irgendetwas suchen. Es dauerte nicht lange, dann hatte er den Zaun erreicht. Er kletterte darüber hinweg und lief am Gatter entlang. Dann
blieb er stehen und bückte sich. Hartwig beobachtete ihn
und flüsterte: »Und was macht der da?« Er deutete mit
dem Kopf in die Richtung des jungen Mannes.

»Spurensuche«, entgegnete Westermann.

Der Mann, der sich als Magnus Holländer vorstellte,
kam auf die Männer zu, öffnete eine Box und hielt sie Hartwig unter die Nase. Der wich angewidert zurück. »Hier
sehen Sie, da sind große Knochenteile und Zähne. Aber
ob das ein Lupus war, können wir erst nach der DNA-
Analyse sicher sagen. Typisch ist wiederum, dass der Kot
bei diesem Findling liegt. Damit markieren die Tiere zum
Beispiel gezielt Steine.« Hartwig nickte verständnislos.

Thomas wollte sich gerade wieder auf den Rückweg
zum Wagen machen, als ein Auto mit hoher Geschwindigkeit heranrauschte und mit quietschenden Reifen direkt
vor dem Wolfsberater zum Stehen kam. Ein Mann mit
einer Kamera in der Hand sprang aus dem Fahrzeug.

»War das hier ein Wolf?«, rief er und drückte zeitgleich
auf den Auslöser.

»He, lassen Sie das! Sie haben kein Recht, irgendwelche Bilder zu schießen. Verziehen Sie sich!« Markus Holländer war aufgebracht und wollte mit erhobenen Fäusten auf den Eindringling der Presse zuspringen, um ihm die Kamera zu entreißen.

»Ich will doch nur wissen, ob schon wieder ein Wolf der Verursacher ist.« Der Reporter zeigte auf die toten Schafe. »Nun reden Sie endlich, die Bevölkerung muss Informationen erhalten, damit sie sich schützen kann.« Er sprang zurück und hielt die Linse immer wieder auf das Grundstück, auf dem die Tierkadaver lagen.

»Verschwinden Sie augenblicklich oder Sie lernen mich kennen«, rief Meinert und streckte dem Fotografen die Faust vor das Gesicht. Mit keinem Wort sollte er sich zu diesem Zeitpunkt der Presse gegenüber äußern, das war eine Weisung von oben, die die Wolfsberater und Rissgutachter strengstens einhielten.

»So, und wenn Sie nicht augenblicklich von hier verschwinden, dann ...« Hartwig zog seine Marke aus der Hosentasche und hielt sie dem Mann unter die Nase. »Und löschen, sofort.«

Er zeigte mit ernstem Blick auf die Kamera. »Sie können mich mal!«, rief der Journalist.

Hartwig riss ihm den Fotoapparat aus der Hand, suchte das Menü und löschte alle Aufnahmen, während er sich den Mann mit dem Ellenbogen vom Hals hielt.

»Nein! Das werden Sie bereuen!« Der Fotograf entriss Hartwig die Kamera und wollte ihm die Faust ins Gesicht schlagen, als Westermann sein Handgelenk festhielt.

»Verschwinden Sie, ansonsten werden Sie augenblicklich wegen Körperverletzung festgenommen. Also – Abmarsch!«

Wie ein geprügelter Hund verzog der Journalist sich zurück in seinen Wagen. »Das hat ein Nachspiel.« Er grinste in sich hinein, wusste er doch am besten, wie er die Fotos auf der internen Festplatte wieder herstellen konnte.

»Oh, nein, was mach ich denn jetzt? Meine Tiere!« Der Schafbauer klang verzweifelt, als seine Blicke immer wieder über die toten Tiere wanderten. »Wer ersetzt mir den Schaden? Was ist, wenn der zurückkommt? Das hier ist meine Familie. Habt ihr eigentlich eine Ahnung ...?« Hinnerk Baumgarn raufte sich die Haare und biss sich auf die Unterlippe, bis sie blutete. Dann sank er auf die Knie und legte seinen Kopf auf das Fell eines der toten Tiere.

Meinert kannte die Anwandlungen der Geschädigten und versuchte so sachlich wie möglich mit ihnen zu reden.

Westermann jagte seinen Gedanken nach. Was, wenn dieser Wolf vor Menschen nicht haltmacht? Wie viele Kinder sind an den Stränden und laufen sorglos ...

»Wie gehen wir jetzt vor?«, fragte der Hauptkommissar stattdessen und stieg aus.

»Bis das Ergebnis bestätigt ist, gibt es keinen Grund, die Presse zu informieren. Wie Sie das regeln, ist Ihre Sache. Aber falls auch nur irgendetwas von einem Lupus an die Zeitung gelangt, mache ich Sie persönlich dafür verantwortlich. Ansonsten geht hier alles seinen Gang und Sie können in dieser Sache nichts weiter ausrichten«, sagte Meinert an Westermann gewandt. »Und Sie, kümmern Sie sich um diesen Idioten!«, sagte er zu Olaf Schütt, der ebenfalls ausstieg, und deutete auf den Wagen, der mit quietschenden Reifen verschwand und eine Staubwolke hinter sich herzog.

»Sagen Sie, ist es möglich ...« Westermann räusperte sich, als würde die Frage keine Ruhe lassen, »ist es möglich, dass ... er auch vor Menschen nicht haltmacht?« Meinert richtete sein Augenmerk auf den Hauptkommissar aus Oldenburg.

Der Blick des Rissgutachters war so klar wie die Worte, die er sprach: »Der Mensch ist nicht das Beuteschema des Wolfes. Er ist ein eher scheuer Beutegreifer, der sich auf Wild und Kleinsäugetier festgelegt hat. Wie kommen Sie darauf, dass er mit Menschen das Gleiche anrichten würde wie mit den Schafen?« Meinert ließ die Hand über die Fläche deuten, auf der die toten Schafe lagen.

»Es ist verworren und ich weiß nicht, was ich davon halten soll.« Man sah, dass Westermann die richtigen Worte suchte. »Das hört sich für Sie wahrscheinlich unglaublich an, aber wir haben unweit von hier eine männliche Leiche gefunden, die ähnlich zugerichtet war wie die Tiere hier.«

Meinert starrte den Kommissar fassungslos an, zog die buschigen Augenbrauen hoch und schrie: »Und das sagen Sie mir erst jetzt?«

»Ja … ich wusste nicht, ob der Fund irgendetwas mit dem hier angerichteten Schaden zu tun haben könnte. Ob es irgendeine Verbindung … das wirkt alles so unrealistisch. Und ich bin wahrlich Realist!«

»Guter Mann, Sie hätten mich sofort darüber unterrichten müssen. Sehr wahrscheinlich haben Sie sämtliche verwertbaren Spuren verwischt. Wo ist die Leiche?«

»In der Pathologie in Lübeck, warum?«

»Die sollen nichts verändern, das muss ich mir unbedingt ansehen. Rufen Sie da sofort an!« Hektische Flecken breiteten sich in seinem Gesicht aus. Der Schweiß lief ihm über die Haut, und Meinert hatte Mühe, ruhig zu bleiben. »Bringen Sie mich zum Fundort. Augenblicklich!«

*

»Hoffentlich haben Sie nicht alle Spuren vernichtet«, murmelte Meinert wenig später und stiefelte mit Westermann über das freie Feld. Thomas Hartwig lief in gemäßigtem Abstand hinter den beiden her.

Als sie am Gedenkstein von Jimi Hendrix vorbeischritten, fragte Meinert. »Was ist das hier?«, und zeigte auf den riesigen Findling. »Was soll der Stein hier mitten in der Walachei? Das ergibt gar keinen Sinn!«

Er sah um sich und entdeckte nichts als freie, sandige Fläche. Meinert schüttelte den Kopf.

»Sie kennen Jimi Hendrix nicht?«, fragte Westermann.

»Na, hören Sie mal, natürlich kenn ich den. Sehen Sie mich an. Ich bin ein Kind der 60er, auch wenn ich vielleicht nicht so aussehe. Flower Power war meine Zeit.« Meinert griente, was Westermann befremdete, zeigte der Gutachter bisher nur eine eher sachliche Seite von sich.

»Hier gab es damals das legendäre Festival, an dem sie alle abgesoffen sind und das eine finanzielle Katastrophe gewesen sein soll. Hier hat er sein allerletztes Konzert gegeben.«

»Ach nee, hier war das also. Siehst, jetzt weiß selbst ich das.« Zufrieden mit der Antwort folgte er dem Kommissar zum schmalen Waldabschnitt. Auf dem Weg dorthin entdeckte er im Sand tief eingegrabene Spuren. »Sehen Sie sich das an, eine Schnürung!«

Westermann blieb stehen und versuchte auszumachen, was der Rissgutachter gefunden hatte. »Was meinen Sie damit?«, fragte der Hauptkommissar. Hartwig umrundete derweil den Gedenkstein und las die Inschrift.

»Ein typisches Merkmal einer Wolfsspur. Er schnürt im Trab.«

»Heißt?« Westermann fixierte mit seinem Blick die Spur, die sich deutlich im Sand abzeichnete. Er legte den Kopf zur Seite und ging in die Hocke. Die Pfeife wanderte zwischen den Lippen hin und her. Sie anzustecken traute er sich bei der Hitze und dem knochentrockenen Holz allerdings nicht. Er zog die Brille vom Kopf und setzte sie vor die Augen. Selbst ihm liefen mittlerweile kleine Schweißperlen über die Stirn, die er mit dem Handrücken entfernte.

»Das heißt, er setzt die Hinterpfote in den Abdruck der Vorderpfote derselben Körperhälfte. Dadurch entsteht dieser typische Doppelabdruck. Erkennbar ist das bei diesem Trittsiegel.« Der Rissgutachter deutete auf eine der sichtbar gezeichneten Spuren. »Dies ist nur der Abdruck *einer* Wolfspfote.«

Westermann senkte den Kopf und untersuchte die Prägung.

»Dieser sehr spezielle Pfotenabdruck zeigt vier Zehen, einen Handtellerballen und Krallen. An jeder sich beim Trab abdrückenden Zehe besitzt der Wolf eine Kralle. Das Besondere ist, dass das Trittsiegel zwei Krallen zeigt. Daran erkennen Sie, dass der Abdruck aus zwei Pfoten besteht. Geschnürt ist der Trab, wenn sich Spur an Spur wie an einer Perlenkette hintereinander aufreiht. Die Schrittlänge ist ebenfalls wichtig. Die sollte bei einem Europäischen Wolf mindestens einen Meter betragen.« Meinert machte einen etwa einen Meter großen Schritt neben der Spur.

»Und daran erkennen Sie, dass es ein Wolf und kein Hund war?« Westermann wollte Antworten.

Die Ausführungen waren kompliziert, aber nicht unbegreiflich. Der Rissgutachter nickte. »Wölfe verhalten sich völlig anders als die meisten Hunde. Die laufen oft unkontrolliert hin und her, schnüffeln überall. Das ist eher untypisch für einen Wolf, der weite Strecken zurücklegt und dabei in diesem geschnürten Trab unterwegs ist. Außerdem haben Hunde mit ähnlich großen Pfoten rundliche Spuren. Die von Wölfen sind mehr oval und länglich.«

»Und das haben Sie alles so ganz nebenbei erkannt«, mischte sich Hartwig ein, der die beiden Männer erreicht hatte.

»Ja, das habe ich eindeutig mal eben so erkannt. Das ist mein Beruf, so etwas feststellen zu können«, ließ Meinert Hartwigs Frage an sich abprallen. Der Rissgutachter zog sein Handy und ein Maßband aus der Hosentasche, legte es neben die Spur und fotografierte sie. »Sehen Sie und deshalb ist es so wichtig, den Tatort genauestens zu untersuchen. Bringen Sie mich bitte zum Fundort der Leiche. Wir können von Glück reden, dass diese Trittsiegel überhaupt noch sichtbar waren.«

Westermann ging voraus und brachte Meinert an den Ort der aufgefundenen Leiche. Sie sprachen kein Wort. Jeder der drei schien in Gedanken versunken zu sein. Die Lage war undurchsichtig und gleichermaßen unheimlich.

Thomas Hartwig sah sich immer wieder um, als wenn er sich beobachtet fühlen würde.

Dann blieb Westermann stehen. »Hier, hier ist der Fundort, da vorn, wo die Schleifspuren anfangen, womöglich der Tatort.«

Meinert nickte und folgte dem Kommissar, der sich unter der Absperrung hindurchdrückte. Der Gutachter blieb stehen und suchte mit Blicken den Boden ab. Dann zog er eine Klarsichttüte aus der Hosentasche und hockte sich hin. »Merkwürdig«, war das einzige Wort, das er herausbrachte.

Hartwig blieb mit verschränkten Armen vor der Brust hinter der Absperrung stehen und verfolgte die Handlungen in sicherer Entfernung. Er verspürte immer noch das ungute Gefühl, beobachtet zu werden, und drehte sich immer wieder um. Hat da gerade etwas geknurrt?

»Merkwürdig«, sagte Meinert erneut.

»Ja, was ist denn nun so *merkwürdig*?«, konterte Thomas Hartwig und scharrte mit seinem Schuh wie ein Huftier in der Erde.

»Da sind Abdrücke, aber die sind nicht von einem Wolf. Das sind Hundespuren. Hm …« Er zog sein Handy aus der anderen Hosentasche und fotografierte die Spuren aus jedem Blickwinkel. Dann krauchte er auf allen vieren über den Boden bis hin zu der Stelle, an der Westermann sich platziert hatte.

»Hier unter dem Busch wurde er aufgefunden. Wir warten jetzt nur auf die Untersuchungsergebnisse!«

Meinert nickte. »Ich muss ihn mir unbedingt ansehen.«

»Ja, warum?« Westermann sah ihn fragend an. »Ich kann Ihnen da bei *Ihrer* Spurensuche vielleicht … oder sagen wir mal *sicher* weiterhelfen.«

Der Hauptkommissar nickte. »Das dürfte kein Problem sein.« Er zog sein Handy aus der Hosentasche und telefonierte. »Können wir langsam zurück? Die Spuren sind doch alle bereits gesichert.«

»Welche Spuren?«, fragte Meinert und sah den jüngeren Kommissar von der Seite an.

»Ja, meine nicht«, entgegnete der.

Westermanns Blick in seine Richtung sprach Bände.

»Ich meine, die des Toten.«

»Sie brauchen die Spuren des Tieres, das diese Geschichte hier angerichtet hat, um genaue Schlüsse ziehen zu können. Verstehen Sie nicht? Wenn das ein Wolf veranstaltet hat, dann müssen wir das beweisen!«

Hartwig schwieg, drehte sich um und verließ den Fund-ort. Er lief zurück zum Gedenkstein, als er unmittelbar hinter sich erneut leises Knurren vernahm.

NÄCHSTER TAG

»Verdammich noch eins«, rief Charlotte, als sie die Tageszeitung aufschlug. Sie saß im Schatten auf dem Balkon und starrte auf die erste Seite des Tageblattes.

Wolf reißt Schafe auf einer Weide! Landwirt verzweifelt! Mehr als 20 Schafe wurden gestern auf einer Weide in Flügge Opfer eines gefährlichen Raubtieres. Die umgehend herbeigerufene Polizei steht vor einem Rätsel. Wann greift er Menschen an?

Daneben ein großes Foto mit einigen der gerissenen Schafe. Sie ließ die Zeitung sinken, als sie den Bericht zu Ende gelesen und das Foto immer und immer wieder begutachtet hatte. »Das gibt's doch gar nicht! Mann, was ist bloß wieder auf dieser Insel los? Da lag ich mit meinen Beweisen gar nicht so falsch. Jetzt weiß ich auch, warum Dirk keine Zeit hat«, murmelte sie. Scheinbar ahnungslos fragte sie Katrin: »Sach mal, Süße, wollte dein Dirki dich nicht jeden Tag besuchen? Ich dachte, er hat Urlaub. Bisher habe ich ihn weniger mit dir zusammen gesehen, als wenn er arbeitet.«

Charlotte kratzte mit den Fingern über ihre Kopfhaut.

Höchst wahrscheinlich hatte ihre Nichte mehr Informationen, als sie ihr erzählen wollte.

»Hast du nicht irgendeinen Fall zu lösen?«, fragte Katrin und zerrte ihr Handy aus der Hosentasche. Sie presste die Lippen zusammen und wählte eine Nummer. »Mailbox«, murrte sie und sprang aus dem Strandkorb. »Mir ist heiß, ich geh eine Runde schwimmen. Willst du mit oder musst du Beweise zusammentragen?«

»Nu mal nicht so unwirsch, junge Dame. Ich kann am wenigsten dafür, dass hier schon wieder die Hölle los ist. Die Zeitungen sind voll mit toten Schafen. Da kann doch der Dirk nichts für, wenn sich hier plötzlich ein Isegrim herumtreibt … treiben soll!«

»Ja und ich bin das Rotkäppchen und bring der Großmutter Kuchen und Wein. Das ist doch alles Unsinn. Ist er vielleicht Wolfspolizist?« Sie zeigte ihrer Tante einen Vogel. »Den gibt's nur im Märchen.«

»Das stimmt so aber nicht«, entgegnete Charlotte. »Es gibt mittlerweile über 500 Wölfe in Deutschland.«

»Und wenn es *hier* einen gibt und der irgendjemanden anfällt?«, fragte Katrin und stellte sich vor ihre Tante, die zu ihr aufblickte.

»Warum sollten sie das tun, mien seuten Schietbüdel? Das sind alles Schauergeschichten, die irgendwelche Wolfsgegner aufgegriffen haben. Soweit ich weiß, sind die letzten 70 Jahre nicht mal zehn Menschen in Europa durch Wölfe ums Leben gekommen.«

»Was du nicht sagst. Und woher hast *du* deine Informationen?«

»Ich lese, da weiß man das!«

»*Das* sind wahrscheinlich nur Hirngespinste irgendwelcher Wolfsliebhaber«, sagte Katrin.

»Nein, das ist sogar belegt, glaube ich zumindest. Vier davon ... oder waren es fünf Unfälle, sind durch Tollwut geschehen und fünf ... oder waren es vier durch Habituierung.«

»Durch Habitu... dingsda ... was? Was ist denn das, bitteschön?« Katrin schüttelte den Kopf so heftig, dass der Zopf ihr ins Gesicht schlug. Fragend sah sie ihre Tante an.

»Das ist so etwas wie die Gewöhnung an die Nähe des Menschen.«

»Na, dann habituiere dich mal und folge mir zum Strand.«

Sie steckte das Handy in die Tasche ihrer weißen Shorts, rückte das gestreifte Top zurecht und huschte ohne ein weiteres Wort in ihr Zimmer.

Minuten später kam sie barfuß mit einem zusammengerollten Handtuch unterm nackten Arm zurück.

»Du solltest ab und zu Zeitungen lesen. Das steht mittlerweile fast ständig etwas über Wölfe drin. Das ist keine Einbildung und sollte uns interessieren«, murmelte Charlotte. »Ich finde sie jedenfalls faszinierend!«

»Ja, solange sie dich nicht fressen und Dirk dich wieder herausschneiden muss!«, lachte Katrin Duvenstedt.

Charlotte biss sich auf die Unterlippe, damit das, was in diesem Moment in ihrem Kopf vorging, nicht über die Lippen kam.

Ihre Nichte blieb unschlüssig im Wohnzimmer stehen. »Willst du mit oder nicht? Ich halte diese Hitze nicht mehr aus. Ich muss ins Wasser und brauche dringend eine Abkühlung.«

Charlotte knabberte an ihrer Unterlippe. »Ja, eigentlich hast du recht. Wenn wir schon mal einen so anständigen

Sommer haben, sollte man ihn nicht im Haus verbringen. Weißt du was? Ich komm mit.«

Sie hielt die Hand über die Augen, betrachtete die Menschen am Strand, die sich in der Sonne aalten oder in der Ostsee badeten, und erhob sich aus ihrem Stuhl. »Ich zieh mir nur kurz einen Badeanzug an, dann können wir.«

Als die beiden Frauen Minuten später den Fahrstuhl nach unten nahmen, entdeckte Katrin in der Hand ihrer Tante ein Badehandtuch, auf dem ein Buch lag. Das Cover zierte ein Wolf. »Die scheinen dich ja förmlich zu verfolgen, oder bist du mittlerweile selbst einer?«

»Wenn schon, dann eine!« Charlotte tänzelte vor dem Spiegel im Aufzug.

Katrin kicherte und sagte: »Ich weiß, wie ich dich ab heute nenne. *Die mit dem Wolf tanzt.*« Sie lachte lauthals und zog ihre Tante aus dem Fahrstuhl hinter sich her bis zum Strand. Sie entdeckte einen Platz direkt am Wasser und breitete ihr Handtuch aus. Ihren Unmut darüber, dass Dirk nicht zu erreichen war, hatte sie für einen Moment vergessen. Charlotte schaffte es immer wieder, sie auf andere Gedanken zu bringen. Ihre Tante schlug ebenfalls das Badetuch neben ihr aus und platzierte das Buch obenauf.

Zufrieden zog die Künstlerin den türkis-blau gemusterten Kaftan über ihren Kopf und legte ihn sorgfältig zusammen. Katrin öffnete den Reißverschluss ihrer Shorts, ließ sie an ihren Beinen hinuntergleiten und achtlos dort liegen. Unbekümmert streifte sie das Top ab, das sie ebenso gedankenlos auf die Hose warf.

Charlotte war versucht, Ordnung in die Kleidung ihrer Nichte zu bringen, aber im letzten Moment besann sie sich eines Besseren und stolzierte in ihrem schwarzen Badeanzug Richtung Wasser. Katrin blieb regungslos im warmen Sand stehen und schaute ihrer Tante nach. Ihr makelloser, gebräunter Körper steckte in einem azurblauen Bikini, der ihre Haut zum Strahlen brachte. Sie nahm die brünetten, mit blonden Strähnchen durchzogenen Haare zusammen, drehte sie am Hinterkopf zu einem Knoten und tüddelte ein Zopfband darüber. Dann strich sie immer wieder mit der Hand über den Haaransatz, um letzte heraushängende Haarsträhnchen unterzubringen. Dabei sah ihre Frisur aus, als hätte sich ein Star-Coiffeur an ihr ausgetobt. Perfekt! »Mann, ist das wieder schwül«, prustete sie und wollte ihrer Tante nach, als das Handy klingelte.

Katrin stutzte, griff in die Hosentasche, um das Telefon herauszuziehen. Als sie die Nummer erkannte, klopfte ihr Herz auf einmal schneller. Sie überlegte, ob sie das Gespräch überhaupt entgegennehmen sollte, drückte dann aber doch auf den Knopf. »Na, bist du wieder auf Verbrecherjagd? Ich dachte, du hast Urlaub.« Sie versuchte so gleichgültig wie möglich zu klingen, und scharrte mit den Zehen im Sand. »Ach so … verstehe … du hast keine Zeit … was ich gerade mache? Ich liege hier mit einem süßen Surfer am Strand und lass mir den Rücken einölen. Mach dir keine Sorgen. *Ich* habe keine Langeweile. So, und jetzt muss ich. Bis nachher.«

Sie legte auf, schnaubte und steckte das Handy zurück in die Hosentasche, ohne dass Dirk Westermann Gelegenheit hatte, ihr die Lage zu erklären. Ihr Gesicht war auf einmal mit roten Flecken überzogen. Ein sicheres Zeichen dafür, dass Wut in ihr kochte. Seitdem du hier bist, hast du kaum Zeit, dabei habe ich mich so auf deinen Urlaub gefreut. Ach, was soll's, dachte sie, und die bitteren Züge um ihren Mund waren wieder sichtbar. Es scheint mein

Schicksal zu sein, mich in Männer zu verlieben, die jede Menge Eigenleben besitzen. Katrin lief los. Sie spurtete Richtung Wasser, suchte einen Weg durch die Steine und watete dann Charlotte hinterher, die bereits in die bade-wasserwarmen Fluten eingetaucht war.

GLEICHE ZEIT

Der Hauptkommissar und der Rissgutachter betraten die Pathologie. Der Gerichtsmediziner begrüßte Westermann und Meinert mit kurzem Blick, als sie zur Tür hereinkamen. Hartwig recherchierte in dieser Zeit bei den geschädigten Schafbauern der Insel. Die Pathologie mit ihrer eigenartigen Atmosphäre kam ihm nicht gerade entgegen. Er verbarg sich viel lieber auf dem Land, um nur nicht in die *Höhle der Untoten* einzutreten, wie er die Gerichtsmedizin nannte.

Dirk Westermann und Johannes Meinert bewegten sich auf den Mediziner zu, der damit beschäftigt war, den Brustkorb eines Verstorbenen zu verschließen.

»Hallo, Sie sind aber schnell hier«, sagte er und drehte sich den beiden ungleichen Männern zu. Meinert taxierte den Raum. »Was suchen Sie?«, fragte der Rechtsmediziner Philipp Bertram, der an diesem besonderen Fall arbeitete.

»Wir brauchen dringend Informationen zu dem Toten aus dem Wald«, entgegnete Westermann, sah den Mann vor sich an, der ihm von der Videokonferenz am Computer bereits bekannt und durch die Piercings im Gedächtnis haften geblieben war. Er steckte die Hände in die Hosentaschen. Bertram kratzte sich am kahlgeschorenen Kopf, kaute auf dem Ring in der Unterlippe und räusperte sich. »Ja, wenn ich das genau erklären darf. Einen Moment bitte.«

Der Gerichtsmediziner wirkte keineswegs nervös. Er galt in seinem Job als Koryphäe und war weit über die Stadtgrenzen hinaus bekannt. Er ging in den Nebenraum. Westermann und Meinert warteten im Obduktionssaal.

Die Lüftung, die den undefinierbaren und dennoch prägnanten Geruch entfernen sollte, brummte, als Bertram sich Handschuhe überstreifte. Der Hauptkommissar schaute auf das klinische Licht der Leuchtstoffröhren, das genauso kühl leuchtete, wie sich die Situation für ihn anfühlte. Bertram öffnete eine der in die Wand eingelassenen Edelstahlboxen. Langsam zog er die Metallvorrichtung aus der Box auf einen vorgesehenen Rollwagen und schob ihn mit der Leiche zurück in den Sektionssaal.

Der Mediziner zog das dünne weiße Tuch vom Körper des Toten. »Ich habe sofort mit der Leichenschau angefangen, als ich das Okay des Staatsanwaltes hatte. Der Polizeibericht liegt ihm ja vor. Er sah nicht gerade glücklich darüber aus, was vorgefunden wurde. Wir müssen sehen, dass wir weiterkommen. Es ist, um es mal mit Ihren Worten zu bezeichnen, merkwürdig.«

Westermann nickte. »Und was ist so merkwürdig an der Sache?«

Meinert trat an die Bahre heran und betrachtete den Toten. »Darf ich?«

Bertram sah ihn fragend an.

»Dazu muss ich wohl erst mal etwas erklären«, sagte Westermann. »Wir haben auf der Insel mehrere gerissene

Schafe aufgefunden, die von einem wilden Hund oder …
wir glauben mittlerweile, dass … Ich glaube, das können
Sie Herrn Bertram wesentlich besser erläutern als ich.«

Er deutete auf Meinert, der die Leiche genauestens inspizierte und im gleichen Atemzug zu dem Gerichtsmediziner sprach: »Die auf der Insel gerissenen Schafe sind nach
ersten Untersuchungen von einem Lupus Canis getötet
worden. Dann habe ich an dem Fundort dieser Leiche weitere Spuren gefunden, die darauf hindeuten, dass hier …«

»Ein Wolf sein Unwesen getrieben hat«, beendete Bertram den Satz und sah in erstaunte Gesichter.

Er reichte Meinert Handschuhe und Westermann fragte
ihn: »Woher wissen *Sie* das?«

Meinert tastete den Hals ab, drehte die Leiche auf die
Seite und untersuchte die Riss- und Bisswunden am Körper des toten Mannes.

»Woher ich das weiß? Der Mann ist eindeutig nicht an
einem Herzinfarkt gestorben. Er wurde nicht erschlagen,
erstochen oder erschossen, wenn Sie das meinen. Er ist
zweifelsfrei erdrosselt worden.« Philipp Bertram ging an
den Toten und deutete auf die tiefen, kaum blutunterlau-
fenen Bissspuren am Hals. »Das war nach näherer Untersuchung einwandfrei ein Kehlbiss.«

»Also hat tatsächlich ein Wolf den Mann angegriffen
und umgebracht? Und Sie sagten erdrosseln – was hat
das mit einem Kehlbiss zu tun? Ist er nun erdrosselt oder
mit einem Kehlbiss getötet worden? Ich bin sehr irritiert«,
sagte Westermann ernst.

»Zu Ihrer Information: In diesem Fall nennt man den
Kehlbiss auch Drosselbiss. Der Wolf beißt um den Kehlkopf herum und erdrosselt ihn. Und ich habe nicht gesagt,
dass es ein Wolf war. Es könnte ebenso gut ein wilder, wie

auch ein gut dressierter Jagdhund gewesen sein. Die eindeutigen DNA-Untersuchungen sind noch nicht abgeschlossen. Wir können aber davon ausgehen, dass ein Tier diesen Mann getötet hat.«

»Also das heißt, wir müssen die DNA-Proben auf jeden Fall abwarten. Allerdings ist nach ersten, sicheren Anzeichen ein Canis Lupus für diese Rissspuren zuständig.« Er deutete auf einen Teil der rückwärtigen Oberschenkel und schüttelte immer wieder den Kopf. »Ich bin allerdings davon überzeugt, dass der Mann hier einige Stunden tot war, bevor er angefressen wurde. Das Tier könnte zurückgekommen sein, um ihn zu fressen.« Meinert zog sein Maßband aus der Hosentasche und versuchte, so gut es aufgrund der schweren Verletzungen noch möglich war, den Abstand zwischen den Bissspuren zu ermitteln.

»Ich bin mir nicht sicher – und das ist das erste Mal in meiner gesamten Laufbahn«, sagte der Gerichtsmediziner Bertram.

Der tote Körper auf dem Sektionstisch lag vor ihnen, als könnte er den Männern keine adäquate Antwort geben.

✳

»Der Dirk kommt gleich vorbei. Wir wollen etwas essen gehen. Willst du mit?«, fragte Katrin am Abend ihre Tante.

Dass die Frage an Charlotte nicht wirklich ernst gemeint war, spürte sie allerdings und antwortete. »Nö, ich bleibe hier und genieße den Sonnenuntergang auf der Terrasse. Ich habe noch Krautnudeln von heute Mittag, und die schmecken aufgewärmt nochmal so gut.« Sie rieb mit der Hand über das pinkfarbene T-Shirt, das locker über ihre hellblauen Jogginghosen fiel. »Ihr jungen Lüd habt genug zu besprechen, da will ich nicht stören. Aber wenn ich darf, möchte ich ein paar Minuten mit deinem Dirki sprechen. Oder hast du was dagegen?«

»Nee, mach mal, wenn es dich glücklich macht. Ich muss sowieso erst mal unter die Dusche. Du kannst ihn also ruhig so lange in Beschlag nehmen, Tantchen.«

Katrin ging auf ihre Tante zu, knuddelte sie, drückte ihr einen Kuss auf die Wange und verschwand eilig im Badezimmer.

*

Keine zehn Minuten später schellte es an der Tür. Charlotte schob die Pfanne zur Seite und stellte die Flamme aus. Sie huschte zur Eingangstür und drückte auf die Sprechanlage.

»Ja bitte, wer ist denn da?«, fragte sie, obwohl sie genau wusste, wer unten sehnsüchtig darauf wartete, eingelassen zu werden. Gleichzeitig betätigte sie den Türöffner. Eine Minute später stand Dirk Westermann vor ihr und reichte ihr die Hand.

»Na, Charlotte, alles im Griff?«

»Wie sollte ich nicht alles im Griff haben? Aber da will man sich grad sein Essen warm machen, da steht die Kripo schon vor der Tür«, witzelte Charlotte, als sie Dirk Westermann an ihrer Hand in die Wohnung zog. »Deine Süße ist im Bad. Die braucht noch. Komm solange mit auf die Terrasse.« Er nickte und folgte ihr gehorsam. Er sieht aber gut aus, dachte Charlotte und schaute sich den braun gebrannten, attraktiven Kommissar von der Seite an. »Setz dich doch. Bier? Wein?«

»Ein kühles Blondes wäre nicht schlecht«, griente Dirk Westermann und setzte sich auf einen der geflochtenen Terrassenstühle.

»Na, das lass mal nicht die Katrin hören. Die vermutet sofort eine andere Frau hinter der *Blondine*«, lachte Charlotte und tapste barfuß in die Küche.

Dirk guckte auf den Sund und sog die warme Abendluft tief in seine Lungen. Der aufkommende Wind hatte Abkühlung gebracht. Es könnte alles so schön sein, überlegte er und streckte die Beine aus, als Charlotte mit zwei Bierflaschen in einer Hand um die Ecke kam. Sie reichte ihm eines davon und nahm aus der anderen einen tiefen Schluck. Entspannt setzte sie sich und legte eine ihrer berühmten Gefriertüten auf den Tisch.

»Charlotte! Was ist denn hier los? Du trinkst Bier?«

»Na ja, wenn es so heiß ist, mach ich das auch mal.«

Westermann betrachtete die Tüte, die vor Charlotte lag, und fragte: »Und was ist das? Beweismaterial?« Er grinste und nahm einen weiteren Schluck.

»Woher weißt du das? Bist du Hellseher?«

»Nein, aber ich kenne dich mittlerweile so gut. Aber mal ehrlich. Was ist das?«

»Wie du schon richtig erkannt hast, bin ich ... aber fange ich mal von vorn an. Ich habe eine Fotosession gemacht und bin in das Flügger Wäldchen geraten.«

Dirk Westermann griente und schob die Brille vom Kopf auf die Nase. »Ganz zufällig, Charlotte?«

»Na ja, nicht so ganz. Ich bin schon gezielt hingefahren und habe mich etwas umgesehen.«

»Dachte ich mir!«, entgegnete Dirk, wohl wissend, dass gleich eine abenteuerliche Geschichte folgen würde.

»Also, ich habe meine Fotos geschossen und festgestellt,

dass der Wald ziemlich unaufgeräumt aussieht.« Sie wirbelte wild gestikulierend ihre Hände durch die Luft.

»Nun komm auf den Punkt, Charlotte. Du weißt, Katrin und ich wollen gleich weg.« Er lächelte, weil er wusste, dass sie sich nicht davon abbringen lassen würde, ihre Geschichte zu Ende zu erzählen.

»Ja, ja, schon gut. Ich habe so geknipst und bin ins Dickicht geraten. Dabei habe ich eine Höhle entdeckt, die wahrscheinlich von irgendwelchen Kindern gebaut wurde.«

»Das ist ja nicht verboten oder?«, schmunzelte Westermann.

»Nein, das nicht, aber was ich darin gefunden habe, ist äußerst wichtig für unsere weiteren Ermittlungen.«

»Unsere Ermittlungen? Woher weißt du, dass ich ermittle?« Er schüttelte vielsagend den Kopf.

»Wenn ich die Zeitungsberichte lese und dich während deines Urlaubs nicht einmal zu Gesicht bekomme, dann gehe ich davon aus, dass da irgendetwas nicht stimmt. Stimmt's oder hab ich recht?«

»Wie du das wieder erraten hast? Woher nimmst du nur deinen Scharfsinn?« Sein Lachen hallte über die Terrasse.

»Was gibt es da zu lachen. Du weißt doch, dass man mich die Miss Marple von der Insel nennt, oder?«

»Ach ja, ich vergaß«, sagte Westermann und zeigte erneut auf die Tüte. »Und was ist da nun in dem Tütchen?«

»Sei doch nicht so ungeduldig. Das ist Losung!«

»Losung? Wieso hast du Losung, von wem? Woher weißt du, was Losung ist?«

»Na, von dem Wolf, den man hier gesehen haben will und den jeder sucht! Stell dir vor, ich informiere mich. Lesen bildet, das weißt du doch wohl selbst«, sagte Charlotte entrüstet und schnalzte mit der Zunge. Sie schüttelte den Kopf, dass ihre wilden Locken nur so flogen.

Dirk Westermann nahm die Klarsichttüte hoch und blickte auf den Kot, der aussah wie ein Hundehaufen. »Das kann aber auch von einem Hund sein.«

»Nein, kann nicht. Sieh doch einmal genau hin! In diesem Stück Wolfslosung sind jede Menge Haare und Knochen zu sehen. Eindeutig!« Charlotte ließ sich von ihrer Vermutung nicht abbringen. Da Westermann allerdings mit Meinert ausführlich über die Spuren eines Wolfes gesprochen hatte, konnte er Charlottes Vermutung nur bestätigen.

»Du hast recht, das sieht nicht nur so aus. Aber letztendlich müssen wir die DNA-Untersuchungsergebnisse des Labors abwarten. Wir haben an der Stelle ebensolche Spuren entdeckt.«

Jetzt war Charlotte sprachlos. Ihre Mundwinkel verzogen sich und sie war enttäuscht, dass die Polizei ihr in diesem Fall voraus war. Aber so schnell gab sie sich nicht geschlagen. »Was habt ihr denn an der Stelle gemacht?«, wollte sie ganz nebenbei wissen.

»Dass ich dir das nicht sage, kannst du dir ja wohl vorstellen. Aber so viel: Die DNA der Risse auf der Weide unweit des Wäldchens und die Spuren jenes vermeintlichen Wolfes sind identisch.«

»Hab ich es doch gewusst«, triumphierte Charlotte. »Aber trotzdem, was wolltet ihr im Wäldchen?« Plötzlich war die Neugierde von Miss Marple geweckt. Aufgeregt rutschte sie auf ihrem Stuhl hin und her und leerte die Flasche in einem Zug. »Sag schon, was wolltest du da?«

»Wir haben dort einen Toten gefunden! Da erzähle ich dir nichts Geheimes, es wird morgen ein Bericht in der Zeitung stehen. Wir hatten vorhin eine Pressekonferenz.«

»Und um wen handelt es sich?« Ihre Neugierde stieg ins Unermessliche.

»Auch das kann ich dir erzählen, weil wir mittlerweile wissen, wer der Tote ist.«

»Nun red schon, wer ist es?« Ihre Wangen fingen an zu glühen.

»Arne Olsen.«

»Hab ich's doch geahnt«, rief Charlotte und schlug mit der flachen Hand auf den Tisch. Jetzt war es an ihr, die weiteren Spuren zu verfolgen und den Mörder zu entlarven.

»Wurde der Tote ermordet?«

»Charlotte!«

*

Nachdem sie vor über einer Woche in Flügge nichts erreicht hatten, wollten sie es heute noch einmal probieren. Die Männer stiegen wenig später in ihre Autos und fuhren Richtung Flügge.

In diesem Fall schützten sie die Insel, ihre Tiere und Familien vor einem Eindringling, der hier keinen Platz hatte. Die Anspannung war den Gesichtern der Männer anzusehen. Harte Züge bildeten sich um ihre Münder.

»Soll er sich wieder in *die* Wälder verziehen, aus denen er gekommen ist. Ausrotten sollten wir diese Viecher«, murrte Markmann und hantierte an seiner Waffe herum. Er saß im Fond von Jacobsens Mercedes und lud das Gewehr. Kurz vor dem Campingplatz bogen sie auf den Parkplatz. Im hinteren Wagen saßen Hallmann und Friedrich, denen der direkte Kontakt mit Markmann und Jacobsen nicht angenehm war. Sie enthielten sich der überaus negativen Einstellung der Jagdkollegen. Und sie schwiegen, so gut sie konnten, zum Thema. Ihre Meinung schien auch niemanden sonderlich zu interessieren. So passten sie sich an, um der Gruppe in diesem speziellen Fall nicht feindlich gegenüberzutreten.

Jeder von ihnen hatte die Taschen voller Patronen. Genügend Munition, um ein ganzes Rudel zu erlegen. Sie wollten dem Graus, das seit Wochen Unruhe auf die Insel brachte, ein Ende bereiten.

»Wenn wir ihm den Arsch versohlen, traut sich mit Sicherheit kein weiterer hierher. Den Kadaver legen wir vor der Brücke in einer Luderkuhle ab, dort findet ihn niemand. Aber der Geruch, den nehmen andere Wölfe wahr, wenn sie nur in die Nähe der Sundbrücke geraten. Das bekommen die Schisser im Wagen hinter uns gar nicht erst mit!«

»Nehmt die Hunde raus! Die werden ihn auf jeden Fall aufscheuchen«, rief Markmann. Die Jäger nickten.

»Ich denke, wir fangen an der Weide an, wo er die Schafe gerissen hat«, sagte Jacobsen und wies mit dem Arm zurück Richtung Straße. »Danach nehmen wir uns den Wald vor. Wenn wir uns breitflächig verteilen, kann er uns nicht entwischen.« Sie zogen los und hofften, dem Beutegreifer das Jagen auf der Insel abzugewöhnen.

»Sagt mal, wo sind eigentlich Jensen und Etech, die Wolfsfreunde?«, fragte Hans-Werner Kropp.

»Die haben sich schön aus der Affäre gezogen«, maulte Markmann und schlurfte neben den anderen.

»Lass sie, das ist ihre Sache. Ich will nicht, dass sie uns behindern. Besonders der vom Festland. Die werden auf jeden Fall die Klappe halten, da bin ich mir sicher. Der Einzige, von dem ich wirklich enttäuscht bin, ist Bruns.

Dem hätte ich zugetraut, dass er der Erste ist, der auf das Untier schießt, pch pch ...!«, sagte Jacobsen und stieg über den Zaun. Die restlichen Schafe waren von der Weide verschwunden, und die Männer schritten breit gefächert mit ihren Hunden das Weideland ab.

»Der ist nicht hier. Ich gehe jede Wette ein, dass er sich in dem Wäldchen aufhält. Kommt, wir brechen hier ab. Auf zum Waldstück! « Jacobsen rief die Männer, und sie stiefelten zurück zum Parkplatz.

»Wir haben nicht mehr so viel Zeit, es wird bald dunkel. Und dann wird es schwierig. Der wird sich verstecken. Ist anscheinend ziemlich schlau und läuft nur im Unterholz, sodass wir ihn nicht zu Gesicht bekommen«, sagte Kropp und zog eine Schachtel Zigaretten aus der Jackentasche. »Noch einer?« Die anderen schüttelten die Köpfe.

»Ich sagte, wir müssen weiter.« Jacobsen warf dem Jäger, der sich in aller Ruhe einen Glimmstängel anzündete, einen vernichtenden Blick zu.

»Lass mich, ich kann trotzdem laufen oder denkst du, dass mir davon die Beine abfallen?« Kropp inhalierte und stiefelte hinter den anderen her. Abermals tönte das tiefe gurgelnde Heulen durch die Dunkelheit. Sie wussten, sie waren ihm auf den Fersen ...

Sie folgten den jaulenden Lauten und blieben kurz vor dem Denkmal stehen.

»Pst, aus, Ruhe, seid leise«, forderte Jacobsen die Jagdkollegen und Hunde auf. »Am besten, wir verteilen uns. Ihr treibt ihn voran und wir warten auf euch und dieses Biest.« Es klang nach einem Befehl. Niemand widersprach ihm, und sie teilten sich auf. Walter Jacobsen und Winfried Markmann liefen den Waldsaum entlang, um am Ende des Waldstückes im Gebüsch zu verschwinden.

Hans-Werner Kropp und Ralle Tessmann verschwanden mit Friedrich und Hallmann im Wald, um das Tier, falls es sich hier aufhalten sollte, den beiden Männern in die Arme zu treiben. Lärmend stapften sie durch das Dickicht.

»Halt, bleib stehen, ich hab was gehört. Siehst du, da vorne bewegt sich etwas.« Jacobsen entsicherte das Gewehr und suchte angestrengt die Gegend vor sich ab. Ein Schatten huschte zwischen den Bäumen hindurch.

Er legte an, stierte durch sein Fernglas und wartete, bis der dunkle Punkt sich wieder bewegte. Geräuschlos hob er den Repetierer, schaute durchs Zielfernrohr, entsicherte die Büchse und legte den Finger auf den Abzug.

Als er abdrücken wollte, schrie Markmann: »Halt, das ist kein Wolf, das ist ein Mensch.« Jacobsen sicherte augenblicklich die Waffe und ließ sie sinken.

»Wer, zum Teufel?«

Tjark zuckte zusammen. Der Aufschrei hatte ihn zutiefst erschreckt. Die Sache mit dem grauen Tier ließ ihm keine Ruhe. Aufgeregt machte er sich jeden Tag auf die Suche. Beweise wollte er sammeln. Vielleicht konnte er die Begegnung wiederholen. Aber nach diesem Zusammentreffen war es vorbei, bis er plötzlich Bewegung im Unterholz vernahm.

Mit ein paar Schritten waren die Jäger bei ihm. Jacobsen hielt ihm die gesicherte Waffe entgegen, während Markmann ihn am T-Shirt zu sich zerrte.

»Das ist ein Junge! Was tust du hier?«, schrie er wütend. Walter Jacobsen sah den Halbwüchsigen an.

»Ich, ich … mache eine Wanderung. Seit wann ist das verboten?«, log er. Niemand durfte wissen, dass er sich auf der Suche nach dem Wolf befand. Er wollte ihn finden und war sich sicher, dass er sich irgendwo hier herumtrieb. Aber nicht mehr heute Abend.

»Abbrechen, wir können aufhören!«, rief Borgmann.

»Wenn der hier gewesen sein sollte, ist er spätestens jetzt verschwunden.«

»Und was machen Sie hier, mit den Waffen?«, fragte Tjark verschlagen.

*

Die Worte hallten noch in seinen Ohren, als es hieß: »Wer den Wolf erlegt, dem gehört das Ansehen der Jäger.« Bruns hatte sich umgehend verdrückt und setzte sich in den Wagen. Der hat sich längst einen neuen Rückzugsort gesucht, das klang plausibel und er lenkte sein Auto Richtung Bürgermeister-Wald. Der Jäger fuhr auf den schmalen Sandweg, der vor dem Waldstück vorbeiführte, bog ein und parkte das Fahrzeug so, dass man ihm nicht so schnell auf die Schliche kommen konnte. Niemand würde ihn hier vermuten, geschweige finden, es sei denn, sie müssten die Windkraftanlagen inspizieren. Aber das war in der Hochsaison und vor allem in der Nacht unwahrscheinlich.

Bruns blieb eine Weile im Wagen sitzen, zog die Flasche Korn aus dem Handschuhfach, drehte den Verschluss auf und nahm einen Schluck. »Das ist auf meinen zukünftigen Schwiegervater. Prost Arne. Jetzt nimmst du dein … oder sollte ich besser sagen, unser Geheimnis mit ins Grab und ich beerbe dich … endlich.« Er lachte, hob die Flasche gen Himmel und setzte erneut an. »Das ist auf dich, mein Schatz, auf dass du eine gehorsame Ehefrau sein wirst. Das hab ich mir redlich verdient, du kleines Biest.« Er kicherte. Ein letztes Mal führte er die Kornflasche zum Mund und trank, bis die Flasche bis auf den letzten Tropfen leer war. »Und das ist auf dich, du Scheiß Ungeheuer, damit ist deine letzte Reise besiegelt!«

Bruns war nicht mehr bei klarem Verstand, der Alkohol vernebelte seine Sinne, aber es machte ihm nicht das Geringste aus. Er war es gewohnt, mehr als genug zu trinken. »Läuft doch alles bestens.« Er ließ die Flasche auf den Boden gleiten, öffnete die Tür und stieg aus. Mit zittrigen Fingern schloss er den Reißverschluss der Wachsjacke hoch. Warum ist mir so scheiß schwindelig?, dachte er. Trotz der Wärme wollte er sich schützen, falls das Tier auf ihn zuspringen sollte. Michael Bruns ging um seinen Jeep herum und öffnete die rückwärtige Tür. Auf dem Boden lag sein Jagdgewehr, ausgebreitet auf einer Wolldecke. Er hatte es vorsorglich bereitgelegt. Bruns stützte sein Bein auf der Stoßstange ab, legte das Repetiergewehr auf den Oberschenkel, griff in die Pappschachtel, die daneben lag, und entnahm Patronen. Er drückte mit dem Daumen die Hülse in die Ladeklappe, bis es klickte. Das Spiel wiederholte er, bis das Magazin voll war. Vor seinen Augen verschwamm die Pappschachtel mit der Munition. Er griff hinein und füllte die rechte Jackentasche. Bruns nahm die Waffe unter den Arm und verschloss mit einem unsicheren Fußtritt die hintere Wagentür. Holpernd stiefelte er den Waldweg entlang und suchte eine Lücke im Gebüsch, um in das Innere des Waldes zu gelangen. Torkelnd stapfte er durch das Gestrüpp, immer bemüht, neben dem normalen Wanderweg Spuren des Beutegreifers zu entdecken. Ein Blick auf die Armbanduhr zeigte ihm, dass es bereits kurz nach 4 Uhr war. Die Sonne würde bald aufgehen. Holz knackte direkt hinter ihm. Bruns fühlte sich beobachtet und drehte sich um. Der Alkohol ließ ihn benommen durch das Unterholz straucheln. Niemand konnte ihn davon abbringen, das Tier aufzuspüren, um es zu erlegen. Der Finger glitt auf dem Abzug hin und her. Erneut knackte es im Dickicht. Bruns war kein Feigling, dennoch bereitete ihm die Situation körperliches Unbehagen. In seinem Kopf drehte sich alles. Langsam, aber sicher verlor er die Kontrolle. Vielleicht wäre es doch besser gewesen, sich den anderen anzuschließen, als allein im Dickicht nach einem beschissenen Untier zu suchen. Er wandte sich wieder um und schlich weiter. Irgendetwas huschte direkt vor ihm durch das Unterholz. Der Jäger blieb erneut stehen und versuchte, durch das Zielfernrohr seiner Büchse das unbekannte Ziel anzupeilen. Kleingetier wuselte auf der Suche nach Nahrung unter Kleinholz und Büschen hervor. Wankend inspizierte er das Umfeld. Nichts! Kein Tier in der Größe eines wilden Hundes, geschweige denn eines Wolfes. Da knackte es ein weiteres Mal. Bruns drehte sich um und blickte in zwei Augen, die sich gefährlich seinem Gesicht näherten …

EIN PAAR TAGE SPÄTER

Charlotte Hagedorn packte eine grandiose Idee. Wenn sie
etwas herausbekommen wollte, musste sie zu Ernchen
Steen. Die wusste immer, was auf den Höfen und zwischen
den Landwirten gerade los war. Beim monatlichen Treffen der Damen fand sich jede Menge Gesprächsstoff, der
bis ins Kleinste durchgekaut wurde. Charlotte stellte sich
im Flur vor den Spiegel, strich ihre luftige Bluse glatt und
fuhr mit den Fingern durch ihre Mähne. Sie lächelte. So
kann ich mich wahrlich blicken lassen, dachte sie, griff zum
Haustürschlüssel, schulterte ihren Rucksack und verließ
die Wohnung. Sie musste nach Avendorf. Die knapp zwei
Kilometer waren für sie kaum eine Hürde. Es würde keine
Viertelstunde dauern, dann hatte sie Ernchens Zuhause
erreicht.

Am Vormittag hatte sie mit der fast 70-Jährigen telefoniert und sich persönlich bei ihr eingeladen. Ernchen
freute sich auf die Künstlerin und teilte ihr mit, dass sie
just in dem Moment dabei war, einen Kuchen in den Ofen
zu schieben. Wie passend! Sie war berühmt für ihre lecke-
ren Apfelkuchen, deren traumhafte Rezepte sie im Hand-

umdrehen aus dem Ärmel schüttelte. Charlotte konnte getrost losfahren. Es war 2 Uhr nachmittags. Der Kuchen würde längst mit Puderzucker bestäubt auf dem Küchentisch stehen, wunderbar riechen und ein wahres Gedicht sein. Sehr wahrscheinlich richtete Ernchen gerade ihre Einschlagfrisur. Niemand trug heutzutage noch eine derartige Haartracht auf der Insel. Charlotte ertappte sich dabei, dass sie sich grinsend mit der Zunge über die Lippen fuhr, auch weil sie wusste, dass zum Kuchen leckerer Likör auf dem Tisch wartete. Sie kicherte, stülpte den Hosenclip um ihren Knöchel, damit die Hose nicht in die Kette geriet, und setzte sich freudig gelaunt auf ihren roten Drahtesel.

Erfreut über das herrliche Wetter fuhr sie die Fehmarnsundstraße entlang. Die warme Luft streichelte ihr Gesicht und sie spürte, wie die Sonnenstrahlen sich in ihre Haut einbrannten. Es kribbelte, und sie ärgerte sich, dass sie ihren Strohhut zu Hause vergessen hatte. Auf den Feldern blühte Getreide, und ein Geruch von Haferflocken und trockenem Gras stieg in ihre Nase. Für sie war der Sommer die reinste Augenweide und Geruchsexplosion. An den Wegrändern blühten überall Feld- und Wiesenblumen in leuchtenden Farben, wie sie auf jeder Malerpalette zu finden waren. Sie fuhr in das kleine gemütliche Dorf und entdeckte kurz darauf das Haus von Ernchen Steen.

Charlotte sprang von ihrem Rad, lehnte es an den weißen Holzzaun und schlenderte zur Tür. Sie bewunderte die Rosenranken an den Backsteinwänden und inhalierte ihren schweren, süßen Duft. Es dauerte keine zehn Sekunden, nachdem sie auf den Klingelknopf gedrückt hatte, und die Tür wurde aufgerissen.

»Ach, meine liebe Charlotte. Gib mir deinen Rucksack und dann komm rein«, flötete Ernchen fröhlich und nahm ihr den Backpack ab, der sie sofort in die Knie zwang. »Mein Gott, was hast du denn da alles drin?« Erna Steen ließ ihn auf den Boden gleiten.

»Mein halbes Leben hab ich da drin«, entgegnete Charlotte gut gelaunt.

»Aber warum denn?«

Die Künstlerin griente und sagte wie selbstverständlich: »Damit ich im Notfall schnell das Land verlassen kann!«

Ernchen sah sie entgeistert an und bat Miss Marple von der Insel kopfschüttelnd ins Haus. Dass Frau Hagedorn nicht zufällig zu Besuch kam, war selbst Erna Steen bewusst. Kannte sie doch ihre Bekannte genauso lange, wie die hier auf Fehmarn lebte. Und selbstverständlich hatte sie die Aktivitäten ihrer Freundin während der letzten Jahre genauestens verfolgt. Überall, wo Mord draufstand, war Charlotte Hagedorn mittendrin. Da brauchte sie nur eins und eins zusammenzuzählen.

»Na, meine Liebe, wie geht es dir?«, fragte Charlotte und stiefelte direkt auf das Wohnzimmer zu.

»Gut und dir?« Ernchen legte den Kopf zur Seite, sah die gut gelaunte Frau fragend an.

»Ach mir geht's immer hervorragend, das weißt du doch.« Charlotte winkte ab und betrat das Zimmer. Enttäuscht rümpfte sie ihre Nase. »Und ich dachte, du hättest einen Apfelkuchen gebacken.« Sie zeigte auf den leeren Tisch, der in der Mitte des Raumes stand und auf dem nichts als eine weiße Decke lag. Ihre Mundwinkel verzogen sich. Auf einmal sah Charlotte aus, als hätte sie geradewegs in eine Zitrone gebissen.

»Nun bleib mal ganz ruhig, meine Liebe. Ich hab mir überlegt, dass wir bei dem schönen Wetter im Garten sitzen. Aber der Apfelkuchen ist für den Hausfrauennachmittag. Ich weiß doch, wie gern du Kröpel magst. Da habe ich flugs mal ein paar in die Fritteuse geworfen.« Sie kicherte.

Charlotte sah Ernchen an, die genauso daherkam, wie sie es sich vorgestellt hatte. Die schlanke, hochgewachsene Person trug die Haare akkurat zu einer Hochfrisur eingeschlagen und hatte dezentes Make-up aufgelegt. Die feine weiße Bluse hatte sie in den sommerlichen Rock gesteckt und sah aus, als wollte sie ausgehen. »Na ja, der Teig macht sich ja auch nicht mal so eben von allein«, sagte Charlotte und folgte Ernchen in den urwüchsig gehaltenen und dennoch gepflegten Garten, der über und über mit Blumenrabatten und Rosen gefüllt war.

»Hatte noch welche eingefroren« antwortete sie.

Schnüffelnd stierte Charlotte auf den Tisch unter dem großen alten Apfelbaum. Ihre Mundwinkel gingen augenblicklich nach oben und sie schnalzte mit der Zunge. »Heiland Mailand«, säuselte sie verzückt. Erna hatte den Gartentisch mit einer weißen Tischdecke belegt. Nun rückte sie die Tassen zurecht, bestaunte die Kaffeetafel und lächelte zufrieden. Schmetterlinge flogen über mehrfarbige Fliederbeerbüsche. »Du hast Falter, das ist ja erstaunlich.«

Ernchen nickte. »Hm, und jede Menge Bienen, schau mal.« Sie lotste Charlotte zu einem Gartenstück, in dem sie Saat von Wiesenblumen ausgestreut hatte, die ein Paradies für jede Art von fliegendem Getier zu sein schienen.

»Das ist schön! Man sieht ja kaum noch welche. Nicht mal beim Bäcker!«

Die beiden Frauen gingen auf den Tisch zu und setzten sich. Charlotte Hagedorn sog den sommerlichen Duft gierig in ihre Nase. »Hier riecht es ganz anders als bei mir auf der Terrasse, aber ebenso wunderbar.«

Ernchen Steen goss der Fotografin mit künstlerischen Ambitionen Tee in die Tasse und stellte die Kanne zurück auf das Stövchen. »Aber zuerst trinken wir einen Hexenschnaps, oder?«, kicherte sie.

»Aber ja, darauf habe ich mich den ganzen Tag schon gefreut.« Der Schlehenlikör mit der Chilinote war eines der *Fehmarnschen Geheimrezepte,* das allerdings Charlotte mit einer Bekannten erfunden hatte. Die Gastgeberin schob zwei Gläser vor die Kaffeetassen, die sie vorsorglich mit der Flasche Likör auf den Tisch gestellt hatte, und schenkte ein. Sie prosteten sich zu und leerten die Schnapsgläser.

»Nicht nippen, kippen«, hatte Ernchen gesagt, nachdem sie sich den ersten Schnaps genehmigt hatte. »Dann schmeckt man das Feuer nicht so arg.« Beide lachten.

»Das sieht alles überaus nett aus, meine Liebe«, sagte Charlotte und griff gleichzeitig in die Schüssel mit den Kröpeln. Der erste verschwand in ihrem Mund.

»So, Frau Hagedorn, vertell, was ist so wichtig, dass du mich außer der Reihe besuchen kommst? Ich weiß doch, dass du etwas auf dem Herzen hast.«

Charlotte blieb fast der Kröpel im Hals stecken. »Woher …?«, sie hustete, und vereinzelte Krümel fielen aus ihrem Mund.

»Na, meine Liebe, weil ich dich sehr gut kenne. Du kommst nicht einfach so vorbei. Außerdem verfolge ich das Tageblatt ebenfalls. Glaub nicht, ich weiß nicht, was du im Schilde führst. Du willst sicher dem Schafsmörder auf die Schliche kommen, oder?«

Charlotte wurde rot, sie fühlte sich ertappt. »Nicht nur dem.«

»Wieso, wer ist denn noch ermordet worden?« Plötzlich wurde Erna Steen hellhörig.

»Niemand. Ich habe nur so ein komisches Gefühl, und dem möchte ich nachgehen.« Sie erzählte nichts von ihrem Verdacht und schlich um den heißen Brei herum.

»Erzähl!« Erna rutschte auf ihrem Stuhl umher und biss herzhaft in einen Kröpel.

»Ich habe da nur so eine Vermutung. Aber wie ich das zusammenbringen soll, weiß ich nicht. Deshalb kann ich dir nichts Genaues sagen. Vielleicht kannst du mir aber etwas über den Olsen erzählen. Es ist doch schon merkwürdig, dass auf einmal Schafe getötet werden und die den Landwirt im Wald finden, oder?«

Ernchen nickte und Charlotte stopfte den vierten Kröpel in ihren Mund. »Wieso meinst du, dass das was miteinander zu tun hat?«

»Ich weiß es nicht, aber es kommt mir alles komisch vor. Ach, schenk doch noch mal nach.« Sie zeigte auf die Flasche und ihr Gegenüber füllte erneut die Gläser. »Na, dann Prost! Auf die Verstorbenen!«

»Ja, über den Arne Olsen, was soll ich dir da erzählen. Der hat … ich meine hatte alles, was ein Großbauer haben muss. Riesenhof, viel Geld, hübsche Tochter und jede Menge Frauen, die lieber heute als morgen Bäuerin auf dem Hof geworden wären. Aber da haben die sich gehörig in den Finger geschnitten. Der hätte nie eine auf den Hof gelassen. Das gehört alles irgendwann der Jette und …«, plötzlich schwieg sie. »Ach nun lass uns lieber von etwas anderem reden. Die Toten soll man ja ruhen lassen, das weißt du doch. Hab ich dir schon meine Bienen gezeigt?« Sie stand auf und winkte ihre Freundin zu sich.

»Ja, hast du mir schon gezeigt!« Wird sie nun schon tüdelig?, grübelte Charlotte und schüttelte den Kopf.

»Darauf lass uns mal noch einen trinken. Auf deine Bienen meine ich.«

Ernchen trottete zurück und setzte sich wieder.

»Wie ist der Olsen denn zu seinem Hof gekommen? Familienbesitz, geerbt?« Charlotte gab nicht auf und hakte aufs Neue nach. Nun war sie es, die Erna Steen ein Glas *Hexenfeuer* einschenkte. Sie würde schon herausfinden, was es mit dem Olsen auf sich gehabt hatte.

»Genug, genug. Nicht so viel, ich bin ganz düsig«, kicherte Ernchen und trank im gleichen Atemzug ihr Glas leer. »Also, der eigentliche Hof ist im Nachbardorf. Den hat er verpachtet. Dieser Gutshof, den hat er wohl gekauft. Und jetzt Schluss damit.« Die Avendorferin stopfte sich einen Kröpel in den Mund, um nicht mehr reden zu müssen. Charlotte sah ihr an, dass sie nicht weiter in sie dringen konnte. Das Gespräch schien erschöpft. Sie wechselte zu belanglosen Themen und genoss den Platz unter dem Apfelbaum.

»Ach Ernchen, wunderschön ist es hier. Aber ich muss nun langsam los. Die Sonne geht gleich unter.« Lange Schatten ließen den Garten verwunschen aussehen. Sie lauschte für einen Moment dem Summen der Bienen und erhob sich. »Es war ein wirklich schöner Nachmittag.« Charlotte Hagedorn drückte Erna Steen an sich und wollte zum Haus gehen, als Ernchen rumdruckste.

»Aber das, was ich dir jetzt sage, behältst du für dich.«

Abrupt blieb Charlotte stehen. »Was soll ich für mich behalten?«

»Na, ja, es gibt da so Geschichten um den Hof und wie der Olsen dazu gekommen sein soll. Da scheint nicht alles mit rechten Dingen zugegangen zu sein. Da gab es mal so Gerüchte … vielleicht … ach ne, ich hab schon zu viel gesagt. Tschüs, meine Liebe.« Sie schüttelte den Kopf und drängte ihren Besuch zur Gartenpforte. Sie winkte kurz und verschwand eilig hinter dem Haus. Charlotte Hagedorn blieb verwirrt zurück. Was hat das mit dem Hof auf sich? Wer könnte mehr darüber wissen? Ich muss das rauskriegen. Da steckt mehr dahinter, da bin ich mir sicher. Und auf einmal wusste sie, was sie zu tun hatte.

NÄCHSTER VORMITTAG

»Moin«, sagte Charlotte, als sie ein paar Tage später in den zweiten Stock des Rathauses hinaufstieg. Sie keuchte, als sie ihren hochroten Kopf in das Büro des Archives steckte. Die Mitarbeiter saßen an ihren Schreibtischen und kümmerten sich um Verwaltungsakten, die weit zurück bis ins 17. Jahrhundert reichten. Durch die Fusion der Inselgemeinden gab es reichlich Arbeit, und das Stadtarchiv wurde seitdem ständig aktualisiert.

Hier finde ich sicherlich, was ich suche, dachte Charlotte und klopfte an den Türrahmen. »Moin, ich hab da mal eine Frage und brauche Ihre Hilfe.«

Hans Bohntropp, der Chef der Abteilung, sah die Frau an, die in bunter luftiger Kleidung mit Strohhut auf dem Kopf hereinschneite. Seine Gesichtszüge verfinsterten sich augenblicklich. Wenn Charlotte Hagedorn den Weg hier herauf in Kauf nahm, dann konnte das nichts Gutes bedeuten. Er wusste, was es hieß, wenn sie anfing, überall herumzuschnüffeln.

»Na, Frau Hagedorn, was kann ich denn für Sie tun? Brauchen Sie Fotos? Suchen Sie ein historisches Ereignis?« Er hoffte, dass er sie damit schnell aus dem Archiv lotsen konnte.

»Nööö, ich brauche Informationen! Ein historisches Ereignis könnte es vielleicht gewesen sein«, sie lächelte.

Ich hab's gewusst, dachte Bohntropp und seufzte. Die drei anderen Mitarbeiter ließen sich nicht ablenken und arbeiteten an ihren Computern.

»Na, dann mal los, was haben Sie denn auf dem Herzen? Wenn es nicht unbedingt im 17. Jahrhundert sein muss, dann mal los.«

»Ich brauche Informationen über den Olsen Hof in Kopendorf«, platzte sie heraus. Bohntropp sah sie fassungslos an und seine Augen formten sich zu schmalen Schlitzen. Auch die Kollegen ließen ihre Stifte sinken und drehten Charlotte die Köpfe zu. Da hab ich doch mitten in ein Wespennest gestochen, dachte sie und grinste.

Bohntropp stand auf und zog sie hinter sich her in den Raum, in dem die Akten zeitlich sortiert ordentlich in deckenhohen Regalen angeordnet waren. Die alten Holzdielen knarrten, als er stehen blieb und sie anstarrte. »Frau Hagedorn, warum wollen Sie etwas über den Hof von Arne Olsen wissen? Sie wissen doch wohl, dass er gerade verstorben ist?«

»Gerade verstorben, dass ich nicht lache. Im Wald gefunden haben sie ihn. Und woran er gestorben ist, weiß bisher niemand. Also, worüber reden wir hier?« Sie baute sich vor ihm auf und stemmte die Hände in die Hüften. »Wer sagt mir denn, dass er im Wald nicht um die Ecke gebracht worden ist?« Charlotte redete sich in Rage, sodass sich hektische Flecken auf ihrem Gesicht ausbreiteten.

»Bleiben Sie mal sachlich und vor allem …« Er ging zur Tür und zog sie hinter sich zu. »Seien Sie ruhig! Was glauben Sie, was passiert, wenn Sie derartiges Gewäsch laut herausposaunen?«

»Das ist mir wurscht. Ich will wissen, was es mit dem Hof auf sich hat! Ich habe da so etwas läuten hören.«

Erstaunt blickte Bohntropp die Frau an, die ihm im Kampfmodus gegenüber stand. »Was haben Sie läuten hören?« Der Archivar, der ein kurzärmliges, gestreiftes Hemd trug, öffnete den obersten Knopf und rang nach Atem.

»Ist Ihnen nicht gut?«, fragte Charlotte, die jede noch so kleine Reaktion des hageren Mannes beobachtete. Irgendetwas richtete bei den Leuten, mit denen sie über Arne Olsen sprach, Unbehagen aus.

»Doch, doch, ist nur ziemlich warm hier oben.«

Die Hitze der letzten Wochen hatte selbst vor dem Rathaus nicht haltgemacht und sich im Dachgeschoss festgesetzt. Charlotte Hagedorn zuckte die Schultern. »Geht doch! Öffnen Sie einfach ein Fenster. Frische Luft schadet dem Mief der letzten Jahrhunderte sicherlich nicht.« Sie verschränkte die Arme vor der Brust und rümpfte die Nase. »Ja, ja, ist eben viel antikes Zeug hier oben. Nun mal Butter bei die Fische«, sagte Charlotte und krempelte die Ärmel ihrer bunten Bluse bis über die Ellbogen. »Kommen Sie schon. Sie haben nicht umsonst die Tür zugemacht. Ich will nur wissen, wie der Olsen zu dem riesigen Gutshof gekommen ist. Das ist nicht der Hof seiner Väter! Das weiß ich genau.« Sie nahm den Strohhut vom Kopf und fächerte sich die warme Luft ins Gesicht. Bohntropp seufzte erneut. Er schritt die Stellagen ab und suchte nach etwas. Charlotte folgte ihm, ohne ihn aus den Augen zu verlieren. Dann blieb er vor einem Regal stehen und zog ein dickes Buch hervor, in dem Zeitungen archiviert waren.

»Sie können sich dahinsetzen, und wenn Sie fertig sind, lassen Sie alles auf dem Tisch liegen, ich räume es nachher weg.« Er öffnete einen weiteren Knopf und fuchtelte mit den Händen, als könnte er damit seiner Atemnot Herr werden. Missmutig drückte er ihr den Ordner mit den Zeitungen in die Hand und ließ sie mit den Ausgaben der letzten 30 Jahre allein. Abwartend blieb er in der Tür stehen, und es schien, als wollte er noch etwas sagen. Charlotte hingegen trat zum Turmfenster und öffnete es, damit frische Luft hineinströmen konnte.

»Wonach soll ich denn da suchen?«, murmelte sie und setzte sich.

»Das müssen Sie schon selbst herausfinden«, sagte er leise, verließ den Raum und verschloss die Tür hinter sich. »Na, das ist mal eine Ansage.« Charlotte Hagedorn starrte auf die geschlossene Holztür, dann schlug sie die ersten Seiten auf.

*

Charlotte hockte zwei Stunden später immer noch im Archiv und kämpfte sich verbissen durch die zum Teil verblichenen Zeitungsartikel. Der Schweiß lief ihr mittlerweile die Schläfen hinunter. Mit hochrotem Kopf wühlte sie sich durch hunderte Berichte. Worauf soll ich bloß achten?

»Hat es wirklich mit dem Olsen Hof zu tun? Verdammt, ich finde nichts! Ich weiß nicht mal, wonach ich suchen sollte. Das kann doch nicht so schwer sein. Heiland Mailand! Alle schweigen und niemand will mit mir darüber sprechen.« Sie raufte sich die Haare und sah aus wie eine Hexe auf dem Weg zum Brocken. »Ich will nicht mehr.

Kann mir nicht mal einer einen Eistee bringen?«, maulte sie leise vor sich hin. Da sie allerdings niemand hörte, würde kaum jemand in das Turmzimmer spazieren, wenn es nicht unbedingt nötig war. Sie blätterte Seite für Seite, und als die Fingerkuppe ihres Zeigefingers vom vielen Anlecken bereits halbwegs aufgeweicht war, überlegte sie aufzugeben. Das letzte Drittel des riesigen Ordners kann ich ja ein anderes Mal durchstöbern, dachte sie. Ich will nicht mehr. Morgen ist auch noch ein Tag. Gerade wollte sie den Wälzer zuschlagen, als ihr eine Überschrift von 1989 ins Auge fiel: »Ich hab's, ich hab's. Hab doch gewusst, dass es da was gibt!« Sie schlug mit der Faust auf den Tisch und begann den Text zu überfliegen.

Landwirt erschossen aufgefunden. Die genauen Hintergründe sind nicht bekannt.

»Na, da hol mich doch der Teufel! Da hat sich der Bauer erschossen und davon will hier niemand etwas wissen? Das ist doch ein ganz verlogenes Pack. Ich habe langsam das Gefühl, als würden die hier alle zusammen dichthalten. Irgendwas stimmt hier ganz und gar nicht! Das glaub ich nicht. Da steckt bestimmt eine Riesengeschichte dahinter.« Charlotte blätterte aufgekratzt einige der Seiten weiter in der Hoffnung, auf andere Mitteilungen über diese tragische Begebenheit zu stoßen.

*

Jan fuhr am gleichen Abend mit seinem schwarzen Mountainbike den Weg Richtung Wulfen entlang. Er radelte zum Strand, um sich mit ein paar Freunden auf ein Bier zu treffen. Der 25-Jährige, der als Board Shaper arbeitete und sich, wenn das Wetter es zuließ, selbst am liebsten mit seinem selbst gebauten Brett auf der Ostsee austobte, ließ das Lenkrad los. Entspannt breitete er die Arme aus. Die ausgeleierten Ärmel des verwaschenen Langarmshirts flatterten im warmen Fahrtwind. Für einen kurzen Moment schloss er die Augen. Er fuhr die unebene Strecke nicht zum ersten Mal. Der Surfer genoss den frischen Wind, der die halblangen, von Salzwasser und Sonne gebleichten Haare aus der Stirn wehte. Ein klar abgegrenzter, bleicher Streifen am Haaransatz der ansonsten gebräunten Haut wurde deutlich sichtbar. Das markante Gesicht mit dem Dreitagebart hielt er den letzten wärmenden Strahlen der tief stehenden Sonne entgegen. Dann öffnete er die wachen, hellblauen Augen und fand sich in Höhe des Bürgermeister-Waldes wieder. Das Gehölz auf der linken Seite der Fahrbahn nahm eine nicht zu übersehende Fläche ein. Ohne Zeit zu vergeuden, fasste er nach dem Lenker des schwarz-blauen Carbon Cube und stellte sich auf die Pedalen. Gedankenlos zog er die Bremsen an. Ein widerlich quietschendes Geräusch drang in seine Ohren. Jan drehte den Kopf und sah die mindestens zwei Meter lange Bremsspur, die das Gummi der Reifen auf dem unebenen Asphalt hinterlassen hatte.

Ein breites Grinsen zog über die vollen Lippen. Konzentriert schwenkte Jan nach links. Stehend manövrierte er den Parcours zwischen zwei Findlingen hindurch, die die Einfahrt verengten und den Weg in das Wäldchen erschwerten. Damit wollte man verhindern, dass jemand mit dem Auto unbefugt in den Wald fuhr. Der Biker steuerte den Sandweg entlang, der ihn immer tiefer in das Gehölz zog. Im Inneren der Waldung war es schummerig. Es roch nach Moos, und er tastete mit der Hand zum Nacken, weil die herabsinkende Feuchtigkeit sich auf die Haut legte. Der

Boardbauer kannte den Weg. Er führte ihn 300 Meter weiter wieder hinaus. Jan sah vor sich den unebenen Boden. Einige Baumwurzeln ragten aus der Erde, und er passte höllisch auf, dass seine Reifen sich nicht darin verkeilten. Mit einem Sprung überwand er einen Stein, der mitten auf dem Waldweg lag.

In der Ferne jaulte ein Hund.

Jan blinzelte, damit sich sein Blick schärfte, um die Kontrolle des Fahrrades nicht zu verlieren. Er steuerte auf das Ende des Sandweges zu, hörte die Rotorblätter riesiger Windmühlen brummen, die hinter dem Wäldchen auf dem angrenzenden Feld standen. Der Wind kam aus West, das stellte er anhand der in Windrichtung ausgerichteten Flügel fest. Aus den Augenwinkeln heraus bemerkte er auf der linken Seite den riesigen Findling, der dem Bürgermeister Matthias Lafrenz gewidmet war. Einem Mann, der die Stadt Burg von 1892 bis 1915 regierte und dessen Gedenkstein in dem nach ihm benannten Wald einsam und verloren dastand. Haben die den Stein hier vergessen? Jan griente und bog nach rechts ab. Die Luft war mild für die Uhrzeit, und er atmete tief durch. Überall flirrten kleine Tierchen an seinem Gesicht vorbei. Zügig durchfuhr er den holprigen Sandweg und betrachtete die in mehrere Teile zersägten Baumstämme, die am Wegrand aufgestapelt lagen. Dabei übersah er einen Ast, der unter einem der Haufen hervorlugte und ein Stück des Weges blockierte. Er versuchte noch, einen Schlenker zu vollführen, aber es war zu spät.

Der Lenker riss herum, das Fahrrad rutschte unter ihm weg. Im hohen Bogen flog es über das Holz und Jan landete hart neben den aufgehäuften Baumstämmen. Er schürfte sich an herumliegendem Astwerk die Handflächen auf und stöhnte. Als er sich aufrichtete, sah er, dass seine Knie ebenfalls aufgeschrammt waren.

»Verdammte Scheiße, was soll das?« Laut fluchend versuchte er wieder hochzukommen. Augenblicklich knickten die Beine weg und er saß erneut auf dem feuchten Waldboden. »Mann!« Mit den Handinnenflächen rieb er sich die blutenden Kniescheiben. Mein Fahrrad. Fast 3.000 Euro. Hoffentlich ist es nicht im Arsch. Mensch, das hab ich mir grade erst gekauft. Das hat man davon, wenn man im Dickicht rumeiert. »Mann eh!« Ein zweites Mal stützte er sich auf und kam endlich auf die zitternden Beine. Humpelnd schlich er zu seinem Bike, das über den Holzhaufen weg unter einen der Büsche geschleudert worden war. Er zog mit schmerzverzerrtem Gesicht den Lenker zu sich, als er etwas Helles unterhalb des Strauchs schimmern sah. Eine Plastiktüte, vermutete er und versuchte sie unter dem Buschwerk hervorzuzerren. Er griff nach der vermeintlichen Tüte und ertastete kaltes, weiches Material. »He, was ist …?«

Erneut sank er auf die zerschundenen Knie. Dieses Mal hatte ihn die Neugier hinuntergezwungen. Eilig bog er die Äste beiseite. Blattwerk, kleine abgebrochene Holzstückchen, die überall herumlagen, fegte er mit der Handkante fahrig zur Seite. Dann machte er einen Riesensatz zurück und blieb geschockt auf seinem Hintern sitzen. Sein Körper zitterte. Er hielt wie versteinert die Hände vor den Mund. Die Schmerzen des Sturzes waren sofort verschwunden. Adrenalin schoss durch sein Innerstes und der Puls raste. Er hatte das Gefühl, sein Herz würde jeden Augenblick stehen bleiben. Die Haut schimmerte bleich. Die Lippen zitterten, selbst die Zähne klapperten, ohne dass er es abstellen konnte. Er zog fahrig das Handy aus der Tasche seiner kurzen Radsporthose und wählte die Nummer der Polizei.

»Hallo«, lallte er. »Hallo, ich bin hier im Bürgermeister-Wald. Kommen Sie bitte, hier liegt, wenn mich nicht alles täuscht … eine Leiche«, sagte er und beendete das Gespräch. »Und ich bin nicht mal bekifft«, murmelte er leise. Jan stand auf, ließ das Bike, wo es lag, und humpelte, wie der Beamte es verlangt hatte, zum Ausgang des Wäldchens, damit sie ihn leichter finden konnten. Die Schmerzen kamen wie auf Kommando zurück, und er hoffte inständig, dass sein Rad nicht allzu viel abbekommen hatte. Da liegt 'ne Leiche und ich spekuliere darauf, dass mein Bike heil ist … Mann wie bescheuert bist du denn, Alter?

*

Charlotte Hagedorn trottete in den Eingangsbereich des Archivs.

»Bohntropp, können Sie mal herkommen?« Sie verzog sich zurück in das Turmzimmer, setzte sich auf den Stuhl am Fenster und wartete mit trommelnden Fingerbewegungen auf der Tischplatte, bis der Archivar den Raum betrat. Sein missmutiges Gesicht sprach Bände. Er wünschte sie auf den Brocken, so viel war klar.

»Na, Frau Hagedorn, sind Sie endlich fündig geworden?« Der schlaksige Mann sah sie an, als erwartete er keinerlei Antwort. Sie würde nichts Aufregendes finden, hatte er gedacht.

»Ja, ja, kommen Sie her. Ich hab da tatsächlich etwas Interessantes gefunden.« Charlotte winkte ihn schweißgebadet und mit hochrotem Kopf zu sich. Die Luft stand in dem alten Rathausgeschoss. Es roch nach einer Mischung aus Deodorant, Schweiß und altem Papier und nahm jedem Raum den Atem. Bohntropp riss an seinem Hemdkragen und sah, dass es Charlotte Hagedorn ebenfalls nicht besser erging.

»Wir sollten hier langsam Schluss machen«, sagte er. Mühsam wischte sie sich die nassen Haarsträhnen aus dem Gesicht. Die vorher so luftige Bluse klebte mittlerweile wie ein Duschvorhang an ihrem Oberkörper, und es schien naheliegend, dass sie an die frische Luft kam. »Frau Hagedorn, es wird Zeit, dass Sie hier rauskommen, sonst kippen Sie mir noch um.«

Charlotte sah ihm an, dass seine Worte gelogen waren, weil er sie anscheinend schlicht und ergreifend loswerden wollte. Sie schnüffelte bereits viel zu lange hier herum. »Ich bin gleich weg. Sie müssen mir nur noch erklären, wie es zu diesem Selbstmord kam.« Sie tippte unentwegt auf die aufgeschlagene Zeitungsseite.

»Vorsichtig bitte, das sind wichtige Dokumente.« Er warf einen flüchtigen Blick auf die Zeilen und schluckte. Seine Augenlider flackerten, als er beiläufig auf die Seite starrte. »Wie gesagt, ich weiß da nichts Genaues und werde Ihnen somit keine Auskunft geben können, selbst wenn ich wollte. Was wollen Sie denn mit diesen ganzen Informationen? Das alles liegt so weit zurück. Das interessiert keinen mehr, und Sie werden auch niemanden finden, der Ihnen irgendwas dazu sagt.« Er runzelte die Stirn. »Lassen Sie die Sache auf sich beruhen.« Bohntropp sah sie an, schlug die mindestens 20 Zentimeter dicke Akte zu und trug sie auf den Armen zurück an seinen Platz, wo er sie kopfschüttelnd im Regal verstaute.

»Wieso stellen Sie sich so stur?«, fragte Charlotte und sah ihn aus schmalen Schlitzen an, als er wieder hervortrat.

»Weil ich schlicht und einfach nichts weiß.« Damit war für ihn die Unterredung beendet und er bat sie mit einer ausladenden Geste hinaus.

Widerwillig verließ Charlotte Hagedorn das Archiv und wusste, sie hatte etwas gefunden, worüber anscheinend niemand reden wollte, was allerdings Licht ins Dunkel bringen konnte. Sie musste umgehend mit Dirk sprechen.

*

»Moin«, sagte Westermann, als er zur gleichen Zeit die Dienststelle betrat. Schnurstracks ging er auf den Schreibtisch zu, setzte sich und blätterte einen Haufen Papiere durch, der direkt vor seiner Nase lag.

»Suchst du etwas?«, murmelte Hartwig, der bereits seit einer Stunde im Büro seiner Arbeit nachging. »Ich weiß nicht, es ist, als hätte ich irgendetwas übersehen.« Dirk schüttelte den Kopf und legte die Blätter zurück. Dann betrachtete er die Pinnwand mit den Fotos und Hinweisen.

»Was stimmt da nicht? Das kann doch alles nicht wahr sein? Da liegt ein Toter im Wald behaftet mit jeder Menge DNA. Halb angefressen und erdrosselt. So etwas habe ich noch nie gesehen.« Westermann nahm sein Handy und wählte die Nummer der Gerichtsmedizin. »Habt ihr schon was Neues?«, fragte er.

Hartwig stellte ihm einen Becher Kaffee auf den Schreibtisch. »Trink mal was, du siehst ganz runzelig aus.«

Westermann dankte ihm nickend. »Was meinst *du* denn zu der Geschichte?«

»Ich?«, Hartwig zuckte mit den Schultern. »Das ist mir alles eine Nummer zu hoch. Wenn du mich fragst, ist er im Wald umgefallen und die Tiere haben … na ja, du weißt schon. Ich denke, das war ein Unfall mit einem Tier, nenn es ruhig Wolf und wir müssen den Fall zu den Akten legen. Das ist nicht unser Gebiet.«

Dirk Westermann legte den Finger auf die Lippen. Thomas Hartwig schwieg.

»Na … also tatsächlich DNA eines Lupus, ich habe es befürchtet. Die DNA-Proben sind identisch. Soso … 99,7 Prozent. Na, dann nehm ich das erstmal so hin, was immer das zu bedeuten hat. Ihr braucht für eine genaue Analyse wie lange …? Oh Mann. Schickt uns bitte mal die Auswertungen, die ihr habt. Danke!« Dirk Westermann legte sein Handy zurück auf den Schreibtisch. »Hast du gehört? Am Toten haftet die DNA von einem Wolf.«

Er schwang sich vom Stuhl, ging zum Fenster und starrte auf den Parkplatz. »Das heißt auf jeden Fall, dass wir mit ziemlicher Sicherheit keinen Schritt weiter sind. Mir gefällt das nicht. Ich glaube nicht an die Theorie, dass der Wolf den Olsen angefallen hat.«

Thomas Hartwig sah ihn an. »Und was machen wir jetzt?«, fragte er.

»Ich kümmere mich zunächst um das Umfeld dieses Herrn Olsen. Und fange als Erstes bei seiner Tochter an.« Dirk steckte sein Handy in die Hosentasche und verließ ohne ein weiteres Wort die Dienststelle. Im Flur traf er Olaf Schütt.

»Gibt es schon neue Erkenntnisse?«

»Ja und dazu brauche ich alle Informationen zu dem Landwirt Arne Olsen und seiner Familie. So wie es aussieht, ist er von einem Wolf getötet worden.«

»Das gibt's gar nicht. Nicht der Olsen!«

»Doch das gibt's, und warum nicht der Olsen?«

»Weil er einer der besten Jäger der Insel ist. Der hätte sich nicht einfach anfallen lassen.«

»Und wie bitte schön hätte er sich gegen einen Angriff dieser Art wehren können? Mit einem Ast? Wir haben nichts, aber auch gar nichts in dieser Hinsicht gefunden. Keine Waffe, keinen Ast, der darauf hinweist, dass er sich gewehrt hätte. Und dann möchte ich wissen, was er in diesem Wald zu suchen hatte.« Westermann schnaubte. Olaf Schütt schüttelte verständnislos den Kopf.

»Bitte sammle du mir die Informationen, die ich brauche. Vielleicht findest du ja was, das uns weiterbringt. Ich fahr nach Kopendorf, um mich mit der Tochter noch einmal zu unterhalten. Irgendwas ist da nicht koscher«, murmelte Dirk Westermann.

Das Diensttelefon klingelte. »Wart einen Moment«, sagte Schütt, ging in sein Büro und nahm den Hörer ab. Wortlos lauschte er dem Gespräch am anderen Ende der Leitung. »Warten Sie dort am Eingang, wir sind gleich da!« Während er blass geworden auflegte, setzte er fahrig die Dienstmütze auf und rief Becker aus seinem Büro. »Los, wir müssen zum Bürgermeister-Wald.«

»Was ist denn los?«, fragte Westermann.

»Da hat ein Fahrradfahrer einen Toten entdeckt.«

Der Hauptkommissar aus Oldenburg runzelte die Stirn und sagte: »Ich komme mit!« Schütt sah ihn entgeistert an. Und ich dachte, ich hätte Urlaub, ging es Westermann durch den Kopf.

*

»Na, junger Mann, wo haben Sie eine Leiche gefunden?«, fragte Becker kurz darauf und schob die Dienstmütze aus der Stirn, die er zuvor erst auf den kurz geschorenen Kopf gestülpt hatte.

»Kommen Sie, ich zeige es Ihnen.«

Jan Arp winkte die Männer hinter sich her und verschwand humpelnd im Eingang des Gehölzes.

Becker warf Hauptkommissar Schütt einen vielsagenden Blick zu. Er folgte dem Surfertyp und betrachtete die nähere Umgebung.

Dirk Westermann fuhr sich mit der Hand durch die weißen Haare und schritt ohne jegliche Gefühlserregung hinter den Männern her. Jan blieb abrupt stehen, sodass Schütt fast in ihn hineinlief. Wie angewurzelt stoppten die Polizeibeamten.

Sie sahen ihn an, als Becker beiläufig fragte: »Warum sehen Sie eigentlich so zerschunden aus?«, er deutete auf die blutenden Knie. »Und was hatten Sie hier überhaupt zu suchen?« Becker stemmte voller Überzeugung die Hände gegen die Hüften.

»Was ich hier zu suchen habe, geht Sie normalerweise nichts an, aber«, er stutzte, räusperte sich und murmelte: »Ich wollte nach Wulfen, mich mit meinen Kumpels treffen, aber dann habe ich mich kurzerhand entschlossen, den Weg durch den Wald zu nehmen. Wollte nicht auf der Straße fahren und ein wenig Waldluft schnuppern. Dabei bin ich ... wie Sie ja schwerlich übersehen können ... gestürzt, sonst ... sonst hätte ich ... das da ...«, er deutete auf den Busch, »gar nicht gesehen. Verstehen Sie? Mir wäre es auch lieber, ich würde jetzt ein Bierchen in der Hand halten und aufs Wasser gucken. « Er wich einen Schritt zurück, um den Beamten den Weg auf die Fundstelle freizumachen. Jan hatte sich einigermaßen gefangen und verschränkte die Arme vor der Brust.

»Das will ich mir auf keinen Fall angucken. Kann ich nicht los?«

»Sie müssen mit zur Dienststelle, damit wir den Bericht aufnehmen können. Das heißt, dass Sie entweder hierbleiben, sich das ansehen und mit uns fahren oder mit Ihrem Bike zur Wache radeln und morgen ein Knie haben, das dick wie ein Ballon ist. Sie haben die Wahl.« Schütt zeigte auf Jans Bein. Jan Arp blickte sich um, sah einen Baumstamm und setzte sich stöhnend darauf. Becker drückte sich derweil in die Büsche, stellte die Taschenlampe an und schob sie zwischen die Lippen. Dann hockte er sich hin, bog die Zweige auseinander und lenkte den Lichtstrahl der Lampe ins Gebüsch. Er konnte nichts Aufregendes entdecken und drängte sich weiter ins Unterholz. Mühsam versuchte er, das Astwerk im Zaun zu halten. Dann wich er schlagartig zurück. Die Taschenlampe fiel ihm aus dem Mund.

»Oh, mein Gott … d … das gibt's doch nicht«, stotterte er. Der Strahl der Lampe richtete sich genau auf den Punkt, aus dem sich den Männern eine bleiche Hand entgegenstreckte. »Verdammt, der Jung hatte recht«, murmelte er und krabbelte auf allen vieren auf den Weg zurück.

»Kannst aufstehen«, sagte Schütt. »Wir müssen wissen, wer das ist«, sagte er.

»Lass alles so, wie es ist«, rief Westermann. Der Hauptkommissar aus Oldenburg zog sein Handy aus der Hosentasche und wählte die Nummer der Spurensicherung.

»Na, wir brauchen euch, das volle Programm. Ja, wir haben noch einen Toten aufgefunden.« Er wusste, was das bedeutete. Irgendjemand oder irgendwas metzelte hier die Leute weg.

Sie stülpten sich alle drei Vinylhandschuhe über und untersuchten die nähere Umgebung. »Wir müssen aufpassen, dass wir keine Spuren verwischen«, sagte Westermann. »Lass uns zum Eingang zurück. Wir warten, bis die Spusi da ist.« Der Hauptkommissar wählte erneut und rief in der Dienststelle an. »Thomas, mach dich auf die Socken. Becker holt dich ab. Wir haben wieder einen Toten! An einen Zufall glaube ich nicht mehr.«

»Warum ich?«, fragte der Hauptmeister maulig. »Weil du dich hier auskennst und Becker sich im Wald verläuft.« Ein verlorenes Lächeln huschte über seinen Mund. Ihm war klar, dass es alles andere als angenehm werden würde.

Eine Stunde später rückten die Leute der Spurensicherung an und der Wald glich einem Rummelplatz. Vorsichtig wurde die männliche Leiche nach ersten Fotos unter dem Gebüsch herausgezogen. Hier waren – anders als beim ersten Opfer – keine Spuren erkennbar. Das Gesicht war in diesem Fall unverletzt und der Tote lag vollkommen bekleidet und unversehrt vor ihnen.

Becker und Schütt standen hinter den Beamten der Spurensicherung und versuchten, sich einen Einblick zu verschaffen. Westermann machte Notizen und Thomas Hartwig umlief das Gelände außerhalb des Waldes.

»Mein Gott, das ist Bruns«, rief Schütt entsetzt und trat näher an die Leiche heran. Er nahm Becker die Taschenlampe aus der Hand und leuchtete in das Gesicht des Toten. »Ich kann nichts erkennen.«

Schütt näherte sich auf dem weichen Waldboden, bis er nicht mehr weiterkonnte, und lenkte den Lichtkegel über den Körper des Bauern. »Warum liegt der hier? Was ist passiert?« Irritiert schüttelte er den Kopf.

Becker fragte: »Und was machen wir jetzt?«

Schütt betrachtete den Leichnam. »Das Einzige, was ich erkennen kann, ist, dass wir den zweiten toten Landwirt in einem Wald haben.« Er deutete auf die starr geöffneten Augen des Mannes.

Die Mitarbeiter der Spurensicherung durchforsteten das Umfeld und setzten ihre Markierungen an den Stellen, an denen sie etwas Verdächtiges fanden. Westermann zog sein schwarzes Lederbuch heraus und kritzelte aufs Papier. »Zwei Bauern! Verbindung!« Er verfolgte die Untersuchung des Fundortes. »Und könnt ihr mir erzählen, ob das hier der Tatort war?«

Der Forensiker schüttelte den Kopf. »Bin mir nicht sicher. Kein Hinweis auf eine grobe Verletzung, keinerlei Blut im Umfeld. Ich kann dir nichts sagen, selbst wenn ich wollte.« Er öffnete die Wachsjacke, um nach weiteren Verletzungen Ausschau zu halten. »Was mir auffällt, ist, dass er genauso eine Alkoholfahne hat wie der Olsen«, sagte der Gerichtsmediziner und sah Westermann an, der laut seufzte.

»Hier, hier ist was«, rief ein Beamter der KTU und deutete auf ein Gewehr, das unter einem Busch am Boden lag.

»Ist das seine Waffe?« Schütt zeigte auf Bruns.

Der Beamte zuckte die Schultern. »Es sieht nicht danach aus, als wenn er erschossen wurde. Jedenfalls kann ich keine Einschusslöcher erkennen«, sagte der Mediziner.

Westermann blickte den Toten an und strich mit der Hand über sein Kinn. Noch vor Kurzem habe ich mit ihm gesprochen und nun liegt er hier am Boden … tot. Was auch immer das zu bedeuten hat, es hängt irgendwie zusammen. Jetzt ist es erst recht wichtig, sich mit Olsens Tochter zu unterhalten.

»Ich glaube, ich fahre als Erstes zu Jette Olsen«, sagte er beiläufig. »Wo ist eigentlich Hartwig?«

»Der sitzt irgendwo und ruht sich aus«, grinste Becker.

Jan Arp, der immer noch abseits saß, mühte sich hoch, trat einen Schritt auf die Männertruppe zu. »Und was jetzt? Wer ist das?« Halbherzig deutete er auf das Gebüsch. Schütt zog die Mütze vom Kopf und kratzte sich ununterbrochen den Schädel.

»Das kann ich Ihnen nicht sagen«, antwortete der Burger Dienststellenleiter. »Aber Sie haben uns einen großen Gefallen getan.«

»Und was mache ich jetzt?«, murmelte der Biker.

»Sie fahren mit Hauptmeister Becker auf die Wache, damit Ihre Aussage aufgenommen werden kann. Ich ruf den Bestatter an, und dann sehen wir weiter. Ach so, Ihr Fahrrad nehmen wir mit.«

»Warum muss *ich* denn wieder los? Mann, ich bin doch nicht euer Taxiunternehmen!« Becker war stinksauer und trottete erneut zum Dienstwagen. »Nun kommen Sie schon«, rief er in Jan Arps Richtung.

»Und was ist mit dem Rad, Becker?«

»Sobald ihr Spuren aus der Pathologie habt, meldet euch bitte umgehend bei mir. Das ist sehr wichtig«, sagte Westermann und verabschiedete sich.

Der Gerichtsmediziner nickte und wandte sich wieder der Arbeit zu. Er öffnete die Wachsjacke des Toten, um zu sehen, ob sich darunter eine Verletzung befand. Dann stutzte er. »Dirk, komm mal.« Er winkte den Hauptkommissar zu sich, der bereits den Rückweg zu seinem Wagen angetreten hatte.

Westermann kam zurück, trat an die Leiche und hockte sich hin. »Was ist?«

»Hier, schau mal. Das sind die gleichen Bissspuren wie beim ersten Opfer, sonst nichts. Nur diese verdammten Bissspuren.« Verstört blickten sich die Männer an.

*

»Du musst kommen. Du weißt doch, dass mein Vater tot ist! Ich halte es ohne dich nicht aus.« Jette flüsterte in ihr Handy. Am anderen Ende der Leitung hörte Dietrich Jensen seiner Freundin zu. »Ich brauche dich!«, sprach sie leise. »Nein, der ist nicht da. Weiß nicht, wo der ist … war schon tagelang nicht hier … und es ist mir, ehrlich gesagt, scheißegal.« Die Wut, die sich in Jettes Körper aufbäumte, überdeckte die Trauer um ihren Vater. Wütend schrie sie ins Telefon. »Der kommt mir nicht mehr in die Quere und wird meinen Hof niemals mehr betreten, das schwöre ich! Komm bitte, ich brauch dich … ja, ich liebe dich auch.« Sie legte auf, trat zum Fenster, und dann war es, als fiele eine Riesenlast von ihren Schultern. Die Nachricht vom Tod ihres Vaters würde alles verändern. Die letzten Tage hatten sie in ein tiefes Loch gestürzt, aus dem sie langsam zurückkroch. Das, was zwischen ihnen stand, war mit einem Schlag vorbei. Und Bruns hatte endgültig verloren. Nicht nur den Hof und die Jagdgebiete, sondern auch sie. Jette atmete hörbar ein und drehte sich trotz des Todes ihres Vaters mit ausgestreckten Armen befreit im Kreis. Sie trat an das Buffet, auf dem diverse Schnapsflaschen standen. Gedankenverloren griff sie zu einem Glas und schenkte sich einen Whisky ein. Sie betrachtete das goldfarbene Getränk und trank gierig.

Mit leichten Fingerbewegungen drehte sie das geleerte Whiskyglas in ihrer Hand und füllte nach. Die Wärme, die sich in ihrem Körper ausbreitete, ließ sie seufzen. Sie rieb sich mit der Hand über den Bauch und lächelte. Dann schwang sie ihre Hüften, als wollte sie tanzen.

Ihr Handy klingelte. Mit leichtfüßigen Schritten nahm sie es vom Tisch. »Ja? … Du bist es. Ja, die Luft ist rein!« Plötzlich kicherte sie und tänzelte auf die Tür zu. Sie stolperte die Treppe hinunter, hielt sich kichernd mit einer Hand am Treppengeländer fest und öffnete die Haustür.

Sie strahlte Dietrich Jensen an, der sich immer wieder umblickte.

»Von jetzt an musst du nie mehr wie ein Dieb zu mir schleichen.«

Verwundert sah Dietrich Jette an, die eindeutig zu viel getrunken hatte. Ihre Haare hingen zerzaust im Gesicht, und der Träger ihres Tops war heruntergerutscht. Aber sie lächelte und schaute ihn aus glasigen Augen an. Lächelt so jemand, der gerade den Vater verloren hat?, fragte er sich.

Sie redete die nächste halbe Stunde ununterbrochen, bis sie völlig betrunken auf der Couch einschlief. Dietrich Jensen ließ sie und hörte ihr nur zu. Als ihr Kopf immer weiter zur Seite rutschte, nahm er die Decke aus dem Korb, legte sie hin und deckte sie zu. Dann löschte er das Licht und verließ leise ihre Wohnung.

*

Als Hauptkommissar Dirk Westermann sich am nächsten Tag nachdenklich zum Wagen aufmachte, kam Thomas Hartwig ihm entgegen. »Sag mal, wo steckst du denn?«, fragte er und schüttelte den Kopf. »Ich habe das Fahrzeug des Opfers gefunden. Ich gehe mal davon aus, dass es seins ist.«

»Schick mal die Spurensicherung hin. Ich mach mich auf den Weg zu dieser Jette Olsen. Ich glaube, die hat uns einiges mehr zu erzählen.«

Hartwig nickte und stiefelte zum Pulk der Polizeibeamten. Wieder ein Fall, bei dem es nicht mit rechten Dingen zugeht. Alles verworren, undurchsichtig und irritierend, dachte Hartwig und schaute seinem Vorgesetzten hinterher.

*

Dirk fuhr eine knappe halbe Stunde später auf den Hof der Olsens. Alles schien friedlich. Es war dunkel geworden. Das Gutshofgebäude wurde von unzähligen Kandelabern beleuchtet. Bedächtig stellte er den Motor aus und betrachtete eingehend das mehr als großzügige Anwesen. Für einen Moment ließ er es auf sich wirken. Dann stieg er aus. Nachdenklich schritt er auf dem kiesbelegten Boden dem Eingang zu und verursachte mit seinen Schuhen ein knirschendes Geräusch. Er drückte auf den Klingelknopf.

Es dauerte einen Augenblick, dann erschien Jette Olsen in der Diele. Sie öffnete die Tür und sah Westermann fragend an. »Ja?« Mit dem Kommissar hatte sie ganz offensichtlich als Letztem gerechnet. Es war ja erst einige Zeit her, seit er das letzte Mal hier gewesen war.

»Darf ich reinkommen?«, fragte er und machte Anstalten, in den Flur einzutreten, während er sie eingehend betrachtete. Sie trug nichts außer einem kurzen Höschen und einem Top.

»Ja, aber was gibt's denn so spät? Ich wollte gerade schlafen gehen.« Sie gähnte und presste demonstrativ die Hand gegen den Mund. »Das war doch alles ein wenig viel.«

Westermann wusste, dass es nicht stimmte, was sie ihm weiszumachen versuchte. Sie benimmt sich überhaupt ziemlich eigenartig, dachte er. »Ich muss mit Ihnen reden. Es tut mir leid. Das duldet keinen Aufschub! Darf ich?« Er deutete ins Innere des Hauses.

Widerwillig bat sie den Kommissar hinein. Sie schlurfte in Flipflops voran und wies ihm im Wohnzimmer einen der Stühle zu, die an dem antiken Esstisch platziert waren. Westermann zog die Lehne zurück und setzte sich.

»Es ist besser, wenn Sie sich ebenfalls setzen«, sagte er und sah Jette abwartend an. Sie nahm ihm gegenüber Platz.

»Und? Was gibt's so Dringendes, dass Sie mitten in der Nacht aufkreuzen?«

»Erst mal ist es nicht mitten in der Nacht und …«, es schien, als legte Westermann sich die nächsten Worte genau zurecht, »und es gibt eine weitere schlechte Nachricht, die ich Ihnen überbringen muss.«

Jette guckte den Kommissar erstaunt an. »Nun reden Sie schon«, rief sie aufgebracht. »Was ist passiert?«

»Ihr Verlobter …«

»Was ist mit ihm?« Sie sprang vom Stuhl auf und starrte Dirk Westermann an.

»Er … er ist tot! Wir haben ihn tot aufgefunden.« Der Kommissar fuhr sich mit der Hand über den Dreitagebart und beobachtete sie eingehend. Es schien, als wollte er ihre Mimik genauestens erfassen.

»Tot? Was ist passiert? Ich verstehe das nicht!« Im Schein der Lampe nahm er wahr, wie sie blass wurde, oder täuschte er sich?

»Genaues können wir nicht mit Bestimmtheit sagen. Aber nach ersten Untersuchungen wurde er getötet.

Ein Radfahrer hat ihn im Bürgermeister-Wald entdeckt. Mehr kann ich Ihnen zu diesem Zeitpunkt nicht mitteilen.

Die Spurensicherung durchleuchtet den Fundort und Ihr Verlobter wird in der Gerichtsmedizin untersucht. Dann können wir Ihnen hoffentlich mehr sagen. Es tut mir leid!« Jette Olsen sank zurück auf den Stuhl. Ihr Blick schien entrückt. Sie senkte ihren Blick und hielt sich an der Tischkante fest. Die blonden Locken fielen nach vorn und bedeckten ihr Gesicht. Sie verschleierten die Gesichtszüge, sodass Westermann ihr Mienenspiel nicht deuten konnte. Er erhob sich. »Brauchen Sie Hilfe? Soll ein Arzt Ihnen etwas zum Schlafen verschreiben?«

Die Gutshoftochter schüttelte den Kopf.

»Nein, ich komme allein zurecht. Danke!«, hauchte sie und nahm ihre langen Haare in die Hand. Gedankenverloren blickte sie auf die Haarspitzen.

»Kann ich jemanden anrufen, der sich um Sie kümmert?«

»Nein, es geht schon.« Langsam erhob sie sich, schlich voraus und begleitete den Hauptkommissar zur Tür. Er verabschiedete sich und reichte ihr eine Visitenkarte. »Wenn Sie Hilfe brauchen, rufen Sie mich an – jederzeit!«

Sie nickte und nahm ohne jegliche Gefühlsregung die Karte. Dann schloss Jette die Tür. Dirk Westermann blieb im Lichtschatten des Hauses stehen und warf einen Blick zurück in die Diele, in der das Licht erlosch.

Irgendwas stimmt hier nicht. Wieso bricht sie nicht in Tränen aus? Es war, als wäre sie erleichtert. Da ist was mächtig faul!

Als er im Wagen saß und über die groteske Situation nachdachte, klingelte sein Handy.

NÄCHSTER MORGEN

Auf der Titelseite des Tageblattes stand am folgenden Morgen die nächste schockierende Mitteilung.

Weiterer Toter aufgefunden.
Ein Fahrradfahrer entdeckte gestern Abend im Bürgermeister-Wald eine männliche Leiche. Nach ersten Hinweisen handelt es sich um einen Landwirt aus dem Inselwesten. Nähere Umstände des Todes sind bisher nicht bekannt.

»Das glaube ich nicht«, rief Jürgen Hansen, als er auf die erste Seite des Tageblattes starrte. Er blickte in die Runde und sah sich von Campingfreunden umgeben, die ihn wiederum erstaunt anschauten.

»Was gibt's denn in der Zeitung so Aufregendes? Du bist ja ganz blass um die Nase geworden«, lachte Heiner, der seinen Wohnwagen gleich nebenan stehen hatte. Die Familien trafen sich häufiger am Tag zur gemütlichen Runde und fingen meistens mit einem ausgiebigen gemeinsamen Frühstück an.

»Jetzt haben sie schon wieder eine Leiche in einem der

Wälder hier gefunden.« Er sprang auf. »So Leute, wir reisen ab. Das wird mir zu bunt.«

»Nun bleib mal entspannt. Wir wissen doch gar nicht, warum der im Wald lag. Vielleicht hatte der einen Herzinfarkt.« Heiner grinste und schenkte sich Kaffee nach.

»Wenn du das mitverfolgt hättest, wüsstest du, dass sie eine übel zugerichtete erste Leiche gefunden haben und ein … Wo …«, man konnte Jürgen Hansen ansehen, dass er das Wort »Wolf« nicht aussprechen wollte, »wildes Biest hier sein Unwesen treibt. Was, wenn dieses Tier die Männer …«

»Ach du spinnst doch! Man kann das Ganze auch maßlos übertreiben.« Heiner schüttelte unverständig den Kopf. »So schnell haut man nicht ab. Ihr habt noch volle drei Wochen hier.« Er zeigte mit der Hand über den Platz.

»Nix, wir fahren ab. Los Leute, packen! Keine Widerrede!«

Jürgen hatte so laut gesprochen, dass sogar die umliegenden Camper lauschten.

»Kann ich das Tageblatt auch mal haben?«, rief Anne Möller und stemmte sich aus ihrem Campingstuhl hoch. Die vollschlanke Dame saß im mintgrünen Bikini am Frühstückstisch und stapfte auf ihren Campingnachbarn zu, der ihr wortlos die Zeitung reichte. »Meinste wirklich, dass ein Wolf die abgemurkst hat?«

»Na ja, umgebracht will ich nicht gesagt haben. Aber unsere Kinder spielen den ganzen Tag unbeaufsichtigt draußen. Soll ich sie anbinden? Nein, keine Widerrede, wir fahren!« Seine Frau erhob sich ebenfalls, zog die Stirn kraus und folgte ihrem Mann wortlos in den Wohnwagen. Jeder konnte hören, dass sie nicht mit der Reaktion ihres Mannes einverstanden war.

Die beiden acht- und zehnjährigen Kinder blieben wie angewurzelt auf ihren Stühlen sitzen, und es schien, als verstünden sie nicht, worum es in der Diskussion ging.

Die anderen schauten sich verdutzt an und frühstückten abwinkend weiter. Sie bemerkten nicht, dass umliegende Camper bereits mit gepackten Taschen vor den Wohnwagen standen und Gepäckstücke in ihren Wagen verstauten. Als Anne Möller zu Ende gelesen hatte, blickte sie hoch und nahm die allgemeine Unruhe auf dem Platz wahr.

»Kalle meinste nicht, datt wir och abhauen sollten? Ick hab keene Lust, Frühstück von eem Wolf zu werden. Det Problem ham wa schon jenuch in Brandenburg, wa?« Kalle nickte, stopfte den Rest des Brötchens in den Mund und schwang seinen wohlgenährten, in einer mintfarbenen Badehose steckenden Körper in die Höhe.

»Ja Schatzi, lass mal 'nen Abflug machen, wa?«

*

In Burg standen die Leute zur gleichen Zeit auf dem Marktplatz zusammen und tuschelten. Die meisten von ihnen hielten Zeitungen in den Händen. Es wurde diskutiert und lamentiert, die wildesten Hypothesen aufgestellt und auf die Verantwortlichen der Insel geschimpft.

»Warum unternehmen die nichts gegen das Tier? Das nimmt immer mehr überhand. Jetzt treiben die schon auf Fehmarn ihr Unwesen.« Der Mann Mitte 50 schimpfte lauthals und drehte sich ständig um, damit die Herumstehenden sehr wohl jedes Wort mitbekamen. Die Gruppe schimpfender Touristen vergrößerte sich zusehends.

Im Rathaus standen einige Mitarbeiter am weit geöffneten Fenster des ersten Stocks und beobachteten neugierig den Tumult, der sich unter ihnen auf dem Marktplatz zusammenbraute.

»Ich geh da jetzt hin und schau, was los ist«, sagte Heinrich Wendt, krempelte die Hemdsärmel hoch und eilte die Steinstufen hinunter. Ihm war nicht wohl bei dem Gedanken, sich mit aufgebrachten Bürgern auseinandersetzen zu müssen. Hastig griff er an den Hemdkragen, zerrte ihn vom Hals und öffnete den ersten Knopf. Die Luft schien knapp zu werden. Ihm war bewusst, worum es in dieser hitzigen Diskussion ging. Er und seine Kollegen hatten das Tageblatt früh am Morgen genauestens studiert. Aber da der Bürgermeister selbst nicht für die Art von Menschenauflauf zuständig war, sah Wendt sich verpflichtet, nach dem Rechten zu sehen. Er öffnete das Eingangsportal und stieg die Treppen hinab. Mutig schritt er an die immer größer werdende Menschentraube heran.

»Guten Morgen. Kann ich irgendetwas für Sie tun? Ich bin Mitarbeiter im Rathaus und habe gesehen, dass Ihnen etwas nicht behagt.«

»Sie sind schuld, dass es so weit gekommen ist«, schrie der Rädelsführer der Meute. Viele Anwesende nickten erbost.

»Woran haben wir Schuld?«, hakte Wendt nach, wohlwissend, um was es sich handelte. Sein Kehlkopf hüpfte auf und ab, und kleine Schweißperlen benetzten seine Stirn.

»Nun tun Sie doch nicht so, als wüssten Sie nicht, dass hier zwei Männer in den letzten Tagen von einem Wolf gekillt worden sind. Sie tun nichts dagegen!« Die Frau, die dies sagte, bekam einen roten Kopf und starrte Wendt angriffslustig an. Sie verschränkte die Arme vor der Brust, sah bestätigend in die Menge und dann mit zusammengekniffenen Augen wieder zu Wendt. Die Menschen, die um sie herum standen, nickten.

»Zum einen wissen weder Sie noch ich, wieso die Männer tot sind. Zum anderen ist nicht bewiesen, dass sich auf unserer Insel ein Tier dieser Art aufhält. Das ist völliger Blödsinn! Und wenn doch … sind die Jäger informiert und überprüfen den Sachverhalt akribisch. Es gibt keinen Wolf auf Fehmarn!« Wendt wusste, dass das gelogen war, aber ihm fiel keine akzeptablere Antwort ein. Er wusste, dass es seit Wochen gefährliche Anwandlungen einiger Jäger und Bauern gab. Die Anrufe mehrten sich täglich. Allerdings gehörten diese Interna eindeutig nicht auf den Marktplatz. »So, meine Damen und Herren. Ich denke, es wurden genug Mutmaßungen angestellt. Lassen Sie uns vernünftig sein und gehen Sie weiter.« Die Kollegen beobachteten Wendt durch das geöffnete Fenster.

Hannelore Jahnke raufte sich den Haarschopf. »Wenn das da unten mal gutgeht?« Sie griff nach dem Mobiltelefon. »Für alle Fälle!«

»Wissen Sie eigentlich, wie gefährlich das mittlerweile ist? Wir sind aus Niedersachsen und da geben sich diese Viecher die Pfoten in die Hand, so viele sind es inzwischen. Und glauben Sie mir, ich weiß, wovon ich rede.« Der Tourist schrie und Speichel lief sein Kinn hinunter.

»Aber …«, wollte Wendt entgegnen.

Der Mann mittleren Alters hob die Faust und rückte näher an den Rathausmitarbeiter heran. Die anderen Leute folgten ihm. »Jetzt will ich Ihnen mal was sagen«, rief er lautstark mit einem scharfen Unterton, der Wendt eine Gänsehaut den Rücken hinunterjagen ließ. »Ich habe einen Freund in der Nähe von Deutsch Evern. Der ist Schäfer und hat viele Tiere. Dem haben Sie in einer Nacht mehr als 20 davon gerissen!« Die umliegenden warfen ihre übellaunigen Bemerkungen in das Gespräch ein.

»Ja, bei uns sind zehn Schafe gerissen worden.«

»Bei uns vier«, schrie ein weiterer.

Wendt schluckte und griff sich an den Hals. Das aggressive Verhalten der Menschenmenge, das sich mit jedem Satz steigerte, behagte ihm nicht.

»Nun ist gut«, wurde der Verwaltungsangestellte lauter. »Das ist ja alles schön und gut. Aber es hat überhaupt nichts mit unseren Toten zu tun. Und jetzt bitte ich Sie ein letztes Mal: Gehen Sie auseinander, sonst muss ich die Polizei rufen!« Er zog sein Handy aus der Hosentasche, als der Anführer der Gruppe ohne Vorwarnung auf ihn zustürmte und ihn am offenen Kragen packte. Geistesgegenwärtig wählte seine Kollegin Hannelore Jahnke, die das Spektakel am offenen Fenster verfolgte, die Nummer der Burger Dienststelle.

Der Mann schüttelte Wendt durch und drohte ihm: »Wenn Sie nicht augenblicklich etwas unternehmen und den Leuten reinen Wein einschenken, dann können Sie mich kennenlernen. Wir machen hier unseren sauer verdienten Urlaub und Sie haben für die Sicherheit der Gäste zu sorgen. Dafür bezahlen wir gutes Geld und jede Menge Kurtaxe!« Der Gast stieß Wendt so hart zurück, dass er ausrutschte und mit dem Kopf auf das Katzenkopfpflaster knallte.

Benommen richtete er sich auf und keuchte mit schmerzverzerrtem Gesicht: »Das wird für Sie ein Nachspiel haben! Eine Anzeige wegen öffentlichen Ärgernisses und Körperverletzung ist Ihnen sicher. Die Leute hier können das alles bezeugen.« Er hielt sich den Hinterkopf, an dem eine Beule anschwoll.

»Wir haben gar nichts gesehen«, keifte die Frau, die sich vor wenigen Minuten pöbelnd bemerkbar gemacht hatte und immer noch mit verschränkten Armen dastand. »Sorgen Sie für unsere Sicherheit, sonst reisen wir alle ab. Dann sollen Sie mal sehen, wer hier das Nachsehen hat! Das ist keine gute Werbung für Ihre *Sonneninsel*.« Sie nickte heftig und war sich der grölenden Menge sicher, unter denen sich immer mehr Fehmaraner eingefunden hatten.

»Meine sehr verehrten Gäste. Ich bitte Sie! Ich werde mich persönlich darum kümmern, dass wir Aufklärungsarbeit leisten und Sie alle informieren, sobald wir selbst mehr wissen.« Wendt rückte ein paar Schritte zurück, als er spürte, dass die Meute mit der Antwort nicht zufrieden war.

»So, und jetzt ist Schluss!«, hörten die Anwesenden aus heiterem Himmel eine kräftige Stimme, die keinen Widerspruch duldete. Olaf Schütt schob sich durch die Leute und gesellte sich zu Heinrich Wendt, der mit hochrotem Kopf alles versucht hatte, die Menge ruhigzustellen, während er sich den schmerzenden Hinterkopf rieb. Fahrig klopfte er den Schmutz von seiner verdreckten Hose und rubbelte sich die aufgescheuerten Handinnenflächen. »Wir beruhigen uns und gehen wieder unserer Wege«, wollte er die Menschentraube auseinandertreiben. Schütt war froh, dass die Kollegin ihn angerufen hatte. Dies hätte Wendt nicht allein bewerkstelligen können.

Schütt sah den lädierten Rathausmitarbeiter an und fragte mit finsterer Miene: »So, und wer ist dafür zuständig?« Der Polizeibeamte deutete auf den Mitarbeiter der Stadt und warf einen wütenden Blick in die Meute. Die Frau, die vorhin lautstark für den aggressiven Touristen in die Bresche gesprungen war, zeigte nun mit dem Finger auf ihn. Anschließend verzog sie sich und trat den Rückweg in die sichere Menschenmenge an.

»Dann kommen *Sie* mal zu mir und die anderen gehen wieder Ihrer Wege. Ist das klar? Wir regeln das! Da machen Sie sich mal keine Sorgen.« Die Versammlung löste sich raunend und laut pöbelnd langsam auf und strömte in alle Himmelsrichtungen auseinander.

»Und Sie geben mir Ihren Namen und Ihre Adresse. Das geht so nicht! Sie haben einen Angestellten der Stadt tätlich angegriffen. Das wird teuer!«

»Was wollen Sie denn, da steht doch Aussage gegen Aussage.« Er grinste und blickte über den leeren Marktplatz. »Wenn Sie das Wolfsproblem nicht zügig in den Griff bekommen, sind Sie zudem Ihre Urlauber los. Was ist schlimmer?«

»Her mit dem Ausweis!«, wies Schütt erneut in seine Richtung. Der Mann zückte die Ostseecard und reichte sie widerwillig dem Kommissar, der sich Namen und Unterkunft notierte. »Ausweis … bitte!«

Der Mann nahm die Kurkarte zurück und riss sie in mehrere Teile und warf sie auf den Marktplatz. Er reichte dem Polizisten widerwillig den Ausweis und sagte: »Mich sehen Sie auf dieser verdammten Insel nicht wieder!«

»Das ist Ihre Sache«. Schütt machte sich Notizen, als aus dem Fenster Hannelore Jahnke rief. »Und wir haben alles gesehen!«

Der Mann schaute nach oben, erblickte die Mitarbeiterin des Rathauses, und seine Miene verfinsterte sich. Als er sich umwandte, um den Ort zu verlassen, sagte Schütt: »Und den Schnitzelkram auf dem Boden, den nehmen Sie bitte mit.«

Unter die Menge hatten sich unversehens Leute gemischt, die sich äußerst zurückhaltend im Hintergrund verhielten. Aus den umliegenden Städten angereiste Fotografen sowie Presseleute sämtlicher überregionaler Sender, die ihre Kameras aufgebaut und die Episode bereits im Kasten hatten.

Sie waren durch die Pressemitteilungen der letzten Tage und Wochen hellhörig geworden und hatten ihre Teams auf die Insel geschickt. Eine Jägertruppe, die sich Informationen darüber erhoffte, wo das Tier gesichtet worden sein sollte – und die ersten Naturschützer, die eilig ihre Transparente entrollten, sich formierten und lautstark gegen jede Art von Übergriffen auf den vermeintlichen und schützenswerten Wolf demonstrierten. Mittlerweile sah es so aus, als ob das Tier mit den Tötungen in Verbindung gebracht wurde und dies längst nicht das Ende der Fahnenstange sein würde.

NÄCHSTER VORMITTAG

»Was machst du denn so früh hier?« Katrin sah verwundert in Dirks Gesicht, als sie die Tür öffnete. Da stand der Mann ihrer Träume in verwaschener Jeans und Polo-shirt vor ihr. Seine Augen strahlten und bildeten einen wunderbaren Kontrast zu den weißen, welligen Haaren, in denen die Lesebrille steckte. In der Hand hielt er eine Brötchentüte.

»Ich hatte eine ungeheure Sehnsucht nach meinem Mäd-chen«, sagte er und nahm sie in den Arm. Dirk drückte sie wie ein Ertrinkender mit der freien Hand an sich und ver-schloss ihre Lippen mit einem langen Kuss. Sie umfasste sein Gesicht, kraulte die Bartstoppeln und schob ihn von sich.

»Was ist denn los?«, fragte sie. Katrin stand abwar-tend im Eingang und befreite sich aus seiner Umarmung. Dirk Westermann betrachtete sie eingehend. Wie süß sie in ihrem Pyjama aussieht, dachte er. Wie ein kleines Mäd-chen. Sie fuhr sich durch die langen brünetten und völ-lig zerzausten Haare, die ihr Gesicht umrahmten. Dirk griente. Sie gähnte und zog den Kommissar in die Wohnung. »Aber mal ehrlich, was willst du denn schon so früh hier? Mit dir habe ich gar nicht gerechnet. Obwohl, ich freue mich sehr.« Sie schaute auf die große Uhr im Wohnzimmer, die gerade sieben anzeigte.

»Sehnsucht, sagte ich doch.« Dirk grinste und schob sie in das Wohnzimmer. »Du musst jetzt ganz stark sein. Wir haben«, er seufzte und schien nicht zu wissen, wie er es ihr beibringen sollte. »Mein Urlaub, so scheint es auf jeden Fall, ist fürs Erste vorbei.« Katrin sah ihn erstaunt an.

»Was heißt das?« Ihre Mundwinkel verzogen sich augenblicklich. »Wir wollten doch heute …«

»Süße«, er suchte nach Worten, »wir haben einen weiteren Toten gefunden. Und es sieht nicht mehr danach aus, als handelte es sich um Unfälle oder Herzinfarkte. Ich glaube mittlerweile in beiden Fällen an Tierrisse eines Wolfes oder, und das gefiele mir noch viel weniger, an Mord!« Dirk Westermann hatte versucht, diesen Begriff nicht verwenden zu müssen, aber es deutete alles darauf hin. »Es war eindeutig ein Toter zu viel.«

Katrin sank auf das Sofa und kauerte sich in die Ecke der Couch. Sie wusste nicht, was sie von der Geschichte halten sollte.

»Bist du böse?«

»Ach wo, ich gewöhne mich langsam an den Gedanken, den Mann meiner Träume mit allen möglichen Leichen teilen zu müssen. Aber erzähl mir doch mehr davon. Wenn du kannst.« Natürlich war ihr klar, dass Dirk bei der Mordkommission war und dass er seinen Job über alles stellte, und trotzdem war sie der Meinung, dass gerade *er* den Urlaub bitter nötig brauchte.

»Wen hör ich denn da? Wer ist tot?«, kam eine unverkennbare Stimme von der Terrasse. »Mein Lieblingskommissar.« Charlotte kam barfuß, in Jogginghose und weitem Shirt ins Wohnzimmer und wollte Dirk die Hand reichen.

Er ließ sie unbeachtet und nahm die Miss Marple von der Insel einfach in die Arme. Dabei zog er ihren Zopf, der knapp über die Schulter reichte, aus Versehen nach hinten.

»Au, au, willst du mich umbringen?«, rief sie theatralisch und strahlte ihn gleichzeitig an.

»Oh, das wollte ich nicht.« Augenblicklich ließ er sie los. »Meine liebe Charlotte! Wie ich sehe, genießt du bereits das schöne Wetter.« Er deutete auf die Außenterrasse.

»Ja, ja, wer ist nun tot? Du musst mir alles haarklein erzählen.« Aufgeregt wie ein Schulmädchen zog sie ihn nach draußen. »Und ich hab uns Frühstück gemacht. Ich hoffe, du hast die Brötchen dabei?« Lächelnd hob er die Tüte in die Höhe, die er zuvor auf dem Wohnzimmertisch abgelegt hatte, und schwenkte sie durch die Luft. »Na, dann pass mal auf, dass wir die nicht gleich vom Boden essen müssen. Kaffee oder Tee?«

»Kaffee, du weißt doch, dass ich meinen Geist hellwach halten muss. Und du weißt auch, dass ich dir eigentlich nichts erzählen darf!«

»Eigentlich, eigentlich. Aber du weißt auch, dass ich …«

»Wann bist du denn aufgestanden?«, unterbrach Katrin das Geplapper ihrer Tante und sah ihren Freund von der Seite an. »Und wieso hat Charlotte schon Frühstück gemacht, von dem du mehr weißt als ich?«

»Ich weiß gar nicht, ob ich überhaupt geschlafen habe. Ich bin für einen Moment auf der Couch eingedöst, hab mich geduscht und bin zu dir geeilt, meine Liebste. Und warum deine Tante Frühstück gemacht hat?« Er zwinkerte ihr schelmisch zu. »Das weiß der liebe Herrgott.«

»Haha, brauchst gar nicht so einen Wind zu machen«, murmelte sie und warf eines der Kissen nach ihm. Dirk duckte sich und sah ihr an, dass sie nicht besonders gut gelaunt war. Katrin musste plötzlich lächeln, als sie ihn dort auf dem Fußboden kauern sah.

»Komm, meine Süße, lass uns zusammen frühstücken, dann sieht die Welt schon wieder ein bisschen besser aus. Vielleicht löst sich alles schnell auf und ich hab dann rund um die Uhr nur noch Zeit für dich.«

»Wer's glaubt.« Katrin setzte sich ungewaschen und ungekämmt an den Frühstückstisch.

»Willst du dich nicht erst mal frisch machen?«, fragte Charlotte erstaunt.

»Nöö, warum sollte ich? Ich möchte doch wissen, was Dirk so beschäftigt«, antwortete sie.

Die Sonne schien noch nicht auf die nach Süden ausgerichtete Terrasse, aber die Wärme war überall spürbar.

»Es wird wieder so ein heißer Tag werden wie die vorherigen. Das Thermometer zeigt jetzt schon 26 Grad an. Das ist ja kaum auszuhalten.« Charlotte deutete auf den Hydrometer an der Außenwand und wischte sich ein paar Schweißperlen von der Stirn. »Und 80 Prozent Luftfeuchtigkeit!« Sie stöhnte und biss herzhaft in eines der Brötchen, das sie mit Butter und Honig bestrichen hatte. Dirk Westermann lächelte. Sie frühstückten ausgiebig, ohne dass der Fall zur Sprache kam.

»Der Kaffee schmeckt wunderbar«, sagte Dirk.

»Na, dann will ich mich mal duschen«, sagte Katrin nach einer halben Stunde und stand auf. »Ihr findet mit Sicherheit in der Zwischenzeit ein Thema, das euch die Zeit vertreibt.«

Sie schob ihren Stuhl zurecht und tapste mit nackten Füßen in die Wohnung, nicht ohne Dirk einen ausgiebigen Kuss auf dem Mund zu hinterlassen. Mühsam wischte er sich die Reste von Nutella von den Lippen.

»So, erzähl, was ist los? Was sollte der Hinweis, dass du etwas Wichtiges herausgefunden hast?« Er hatte nicht ein Wort darüber verloren, dass Miss Marple von der Insel ihn gestern, als er im Wagen saß, angerufen hatte. Dirk wollte Katrin nicht beunruhigen. »Rede, liebe Charlotte. Wir haben nicht unendlich Zeit und ich möchte nicht, dass Katrin von diesem Gespräch etwas mitbekommt. Wenn sie wüsste, warum ich so früh gekommen bin, erschlägt sie uns beide – und ich könnte es wirklich verstehen!« Dirk Westermann sah die Tante seiner Liebsten an, setzte sich so, dass sie ihm direkt ins Gesicht sehen musste.

»Noch einen Kaffee?«, fragte sie süffisant und goss ihm gleichzeitig den Becher voll.

»Charlotte Hagedorn!«

»Ja, ja, ich mach ja schon. Also, ich bin in den letzten Tagen im Stadtarchiv gewesen und hab mich mit der Historie des Gutshofes Olsen befasst.« Sie biss erneut in ihr Honigbrötchen und versuchte den herunterlaufenden Honig mit der Zunge von ihrem Kinn zu lecken. »Ich habe bisher nichts herausgefunden, aber ich glaube, dass wir dort auf das Geheimnis dieser Familie stoßen. «

Westermann sah sie erstaunt an. »Ich versteh nicht ganz.« Dirk schüttelte den Kopf und fuhr sich mit der Hand über den Bart.

Charlotte rutschte nervös auf dem Stuhl hin und her. »Na, verstehst du nicht? Vielleicht hat da jemand wegen einer alten Sache richtig Hass auf ihn gehabt und ihn deshalb ermordet. Und im Archiv gibt es eine Antwort.«

»Stopp, stopp. Und das ist für dich so wichtig, dass du mich herbestellst? Das ist doch wohl äußerst fragwürdig.«

Erneut schüttelte er den Kopf. »Warum sollte jemand nach so vielen Jahren Hass auf ihn haben und ihn umbringen? Außerdem vergisst du die zweite Leiche.«

»Na ja, es sind schon Leute wegen weniger ums Leben gekommen«, murrte sie. »Außerdem, wer sagt denn, dass Arne Olsen ermordet wurde? Bisher haben wir nur herausgefunden, dass er unter mysteriösen Umständen ums Leben kam, nicht dass er ermordet wurde. Dafür gibt es bisher keine Beweise.«

»Aber du hast doch gerade selbst gesagt, dass ein zweiter Toter aufgefunden wurde, ein bisschen viel Zufall, wenn du mich fragst. Wer war denn das jetzt überhaupt, der zweite Tote?«

»Charlotte, du bringst mich in Teufels Küche.«

»Aber, das weiß doch niemand, dass ich es weiß, außer du erzählst es jemandem. Bleibt alles in der Familie.« Charlotte Hagedorn grinste.

»Du gibst ja doch nicht eher Ruhe, bis ich es dir erzählt habe. Bruns, Michael Bruns. Außerdem weiß es mit Sicherheit schon die halbe Insel.«

»Siehst du! Da kann ja was nicht mit rechten Dingen zugehen. Das ist doch der zukünftige Schwiegersohn vom alten Olsen.«

»Du hast recht, aber das muss gar nichts miteinander zu tun haben. Wir haben da eine ganz andere Vermutung.«

»Erzähl, erzähl schon.« Charlotte sprang vom Stuhl auf und tippelte über die Terrasse.

»Wie du dich entsinnen kannst …«, er blickte erneut in das Wohnzimmer und horchte, ob Katrin in der Nähe war. »Wir glauben fast, dass dieser Wolf, der sich hier auf der Insel herumtreibt, das angerichtet hat.«

Charlotte blieb fassungslos stehen. »Wie kommt ihr

denn darauf? Ein Wolf hat zwei Männer ermordet! Seid ihr von allen guten Geistern verlassen?« Sie tippte sich mit dem Finger gegen die Stirn.

»Charlotte Hagedorn. Du wolltest unsere Hypothesen wissen, die nenne ich dir und da kannst du doch nicht …«

»Warum sollte er das getan haben?«, wunderte sich Charlotte.

»Sehr wahrscheinlich, das ist meine Vermutung, wollten die beiden Männer, die ja bekanntlich Jäger sind, wie du weißt, diesen Wolf fangen oder vielleicht sogar erlegen«, flüsterte er.

»Aber das ist doch verboten!«

»Ja, so ist es, meine Liebe. Deshalb ja auch nachts. Oder was meinst du, warum sie im Dunkeln unterwegs waren? Normalerweise jagt man, soweit ich weiß, am Tag.« Westermann leerte den Becher und stellte ihn leise zurück auf den Tisch.

»Kein Wolf tötet zwei erwachsene Männer … niemals!« Erbost rannte Charlotte über die Terrasse und schnaubte wie ein Walross. »Das ist Blödsinn. Der sucht sich sein Futter ganz woanders. Was soll er mit zwei alten, zähen Kerlen? Die sind gar nicht sein Beuteschema. Habt ihr denn Waffen gefunden?«

Jetzt musste Westermann lachen. »Na ja, eine bei dem Bruns. Vielleicht wollte er ihn angreifen und hat ihn in die Enge getrieben. Mit einem Gewehr auf Jagd, das kann in die Hose gehen«, antwortete er. »Aber wir sind am Anfang unserer Ermittlungen. Lass mal das Schnüffeln und genieße deine Zeit in der Sonne und am Strand. Hast du nicht genug erlebt in den letzten Jahren?«

»Das musst du gerade sagen. Wieso bist *du* denn schon wieder an einem Fall auf der Insel?«

»Weil es mein *Beruf* ist!«

»Und meine *Berufung*«, konterte Charlotte. »Alleine schafft ihr das ja doch nicht!« Sie setzte sich und schluckte den Rest ihres Brötchens hinunter. Anschließend spülte sie mit Pfefferminztee nach.

»Meine Miss Marple, du kannst gar nicht anders.«

»Außerdem habe ich, glaube ich, sein Versteck entdeckt«, sagte sie.

»Wessen Versteck?«, fragte Westermann hellhörig. »Das des Wolfes natürlich. Ich hab dir doch von der Fotosession erzählt und dir die Losungen und Knochen gegeben. Die habe ich aus seiner Höhle. Ergo, der Wolf frisst keine Männer! Oder hast du in den Proben ein Gebissteil entdeckt?«

Im Wohnzimmer bewegte sich etwas.

»Wir sprechen uns noch.«

»Na, habt ihr euch gut unterhalten?«, fragte Katrin und steckte ihre Hände in die Taschen ihrer kurzen Jeans, als sie die Terrasse betrat. Ihre langen Haare hatte sie zu einem Knoten geschlungen.

Dirk hatte ihr gegenüber ein schlechtes Gewissen und stand auf. »Süße, ich seh zu, dass ich den Fall so schnell wie möglich kläre. Ehrenwort!«

Der Kommissar hauchte der jungen Frau einen zarten Kuss auf die glänzenden Lippen. Dann nahm er sie zärtlich in die Arme. Dieses Mal ließ sie es geschehen. Sie hatte ihm längst verziehen. Wieso auch nicht? Sie kannte seinen Beruf und wusste, dass es kaum einen pflichtbewussteren Menschen als ihn gab. Schweren Herzens würde sie ihn ziehen lassen.

»Vielleicht geht es ja schnell und … ich hab ja diese Woche Zeit für dich eingeplant. Nächste Woche laufen die Hochzeiten wieder auf Hochtouren. Ich habe dann drei Brautpaare.« Sie freute sich über die vielen Anfragen in ihrem Büro und hatte alles sorgfältig vorbereitet. Katrins Handy klingelte. Sie nahm es von der Anrichte und schaute auf die Nummer. »Unterdrückt«, sagte sie nur und nahm an. »Hallo? … Sven? … du bist auf der Insel? … Ich glaub's ja nicht. Ja, lass uns …«, sie stockte. »Ich ruf dich zurück, wenn du mir deine Nummer schickst, ich kann grad nicht.« Sie drückte den roten Hörer und errötete augenblicklich. »D… das war Sven, ich glaub es nicht. Er ist hier und will sich mit mir treffen.« Sie stotterte. Charlotte sah sie ungläubig an. Dirk kannte nur vage Andeutungen, was die Beziehung zu diesem Surfer anging. Katrin wollte nicht über ihren Verflossenen sprechen. Umso erstaunter war er, wie vertraut sie am Telefon mit ihm sprach. Sein Gesicht sah angespannt aus und er sah sie fragend an. Mit einem Kuss verabschiedete er sich. Ein unangenehmes Gefühl in seiner Magengegend machte sich breit. Sie weiß, was sie tut und ich vertraue ihr …

*

»Wir können nicht weiter zusehen, wie uns das Viech die Tiere von der Weide holt. Jetzt ist's genug!« Winfried Markmann schlug während der Jagdversammlung mit der Faust auf den Tisch. »Einmal hab ich mich abhalten lassen. Nun ist Schluss.« Fast alle der anwesenden Jäger nickten.

Hanno Albers stand auf. Seine Wangen waren eingefallen und er war blass. Er war einer der Geschädigten und wollte, dass das Töten endlich aufhörte. »Ja, wir müssen ihn jagen und vergrämen!«

»Ja, aber der ist zu gerissen. Der lässt sich nicht einfach vertreiben. Da müssen wir schon härtere Geschütze auffahren«, antwortete Markmann und öffnete eine Bierflasche. Er nahm einen großen Schluck und stellte die Flasche zurück auf den Tisch.

»Nun setz dich wieder. Das wird heute ausdiskutiert!«, rief Walter Jacobsen und rückte seine schwarzgerahmte Brille zurecht.

»Nun bleibt mal alle ganz ruhig! Wir müssen taktisch vorgehen. Mit Jagen allein ist es nicht getan. Bis wir ihn gefunden haben, sind wer weiß wie viele Tiere tot«, mischte sich Etech ins Gespräch.

»Und was schlägst du vor, Schlaumeier?« Markmann gefiel es nicht, wie Tim Etech an die Sache heranging. »Hast du nicht mitbekommen, dass Arne und Michael tot sind?« Er stieß wütend mit dem Stiefel gegen das Tischbein.

»Um den Bruns ist es nicht schade«, flüsterte Jacobsen.

»Was hat das denn damit zu tun?«, fragte Etech geradeheraus und schüttelte verständnislos den Kopf.

»Das Viech hat die beiden auf dem Gewissen, da bin ich mir sicher! Seitdem die Männer tot sind und die Schafe gerissen wurden, ist die Hölle los«, schnaubte Markmann. Er hatte einen hochroten Schädel, und ein Rinnsal Feuchtigkeit lief ihm von der fast kahlen Kopfplatte. »Warum sind die denn sonst mit den Repetierbüchsen in den Wald?«

»Wieso die? Bei Bruns hat man ein Gewehr gefunden, bei Arne nicht.«

»Woher weißt du das?«, fragte Jacobsen.

»Hab so meine Beziehungen«, grinste Markmann.

»Trotzdem, was wollten die nachts im Wald? Das Tier auf eigene Faust erlegen? Ihr solltet wissen, dass das unter Strafe steht«, wandte Etech ein.

»Wo kein Kläger, da kein Richter«, pöbelte Markmann. »Wir hätten das Vieh auch erledigt und vor der Brücke

vergraben.« Ein Raunen fegte durch die Gruppe der orts-
ansässigen Jäger.

»Ich bin mir sicher, dass der Wolf *nicht* dafür verantwortlich ist, was mit den beiden passiert ist«, sagte Tim
Etech. »Wer weiß, vielleicht ist alles eine Verkettung
unglücklicher Zufälle. Der Wolf holt sich erstens keine
Schafe, wenn es genug Wild gibt, andererseits …«

»Andererseits, gibt es hier eindeutig zu viele Tote«,
schrie Markmann. Tim holte Luft, zog die Augenbrauen
hoch und sprach weiter.

»Wir haben weder Informationen von der Polizei noch
irgendwelche anderen Beweise, die darauf hinweisen, dass
der Wolf etwas damit zu tun hat. Unsere Tiere, die müssen wir schützen, das hat oberste Priorität«, sagte er und
hoffte, dass der von ihm eingeladene Gast bald auf der
Bildfläche erscheinen würde. Die Sache schien langsam,
aber sicher aus dem Ruder zu laufen.

»Ihr habt sie doch nicht mehr alle. Ich bin dafür, dass
wir uns in zwei Gruppen aufteilen und ihn treiben. Wir
müssen ihn nur aus seinem verdammten Versteck locken,
dann läuft er uns direkt in die Arme«, schmetterte Markmann durch den Raum.

»Und womit willst du ihn anlocken?«, fragte Hans-Werner Kropp, der ebenfalls nicht begeistert davon war, dass
ein Wolf auf der Insel sein Unwesen trieb.

»Wir werfen ihm Aas direkt vor die Füße. Ihr wisst
doch, dass sie ihre Beute bis zu zwei Kilometer weit wit-
tern können. Wir brauchen nur ein paar Beutetiere in die
Wälder zu legen und siehe da«, er klatschte in die Hände,
»Peng!« Markmann grinste und öffnete die nächste Flasche Bier. Die Tür ging auf, und ein etwa 40-Jähriger betrat
in Begleitung von Tierarzt Doktor Wendt den Raum. Der

Mann war nicht groß, zirka 1,70 Meter und hatte lockige, braune Haare. Sein Körper war von schlanker Statur, und er sah die Jäger durch dunkle Augen freundlich an.

»Guten Abend, meine Herren. Entschuldigen Sie, wenn ich mich verspätet habe, aber ein Unfall auf der A 1 hat mich aufgehalten.« Der Mann hielt eine Aktentasche unter dem Arm und sah sich fragend um. Tim Etech stand sichtlich erleichtert auf und bewegte sich auf ihn zu.

»Das ist Herr Sauerberg. Er ist Wolfsberater und wird euch darüber informieren, was wir tun können, damit unsere Tiere sicher sind.« Die Blicke verhießen nichts Gutes, aber das hatte sich Tim bereits im Vorfeld gedacht. Er wusste, dass es nicht leicht sein würde, die Meute zu beruhigen.

»Ach, das wird ja immer besser«, wütete Markmann. »Jetzt hat der feine Herr Etech sich auch noch Verstärkung von ganz oben besorgt.«

In diesem Moment öffnete sich erneut die Tür. Der Bauer und Schafsbesitzer Hinnerk Baumgarn betrat ebenfalls den Raum, in dem es lautstark zur Sache ging.

Markmanns hochroter Kopf schien jeden Augenblick zu platzen. »Es reicht mir. Sagt doch auch mal was«, rief er und schaute seine Kollegen schnaubend an. Betreten sahen die anderen zu Boden. Walter Jacobsen stand auf und hob beschwichtigend die Hand.

»Ich glaube, genau wie Winfried, dass wir hier keine Hilfe brauchen. Das können wir sehr gut alleine regeln.«

»Meine Herren«, sagte Theo Sauerberg gelassen. »Nun beruhigen Sie sich alle und setzen Sie sich hin. Ich will Ihnen doch nichts Böses. Ich möchte Sie nur dahingehend beraten, was Sie in Ihrer Situation tun können, damit kein weiterer Schaden angerichtet wird.« Sauerberg zog sich den Stuhl an der Stirnseite heran und setzte sich seelenruhig. Er öffnete seine Aktenmappe und zog einen Ordner heraus. Wendt setzte sich daneben und schwieg.

Hinnerk Baumgarn schlich sich an den aufgebrachten Männern vorbei, griff den letzten freien Hocker neben Tim Etech und setzte sich wortlos.

Hallmann und Friedrich, die sich geschickt jeder Meinungsäußerung enthielten, tuschelten miteinander. Und Ralle Tessmann, der anscheinend zwischen allen Stühlen saß, nickte fortwährend, weil Winfried Markmann eindeutig der Rädelsführer war, mit dem er es sich nicht verscherzen wollte.

»Das habt ihr euch fein ausgedacht. Ein kleiner Vortrag, ein paar Ratschläge und dann sitzen wir wieder allein und halten den Ball flach?« Er schnaufte und nahm einen Schluck Bier. Seine Augen blickten mittlerweile glasig in die Runde. »Ich mach da nicht mit. Walter, sag du endlich was. Mensch Leute, das geht uns alle an!«

»Ja, mit ein paar Zäunen ist uns nicht geholfen. Dieses Vieh tötet weiter. Weiß jeder, dass er sich von einem lächerlichen Gatter nicht abhalten lässt. Wir können die Tiere nicht einsperren!« Walter Jacobsens Gesicht überzogen hektische Flecken. »Vielleicht fragt mal jemand den Kollegen, dem die ganzen Schafe abhandengekommen sind. Kann sich eigentlich einer vorstellen, welchen immensen Schaden der Wolf angerichtet hat? Wieso hat er so viele Tiere auf einmal getötet? Das sind Existenzen, die hier zerstört werden! Wer bezahlt das alles?« Jacobsen hatte sich zur Freude von Markmann in Rage geredet und schlug mit der Hand unentwegt auf die Tischplatte. Seine Brille rutschte ihm über die schweißnasse Nase und er schob sie alle paar Sekunden zurück.

»So, zur ersten Frage«, sagte Sauerberg. »Dass der Wolf Schaden angerichtet hat, bestreitet niemand. Sie müssen sich das so vorstellen. Hier wird einem der größten heimischen Beutegreifer Europas das Essen auf einem Silbertablett serviert. Es ist nur logisch, dass er sich die äußerst anstrengende Jagd spart und sich auf diesem Weg bedient. Wobei mittlerweile nicht einmal sicher bewiesen ist, dass er sich an Schafen vergeht, wenn genügend Wild vorhanden ist. Es gab schon Aufnahmen, da ist ein Wolf an eingezäunten Weidetieren vorbeigelaufen, ohne dass er sich dafür interessierte. Das ist belegt! Aber ich kann Ihre Angst gut verstehen.«

»Das gibt's doch nicht«, schrie Markmann.

»Lassen Sie mich bitte weiterreden. Ich habe es Ihnen auch zugestanden. Die Jagd nach Beute verzehrt unheimlich viel Kraft eines Wolfes. Diese wird geschont, indem er sich des *Silbertablettes* bedient. Stellen Sie sich vor«, er sah Markmann von Kopf bis Fuß an, »stellen Sie sich vor, Sie müssten Ihre Beute immer noch jagen und erlegen. Plötzlich steht jemand vor Ihnen und serviert Lachs vom Feinsten auf eben diesem Tablett. Wie würden Sie reagieren? Weiter jagen oder zugreifen?«

»Ich esse keinen Fisch, und überhaupt. Was ist das für ein blöder Vergleich? Jeder würde sich das nehmen, was ihm unter die Nase gehalten wird.«

Sauerberg zog wissend die Augenbrauen zusammen und sah Markmann an, dem im gleichen Moment die Gewichtung seiner Aussage bewusst wurde.

»Das kann man überhaupt nicht vergleichen«, zog er sich wutschnaubend mit hochrotem Kopf aus der Affäre.

»Ja, genau meine Meinung«, rief Kropp und stierte den Wolfsberater durch zusammengekniffene Augen an. »Mal angenommen, er nimmt sich *nur*, was er braucht, nur mal angenommen. Warum reißt er dann 20 Schafe auf einmal? Das ist doch irre! Die frisst der im Leben nicht.« Er tippte mit dem Finger gegen seine Stirn.

»Nein, macht er auch nicht. Er tötet genau genommen auf Vorrat und für magere Zeiten, in denen Futter rar ist, und wenn sich die Möglichkeit bietet. Schließlich muss er sich für Weidetiere nicht einmal übermäßig anstrengen. Im Normalfall ist die Jagd, wie schon gesagt, für einen Wolf immens kräftezehrend, und er muss manchmal extrem weite Strecken zurücklegen, um an Beute zu gelangen. Das ist nicht der Fall, wenn er sich so leicht bedienen kann. Mal davon ausgehend, dass der Wolf meist in einem Rudel lebt, so versorgt er die jungen Tiere im Verband. Es wird dann auf Reserve getötet. Das Aas wird zum Teil verscharrt und bei Bedarf hervorgeholt.«

Die Spannung im Raum war explosiv und knisterte spürbar, als würde gleich eine Bombe hochgehen.

»So, nun beruhigen wir uns mal wieder und ich beantworte Ihnen gern die zweite Frage.« Er schluckte. »Haben Sie eventuell ein Wasser für mich?«, fragte er Tim Etech, der nickte und ihm ein Glas vor die Nase schob. Dann öffnete er eine Wasserflasche und goss ihm ein.

»Tut mir leid, ist wahrscheinlich genauso aufgeheizt wie die Stimmung hier«, flüsterte Etech.

»Macht nichts. Danke. Also Sie fragten, wer den Schaden bezahlt. Es ist so, dass in diesem Fall der Herr Baumgarn für jedes getötete Schaf eine Ausgleichszahlung bekommt. Das ist gesetzlich so festgelegt. Er muss also faktisch keine Angst haben, dass ihm die Existenz entzogen wird. Allerdings wird auch Herr Baumgarn sich mit den Gegebenheiten abfinden müssen und seine Tiere geschützt auf die

Weide lassen.« Jetzt griff er zur Mappe und zog Fotos heraus. »Hier sehen Sie *eine* Möglichkeit, den Wolf abzuwehren. Einen Lappenzaun. Diese roten Stoffteile sind an einer festen Schnur fixiert, sodass sie frei im Wind flattern können. Das hält die Beutegreifer auf Abstand. Zusätzlich sollte auf Dauer ein Elektrozaun installiert sein. Der Wolf lernt durch den Strom, dass es verdammt wehtut, sich den Tieren auf der Weide zu nähern. So wird er vergrämt und zieht sich zurück. Diese Maßnahmen werden in anderen Ländern seit vielen Jahren erfolgreich eingesetzt, die Kosten für eine derartige Grundausstattung größtenteils vom Land erstattet. Für die Folgekosten muss dann der Eigner selbst aufkommen. Wir wissen, dass hierfür andere Gesetze geschaffen werden müssen, die ganz klar regeln, wie die Landwirte finanziell geschützt werden. Aber so ist die Gesetzeslage leider noch nicht.«

»Das ist doch alles Lüge«, schrie Markmann. »Ein befreundeter Schafzüchter aus Niedersachsen wartet nach einem halben Jahr immer noch auf seine Entschädigung! Das ist Spinnkram. Ihr wollt uns verarschen und manövriert mit eurer Hinhaltetaktik. Ja, das ist eure Scheißpolitik!« Theo Sauerberg ließ den Mann toben und fuhr fort, als wieder Ruhe einkehrte.

»Kann ich? Ich weiß, dass dieses *sehr* spezielle Thema für die, die davon betroffen sind, nicht unbedingt zu verstehen ist. Aber – und ich meine es ernst – wir müssen versuchen, uns mit dem zurückgekehrten Wolf zu arrangieren, so schwer sich das für einige Anwesenden anhören mag. Es ist einfach, sich all dessen zu entledigen, was uns nicht in den Kram passt. Wir haben den Tieren ihre Lebensräume genommen und sie verdrängt. Aber die Natur lässt sich nicht austricksen. Wir haben seit Menschengedenken mit dem Wolf gelebt, und es ist an uns, einen Weg zu finden, um die Balance wieder herzustellen.« Sauerberg leerte sein Glas in einem Zug. Der Ordner hatte mittlerweile Hinnerk Baumgarn erreicht, der das Infomaterial längst kannte und sich mit eben diesen Lappenzäunen ausgestattet hatte.

»Was halten Sie von Herdenschutzhunden?«, warf er in den Raum. Alle sahen ihn von der Seite an und dann wieder zum Wolfsberater. Die Unterhaltung glich einem Schlagabtausch ohne Netz.

»Das kann ich Ihnen genau sagen. Der Herdenschutzhund ist ein geniales, wenn auch nicht zu unterschätzendes Tier, um auf Dauer die Wölfe von den Weidetieren fernzuhalten. Sie brauchen einen oder mehrere Welpen, die zwischen den Schafen aufwachsen, sie als ihresgleichen ansehen und sich ansonsten nur an den Schafsbesitzer gewöhnen. Oder ein bereits sehr gut ausgebildetes Tier. Das ist kein Familienhund! Das meinte ich damit, dass ein Herdenschutzhund nicht zu unterschätzen ist. Er wird sich nur auf eine Bezugsperson konzentrieren. Außerdem ist er für Spaziergänger und Fahrradfahrer immer mal wieder eine unangenehme Randerscheinung.«

»Warum?«, wollte Tim Etech wissen, der die Arme vor der Brust verschränkt hielt und sich die ganze Zeit zurückgehalten hatte.

»Weil er darauf ausgerichtet ist, die Herde zu schützen, und sobald jemand in die Nähe der Weide beziehungsweise der Tiere kommt, schlägt er lautstark an und verteidigt diese vehement. Aber die Leute kommen ja mit einem Schrecken davon. Dennoch, ein gut ausgebildeter Herdenschutzhund ist für jeden Besitzer von Schafen oder Kühen eine ernstzunehmende Bereicherung.«

Alle sahen sich sprachlos an. »Abschließend kann ich nur sagen: Wenn wir versuchen, miteinander einen adäquaten Weg zu finden, sollte es uns gelingen, mit dem Wolf in Einklang zu leben. Er ist ein schützenswertes Tier, das es allein geschafft hat, sich in unserer Welt seinen Platz zurückzuerobern. Wir alle sind aufgefordert, daran mitzuarbeiten.« Sauerberg machte eine Pause, um Gesagtes sacken zu lassen. »Haben Sie sonst noch Fragen?« Er erfasste die Runde und hoffte, dass der erste Sturm sich gelegt hatte.

»Wir reden hier immer nur von Weidetieren. Was ist, wenn er sich eines der vielen Kinder holt, die hier jedes Jahr Urlaub machen. Ich habe gelesen, dass in Spanien und Indien mehrere von ihnen Wölfen zum Opfer fielen.«

Markmann starrte den Wolfsberater angriffslustig an. »Na, jetzt fehlen wohl *Ihnen* die Worte?«

Sauerberg stieß einen Seufzer aus. Die anderen Männer warteten schweigsam darauf, was er erwidern würde. Man hätte in diesem Moment eine Stecknadel fallen hören können. Die Luft war durch die angespannte Atmosphäre zum Schneiden dick.

»Also, zum einen scheinen Sie sich ja informiert zu haben, was an sich schon ein erster hilfreicher Schritt ist. Zweitens zum Thema ›Angriff auf Menschen‹. Das ist … lassen Sie es mich so erklären: Die Kinder waren in Gebieten mit wenig Wild und Weidetieren das schwächste Glied. Wie etwa in Indien, wo mehrere von ihnen tatsächlich von Wölfen angegriffen und getötet wurden.« Auf einmal ging ein Raunen durch die Menge. Sauerberg hob die Hand und sah entspannt in die Runde. »Lassen Sie mich bitte weitersprechen. Sehr wahrscheinlich hing es damit zusammen, dass in diesen armen Regionen der Bestand an

Wild wie auch Weidetieren äußerst gering war und Wölfe gelernt hatten, dass Kinder leichte Beute waren. Aber der Mensch ist im Allgemeinen wenig oder kaum gefährdet, selbst wenn das für Sie banal klingen mag. Die Tiere haben uns Menschen gegenüber noch immer diese natürliche Scheu. Wir können sie nicht dominieren, aber sie respektieren uns. Sie wollen uns nicht gefallen, aber auch nicht angreifen. Punkt!«

Es war still im Raum. Niemand sagte etwas. Es schien, als hätte der Wolfsberater die richtigen Worte gefunden. Dann sprach er weiter.

»Ich will nichts beschönigen. Es sind wilde Tiere. Angreifen könnten sie, wenn sie in die Enge getrieben und bedroht werden oder Tollwut hätten. Die allerdings in West und Mitteleuropa, außer bei Fledermäusen, nicht mehr nachgewiesen wurde.«

»Aber das könnte jederzeit wieder passieren, oder?«

Jacobsen versuchte, Sauerberg aus dem Konzept zu bringen. »Könnte natürlich wieder aufflammen, ist aber zurzeit kein Thema. Aber darum geht es in diesem Augenblick eher nicht. Ich sage es noch einmal: Wir müssen versuchen, mit dem Wolf ein Agreement zu treffen, das für alle Beteiligten ein vernünftiges Miteinander ermöglicht.«

»Wenn mir eins von den Viechern vor die Flinte läuft, weiß ich, wie mein Agreement aussieht.« Markmann sprang auf, sah den Wolfsberater durch schmale Schlitze an und verließ wütend den Raum.

»Dazu kann ich nur sagen, dass es a verboten und b keine adäquate Lösung ist. Wenn Sie noch Fragen haben, können Sie mich jederzeit anrufen. Ich denke, für heute ist alles gesagt.« Er zog ein paar Visitenkarten aus der Mappe und legte sie wortlos auf den Tisch. Dann steckte er seine Unterlagen zurück in die Aktentasche, grüßte kurz und verließ mit Tim Etech ebenfalls den Raum.

»Und jetzt?«, fragte Hans-Werner Kropp.

TAGE SPÄTER

Das rote Fahrrad stand vor der Eingangstür, als Charlotte Hagedorn ihren Rucksack schulterte und die Kamera umhängte. Sie wollte sich auf den Weg nach Kopendorf begeben, um weitere Untersuchungen anzustellen. Irgendetwas stimmte mit dem Hof nicht. Was immer es mit dem Tod der beiden Männer zu tun hatte, sie würde es herausfinden. Sie setzte die Sonnenbrille auf, rückte ihre luftige, mit Sonnenblumen bedruckte Bluse zurecht und stieg auf. Das rosa Cap sollte ihre Kopfhaut vor den Sonnenstrahlen schützen. Sie musste lächeln, als sie an einige männliche Urlauber dachte, denen sie in der Altstadt begegnet war und die aussahen, als hätte ihnen jemand die Schädeldecke abgefackelt. Die Männer, die meist wenig Oberhaar ihr eigen nannten, erinnerten sie an den Film »Kevin allein zu Haus«, in dem ein Junge einem Einbrecher mit dem Bunsenbrenner die Kopfhaut versengt hatte. Genauso sahen diejenigen aus, die nicht hören wollten und die Sonnenstrahlung am Meer unterschätzten. Charlotte schmunzelte, stieg aufs Rad und trat in die Pedale. Der morgendliche Schwung und ihre unersättliche Neugier trieben sie voran. Die Sonne schien heute Morgen um sieben strahlend vom Himmel, und sie wusste, dass es erneut ein überaus warmer Tag werden würde. Sie wollte in Kopendorf sein, bevor es zu heiß war. So könnte sie spätestens gegen Mittag wieder zurück sein.

Die fast 13 Kilometer lange Strecke kannte sie wie ihre Westentasche. Etwa eine Dreiviertelstunde, dann wäre sie vor Ort. Sie hoffte, dass um diese Zeit niemand auf dem Gutshof anzutreffen war. Die Tochter, das hatte sie herausgefunden, betreute die Ferienhäuser und Wohnungen, die an den Hof grenzten. Aber heute war Mittwoch, und mit Sicherheit würde Jette Olsen wie viele Insulaner auf dem Markt ihre Einkäufe tätigen. Charlotte strampelte unermüdlich und erreichte wenig später Strukkamp. Um Gold machte sie nach wie vor einen großen Bogen. Zu abscheulich waren die Erinnerungen an diesen Ort. Wäre Dirk nicht gewesen …

Sie fuhr Richtung Westerbergen und stieg am Deich vom Rad. Für einen Moment stakste sie den Wall hinauf und lenkte ihren Blick auf den Warder. Sie beobachtete die dümpelnden Boote im knietiefen Wasser. Charlotte hielt die Hand über die Augen, um in der Entfernung den Leuchtturm besser wahrnehmen zu können. Sie wusste, dass bei Sonnenuntergang hier die schönsten Fotos entstanden.

Sie atmete die warme Luft tief in ihre Lungen und bummelte zurück zum Rad. Sie wollte weiter, um die Orther Reede herum nach Lemkenhafen. Immer wieder stieg sie auf ihrer Tour vom Fahrrad, um Fotos zu schießen. Obwohl sie Tausende in ihrem Computer verwahrte, verlor sie sich immer wieder neu in jedem Anblick und war der festen Überzeugung, dass genau dieses Motiv in ihrer Sammlung fehlte.

Dann hatte sie Kopendorf erreicht. Ein Dorf, in das sie sich sofort verliebt hatte, als sie vor vielen Jahren auf die Insel zog. Es war zauberhaft. Ein hutzeliger Dorfteich, mit einer eigenen kleinen Erhöhung, auf der ein Entenhäuschen seinen Platz gefunden hatte. Rundherum standen liebevoll angestrichene und mit bunten Blumen fantasievoll gestaltete Häuschen und große alte Bauernhöfe. Ein bisschen außerhalb des Ortskerns lag der Gutshof der Olsens, wohin ein schmaler Weg Charlotte führte.

Die prachtvolle Einfahrt auf den Hof erstaunte sie. Warum war ihr das Gebäude nie zuvor aufgefallen? Sie stieg vom Rad und schob es neben sich her. Sie beäugte das große Areal und schaute, ob jemand sich auf dem Hof aufhielt. Es waren jede Menge Leute auf dem Grundstück. Um diese Uhrzeit? Dann erinnerte sie sich daran, dass Hochsaison war. Viele Helfer, die dem Gutshof zu dem verhalfen, was es ausstrahlte. Die Tochter des Hofes konnte sie allerdings nirgends entdecken. Sie hatte den Namen von Jette Olsen gegoogelt und ein Foto von ihr gefunden. So hatte sie zumindest eine Ahnung, mit wem sie es zu tun hatte. Charlotte Hagedorn stellte ihr Fahrrad am Straßenrand ab und betrat die Einfahrt. Zwischen all den Menschen fiel sie nicht weiter auf. Sie bewegte sich zielsicher und schritt wie ein Tourist über den Weg. Tat so, als gehörte sie hierher, zückte immer wieder ihre Kamera und schoss jede Menge Fotos.

»Hallo, kann ich etwas für Sie tun?«

Charlotte blieb augenblicklich stehen. Meine Tarnung ist aufgeflogen. Wie ein ertapptes Schulkind drehte sie sich der Stimme zu, die aus dem Eingang des Wohnhauses kam.

Einen Moment stockte sie, dann hatte sie den Schreck verwunden und ihre Selbstsicherheit wiedergefunden. »Ich, moin.« Schließlich sprudelten die Worte nur so aus ihr heraus. »Ich bin Fotografin und … und bestaune dieses wunderschöne Anwesen.« Wie gut, dass ihr Gesicht unter dem Cap im Halbschatten lag.

So konnte die junge blonde Frau nicht sehen, dass Charlotte errötete, weil sie gerade gelogen hatte. Das ist also Jette Olsen, die ihren Vater und ihren Verlobten verloren hat. Sie betrachtete die Gutsbesitzerin, die in kurzer weißer Jeans und T-Shirt vor ihr stand. Eindeutig, das ist sie. Allerdings sieht sie nicht gerade nach Trauer aus.

»Es tut mir leid, wenn ich hier so ungebeten eingedrungen bin«, versuchte Charlotte die Situation zu retten, »aber ich liefere Fotos und recherchiere für ein Wohnmagazin und suche die schönsten Gutshöfe der Insel.« Es entstand eine zeitschindende Pause. »Ihrer gehört eindeutig dazu«, schmeichelte sie der jungen Frau, die sie abschätzend beobachtete. »Es wäre nett, wenn ich mich noch ein wenig umsehen dürfte?« Fragend sah Charlotte die Gutshoftochter an, die ihre Hände lässig in die Hosentasche steckte.

»Von mir aus. Ich dachte, Sie kämen von der Zeitung.«

»Zeitung, wieso Zeitung?« Charlotte tat, als verstünde sich nicht und sah Jette Olsen ungläubig an. »Magazin, Wohnmagazin Land und Lebenslust«, log sie, ohne mit der Wimper zu zucken. »Warum sollte ich denn von der Zeitung sein? Sehe ich wie eine Journalistin aus? Dafür bin ich wohl schon ein wenig zu alt, meinen Sie nicht?« Charlotte war in ihrem Element.

Jette Olsen lächelte, schüttelte mit dem Kopf und wollte wieder im Haus verschwinden, als ein etwa 30-jähriger Mann hinter sie trat, mit den Händen ihre schmale Taille umfasste und ihren Nacken küsste. Schroff wies sie ihn zurück. »Lass das, bist du verrückt?«

Eilig verschloss sie die Tür. Was war das denn? Sie hat gerade erst ihren Verlobten verloren … Charlotte lief weiter über den Hof. Ihrer Mimik war anzusehen, dass sie grübelte.

Dieses Früchtchen. Aber das kriege ich raus. Hat sie selbst vielleicht …? Zu abwegig! Wer bringt schon seinen eigenen Vater und Verlobten – so abgebrüht sah das Blondchen gar nicht aus.

Charlotte Hagedorn betrachtete weiterhin das Grundstück und schoss ihre Fotos. Immer wieder versuchte sie durch die Fenster ins Innere zu linsen, um Verdächtiges zu entdecken. Aber leider war das die einzige Begegnung mit der Gutshofbesitzerin. Als sie nicht länger herumlungern konnte, ohne auffällig zu werden, verließ sie schweren Herzens das Gutsgelände.

✳

»Bist du verrückt?«, schrie Jette von Sinnen, als sie die Tür hinter sich geschlossen hatte.

»Wieso, du hast doch selbst gesagt, dass uns nichts mehr trennen kann. Warum stehst du denn jetzt nicht zu mir?«

»Weil du dir sehr wohl denken kannst, dass sie mich auf jeden Fall in der nächsten Zeit im Visier haben. Mann, da ist nicht nur mein Vater ums Leben gekommen! Verstehst du das nicht. Bruns ist ebenfalls tot.« Jette fuhr sich durch die blonde Mähne und biss sich auf die Unterlippe.

»Aber du hast doch gar nichts damit zu tun, oder? Hast du?« Dietrich Jensen verengte die Augen zu schmalen Schlitzen und sah sie fragend von der Seite an.

»Was denkst du von mir? Bist du nicht mehr dicht? Warum sollte ich? Wenn du das glaubst … dann … ich

dachte, wir ...« Sie stockte. »Ich dachte, du liebst mich.«
Die junge Frau trat an ihren Freund heran und sagte gefährlich leise: »Wenn du wirklich an mir zweifelst, dann ist es
besser, du verschwindest!«

NOCH DREI TAGE SPÄTER

Die Fotos der beiden Toten hingen an der Pinnwand. Ebenfalls Bilder der Weide, auf der die getöteten Schafe lagen, und mehrere Aufnahmen der Waldflächen, in denen die Männer aufgefunden worden waren.

»Wir haben mittlerweile alle Spuren, die eindeutig auf einen Wolf hinweisen, der nicht nur Schafe gerissen hat, sondern sich auch an den Toten zu schaffen gemacht hat. Aber hat er sie wirklich getötet? Oder waren es nur perfide Zufälle, die zeitgleich eingetreten sind? Ich weiß es nicht«, sagte Dirk Westermann ratlos und schaute an die Pinnwand. Immer wieder schob er seine Brille vom Kopf vor die Augen und zurück, als könnte er dadurch Klarheit über die Sicht der Problematik erlangen. Thomas tippte einen Bericht in den Computer und warf ebenfalls einen Blick auf die Wand. »Das ist doch absolut unmöglich, dass dieser Wolf das angerichtet haben soll. Ich glaub das alles nicht. Wenn du mich fragst, sind das erfundene Ammenmärchen. Angstmacherei. Das allseits berüchtigte Rotkäppchen-Syndrom«, erwiderte der Hauptkommissar.

Thomas Hartwig biss auf den Kugelschreiber und kaute

darauf herum. Dirk Westermann zog die Pfeife aus der Hosentasche, steckte sie in den Mund und entzündete sie. Angestrengt verschränkte er die Arme vor der Brust und schaute zu Hartwig, als wenn er Antworten erwartete. Der Rauch seiner Pfeife stieg in die Luft und machte das Klima nicht gerade angenehmer.

»Ich bin selbst ratlos, wenn du mich fragst«, sagte Thomas, hüstelte und fragte gleichzeitig. »Und was ist das Rotkäppchen-Syndrom?«

»Das überlieferte Märchen vom bösen Wolf, das ein liebes Mädchen vernascht haben soll und den Menschen auch heute noch Angst einjagt«, entgegnete Dirk trocken.

Hartwig winkte ab. »Die toten Schafe lasse ich mir gefallen, aber dass ein Wolf die Männer … nee, daran glaube ich einfach nicht«, untermauerte Thomas die These seines Kollegen.

»Was ist, wenn tatsächlich beide umgebracht wurden?«, warf Westermann in den Raum und nahm einen tiefen Zug.

Hartwig sah Dirk Westermann ratlos an, der kleine Kringel in die Luft blies. »Aber gehen wir mal sachlich an die Geschichte ran. Was, wenn wir es hier mit Mord und nicht mit Unfall durch Tierbiss zu tun haben? Wer kommt in Betracht, die beiden getötet zu haben?« Westermann sah die Kollegen an. »Wer hätte Interesse, die zwei um die Ecke zu bringen? Hatten sie Feinde? Warum gerade die zwei? Wir brauchen ein Motiv!«

»Der Bruns war nicht gerade ein beliebter Zeitgenosse«, sagte Schütt, der in dem Moment ins Zimmer trat.

»Warum nicht?«, fragte Thomas.

»Der hat sich mit jedem angelegt, der ihm im Weg stand. Musste immer die erste Geige spielen. Meiner Meinung nach hatte er nur Interesse an dem Hof!«

»Das ist ja jetzt Geschichte«, entgegnete Westermann.

»Vielleicht der Jacobsen«, sagte Schütt und zerrte an seinem Hemdkragen.

»Wer?«, fragte Dirk den Kollegen der Burger Dienststelle.

»Walter Jacobsen, der war 'ne ganze Zeit hinter der Jette her. Die haben sich auf einem Fest ihretwegen mal richtig derbe in die Haare bekommen. Da mussten wir hin und die Burschen auseinanderbringen. Bruns landete damals in der Ausnüchterungszelle und Jacobsen in der Inselklinik. Das war eine Keilerei, kann ich euch sagen.«

Er räusperte sich und trat zur Kaffeemaschine. »Noch jemand?«

Westermann nickte und schrieb den Namen Walter Jacobsen an die Wand. »Sonst irgendwer, der für uns wichtig sein könnte?«

»Nee, im Moment fällt mir niemand ein. Der Arne war zwar herrisch, aber nicht unbeliebt. Der hatte eben immer den Hof im Blick. Das hat nicht jedem gefallen. Der war froh, dass der Bruns seine Tochter heiraten wollte. Damit konnte er sich langsam, aber sicher zurückziehen. Nein, der war in Ordnung!«

»Ist der Gutshof schon immer in Familienbesitz?«

Schlagartig wurde Olaf Schütt still und sah an Westermann vorbei aus dem Fenster. »Denk ich«, murmelte er, sah beiläufig aus dem Fenster und räusperte sich erneut.

Dirk sagte bewusst nichts, obwohl er mittlerweile mehr wusste, als er zugab. Er malte mit dem Stift einen dicken Kreis um den Namen Jette Olsen.

»Was ist mit ihr? Sie ist augenscheinlich die Person, die die meisten Vorteile aus dem Ganzen zieht. Erbt einen riesigen Gutshof, Geld ist wahrscheinlich reichlich vorhanden und …«

»Auf jeden Fall die Tochter!«, sagte Thomas Hartwig.

Der Hauptkommissar nahm einen Stift und unterstrich ihren Namen an der Pinnwand doppelt. »Wer noch?«, wollte Westermann wissen, als Schütt lauthals rief:

»Sie ist die Leidtragende in der Geschichte. Sie hat schließlich ihren Vater verloren. Weißt du eigentlich, wie viel Arbeit in so einem Hof steckt? Ferienwohnungen, Ferienhäuser und Pferde. Der Bruns wäre die Hilfe gewesen, die sie gebraucht hätte. Alleine wäre das nicht machbar gewesen. Jetzt muss sie völlig allein da durch. Nein, das kann nicht dein Ernst sein, Dirk. Ich halte sie für unschuldig.«

»Wir müssen aber alle Möglichkeiten in Betracht ziehen«, sagte Thomas Hartwig und stand auf. Sein Poloshirt mit dem schwarz-weiß-blauen Emblem seines Fußballclubs auf der Brust wies auf dem Rücken und auf dem Bauch große feuchte Flecken auf.

»Du solltest dir ein anderes Shirt anziehen«, grinste Westermann. »Außerdem, du weißt ja, ich würde mir überlegen, ob ich das überhaupt nochmal trage. Jetzt, wo sie in der zwei …«, er schwieg.

Die Tür wurde aufgerissen und unterbrach jäh seine Gedanken. Jasper Veit kam ins Zimmer gestürmt. »Ihr müsst sofort los, der Etech hat angerufen. Die Jäger rotten sich zusammen und wollen eine Treibjagd veranstalten.«

»Wo?«, rief Westermann.

»Im Waldgebiet von Flügge.«

*

Eine frische Brise zog am gleichen Nachmittag über die Ostsee. Der kühle Wind streichelte ihr Gesicht und brachte die nötige Abkühlung. Die Hitze der letzten Tage und Wochen hatte Insulaner und Gäste mürbe werden lassen. Hier am Strand von Westermarkelsdorf tummelten sich Wellenreiter und glitten über die sich auftürmenden Wellen. Katrin zog es ins Wasser, aber sie wollte warten, bis Sven da war.

Sie hatten sich fast drei Jahre nicht gesehen. Leichtes Kribbeln durchzog ihren Körper. Wie er wohl aussieht? Ob er immer noch … aber natürlich. Sie nahm an, dass er genauso blendend aussah wie bei ihrer Trennung. Sie lehnte sich zurück und genoss den kühlen Luftzug, der über ihren Körper hinweg fegte. Die Wogen brachen sich unmittelbar vorm Strand und liefen auf die Wasserkante zu. Katrin vernahm das leise Klirren der Steine, die die Wellen durcheinanderrüttelten. Sanftes Klickern, als wenn geschliffene Glasscherben sich aneinander rieben. Sie schloss die Augen. Möwen zogen am Himmel ihre Runden und veranstalteten lautes Spektakel.

Sie griff in den warmen Sand links und rechts neben sich und ließ ihn durch ihre Finger rieseln, als unvermittelt ein Schatten direkt über ihr Gesicht huschte. Verträumt öffnete sie die Augen und hielt eine Hand darüber, um zu sehen, was ihr das Sonnenlicht nahm. Da stand er. Groß, braun gebrannt und schlanker, als sie ihn in Erinnerung hatte. Seine Locken waren von Salzwasser und Sonne ausgeblichen und umrahmten sein herb aussehendes Gesicht.

»Wusste ich's doch. Da liegt sie faul in der Sonne und lässt es sich gutgehen.« Er grinste sein jungenhaftes Grinsen und Katrin richtete sich auf. Sie klopfte den Sand vom Körper und schwang sich hoch. Dann stand sie ihm im knappen Bikini gegenüber.

Er hatte seinen Reiz auf sie nicht verloren. Ungestüm schlang Sven die Arme um sie und wirbelte sie herum. »Mann, ist das schön, dich zu sehen«, sagte er freudig und stellte sie nach etlichen Drehungen, die sie schwindelig werden ließen, auf den Boden zurück.

»Du hast mir richtig gefehlt«, schmunzelte er und strich ihr eine Haarsträhne aus dem Gesicht. »Wie geht es dir? Du siehst toll aus. Bist nicht mehr so dünn … und … man ist das schön, dich zu sehen! Was machst du jetzt? Arbeitest du noch im Küstenblick? Erzähl!« Sven Clasen plapperte wie ein aufgezogener Papagei, zog sie erneut in die Arme und wirbelte sie wie eine Feder durch die Luft. Sie kam gar nicht dazu, ihm eine Antwort zu geben. Katrin trommelte gegen seine Brust und bat ihn, sie endlich wieder herunterzulassen. Sie war verlegen und lugte nervös an ihm vorbei auf die Ostsee. Um nicht weiter zum Spielball überschwänglicher Gefühle zu werden, setzte sie sich in den Sand. Sie hielt die Hand über die halb geöffneten Augen und guckte am braun gebrannten, athletischen Körper entlang, bis ihr Blick sich in seinem verfing.

»Bist du noch mit dem alten knorrigen Bullen zusammen? Dem mit dem Schnauzer und der weißen Hippiemähne«, fragte Sven und pflanzte sich neben sie.

Katrin sah ihn erstaunt an. »Dirk ist nicht alt und schon gar nicht knorrig«, murmelte sie. »Und seine Haarfarbe finde ich richtig klasse«, konterte sie. »Den würdest du gar nicht wiedererkennen. Er sieht richtig verwegen aus«, setzte sie nach. Überhaupt, hatte sie sich nicht nur in sein Aussehen, sondern in seine ausgleichende, souveräne Art verliebt. Er war kein Luftikus, kein chaotischer Surfer, wie Sven es gewesen war. Auf Dirk konnte sie sich in jeder Sekunde verlassen. Wenn er denn da war. »Du hast dich auch überhaupt nicht verändert«, sagte sie und lachte ihn an. »Bisschen dicker geworden«, rief sie lachend, sprang auf, griff nach ihrem Board und lief übermütig Richtung Wasser. »Komm schon, lass uns paddeln. Mal sehen, ob du das noch kannst.« Ihr wurde in diesem Moment bewusst, dass sie seit Ewigkeiten keinen Fuß mehr in die Ostsee gesetzt hatte und wie sehr es ihr fehlte. Sie jauchzte, als sie mit dem Bord in die Fluten eintauchte. Kraftvoll fing sie an, ihre Arme rhythmisch zu bewegen. Sven folgte ihr und überholte sie nach wenigen Metern.

»Du bist lange nicht gepaddelt, oder? Lässt dich dein Liebster nicht?« Er lachte aufgedreht und zog mit schnellen Zügen an ihr vorbei. Wie sie dieses Lachen liebte …

*

»Los jetzt, es reicht! Wir erledigen ihn. Der Scheiß Wolfs-berater mit seinem Vergrämen und dämlichen Schutzzäu-nen. Der kann mich mal.« Wütend riss Markmann am glei-chen Nachmittag das Repetiergewehr von der Plane und zog den Hund vom Sitz. »Harro, komm mein Guter.« Er stachelte die Jäger an. Sie hatten ihre Wagen auf dem campingplatzeigenen Parkplatz abgestellt und begaben sich auf den Weg zum Flügger Forst. Sie sicherten die Hunde an ihren Leinen und stiefelten über den Deich, Richtung Denkmal hinter dem Mann her, der mit hoch-rotem Gesicht und festen Schritten die Führung übernom-men hatte. Dann erreichten sie den Waldsaum und teilten sich in zwei Gruppen.

»Das Areal ist nicht groß, wir kriegen ihn, falls er sich hier aufhält«, Markmann war sich seiner Sache sicher. Er rottete sich mit Jacobsen, Kropp und Jensen zusammen.

»Was ist, wenn Leute im Wald sind?«, druckste Hallmann und kaute auf der Unterlippe herum, während er seine feuchten Hände knetete.

»Um diese Zeit? Wer soll da in dem kleinen Hutschedüddel-Wäldchen rumlungern?«, entgegnete Markmann und zog verächtlich die Augenbrauen in die Höhe.

Kropp zog sein Cap tiefer über die Augen und lud die Flinte. Jensen leinte seinen Hund an und wartete auf das Kommando. Hallmann und Friedrich, die der ganzen Sache mit gemischten Gefühlen entgegentraten, machten sich mit Tessmann und ihren Vierbeinern in die entgegengesetzte Richtung auf. Sie wollten das Tier treiben. Die Männer positionierten sich. Markmann zückte sein Handy, kontrollierte, ob alle ihre Plätze eingenommen hatten. Tessmann gab das Okay, dann ließen sie die Hunde von der Leine. Mit Gejaule durchstöberten sie das Waldgebiet und jagten auf die wartenden Männer zu. Es war eine verbotene Treibjagd, das wussten alle. Aber einigen von ihnen war es egal. Wenn jetzt irgendjemand im Dickicht umherirrte, würde er spätestens in diesem Moment panisch das Wäldchen verlassen. Die kläffenden Vierbeiner näherten sich den wartenden Jägern.

Schütt, Westermann und Hartwig rasten mit Blaulicht und Sirene Richtung Petersdorf. Dann erreichten sie die Straße, die sie nach Flügge führte.

Zwei erschreckte Fahrradfahrer fuhren an den Straßenrand und stiegen kopfschüttelnd und verwundert von ihren Rädern. »Schütt, ich wusste gar nicht, dass du so ein Django bist«, feixte Hartwig und hielt sich im Fond des Wagens am Haltegriff fest. »Und ich dachte, nur mein Boss fährt wie eine gesengte Sau.«

Westermann drehte den Kopf und blickte Thomas verständnislos an, der über das ganze Gesicht griente. »Du wirst wohl nie erwachsen«, konterte Westermann.

»Warum sollte ich? Das Leben ist doch schon deftig genug.« Hartwig grinste und entblößte eine Reihe weißer Zähne. Die ganze Geschichte kam ihm vor wie ein schlechter Traum, aus dem man nur noch erwachen müsste. Er hielt alles für eine Verkettung unglücklicher Zufälle und hoffte, dass sich das Durcheinander in Kürze aufklären würde.

Sie stoppten vor dem Deich und stiegen aus. Bereits von Weitem hörten sie Hunde kläffen. »Das darf alles nicht wahr sein.« Schütt holte sein Megafon aus dem Kofferraum und stellte es an. Dann liefen sie im Eiltempo Richtung Wald.

Als sie die freie Fläche erreichten, blieb der Dienststellenleiter hechelnd stehen und keuchte mit lauter Stimme in die Flüstertüte: »Sofort einstellen. Brechen Sie umgehend die Jagd ab und kommen Sie aus dem Wald!« Er hielt sich die Seite und versuchte, seinen Atem zu beruhigen.

»Na, Herr Schütt, auch lange nicht beim Polizeitraining dabei gewesen, was?«, schmunzelte Hartwig und fing sofort einen strengen Blick seines Vorgesetzten ein. Schütt war viel zu beschäftigt, um ihm eine passende Antwort zu geben. Die Kommissare zogen ihre Waffen aus den Holstern, entsicherten sie und eilten an den Waldsaum heran. Es wurde dunkel, und sie hatten wenig Zeit, diesen Unfug zu beenden.

»Ihr sollt sofort aus dem Wald kommen!«, schrie Schütt wie von Sinnen. Sein Kopf war tomatenrot und der Speichel lief ihm das Kinn hinunter. Keine Reaktion. »Jetzt reicht es mir! Wenn ihr die Jagd nicht augenblicklich abbrecht, landet ihr alle im Knast!«

»Was ist denn mit dir los?«, fragte Westermann erstaunt, und selbst er konnte sich ein Grinsen nicht verkneifen. »Ts ts, im Knast. Ist das euer Amtsdeutsch?«

Schütt schnaubte. »Wie sollen wir diese Idioten sonst da rausholen? Oder willst du da etwa rein?«

»Nö, will ich nicht.« In dem Moment knackte es im Unterholz und einer der Männer kam aus dem Dickicht geschlichen. Dennis Hallmann, dem alle Farbe aus dem Gesicht gewichen war, drängte durch die Zweige und stand wie ein Häufchen Elend am Waldsaum. Wie ein Schwerverbrecher hob er zitternd die Hände in die Luft und trat ein paar Meter vor.

»Nicht schießen!«, rief er, »nicht schießen!« Westermann trat mit angespannten Gesichtszügen auf den Mann zu, der ein Gewehr in der Hand hielt, und winkte ihn zu sich, während die P99 weiter auf den Jäger gerichtet war.

»Waffe runter, auf den Boden legen, sofort.«

Ängstlich legte der Weidmann die Flinte auf die Erde. Die pure Angst leuchtete aus seinen Augen. Nacheinander folgten weitere Männer. Alle bis auf Markmann. Wortlos mit versteinerten Mienen standen sie auf der Freifläche.

»Waffen hinlegen, augenblicklich!« Die Worte Westermanns verfehlten ihre Wirkung nicht. Lautlos legten sie nacheinander ihre Gewehre zu Boden. »Sagt mal, seid ihr noch ganz dicht?«, schrie Schütt die Jäger an, die er allesamt kannte. »Was habt ihr euch dabei gedacht? Ihr könnt nur froh sein, dass nichts passiert ist. Was, wenn da jemand im Wald gewesen wäre?« Schütt war außer sich und hob die Faust in Richtung Männer. Davon abgesehen, dass das, was ihr veranstaltet, verboten ist!«

»Da war aber niemand!«, vernahmen alle die brachiale Stimme von Markmann. »Und wenn ihr uns in Ruhe gelassen hättet, hätten wir ein Riesenproblem weniger.« Er kam mit erhobenem Repetiergewehr auf die Polizeibeamten zu.

»Waffe runter«, rief Westermann. »Sofort!«

Markmann machte keine Anstalten und zielte auf die Beamten.

»Waffe runter oder ich mache von der Schusswaffe Gebrauch!« Westermann richtete die Dienstwaffe auf Markmann. Sofort reagierten Hartwig und Schütt und hielten ebenfalls ihre Waffen auf den wutentbrannten Jäger. Markmann entsicherte die Flinte …

Eine Stunde später lagen sie erschöpft und dennoch befreit am Strand und ließen die wärmenden Sonnenstrahlen auf ihre Gesichter scheinen.

»War das toll! Fast wie in alten Zeiten«, hauchte Katrin und rollte sich auf die Seite, damit sie Sven ungestört betrachten konnte. Er lag entspannt neben ihr und hielt die Augen geschlossen.

»Es ist wirklich schön«, murmelte er. Er suchte im Sand nach ihrer Hand. Eilig zog sie sie zurück. Das kribbelige Gefühl in ihr war nicht verschwunden. Aber es fühlte sich nicht richtig an.

Sven richtete sich auf, wuschelte seine getrockneten Locken durch und blickte ihr in die großen braunen Augen, die in der Sonne wie Bernsteine leuchteten. Er atmete tief ein und stieß mit einem Seufzer die Luft aus der Nase, als würde ihm etwas auf der Seele liegen.

Katrin lächelte ihn verlegen an. Eine zarte Röte zog über ihre Haut. Sein Gesicht kam ihrem näher. Sie wusste, dass dies eine verzwickte Situation war, aus der sie sich schnellstens befreien musste. Dennoch, irgendetwas zog sie in seinen Bann. Habe ich all den Ärger mit ihm vergessen? Was ist das hier? Ich muss weg!

Ohne Vorwarnung gab Sven ihr einen Kuss auf die salzig schmeckenden Lippen. Sie erwiderte ihn und schloss für einen Moment die Augenlider. Ist da immer noch etwas zwischen uns? Warum fühle ich mich so zu ihm hingezogen? Sie riss entsetzt die Augen auf und richtete sich kerzengrade auf. Sie wollte aufspringen, als Sven sie am Arm zurückhielt.

»Katrin, ich muss dir etwas sagen.« Es entstand eine Pause. Er atmete schwerfällig und sagte entschlossen: »Ich werde das Haus verkaufen!«

»Wie, du willst das Haus verkaufen?« Sie starrte ihn unentwegt an.

»Meine Eltern haben es mir vererbt. Aber ich gehe weg. Ich meine ganz weg von der Insel.«

»Was? Aber wieso denn?« Sie sprang auf. Der Zauber des Augenblickes war verschwunden.

»Weil ich meine Heimat auf Fuerte gefunden habe.«

»Aber das ist doch Blödsinn«, rief Katrin. »Du warst schon immer ein Freigeist – aber hier ist dein Zuhause. Warum willst du das alles aufgeben?«

»Weil, weil …« Er sprach nicht weiter und blickte Richtung Leuchtturm. Eine blonde Frau und ein kleiner, etwa zwei Jahre alter Junge, den sie an der Hand hielt, sprangen auf der grünen Deichkrone umher, bis sie den Strand erreichten.

Sven schob seine Finger über die Augen, sodass die tiefstehende Sonne ihn nicht blendete, und betrachtete die beiden. Lachend liefen sie durch den Sand und kamen näher. Die Wellen brachen sich nach wie vor am Strand und ließen die Kieselsteine klirren. »Deshalb!« Er zeigte auf das braun gebrannte Pärchen und lächelte unvermittelt. Da verstand Katrin und sah Sven verwundert an. Die etwa 25-Jährige und der Kleine liefen auf sie zu.

»Das ist *dein* Sohn!«, sagte sie.

»Ja, und Lara ist meine Frau! Wir haben vor zwei Jahren auf Fuerte geheiratet. Jetzt verstehst du mich vielleicht. Ich muss hier ein paar Dinge erledigen und dann bin ich endgültig weg.«

»Aber wovon lebst du denn auf der Insel?«

»Ich habe eine kleine Tischlerei, die uns gut ernährt.«

»Aber?«

»Nichts aber. Alles ist gut, Süße. Und ich wollte mich von dir verabschieden. Es war so schön, dich wiederzusehen. Und es freut mich wirklich, dass es dir so gut geht. Du bist mit deinem *Kommissar* jederzeit herzlich auf meiner Insel willkommen. Falls ihr mal einen Tapetenwechsel braucht.« Sven grinste und stand auf. Die junge Frau kam lachend auf die beiden zu. Der Surfer umarmte sie und hob den kleinen Zwerg auf den Arm.

»Papa, Wassa. Papa Wassa.«

»Ja, Wasser.« Er knuddelte seinen Sohn und gab der braun gebrannten, schlanken Frau einen zärtlichen Kuss. Katrin sah, dass sich unter ihrem T-Shirt eine Wölbung abzeichnete.

»Wie du siehst, bekommen wir bald wieder Nachwuchs.« Sven Clasen streichelte verliebt über den Babybauch seiner Frau. Katrin Duvenstedt beobachtete die Szene mit einer gewissen Distanz. Es war, als wenn sie nicht direkt beteiligt war. Dann wurde ihr plötzlich bewusst, dass es nicht einmal wehtat. Im Gegenteil. Sie freute sich für die drei und schüttelte lächelnd den Kopf. Sven war ihr Freund, ein guter Freund. Er war immer mehr Bruder als Geliebter für sie gewesen. Sie drückte ihn an sich, gab ihm einen letzten zarten Kuss auf den Mund und streichelte dem kleinen blonden Sonnenschein über den Kopf.

»Verzeih mir«, sagte sie an Lara gewandt. »Wer weiß, ob wir uns so schnell wiedersehen. Ich wünsche euch alles Gute.«

Dann nahm sie ihr Brett unter den Arm und ging mit einem Lächeln im Gesicht auf den Deich zu. Plötzlich vermisste sie Dirk Westermann …

*

»Hör auf, Winfried! Nimm endlich die Waffe runter oder willst du, dass ein Unglück passiert!«, schrie Jacobsen. Die Männer sahen den Jäger fassungslos an. Was hatte diese Geschichte um den Wolf aus ihnen gemacht? Sie jagten auf verbotene Weise nach einem Wolf.

Hans-Werner Kropp eilte als Erster auf seinen Jagdkollegen zu. »Bitte, gib endlich Ruhe. So wird das nichts. Willst du alles kaputt machen?«

»Seid friedlich. Wir können darüber reden!«, rief Schütt. Markmann nahm schnaubend im Zeitlupentempo die Waffe runter und hielt sie am gestreckten Arm in der Hand.

»Reden, reden. Ihr redet nur. Wir tun was! Es geht hier um unsere Tiere und die Sicherheit unserer Leute. Was tut ihr für unsere Sicherheit? Ihr redet! Scheiß drauf! Ich geh wieder rein und erledige das ein für alle mal!« Erneut hob er die Flinte und wollte sich umdrehen.

»Sie sollen die Waffe ablegen, hab ich gesagt!« Westermann rief laut und zielte auf den Jäger.

»Dann müsst ihr mich erschießen. So viel Mumm habt ihr nicht! Ich geh da jetzt rein und beende die Sache. Ein für alle mal!« Er machte einen Schritt, einen weiteren. Nur wenige Meter und er würde wieder im Wald verschwunden sein.

»Bleib stehen!«, brüllte Schütt.

»Du kannst mich mal«, sagte er, drehte sich um und zielte auf den Polizisten. Ein Schuss fiel. Markmann sackte zu Boden und fing an zu schreien. Er hielt sein rechtes Bein umklammert. »Ihr Arschlöcher habt mich angeschossen. Seid ihr noch ganz dicht?« Er wand sich auf der Erde.

Hartwig lief zu ihm, und stieß mit dem Fuß die Waffe weg, die direkt vor den Füßen des verletzten Jägers lag. Alle starrten auf Westermann, der den gezielten Schuss abgegeben hatte.

»Danke«, flüsterte Olaf Schütt. Er stand bleich neben dem Kommissar aus Oldenburg und konnte nicht fassen, was gerade passiert war.

»Alles gut«, sagte Westermann, zog sein Handy aus der Hosentasche und wählte. »Wir brauchen einen Notarztwagen. Ja, eine Schussverletzung … nein nicht lebensgefährlich. Aber zügiges Erscheinen wäre sinnvoll.«

»So, meine Herren und Sie rufen Ihre Hunde zurück, wir nehmen die Personalien auf und dann treffen wir uns in einer halben Stunde auf der Dienststelle.« Er zückte sein schwarzes Notizbuch und ging auf die Gruppe zu.

»Ich hab das nicht gewollt«, heulte Dennis Hallmann und hielt sich die zitternden Hände vors Gesicht. »Der Markmann hat uns angestiftet! Ich habe nichts verbrochen!«

»Idiot!«, röchelte der Anführer. »Warte ab, wir sprechen uns noch.« Er stöhnte jämmerlich und hielt die Hände unter die Schussverletzung. »Kann das mal jemand abbinden, ich verblute.« Die anderen gaben bereitwillig ihre Namen an und trotteten mit ihren Hunden zurück zum Parkplatz.

»So schnell verblutet man nicht«, sagte Hartwig und grinste.

»Hol den Verbandskasten aus dem Auto. Wir sollten die Wunde verbinden, bis der Krankenwagen kommt«, wies Westermann seinen Kollegen an. »Und wieso muss ich jetzt zum Parkplatz laufen?«

»Weil du …«

»Sei ruhig, lass es! Wage nicht, es auszusprechen.« Wutschnaubend machte Thomas Hartwig sich auf den fast einen Kilometer langen Weg zum Parkplatz. »Bis ich wieder hier bin, ist der Krankenwagen längst da!«

»Na, dann spute dich mal.«

✳

Drei der Jäger saßen nur eine Stunde später im Flur auf Plastikstühlen, der Rest stand genervt herum. Westermann ließ einen nach dem anderen in seinem Büro antreten.

»Was haben Sie sich dabei gedacht?«, fragte er Walter Jacobsen, der ständig die Brille zurechtschob, weil sie ihm von der schwitzigen Nase rutschte.

»Gar nichts! Wir wollten dem Viech nur ein Ende bereiten, damit alle wieder ruhig schlafen können.« Er knetete seine Hände und schaute an Westermann vorbei durch die Fensterscheibe. Sein Hemd war durchgeschwitzt, und der Hauptkommissar fragte sich, ob dies an der Hitze oder der Angst des Jägers lag.

»Sie wussten doch wohl, dass das, was Sie veranstaltet haben, absolut verboten ist und unter Strafe steht, oder?«

»Na und? Muss erst wieder etwas passieren, damit reagiert wird? Wir sind auf einer Ferieninsel. Tausende von Menschen machen hier jedes Jahr Urlaub. Wissen Sie, was passiert, wenn die Touristen Wind davon bekommen oder eines ihrer Kinder angefallen wird? Dann können wir *alle* uns warm anziehen! Und die Insel ist leer. Wollen *Sie* persönlich dafür die Verantwortung übernehmen?«

»Jetzt übertreiben Sie mal nicht. Bitte setzen Sie sich.« Westermann deutete auf den freien Stuhl, der ihm gegenüberstand. Jacobsen setzte sich widerwillig und verschränkte die Arme vor der Brust.

»Dass ein paar verängstigte Urlauber eventuell abreisen, kann ich nachvollziehen. Aber so dramatisch, wie Sie es darstellen, ist es nicht. Die einzige Hysterie, die verbreitet wird, geht von Ihnen und Ihren Kollegen da draußen aus. Das ist absolute Wildmacherei. Sie bringen mit Ihrem Jagdgehabe diese Panik erst in Gang. Verstehen Sie das nicht? Sie können auf jeden Fall mit einer saftigen Geldstrafe rechnen. Von den Anzeigen des Wolfsmanagements mal ganz abgesehen. Wäre dem Tier etwas zugestoßen, hätten Sie richtig Ärger am Hals!«

»Ist doch gar nichts passiert.« Jacobsen zuckte lapidar die Schultern. »Wofür wollen Sie uns bestrafen?« Er sprang auf.

»Setzen Sie sich wieder.« Westermann lugte über den Rand seiner Brille auf den Jäger. »Es geht hier um eine Strafmaßnahme, die Ihnen Ihre falschen Verhaltensweisen bewusst machen soll. Ein Strafverfahren ist eingeleitet. Damit mussten Sie rechnen, wenn Sie sich über die Gesetze hinwegsetzen. Sie wissen, dass ein illegaler Abschuss mit einer Gefängnisstrafe bis zu fünf Jahren geahndet werden kann? Von einer happigen Geldstrafe mal ganz abgesehen. Der Wolf ist geschützt, egal ob Ihnen das nun gefällt oder nicht. Sie sind nicht die Herren der Wälder, auch wenn Sie dieses Recht gern für sich in Anspruch nehmen möchten.

So, und jetzt können Sie gehen! Ich habe Ihre Persona-lien und Sie hören von uns.« Dirk Westermann stand auf und wandte sich zur Tür, um zu sehen, wer noch nicht befragt worden war.

Thomas saß im Nebenzimmer und nahm Dennis Hall-mann ins Gebet. Olaf Schütt war zur Inselklinik gefahren und verhörte den angeschossenen Winfried Markmann.

»Herr …?«

»Jensen, Dietrich Jensen.« Er folgte Westermann ins Zimmer. »Nehmen Sie Platz. Kaffee?«

»Nein, danke.« Er winkte ab. Auf Westermann machte der junge Mann einen positiven Eindruck. »Kommen wir gleich zur Sache. Warum haben Sie bei dieser ominösen Treibjagd mitgemacht?«

»Weil ich Jäger bin, ein Wolf die Gegend unsicher macht und ich dazugehöre. Ist halt so.« Jensen zuckte die Schultern.

»Warum dazugehören? Sind Sie nicht von hier? Oder was soll das bedeuten?« Westermann blickte ihn abschät-zend an, dann auf seine Notizen, die ihm zeigten, dass er aus Lensahn war.

»Nee, ich bin vom Festland. Ist nicht so einfach, bei den Insulanern Fuß zu fassen. Aber das können Sie auch gar nicht verstehen. Da kann man sich nicht raushalten, wenn man dazugehören will.« Er zuckte.

Westermann nickte. »Also haben Sie mitgemacht, um dazuzugehören. Ist das eine Anzeige wert?«

Wieder schnellten die Schultern nach oben. »Egal. Man tut, was man tun muss! Und nachdem, was wir von die-sem Urlauber gehört hatten, mussten wir doch reagieren, wenn es schon kein anderer tut, oder?«

»*Was* haben Sie von einem Urlauber gehört?« Wester-mann wurde hellhörig.

»Der Sohn eines Gastes hat einen Wolf gesichtet und sogar mit seinem Handy gefilmt.« Diese Information war für den Hauptkommissar neu. Niemand hatte vorher angezeigt, das gesuchte Tier wahrhaftig zu Gesicht bekommen zu haben.

»Was war das für ein Mann und wo wohnt er?«

Jensen zuckte erneut die Schultern. »Ich weiß nur, dass er auf dem Flügger Campingplatz mit der Familie Urlaub macht. Aber wie der heißt, weiß ich nicht mehr, ist irgendwie untergangen. Das ist die Wahrheit.«

Der Kommissar klopfte mit dem Finger auf die Schreibtischplatte. »Flügge, sagten Sie?«

Jensen nickte.

»Ja, dann. Das war's fürs Erste. Die Anzeige geht auch Ihnen schriftlich zu. So funktioniert das nicht.« Westermann schluckte und sah den jungen Mann an. »Auch wenn es manchmal einfacher wäre, das Gesetz selbst in die Hand zu nehmen, so sollten Sie es doch uns überlassen. Glauben Sie mir, wir wissen, was wir zu tun haben.«

Als er wieder in den Flur trat, war dieser leer.

Dirk Westermann schlurfte zurück in sein Büro und verschloss die Tür hinter sich. Er zog das Handy aus der Hosentasche und wählte.

»Na Süße, hast du heute Abend Zeit für mich? … Prima, dann kommst du zu mir in die Pension? Schön, ich freue mich auf dich.« Lächelnd legte er auf.

Das Telefon auf dem Schreibtisch vor ihm klingelte.

»Henning? Na, mein Bester, was gibt's? Noch keine weiteren Spuren. Die Ergebnisse lassen auf sich warten. Das ist nicht viel, was du da hast!« Westermann nahm die Brille ab und rieb sich mit den Fingern die Nasenwurzel. »Wir suchen weiter. Danke dir für die Info.« Er legte auf und ließ den Kopf auf die aufgestützten Hände sinken. Müde hob er den Blick und betrachtete die Fotos an der Pinnwand. Merkwürdig, dachte er und stand auf.

*

»Möchtest du was trinken?«, fragte Jette am gleichen Abend zuckersüß. Sie war sich ihrer Lage sehr wohl bewusst. Sie war auf einmal einzige Erbin eines riesigen Gutshofes. Welche Rolle ihr damit zufiel, realisierte sie langsam, aber sicher.

Sie musste sich entscheiden. Entweder den Hof weiterzuführen oder alles zu veräußern, um endlich frei zu sein. Der Hof ermöglichte ihr eine sorgenfreie Zukunft. Mit jeder Menge Arbeit, aber auch viel Ansehen auf der Insel. Wenn sie das Gehöft und was dazu gehörte verkaufte, könnte sie ohne Sorgen in Saus und Braus leben. Nur nicht auf Fehmarn! Die Leute würden es ihr übelnehmen, und ihr guter Ruf wäre auf alle Zeiten ruiniert.

»Engelchen, du wolltest mir etwas zu trinken geben«, raunte Jensen. Er lag nackt zwischen aufgewühltem Bettzeug und hatte die Decke um seine Oberschenkel geschlungen.

»Ja, ich komm ja schon.« Welche Rolle spielt Dietrich ab jetzt in meinem Leben? Gut, er hat mich vom ersten Moment an vom Hocker gerissen. Aber kann ich ihn hier überhaupt gebrauchen? Einen Arbeiter? Sie schluckte und reichte ihm ein Glas mit Whisky.

Dietrich strich sich die dunklen Locken aus dem Gesicht und nahm einen Schluck. Er beobachtete sie und spürte, dass in ihrem Kopf etwas vorging. »Was gibt's? Was hast du? Ist es wegen deines Vaters? Traurig?«

»Was glaubst du?«, entgegnete sie ungehalten. »Weißt du eigentlich, was es heißt, so einen Hof zu führen?« Sie deutete mit der Hand nach draußen und ließ ihren Blick über das Grundstück schweifen. »Alleine ist es fast unmöglich. Ich muss einen Mann an meiner Seite haben, der mich unterstützt, verstehst du das?« Sie drehte sich um und sah ihn an. »Natürlich verstehe ich das. Aber ich bin doch da! Zusammen schaffen wir das auf jeden Fall.«

»Was schaffen *wir* zusammen? Hast du gedacht, dass *du* einen Gutshof dieser Größe führen könntest? Dass ich nicht lache! Dafür braucht es betriebswirtschaftliches Wissen, Personalführung, Geschick in allem Handwerklichen. Marketingstrategien. Und du glaubst, dass *du* der Richtige bist?«

Dietrich sah sie entsetzt an. Er riss sich die Decke vom Körper und sprang hoch. Dabei stieß er das Glas um, das auf dem kleinen Tisch neben dem Bett abgestellt war. Die Flüssigkeit lief im Rinnsal auf den Boden. Dietrich stand völlig nackt vor ihr, schnaubte und starrte sie aus zusammengekniffenen Augen an. »Ich bin dir also nicht *gut* genug? Dafür«, er zeigte aufs Bett, »war ich wohl gut genug. Aber du traust mir nicht zu, mit dir diesen Hof zu führen?« Er kam bedrohlich auf sie zu.

Jette sah ihn an und sagte: »So war das nicht gemeint, aber ich weiß nicht, ob wir das schaffen. Ich brauche jemanden, der sich mit all dem hier auskennt.« Sie spürte, dass sie zu weit gegangen war. Sie musste sich einen geschickten Schachzug überlegen, um ihn nicht noch mehr aus der Reserve zu locken. Sie öffnete den Bademantel und ließ ihn auf die Erde sinken. »Ich denke, wir lassen uns alles gemeinsam durch den Kopf gehen. Dann sehen wir, wie wir dieses Problem lösen, oder?«

Jette nahm ihre Hände und fuhr Dietrich Jensen mit streichelnden Fingern über die Lenden …

Wutentbrannt riss er sie von seinem Körper. »Du kannst jetzt nicht einfach so zur Tagesordnung übergehen. Die letzten zwei Jahre habe ich diesen ganzen Zirkus mitgemacht. Dass ich hier nicht zum Gutsbesitzer aufsteige, dachte ich mir schon. Solange der Bruns dich bedrängt hat, kam ich gerade recht, um dich immer wieder zu trösten. Wenn du es richtig besorgt haben wolltest, auch. Du konntest nicht genug von meinem besten Stück bekommen. Aber jetzt, wo der endlich tot ist, brauchst du deinen Lakaien nicht mehr, oder? Dass du so kalt bist, um mich aufs Abstellgleis zu schicken, hätte ich allerdings nicht gedacht. Was denkst du, mit wem du es zu tun hast?« Er holte aus und schlug ihr die Hand ins Gesicht.

Jette taumelte und fiel auf den Boden. Mit angstgeweiteten Augen sah sie ihn an. »Das wollte ich nicht!«, weinte sie.

Dietrich atmete schwer und wurde sich der Lage bewusst, in der er sich befand. Er suchte nach seiner Hose und streifte sie über. Dann sank er auf die Knie. »Es tut mir leid. Verstehst du nicht? Ich liebe dich und habe die ganze Zeit alles für dich getan. Du kannst mich doch jetzt nicht zum Teufel jagen! Ohne dich …« Er zog sie zu sich auf den Schoß und küsste sie.

SPÄTER

Wer könnte mir etwas darüber sagen, was es mit der Beziehung von dieser Jette und dem Bruns auf sich hatte? Charlotte, die einen großen Strohhut gegen die brennende Sonne auf ihrem Kopf trug, lief am Strand vom Sund entlang und watete mit den Füßen durchs erfrischende Wasser, sodass der Saum ihres hellblauen Kaftans nass wurde. Sie bemerkte es nicht.

Der Strandabschnitt war gut besucht, aber nicht so überlaufen wie der Südstrand. Die Fotografin nahm einen kleinen Stein auf, der direkt vor ihren Füßen im seichten Wasser lag. Er leuchtete grün und sie bestaunte ihn von allen Seiten, bevor sie ihn mit einem gezielten Wurf zurückwarf. Eine Windbö erfasste ihren Strohhut und wehte ihn über den Strand. Sie lief hinterher, bis sie gegen einen großen Kerl prallte, der lächelnd ihren Hut in der Hand hielt.

»Na, ist Ihr Sonnenschirm weggeflogen?« Es war offensichtlich, dass er sich köstlich über das *Wagenrad* aus Stroh amüsierte.

»Das soll wohl witzig sein, was?« Charlotte riss ihm die Kopfbedeckung aus der Hand, starrte ihn grimmig an und drehte sich ohne ein Wort des Dankes um. Eine Haarsträhne fiel ihr ins Gesicht und sie musste zu ihrem Leidwesen feststellen, dass sie ziemlich grau war. Und so schmutziges Grau, dachte sie und verzog den Mund. Ne, das geht gar nicht mehr. Jetzt hab ich's. Ich geh zum Friseur! Die wissen immer, was los ist. Hoch erhobenen Hauptes stakste sie im Stechschritt zurück zu ihrem Platz, raffte ihre Siebensachen zusammen und begab sich eilig auf den Rückweg. Als sie mit hochrotem Kopf prustend die Wohnung erreichte, griff sie völlig außer Atem zum Telefonhörer, suchte im Telefonbuch die Nummer des Friseurs heraus und wählte …

»Ich muss unbedingt einen Termin haben … jetzt … wie geht nicht … was, drei Wochen … das geht nicht … biii-itte, ich seh aus wie eine Vogelscheuche … okay … zwischenschieben … ja ich mach mich sofort auf den Weg.«

Sie legte das Telefon zurück in die Station. Flugs zog sie sich eine Leinenhose und eine frische Bluse über. Sie nahm den kleinen Schreibblock und hinterließ Katrin eine Nachricht: »Bin beim Friseur. Kuss.« Dann schlüpfte sie in ihre roten Clogs und verließ die Wohnung.

Eine halbe Stunde später saß sie mit immer noch hochrotem Kopf auf dem schwarzen Ledersessel und traute sich kaum, in den überdimensionalen Spiegel zu schauen. Wie grauselig, dachte sie erneut und guckte verschämt zu Boden. Ihren Rucksack hatte sie vor sich auf den Dielenboden gestellt. Sie öffnete den Reißverschluss, zog ein in Leder gebundenes Notizbuch heraus und tat so, als wäre sie schwer beschäftigt.

»Hm km«, räusperte sich der Friseur und legte die Hände auf ihre Schultern. Erschreckt fuhr sie zusammen und guckte in den Spiegel, in dem sich das grinsende Gesicht des Frisurenkünstlers widerspiegelte.

»Ja, schauen Sie mich ruhig an. Da muss unbedingt was passieren! Ich will schließlich noch nicht auf den Friedhof!« Charlotte hatte sich in der letzten Zeit keine Gedanken über ihre Frisur gemacht, obwohl Katrin schon das ein oder andere Mal damit gedroht hatte, selbst eine Schere in die Hand zu nehmen.

Nun saß sie hier und konnte es kaum fassen. »Wie hätten Sie es gern? Färben?«

»Wie ich's gern hätte, davon wollen Sie nichts wissen«, griente Charlotte und hatte auf einmal ihre Selbstsicherheit wiedergefunden.

Keck warf sie die langen schmutzig-grauen Haare zurück und sagte grinsend: »Schön hätt ich's gern. Frisieren Sie mich bitte 20 Jahre jünger. In diesem Licht seh ich aber auch grauselig aus«, murrte sie und ruckelte auf dem Stuhl hin und her. Ihre Füße schafften es gerade bis zu den Fußstützen.

»Farbe ist gut. Strähnen sind besser«, verbesserte sie den Coiffeur. »Dunkel? Oder blond?«

Charlotte wurde grantig. »Ich dachte, Sie sind der Fachmann. Jünger!«

»Dann ziehen wir ein paar lichtblonde Strähnchen und schneiden die Haare auf jeden Fall kürzer.«

»Aber … ach ziehen Sie, was Sie wollen, aber ziehen Sie! Wenn's denn Licht sein muss, dann eben Licht …« Charlotte setzte ihr entwaffnendes Lächeln ein, lehnte sich zurück und ließ ihre Füße baumeln.

Der Friseur verschwand, und sie schaute sich im modern gehaltenen Salon um. Niemand da, den sie kannte. Zwei Damen, die neben ihr saßen, setzten ihr Gespräch fort, das durch Charlottes schroffe Anweisungen ins Stocken geraten war. Die Neugier über ihre Verjüngerungsstrategie war anscheinend interessanter als deren eigene Angelegenheiten. Jetzt saß Charlotte nicht mehr im Mittelpunkt des Geschehens.

»So, nun soll ja alles kurz vor der Insolvenz stehen mit dem Gutshof«, sagte die etwa 50-jährige Frau, die rechts neben ihr saß, den Kopf voller Silberpapier gepackt hatte und aussah, als würde sie im Anschluss zum Karneval gehen.

Die zweite Dame, um deren Haare ein Handtuch geschlungen war, antwortete prompt. »Ne, was du nicht sachst. Die ist insolvent? Deshalb sollte sie wohl auch den Bruns heiraten. Der hatte ja Geld wie Heu!«

»Wie kommst du denn darauf? Der … der wollte sich den Hof angeln, der hat kein Geld. Die Jagd hatte er doch schon gepachtet.«

Charlotte spitzte die Ohren. Sie wusste, dass aktuelle Geschichten beim Friseur haarklein auseinandergenommen wurden. Sie griente und machte sich ihre Notizen.

»Ja, der wollte alles! Aber der hatte kein Geld. Guck doch mal seinen Hof an. Ist längst abgewirtschaftet«, sagte Charlottes Sitznachbarin flüsternd. Dann fuhr sie fort. »Der muss irgendetwas anderes gehabt haben, das der Olsen sich mit dem verbündet hat. Nun wird die Jette wahrscheinlich alles verkaufen und sich einen schönen Lenz machen. Mit ihrem Lover.« Sie nickte.

»Wie, die hat schon 'nen Neuen?«

»Ja, aber den hat sie wohl schon länger. Die Iris hat die beiden im Wald gesehen. Da haben die im Auto geknutscht.«

»Nee … das gibt's doch gar nicht. Wenn das der Alte gewusst hätte.«

»Kennst du den?«

»Nein, der ist vom Festland. Ist immer mit den Manns-lüüd unterwegs beim Jagen. Armer Schlucker, glaub ich. Der hat sich letztens erst mit dem Jacobsen gekloppt.«

»Warum?« Charlotte zappelte von einer Seite zur ande-ren. »Der wollte auch was von der …«

Der Friseur kam um die Ecke und fing an, Charlotte die Strähnchenfarbe aufzutragen.

»Na, haben Sie Ihren Herbsturlaub schon geplant?«, fragte er.

»Nee, und ich will jetzt auch nicht reden. Ich hab Kopf-schmerzen.«

Charlotte fasste sich theatralisch an die Stirn. Der Fri-seur trug mit heruntergezogenen Mundwinkeln die Farbe auf und hielt seinen Mund. Obendrein musste er die Foto-grafin laufend in eine aufrechte Position zurückziehen, weil die ihren Kopf immer wieder zum Gespräch der bei-den Damen neigte. Dies tat er ungeniert, indem er sie ein-fach an den Haaren zurückzog. Die Künstlerin griff zu ihrem Lederbüchlein und kritzelte eifrig Notizen hin-ein, um dann wieder den Kopf den Damen zuzuwenden. So ging es eine ganze Weile, bis der Haarkünstler end-lich seine Arbeit am Kopf von Charlotte beendet hatte. Wortlos verschwand er. Charlotte Hagedorn bemerkte von alledem nichts. Nur dass sie plötzlich tatsächlich Kopf-schmerzen bekam.

Mit den Informationen, die die Frauen neben ihr groß-zügig ausplauderten, war sie auf jeden Fall ein ganzes Stück weiter. Sie grinste und steckte das Büchlein zurück in den Rucksack, als der Friseur wieder um die Ecke kam.

*

»Hallo, Nele« flötete Charlotte, als die Pensionswirtin ihr am Abend die Tür öffnete.

»Na, meine Süße, was willst du denn um diese Zeit? Für einen Besuch ist es fast ein wenig spät, findest du nicht.« Sie bat ihre Freundin in den Flur.

»Eigentlich habe ich nur eine Bitte.« Sie zögerte, steckte ihre Hände in die Taschen ihrer bunten Leinenhose und sagte: »Du musst mich ins Gästehaus lassen. Ich muss unbedingt zum Kommissar.« Sie hob bittend die gefalteten Hände in die Höhe.

»Aber es ist nach zehn. Der schläft sicher längst! Du kannst ihn nicht stören. Warum rufst du ihn denn nicht an?«

Charlotte Hagedorn druckste herum. »Weil … weil er sein Handy nicht eingeschaltet hat.«

»Aber das hat sicher einen Grund«, entgegnete Nele und gähnte. Sie stand, wie immer um diese Zeit bereits im Schlafanzug, vor ihr und fuhr sich durch die krausen Locken. »Mann, Charlotte. Ich komme in Teufels Küche, wenn ich dich reinlasse.«

Charlotte sah, dass ihre Freundin überlegte, und nutzte die Chance, die sich ihr bot. »Bitttte!«, rief sie und klatschte die Hände aneinander.

»Also gut, aber das eine sag ich dir. Wenn es Ärger gibt, dann löffelst du den alleine aus, ist das klar?«

»Ja, ja, versprochen.« Sie drückte Nele Martin und lauerte im Eingang, bis sie mit einem passenden Schlüssel zurückkam. Dann schlich sie der Frau im Pyjama freudestrahlend hinterher.

»Aber wehe, es gibt Ärger …«

»Nein, gibt es nicht. Danke, meine Liebe.« Sie warf Nele eine Kusshand zu und verschwand im Gästehaus. Wie ein junges Mädchen huschte sie die Stufen hinauf und blieb vor der letzten Tür im ersten Stock stehen. Aufgeregt rückte sie ihre Bluse zurecht und klopfte leise an die Tür. Hoffentlich schläft er nicht. Bloß warum der sein Handy aushat, das versteh ich nicht. Der ist doch im Dienst …

Erneut pochte sie zaghaft, aber entschlossen gegen die Tür des Appartements. Dann hörte sie leises Rascheln aus dem Inneren. Charlotte trat einen Schritt zurück und wartete. Ihre Hände waren ineinander verschlungen und ihre Daumen rotierten im Uhrzeigersinn. Alles wird gut, dachte sie und starrte auf den Türgriff, der sich langsam nach unten bewegte.

Die Tür sprang auf und vor ihr stand niemand anderes als …

»Katrin … was machst du denn hier?« Ihr Anblick allerdings sprach Bände.

»Was soll ich denn hier deiner Meinung nach um diese Uhrzeit machen?«

Sie posierte in Slip und Top vor ihrer perplex dreinschauenden Tante.

»Wieso öffnest du die Tür? Du weißt doch gar nicht, wer davor steht.«

Katrin grinste verschmitzt. »In diesem besonderen Fall schon. Die interne *Pensionspolizei* hat uns bereits informiert.«

»Aber der Dirk hat sein Handy gar nicht an!«

»Aber ich meins«, lächelte ihre Nichte.

Charlotte schob sie wortlos zur Seite und schritt durch die kleine Küche ins Wohnzimmer. Es war leer. »Wieso bist du denn hier? Könnt ihr nicht bei uns zuhau…«

»Stopp, Tantchen. Ich war vorgestern und gestern auch hier, was glaubst du denn? Vielleicht möchten wir ja einfach mal ungestört sein!«

Bedröppelt schaute sie Katrin an. »Ist der Dirk gar nicht hier?«

»Was glaubst du?« Ohne abzuwarten, stapfte Charlotte eigenmächtig in das erste der Schlafzimmer. Auch das war leer. Als sie anschließend die Tür zum zweiten Zimmer aufschob, lag der Hauptkommissar grinsend im Bett. Die Decke locker um die Beine geschlungen, als hätte er sie bereits erwartet.

»Na, meine Liebe Charlotte, willst du mit unter das kuschelige Daunenbett?«

»Ph ph ääääh, mein Gott, nein!« Sie zog sich umgehend zurück und stellte sich mitten ins Wohnzimmer. »Der ist doch wohl verrückt«, flüsterte sie Katrin ins Ohr und tippte ihren Finger gegen die Stirn.

»Das hab ich genau gehört«, rief Dirk Westermann und schwang sich aus dem Bett. Er schlüpfte in seine Jeans und streifte ein Shirt über. Grienend kam er barfuß aus dem angrenzenden Zimmer. »Kannst dich ruhig setzen, ich beiß nicht. Keine Angst.« Katrin sah ihn vorwurfsvoll von der Seite an.

»Du weißt schon, dass du störst«, sagte sie und flätzte sich in den blauen Ledersessel. Charlotte druckste herum und setzte sich ungefragt auf die andere Sitzgelegenheit.

»Ich muss dringend mit dir reden … und es duldet absolut keinen Aufschub.«

Der Kommissar stellte sich aufrecht vor sie hin und fragte: »Und was duldet keinen Aufschub?«

»Ich hole uns dann mal etwas zu trinken«, raunte Katrin und huschte in die Küche. Sie kam mit einer Flasche Rotwein und drei Gläsern zurück. Als sie eingeschenkt hatte, setzte sie sich wieder.

»Also, ich war beim Friseur«, fing sie an und rückte dabei theatralisch ihre neue Frisur zurecht.

»Hm, ja schick. Aber ist das so wichtig, dass du es uns sofort berichten musst«, erwiderte Dirk Westermann und begutachtete Charlottes modifizierten Schopf.

»Ach, papperlapapp. Das wollte ich nicht erzählen. Aber …« Sie holte aus und hob den Zeigefinger in die Luft. »Was ich dort gehört habe, das wird uns um einiges weiterbringen. Ich bin mir 100-prozentig sicher, dass die beiden Männer ermordet wurden.«

Dirk und auch Katrin sahen Charlotte entgeistert an.

»Und was bringt dich zu der Annahme?«, fragte Westermann und setzte sich auf die Couch.

»Also, wie ich bereits erwähnte, war ich beim Friseur.« Dirk nickte. »Da haben sich zwei Frauen aus Kopendorf darüber ausgelassen, dass die Männer vom Gutshof tot sind.«

»Ja, aber das ist bekannt.«

»Unterbrich mich nicht dauernd, sonst verlier ich komplett den Faden.«

»Welchen Faden«, unkte Katrin und guckte gelangweilt auf ihre Fingernägel.

»Die haben erzählt, dass die Jette Olsen seit Langem einen Liebhaber hat. Und ich hab die zwei sogar schon zusammen gesehen.« Westermann setzte sich kerzengerade hin.

»Das ist mir neu!«, sagte er und war auf einmal hellwach.

»Also wenn du mich fragst, da läuft ein ganz krummes Ding.«

Der Kommissar nahm einen Schluck Wein und wollte aufstehen.

»Stopp, nicht dass du wieder loswillst! Das kannst du gleich morgen früh erledigen.«

Katrin sprang auf und stellte sich vor die Tür. »Nein, jetzt ist Feierabend! Es ist weit nach elf und selbst diese

Jette Olsen wird schlafen.« Katrin würde ihren Freund heute Nacht gegen alle Widerstände verteidigen und nicht in die Höhle der Löwen hinauslassen.

»Ist ja schon gut«, antwortete er und winkte sie zu sich. »Ich warte bis morgen!«

Charlotte Hagedorn leerte ihr Glas und erhob sich. »Jetzt lasse ich euch Turteltauben mal lieber allein.« Sie schmunzelte, gab Katrin, die noch immer in Slip und Top in der Tür stand, einen Kuss auf die Wange und verließ schweigend das Appartement.

»Komm her, du wilde Löwin!«, rief Dirk Westermann und gab ein lautes Knurren von sich.

*

Am nächsten Morgen schlich Dirk Westermann gegen sieben gähnend durch den Flur der Polizeidienststelle. Der Geruch von Putzmittel mit einem Hauch Meeresbrise zog in seine Nase. Er schnupperte und stieß dabei fast mit Olaf Schütt zusammen, der den Dienst längst angetreten hatte.

»Ist Thomas schon da?«, fragte er und steckte sich die Pfeife in den Mund.

Der Dienststellenleiter schüttelte den Kopf. »Nein, der ist zwar früh hier gewesen, wollte allerdings noch einmal die Tatorte abfahren. Ich hab mich gewundert, dass er so früh hier war. Irgendwie hatte ich das Gefühl, dass ihm etwas auf der Seele lag. Ich denke, der glaubt nicht an die Geschichte mit dem *bösen* Wolf. Wieso fährt er eigentlich jeden Tag zwischen?«, fragte Olaf Schütt.

»Der hat in Oldenburg so viel aufzuarbeiten.«

Der Dienststellenleiter aus Burg nickte und wollte seinen Weg ins Büro fortsetzen, als er sich noch einmal umdrehte. »Ich kann mir auf all das keinen Reim machen. Wenn wir nicht bald einen Mörder fassen, dann haben wir auf der Insel ein Riesenproblem.« Er seufzte und sah Westermann an.

Seine Stirn zeigte eine tiefe Falte zwischen den Augenbrauen. »Wieso, was meinst du mit Riesenproblem? Haben wir das nicht sowieso?«

»Dirk, du glaubst doch nicht an die Mär mit dem Wolf? Dass hier einer auf der Insel ist, mag sein. Das will ich nicht in Frage stellen, aber genauso unnatürlich ist es, wenn der zwei Menschen tot beißt, oder?«

Westermann schüttelte den Kopf. »Nein, ich weiß gar nicht, was ich glauben soll. Es ist zwar alles merkwürdig und verworren, aber einen Wolf als Täter schließe ich ebenfalls aus.« Er verschränkte die Arme vor der Brust und sagte: »Ich denke, dass irgendjemand die zwei auf dem Gewissen hat.«

»Ja, das Einzige, was irritiert, sind die Kehlbisse. Die sind schließlich keine Erfindung der Pathologen«, entgegnete der Kommissar aus Burg und raufte sich den Kopf.

»Du hast recht, das hat mich bisher am meisten beschäftigt. Aber ich denke, dafür gibt es eine plausible Erklärung. Ein wilder Hund oder meinetwegen auch Wolf hat sich hinterher an den Toten zu schaffen gemacht. Punkt. Das ist meine Meinung«, sagte Dirk Westermann und zündete die Pfeife an. Schütt verzog das Gesicht.

»Aber warum sollte er sich hinterher, also wenn sie schon tot waren, mit einem Kehlbiss an ihnen vergreifen? Das ergibt doch keinen Sinn!«

»Ja, das ist mir auch schleierhaft. Trotzdem bin ich der festen Überzeugung, dass es eine plausible Erklärung dafür gibt. Wir müssen sie nur finden.«

»Und wir müssen den Fall schnellstens lösen, sonst …«, murmelte Schütt.

»Sonst was?«, fragte Westermann.

»Sonst laufen uns die restlichen Touristen auch noch weg. Wir haben mittlerweile eine regelrechte Urlauber- flucht von der Insel. Langsam wissen wir nicht mehr, was wir den Leuten erzählen sollen. Der Bürgermeister tut so, als wenn nichts passiert wäre, und hält den Ball flach. Eigentlich dürfen wir überhaupt nicht über die Sache reden. Und der Kurdirektor hat Angst, dass seine Strände und die Kasse leer bleiben. Es wird Zeit, dass wir die Lösung finden. Ach übrigens, bevor ich es vergesse, du sollst in der Pathologie anrufen.«

Westermann ging in sein Büro, goss Wasser in die Kaf- feemaschine, befüllte den Filter und stellte die Maschine an. Dann setzte er sich an seinen Schreibtisch und fuhr den Computer hoch. Er streckte die Beine aus und nahm das Telefon in die Hand. Als er die Nummer der Patho- logie gewählt hatte, lehnte er sich zurück.

Das nennt man Urlaub, ich werd verrückt. »Ja, hallo Doc. Na, was gibt's? Hast du endlich die Ergebnisse der DNA?« Es entstand eine kurze Pause »Was? Das glaube ich nicht. Das ist ja nicht wahr! Erzähl!« Westermann schnellte vom Stuhl hoch und starrte aus dem Fenster. Er konnte kaum fassen, was er hörte. Die Tür sprang auf und Thomas Hartwig betrat das Büro.

»Hey, moin«, sagte er und setzte sich an den Schreib- tisch. Westermann legte den Finger über seine Lippen und stellte den Lautsprecher an, damit Hartwig mithö- ren konnte.

»Dirk, bist du noch dran?«, kam die Frage vom anderen Ende. »Hör zu, es wäre nicht so prekär, wenn nicht …«, der Rechtsmediziner stutzte und schien zu überlegen, wie er die weiteren Untersuchungsergebnisse mitteilen sollte.

»Wenn nicht was?«, rief Westermann in den Hörer. »Red schon«, forderte der Hauptkommissar ihn auf. Selbst Thomas schaute fragend auf.

»Wenn nicht zusätzlich menschliche DNA-Spuren gefunden worden wären.«

Der Kriminalbeamte hielt inne und richtete sich auf. »Wie menschliche DNA?«, fragte er ungläubig.

»Lass es mich so erklären. Zu den eindeutigen Merkmalen eines Lupus sind, vermischt mit dessen DNA, Spuren am Kehlkopf des Opfers herausgefiltert worden, die nicht zum Toten gehören.«

»Hä, wie geht das denn?«, rief Thomas Hartwig so laut, dass der Pathologe es hören musste.

»Aber wie ist das möglich?«, fragte Westermann. »Das heißt doch nur, dass sich die DNA des Tieres mit der des Opfers vermischt haben muss, oder?«

»Nein, ich sagte doch, menschliche DNA, die *nicht* dem Toten gehört.« Es war totenstill im Raum.

»Somit müssen wir davon ausgehen, dass eine weitere Person am Tod der ersten Leiche beteiligt war, was immer das heißen mag. Was ist mit der zweiten Leiche, Michael Bruns?« Er schwieg. Selbst ihm war ein derartiger Fall nicht vorgekommen und er schien ratlos zu sein.

»Da sind wir dran. Wir suchen nach weiteren menschlichen DNA-Spuren. Ich ruf dich an, sobald ich etwas weiß. Reicht dir das?«

»Nein, tut es nicht, aber habe ich eine andere Wahl?«

»Nein, hast du nicht!« Es wurde aufgelegt.

»Na, das ist Wahnsinn«, sagte Hartwig und strich sich

durch die dunklen Haare. »Die wurden nicht vom Wolf getötet, sondern ermordet!«

»Ja, scheint so. In diesem Fall hatte Charlotte doch recht mit ihren Vermutungen.«

»Was für Vermutungen?«

Westermann stand auf und schenkte sich Kaffee in einen Becher. »Du?« Thomas nickte und spielte mit dem Kugelschreiber in seiner Hand. »Lass es mich erklären. Gestern Abend kam sie zu mir ins Appartement und hat mir eine Information zukommen lassen, die ich heute Morgen überprüfen wollte.«

»Die wäre?«

»Diese Jette Olsen soll nach dem Getuschel einiger Damen in einem Friseursalon seit Längerem einen Liebhaber neben ihrem Verlobten gehabt haben. Sieht aus, als wenn mit der nicht alles koscher ist.«

»Dann sollten wir der jungen Frau umgehend auf den Zahn fühlen«, sagte Hartwig und sprang vom Stuhl auf. »Trink erst mal deinen Kaffee, aber anschließend fahren wir zusammen zu ihr. Es sei denn, du hast etwas anderes zu tun.« Westermann schaute auf Thomas' Computer. »Nö, hab ich nicht. Außer …«

»Außer was?«

»Ich wollte diesen Jungen auf dem Campingplatz in Flügge suchen und befragen. Vielleicht kann er uns mit seinem Video weiterhelfen.«

»Das können wir hinterher gemeinsam erledigen. Obwohl wir ja eindeutig wissen, dass sich ein Wolf auf der Insel herumtreibt«, sagte Westermann.

»Trotzdem. Ich kann mir keinen Reim darauf machen, wie das vor sich gegangen sein soll«, entgegnete Hartwig.

»Das heißt, um es grob zusammenzufassen«, eröffnete

Westermann seine Theorie, »dass jemand Olsen getötet hat und das Tier, sagen wir mal hier der Wolf, sich im Nachhinein bedient hat. Anders kann ich es mir nicht erklären.« Es war selbst dem gewieften Hauptkommissar eine Nummer zu viel.

»Es könnte aber auch bedeuten, dass ihn jemand aufgefunden und sich verpieselt hat, weil er Schiss hatte.«

»Thomas, warum sollte er das tun?« Dirk Westermann fuhr sich mit der Hand über das Kinn. Die Bartstoppeln kratzten seinen Handrücken. Er war in Gedanken versunken und starrte abwesend aus dem Fenster zum Hof.

*

Charlotte Hagedorn legte nur wenig später die Zeitung aus der Hand und sah ihre Nichte ohne jegliche Gesichtsregung von der Seite an.

Katrin vernahm verhaltenes Stöhnen und fragte: »Alles in Ordnung, Tantchen? Du bist so abwesend. Dabei ist doch alles gut. Der Sommer ist dieses Jahr Bombe, du sitzt hier in unserem Luxusappartement mit dem besten Blick der Welt, hast eine tolle neue Frisur, die dich glatt fünf Jahre jünger erscheinen lässt, und bläst Trübsal. Da versteh ich, ehrlich gesagt, nicht, warum du so schlecht gelaunt bist!«

Charlotte zuckte die Schultern. »Ich hab gerade einen Bericht über diesen Wolf auf der Insel gelesen. Ist schon merkwürdig, dass ihn alle Welt jagt. Dabei ist er ein wirklich schlauer Geselle.« Sie seufzte.

»Vielleicht macht ihn aber genau das zu einem gefährlichen Raubtier«, sagte Katrin, stand auf und stellte sich rücklings gegen die Balkonbrüstung.

»Fall mir da mal nicht runter, Süße.«

Ihre Nichte schüttelte den Kopf, dass die Haare um ihr Gesicht flogen. »Iwo, wieso sollte ich. Ich bin auch schlau und weiß, dass man sich nicht zu weit übers Geländer lehnen sollte.« Sie zwinkerte ihrer Tante aufmunternd zu.

Katrin lüpfte ihr Top und wedelte sich Luft zu. Dann machte sie einige Rumpfbeugen. Sie tippte abwechselnd mit den Handflächen auf den Boden, um sie anschließend gen Himmel zu recken.

»Was du nicht sagst. Wenn du schlau bist wie ein Wolf, dann habt ihr ja schon etwas gemeinsam. Wie viele andere Dinge.«

Katrin hielt ihre nackten, braun gebrannten Waden fest, als sie den Vergleich hörte. Fragend stellte sie sich hin und steckte die Hände in die kurzen, weißen Taschen ihrer Shorts. »Wie meinst du das denn?«

»Wusstest du nicht, dass Wölfe und Frauen so viele Gemeinsamkeiten haben wie niemand sonst?«

»Nun tüddelst du aber«, sagte Katrin und tippte sich mit dem Finger an die Stirn. »Das musst du mir genau erklären.« Sie lehnte sich zurück ans Geländer und verschränkte die Arme vor der Brust.

Charlotte stand auf. »Möchtest du auch etwas trinken?«

»Du sollst nicht wieder ablenken – aber ja, bring mir ein Wasser mit.«

Charlotte kam zurück und stellte Gläser auf das Tischchen vor dem Strandkorb. »Hilf mir mal, ich will den Korb drehen.«

Ihre Nichte half ihr beim Schieben, und einen Moment später saßen sie beide gemütlich nebeneinander vor ihrem Getränk mit dem Blick über die Ostsee. Die Sonne hatte die Brücke fast erreicht und gab der See ihren rotgoldenen Glanz.

»Wie geduldig die Angler da untern auf die Fische warten, manchmal stundenlang. Könnte ich nicht«, sagte Charlotte Hagedorn und schüttelte fasziniert den Kopf.

»Nee, du nicht. Da geb ich dir recht. Aber erzähl mal von deiner Philosophie.«

»Das ist keineswegs meine alleinige Auffassung, das ist eine lang belegte Tatsache. Stell dir eine ungekünstelte und natürliche Frau und freilebende Wölfe vor. Sie haben jede Menge gemeinsam. Die Tiere sind instinktiv feinfühlig, spielerisch veranlagt und überaus loyal. Genau wie wir Frauen!«

Katrin musste lachen, obgleich der Vergleich zu stimmen schien. Sie hatte einmal einen Bericht gesehen, in dem von diesen Attributen bei Wölfen gesprochen wurde. Und Frauen, ja, die waren feinfühlig, verspielt und loyal sowieso, das zumindest war Katrins Meinung. »Und du glaubst, was du mir da erzählst.« Sie foppte ihre Tante, die es nicht einmal zu bemerken schien, und weiter drauflos plapperte.

»Außerdem sind beide äußerst beziehungsorientiert. Sie schnüffeln genauso gern herum wie Frauen.«

»Ja, genau so neugierig wie du, Tantchen. Dann hast du wohl die meiste Übereinstimmung mit deinem Lieblingstier, was?«

»Werd mal nicht frech, junge Dame. Dafür sind sie genauso wissbegierig und spitzfindig wie du, Deern. Und noch was habt ihr gemein. Ihr seid beide zäh.« Charlotte griente übers ganze Gesicht und überlegte. »Frauen und Wölfe sind ausdauernd und trotzdem seelenvoll. Wenn es um die Familie geht, sind beide intuitiv und absolut sozial eingestellt. Sie beschützen ihre Familien bis aufs Blut und sind meistens standhaft. Na ja, zumindest die Wölfe. Bei den Frauen hat sich das ja doch ganz schön geändert, wenn ich da an dich und deinen Ex denke.«

»Was hat denn das jetzt damit zu tun? Wir haben uns getroffen, so what? Und wir sind Freunde. Was ist daran so schlimm? Außerdem habe ich dir erzählt, dass er Frau und Kind hat …« Ihr Gesicht nahm auf einmal einen nachdenklichen Ausdruck an. »Ist egal, das hat nichts mehr mit mir zu tun. Ich bin standhaft, ja!«

»War doch nicht böse gemeint. Sei mal wieder meine Süße. Dafür sind wir in Krisensituationen genau wie der Wolf heldenhaft. Kann man das so sagen? Ja.« Charlotte leerte ihr Glas und schielte auf die kleinen, weißen Segelboote, die auf dem Wasser dahinglitten. Seichte Wellen kräuselten sich am Strand. Es gab keinen Wind. Flaute. »Denk mal daran, wie lange zum Beispiel Frauen und Wölfe sich unterordnen mussten. Jahrhunderte.«

»Na, das ist aber weit hergeholt, Charlotte.«

»Finde ich überhaupt nicht. Es war so. Sie wurden von patriarchalischen Gewalten unterdrückt und verfolgt. Denk nur an die Hexenverbrennungen. Das Thema hatten wir doch gerade erst. Wölfe wurden genauso gejagt und letztendlich ausgerottet. Ja, so war das!«

»Na komm, so ausgerottet sehen wir beide gar nicht aus. Da haben wir ja richtig viel Glück gehabt, dass wir überhaupt noch da sind.« Sie schaute an sich runter und lachte lauthals auf.

»Du nimmst das alles gar nicht ernst. Wenn du dich damit befassen würdest, könntest du in dir die innere eigene Wildheit des Wolfes erkennen.

Horch mal in dich hinein.«

Katrin wurde still. Sie dachte über die Worte ihrer Tante nach und war sich auf einmal nicht mehr sicher, ob sie nicht doch recht hatte. »Ich geb's ja zu. Wild bin ich … manch-mal. Dirk sagt dauernd, ich sollte mal ein wenig zur Ruhe kommen.« Erneut lachte sie und dachte an ihren Lieb-lingskommissar. Wo er wohl gerade steckt. Ich hatte mir das so schön ausgemalt. Wenn das bloß erst alles vorbei ist. Charlotte holte sie aus ihren Gedanken.

»Ich habe jede Menge Bücher für dich. Lies die mal, dann wird dir ein Licht aufgehen.«

»Und was ist damit, dass der Wolf über 300 Weidetiere gerissen hat und irgendwo auf der Welt Kinder getötet und gefressen werden? Wie sieht es da mit deiner Kompatibili-tät aus?« Charlotte holte Luft und wollte eine Erklärung abgeben, als Katrin die Hand hob. »Für heute reicht mir dein wölfischer Vortrag. Aber ich verspreche dir, ich werde darüber nachdenken und das Ganze einmal durch andere Augen betrachten.« Sie gähnte und reckte sich.

»Ich habe eine tolle Idee. Es gibt sicher irgendwo ein Wolfsgehege – was hältst du davon, da hinzufahren? Viel-leicht bekommst du dann ja einen Wolfskuss.« Charlotte klatschte begeistert in die Hände.

»Einen was?«, fragte Katrin entsetzt.

»Einen Wolfskuss. Ich habe gelesen, dass eine Frau sich in einem Wolfsgehege, ach wie hieß das Buch bloß … ja, die Weisheit der Wölfe, da stand es. Die Wolfsexpertin wollte ein Praktikum in dem Park machen, musste aber vorher zuerst von den Wölfen akzeptiert werden und betrat mit einem Pfleger das Gehege. Dort hat der Leitwolf zuerst die Witterung aufgenommen und ist anschließend auf sie zugelaufen. Ich wäre glatt gestorben. Aber dieser riesige Grauwolf hat seine Pfoten auf ihre Schultern gelegt und sie dann abgeschleckt.«

»Was hat der? Iiiiiihhh!«

»Warum sagst du iiiihhh, das ist der größte Liebesbe-
weis, den ein solches Tier einem Menschen machen kann.
Ich würde es toll finden, wenn mich ein Wolf küsst.«

»Nun sag aber mal. Das kann *ich* doch machen, dann
brauchst du dich keinem Wolf anbieten.« Sie kam auf ihre
Tante zu und wollte ihr mit der Zunge die Wange abschlecken.

»Ich warne dich, du verstehst das nicht!«

»Warum willst du mich denn unbedingt zu deinen Lieb-
lingstieren schleppen? Reicht es nicht, dass du überall
davon liest und hörst? Und du hast, seitdem du diese ganzen Wolfsbücher liest, auch nichts anderes mehr im Sinn.«

»Biiiittte! Ich werde auch nie mehr darüber reden, wenn
du …«

Katrin winkte ab. »Ich will jetzt duschen. Vielleicht
kommt Dirk noch vorbei.«

Charlotte griff nach ihrem Buch und versank augenblicklich darin.

✳

Kurze Zeit später fuhren Westermann und Hartwig auf den
Hof. »Das könnte mir gefallen«, sagte Thomas und stieg aus.
Sein Vorgesetzter folgte ihm und klingelte. Es dauerte nur
wenige Sekunden, dann öffnete Jette Olsen die Tür.

»Ja, was gibt's?« Sie verzog die Mundwinkel, als sie sah,
wer vor der Tür stand. »Ach, Sie schon wieder. Habe ich
Ihnen nicht alles erzählt?«

»Moin, wir haben noch ein paar Fragen. Dürfen wir reinkommen?« Westermanns Unterton duldete keine Widerrede. Sie bat die Männer widerstrebend in den Hauseingang.

»Ich habe eigentlich überhaupt keine Zeit und bin auf
dem Sprung. Ich muss die Beerdigung organisieren. Die

Pastorin wartet auf mich und Sie sehen ja, was hier los ist.« Sie zeigte mit der Hand über den Hof, auf dem etliche Menschen ihrer Arbeit nachgingen. »Das ist hier kein Ponyhof.«

Hartwig kam die Art, wie sie mit der Situation umging, eiskalt vor. Ist so jemand drauf, der gerade den Vater und Verlobten verloren hat?

»Wir haben ein paar wichtige Fragen. Es dauert nicht lange«, sagte Westermann.

»Wer ist der Mann, mit dem Sie hier und im Wald des Öfteren gesehen wurden? In welchem Verhältnis stehen Sie zu ihm? Wir bräuchten Namen und Anschrift.« Hartwig hatte seinen Satz beendet. Jette Olsen wurde blass und stotterte, als sie versuchte, eine Antwort zu finden.

»Das ist ein Freund, ein guter Freund. Dagegen gibt es wohl nichts einzuwenden, oder?« Es war eine glatte Lüge, das wusste Westermann sofort.

»Warum sind Sie dann beim … Liebesspiel im Wald beobachtet worden? Und das, *bevor* Ihr Verlobter starb?«

»D… das ist nicht wahr. Er ist nur ein Freund, der mich tröstet. Alles Lüge!«, schrie sie aufgebracht.

»Dann haben Sie sicherlich nichts dagegen, uns Namen und Anschrift zu nennen.« Wie versteinert spulte sie die Daten ihres Geliebten herunter. »Er wohnt auf dem Festland?«, fragte Hartwig.

»Sagte ich doch. War's das jetzt? Ich muss los!«

»Ja, für heute war es das«, antwortete Dirk Westermann. Sie verließen das Haus und stiegen in den Wagen.

»Die Dame ist auf jeden Fall aufgescheucht«, sagte der Hauptkommissar.

✳

»Den Namen kenne ich«, sagte Westermann wenig später und erinnerte sich an den unscheinbaren Mann vom Festland. »Der wohnt in Lensahn. Das schauen wir uns mal genauer an.«

»Aber lass uns zuerst zu dem Campingplatz fahren, um das Video von diesem Jungen anzusehen.«

Eine Viertelstunde später fuhren sie auf den Parkplatz. Das rege Treiben auf dem Platz verwunderte die Kommissare. Erstaunt liefen sie auf das Häuschen zu, in dem sich Gäste an- und abmeldeten. »Hier ist ja mächtig was los«, sagte Hartwig. Im Inneren der Blockhütte trafen sie auf einen etwa 60 Jahre alten Mann, der hinter einem Tresen am Schreibtisch saß und hektisch etwas in den Computer eingab.

»Moin, wir haben eine Frage.« Westermann zückte den Ausweis und hielt ihn dem Mann entgegen, der widerwillig aufsah. Dann nickte er abwesend und stand auf. »Wir suchen nach einem etwa 15-jährigen Jungen, der mit seinen Eltern Urlaub auf diesem Campingplatz macht.«

»Das soll ja wohl ein Witz sein«, höhnte der Mitarbeiter.

»Wenn das ein Witz wäre, dann ständen wir nicht hier!«, entgegnete Westermann und zückte sein Notizbuch. »Ihr Name?«

»Was soll das? Ich kann Ihnen nicht helfen. Wissen Sie, wie viele Leute hier mit ihren Kindern Urlaub machen? Weit über 1.000! Wie soll ich denn da wissen, wo ein 15-Jähriger mit seinen Eltern steht! Haben Sie keinen Namen von dem Jungen und den Eltern? Nein? Ich könnte Ihnen einen Platz zuordnen, wenn ich den Namen kennen würde.«

Die Kommissare betrachteten den Plan, auf dem die nummerierten Plätze eingetragen waren.

»Sehen Sie nicht, was hier los ist?«

Alle drei guckten nach draußen, wo sich Wagen an Wagen reihte. Laut gestikulierende Menschen standen aufgeregt vor ihren Fahrzeugen. »Das hier ist gerade die Hölle! Jeder Zweite reist ab.«

Erneut kam ein Pärchen in das Blockhaus, schmiss mehrere Schlüssel auf den Tresen und wollte lautstark die Abreise bestätigt haben. »Das Geld wollen wir wiederhaben, nur dass Sie das wissen! Hier verbringen wir keinen Urlaub mehr, damit das klar ist«, herrschte ein Mann den Mitarbeiter des Campingplatzes an und trommelte mit dem Finger durchweg auf die Holzplatte des Tresens.

»Ist ja schon gut. Ich kann schließlich auch nichts dafür!«, murrte der Platzwart und kratzte sich die Platte. Sein Gesicht hatte die Farbe von reifen Tomaten und er schwitzte. »Ich werd hier wahnsinnig, und alles nur, weil dieser Bengel einen Wolf gesehen haben will. Die drehen ja langsam alle am Rad. Was wollten Sie noch wissen?«

Westermann sah Hartwig an. »Jetzt können Sie uns wahrscheinlich doch weiterhelfen«, sagte er.

»Wieso denn auf einmal?«

»Weil wir genau diesen Jungen suchen«, antwortete Hartwig.

»Wollen Sie den verhaften? Nur zu, der hat uns den ganzen Schlamassel erst eingebrockt.«

»Wo finden wir ihn?«

Der Platzwart schlurfte an die Tafel und zeigte den Männern, wo der Wohnwagenplatz aufzufinden war. »Aber ich glaube, die sind weg. Ich habe mittlerweile komplett den Überblick verloren.«

»Welche Richtung?«, fragte Dirk Westermann.

»Gehen Sie rechts raus, es stehen überall Nummern vor den Plätzen. 243 … sie stehen auf 243.«

»Geben Sie mir bitte die Daten der Gäste.« Der Mann nickte, rieb sich sein Ohrläppchen, bis es tiefrot anlief, dann rief er den Namen im Computer auf und notierte ihn auf einem Notizzettel.

»Mann, in dessen Haut möchte ich nicht stecken. Wenn die hier reihenweise abhauen, wer kommt für den Schaden auf?«, fragte Thomas seinen Vorgesetzten.

»Jeder selbst. Was glaubst du? Du kannst jederzeit abreisen, aber bezahlen musst du trotzdem. Das ist sozusagen … höhere Gewalt.«, schmunzelte er.

Als sie an Platz 243 angelangten, war niemand vor Ort. Sämtliche Türen waren sorgsam verschlossen. Sie lugten in die Fenster und entdeckten auch im Inneren des Wohnwagens keine Menschenseele.

»Alle ausgeflogen. Aber die sind anscheinend nicht abgereist. Der Tisch und die Stühle stehen draußen«, mutmaßte Westermann.

»Mit Blümchen«, grinste Hartwig. »Das war ja mal eine heiße Spur«, murmelte er und trottete hinter dem Hauptkommissar her, der den Rückweg angetreten hatte.

»Da müssen wir nochmal wiederkommen«, entgegnete Westermann trocken.

*

Ich glaube, es wird Zeit, dass ich mal wieder auf Kaffeebesuch gehe. Sie erinnerte sich daran, dass beim Hausfrauenbund jede Menge Frauen aus der Landwirtschaft anwesend waren. Dort könnte ich mit Sicherheit das eine oder andere Gespräch mit einer potenziellen Jägersfrau führen. Ihr Plan stand fest. Sie legte das Geschirrtuch aus der Hand und schlug die Zeitung auf.

Irgendwo hab ich gelesen, dass die Frauen sich heute Nachmittag zum Kaffee mit Kosmetik-Tipps treffen. Wo hab ich, wo hab ich das nur …? Charlotte blätterte mit nassen Händen die Blätter des Tageblatts durch, die anfingen, sich durch die Feuchtigkeit aufzulösen. Wo …? Ach da! Es war nur eine kleine Ankündigung, aber sie hatte sie gefunden. Heute Nachmittag, 15 Uhr. Das passt mir gut. Ich hab genügend Zeit, um mich aufzuhübschen und Nele abzuholen … ach Gott, die muss ich ja erstmal anrufen.

»Nele, wir zwei Hübschen gehen heute Nachmittag zum Hausfrauentreffen … wie du hast keine Zeit? … aber wieso denn … da bist du doch längst mit deiner Arbeit fertig … ja, ich weiß, dass Saison ist, aber du solltest unbedingt mal raus, keine Widerrede. Ich hole dich um halb drei ab.« Sie klatschte erfreut in die Hände, lief auf nackten Füßen ins Badezimmer und drehte die Dusche an. Achtlos ließ sie ihre Jogginghose und die Bluse auf den Boden fallen und verschwand hinter der Glasverkleidung. Eine halbe Stunde später saß sie frisch geduscht und angekleidet auf der Terrasse und trank Ingwertee. »Hm, das tut gut.« Sie betrachtete die Schiffe, die in stoischer Gelassenheit über die glitzernde See dahinsegelten. Viele Motorboote ankerten unweit ihres Blickfeldes und die Männer und Frauen auf den Booten hielten Angeln ins Wasser. Es ist immer wieder schön, hier zu sitzen, dachte sie und schlürfte das heiße Getränk. Das Telefon klingelte. Lustlos stand sie auf und zottelte in die Diele, um es zu holen. Sie nahm ab.

»Ja, Hagedorn, wer ist da?« Katrin hatte sich bereits öfter darüber amüsiert, dass sie ständig fragte, wer dran sei. »Charlottchen, die werden dir schon erzählen, wer sie sind. Da musst du nicht vorher fragen.«

»Ach du bist es Kind. Ja, ja, ich weiß, das musst du mir nicht auf die Nase binden. Gut, dass du anrufst. Ach so, du kommst spät. Ist nicht schlimm, Nele und ich sind heute Nachmittag unterwegs zum Hausfrauentreffen. Was ich da will? Tee trinken und ein bisschen klönen. Ja, mach du's auch gut. Bis heute Abend, Süße. Ach übrigens, da ist Post von Mama und Papa gekommen. Nein, hab ich natürlich nicht aufgemacht. Ja Liebes, bis später. Tschü-hüß.« Es war kurz vor halb zwei, als sie sich ein letztes Mal vor dem Spiegel drehte. Sie trug eine hellblaue Leinenhose mit einer passenden Bluse und dazu weiße Holzclogs. Aufgeregt schulterte sie ihren Rucksack und verließ die Wohnung, um zu Nele nach Burg aufzubrechen. Halbes Stündchen bis zur Pension, dann halbe Stunde bis Klausdorf – das sollte reichen.

Einige Zeit später radelten die Freundinnen auf den Hof des Hofcafés. Es war voll auf dem Hofgelände. Überall liefen Kinder herum. Sie spielten mit Kaninchen oder fuhren mit Go-Karts über den Hof.

»Mann, hier ist ja was los«, sagte Nele erstaunt und stieg vom Fahrrad.

»Na, wenn du aus deiner Pension nicht mehr rauskommst, haste selber Schuld. Ich glaube, ich muss dich viel öfter mal abholen, sonst verstaubst du in eurer Trutzburg.«

Nele kicherte und bewegte sich auf den Eingang des Cafés zu. Alle Tische im Außenbereich waren besetzt. Als sie das Café betraten, das gleiche Bild. Im ganzen Lokal gab es nicht einen freien Platz. Dann entdeckte Charlotte eine mit Tischtüchern und Blumen eingedeckte Tafel.

»Das sieht aber nett aus«, sagte sie und eilte auf die Frauen zu, die sich um die Tische versammelt hatten. Sie hielten Sektgläser in den Händen. Die Chefin des Hauses kam und begrüßte die beiden Neuankömmlinge herzlich.

»Einen Sekt?«, fragte sie und hielt ihnen ein Tablett entgegen.

»Na, da sagen wir nicht Nein!«, antwortete Charlotte zwinkernd.

»Also, ich weiß nicht, ist ja eigentlich noch ein bisschen früh, meinst du nicht?« Die Pensionsbesitzerin hatte Mühe gehabt, in der Hitze mit dem Fahrrad vorwärtszukommen. »Ist doch viel zu heiß«, hatte sie gestöhnt, allerdings nicht mit der Starrköpfigkeit ihrer Freundin gerechnet. Aber am frühen Nachmittag bei der Wärme Alkohol, das war nicht ihrs.

»Also, nimm halt einen mit Orangensaft, mein Gott. Wir leben letztendlich nur einmal!« Die Fotografin hielt ihr ein Glas unter die Nase und ließ sich nicht erweichen. Schließlich entdeckte sie Hanna. Wenn jemand etwas wusste, dann sie! Schnurstracks stiefelte sie auf den Ecktisch zu, an dem bereits drei Damen mittleren Alters saßen. Charlotte zog ihre Freundin am Blusenärmel hinter sich her und setzte sich, bevor ihr jemand zuvorkommen konnte.

»Warum drängelst du so? Ich hab noch nicht einmal ausgetrunken.« Nele schien dieser ganze Zirkus nicht zu gefallen. Wie gern hätte sie jetzt mit ihrem Mann auf der Terrasse gesessen und ein wenig in der Sonne gedöst. Aber nun saß sie hier und musste versuchen, das Beste aus der Situation zu machen.

»Na, Hanna, was gibt's denn Neues auf unserer schmucken Insel?«

»Na, da fragt mich ja die Richtige!«, antwortete Hanna und drückte ihre Sitznachbarin zur Begrüßung. »Ob unser Eiland zur Zeit so schmuck ist, wage ich zu bezweifeln.«

Sie nahm einen Schluck Sekt und Charlotte sah, dass es nicht das erste Glas gewesen sein dürfte. Ihre Augen wirkten glasig, was Charlotte absolut in die Karten spielte.

So hab ich leichtes Spiel, dachte sie und trank ihr Sektglas in einem Zug leer. Nele hatte sich zur anderen Seite gewandt und war mit einer Frau aus dem Dorf ins Gespräch gekommen. »Wieso ist das im Moment keine schmucke Insel?«, fragte Charlotte hintenherum.

»Na, das wirst selbst du mitbekommen haben in deinem Rapunzelturm, dass die Gäste massenhaft abreisen.«

Charlotte Hagedorn tat, als verstünde sie nicht und schüttelte den Kopf.

»Ach Mädchen, das sieht doch ein Blinder mit dem Krückstock. Wo hast du denn deine *Miss-Marple*-Augen? Seitdem die Männer tot sind, der Wolf los ist, hauen die Gäste in Scharen ab.«

Charlotte Hagedorn senkte das Kinn und sah Hanna eindringlich an. »Um die Touristen habe ich mir nicht so viel Kopf gemacht, aber um die beiden Toten. Was meinst du denn, wer das gewesen sein könnte?«

Ihre Sitznachbarin richtete sich brüskiert auf. »Du glaubst nicht wirklich, dass die einer umgebracht hat? Nein, nein, da halt ich mich ganz klar raus. Ich will da nichts in Gang bringen.«

»Aber man hat doch vielleicht eine Vermutung, oder? Die Leute reden sicher darüber, was passiert ist.«

»Du willst aber jetzt nicht von mir wissen, was hier geredet wird. Nein, nein, dazu sag ich schier gar nichts!«

Charlotte wusste, dass sie genau am richtigen Ende des Tisches saß. Hanna nahm einen großen Schluck, als die Bedienung herumkam.

»Kaffee, Tee?«

»Kaffee«, sagte sie, »und wenn Sie mir so einen Lütten da reinkippen könnten, wäre ich glücklich.« Miss Marple von Fehmarn lächelte verhalten und murmelte.

»Tee, großen Becher Rotbuschtee, danke.« Mehrere Torten wurden auf die Tische gestellt, und langsam nahmen alle Platz.

»Aber ist schon verwunderlich, dass zwei tot sind, die fast verwandt waren. Die waren doch so dicke!« Charlotte verschränkte die Hände vor Hannas Augen.

»Dass die so dicke waren, das glaub ich nicht. Weiß nicht, ob der Olsen so froh darüber war, dass dieser fiese Bruns seine Tochter heiraten wollte.«

»Ja, aber die sind doch verliebt gewesen, die beiden.«

»Die waren nicht verliebt, sondern versprochen – so sagt man das wohl.« Im gleichen Augenblick hielt Hanna die Hand vor den Mund. Dann hob sie das Glas und trank einen Schluck. »Ich sag jetzt gar nichts mehr!«

Sie nahm sich ein Stück Himbeertorte von der runden Platte und fing sofort an, sich den Kuchen in den Mund zu stopfen. Charlotte drehte den Kopf zu Nele. »Na, alles gut?«

Sie nickte. »Alles gut.«

»Wieso waren sie versprochen?«, richtete sie ihre Frage an Hanna.

»Ach, Charlotte, nun lass uns mal von was anderem reden. Das will keiner mehr wissen. Sind doch alte Kamellen, darüber spricht hier niemand. Brauchst gar nicht erst davon anzufangen. Das liegt alles über 20 Jahre zurück, eine halbe Ewigkeit. Lass die Sache auf sich beruhen.«

Hanna fing mit der Sitznachbarin zu ihrer Linken ein Gespräch an, als die Vorsitzende des Hausfrauentreffs mit einem Teelöffel gegen ihr Glas schlug, um die Aufmerksamkeit der Gäste zu erhaschen. Sie wusste, dass sie keine weiteren Informationen erhalten würde. Also liegt die Wahrheit irgendwo in der Vergangenheit. Als wenn ich mir so etwas nicht schon gedacht hätte. Und warum war die Jette dem Bruns versprochen? Hatte der gegen den Olsen irgendetwas in der Hand? Sie wusste, was sie zu tun hatte. Sie musste erneut tief in die Vergangenheit des Archivs eintauchen, um neue Hinweise zu erhalten. »Aber sag mir wenigstens, wie lange …«

»Mann, Charlotte Hagedorn, hör endlich auf, hier herumzuschnüffeln«, schrie Hanna durch den ganzen Saal und sprang wütend auf.

*

Charlotte Hagedorn griff noch am gleichen Abend zum Telefon und wählte die Nummer von Westermanns Handy.

»Hallo, Dirk. Ich muss dich sofort sprechen! Du musst herkommen oder soll ich zur Dienststelle radeln? Es ist äußerst dringend!« Schnaubend legte sie den Hörer zurück. Eine Stunde später stand der Hauptkommissar vor ihrer Tür. »Na endlich! Ich dachte schon, du hättest mich vergessen.«

Dirk Westermann war allein gekommen. Er sah sich überall um. »Du brauchst gar nicht zu suchen, sie ist nicht da!« Charlotte griente, als seine Mundwinkel nach unten rutschten. »Wo ist dein Kollege?«

»Thomas ist in der Dienststelle und forscht im Internet.«

»Das kann er sich schenken. Ihr sucht an der falschen Stelle. Möchtest du ein Glas?« Sie zeigte auf die halb leere Weinflasche.

Dirk schüttelte den Kopf. »Hast du Bier?« Sie nickte und kam kurz darauf mit einer Flasche zurück. Westermann öffnete den Drehverschluss und genoss einen kräftigen Schluck. »Hm, das tut gut«, sagte er und unternahm Anstalten, sich zu setzen.

»Komm zu mir«, murmelte Charlotte und klopfte mit der Hand auf den Sitz des Sofas. »Dann brauche ich nicht so zu schreien.« Dirk nickte und setzte sich auf die Couch, sodass er neben ihr saß. »Hast du genug zu schreiben mit?«

»Warum, was soll ich mir denn so Wichtiges notieren?«

»Alles, was ich dir ansage. Und ich verspreche dir, wir kommen der Sache ein ganzes Stück näher.«

Sie rutschte unruhig auf ihrem Sitz umher. Es deutete vieles darauf hin, als würde das Wissen, das sie in sich trug, im nächsten Augenblick aus ihr herausplatzen. »Dann erzähl mal, meine liebe Charlotte.« Dirk Westermann nahm einen weiteren Schluck, stellte die Flasche auf den Tisch und legte seine linke Hand auf ihre.

»Also, ich weiß gar nicht, wo ich anfangen soll. Ich hatte dir doch erzählt, dass die Jette Olsen einen Liebhaber hat.«

»Ja, aber das wissen wir längst.«

»Nun warte mal ab! Die hat einen, aber weißt du auch, warum sie einen hat?«

Dirk sah sie kopfschüttelnd an.

»Nein, das kannst du ja auch nicht. Weil, weil die den Bruns gar nicht ehelichen wollte.«

»Wie kommst du denn darauf? Jeder in ihrem Umfeld hat uns erzählt, dass die beiden im nächsten Jahr vor den Traualtar gehen.«

»Ich sag doch, *sie* wollte nicht. Das war *sein* Wille. Die hat ihn überhaupt nicht geliebt.« Sie holte tief Luft. »Kein Wunder, dass sie sich einen Freund gesucht hat. Sie war ihm – wie nenne ich es – versprochen. Ja, versprochen ist das richtige Wort.«

»Was ist das denn für ein Ausdruck? Den gab es mal im Mittelalter, aber doch nicht in der Neuzeit. Hier in Deutschland wird niemand jemandem versprochen. Sag mal, wo ist eigentlich die Kleine?«

»Was interessiert dich in so einem Moment, wo Katrin ist?«, brummte Charlotte. »Die ist auf einer Hochzeit mit anschließender Einladung. Im Hotel, große Feier. Aber jetzt mal zurück. Da läuft irgendeine ganz alte Sache. Da ist etwas in der Vergangenheit, das diese beiden Morde ausgelöst haben könnte.«

»Charlotte, du guckst eindeutig zu viele Miss-Marple-Filme. Warum sollte jemand, nehmen wir mal an, eine alte Sache, wie du es nennst, ausgraben und zwei Männer ermorden? Das ergibt doch keinen Sinn.«

»Na ja, ich bin auch nicht 100-prozentig schlau daraus geworden, aber ich spüre, dass hinter den Tötungsdelikten etwas ganz anderes im Spiel ist, als wir uns vorstellen können.«

»Du musst doch irgendwo deine Informationen herhaben«, sagte Westermann herausfordernd.

»Habe ich auch. Es ist so, dass jedes Mal, wenn ich ein bestimmtes Thema anschneide, plötzlich alle um mich herum verstummen. Es scheint fast, als wird ein Deckel der Verschwiegenheit über eine weit zurückreichende Geschichte gehalten.« Sie demonstrierte die drei Affen, hielt sich zuerst Ohren, dann Augen und zu guter Letzt den Mund mit den Händen zu. »Verstehst du? Ich glaube, wir sind dabei, die Kiste der Pandora zu öffnen.« Charlotte stand auf und holte eine neue Flasche Wein aus dem Regal, das an der anderen Seite des Couchtisches eingebaut war.

»Aha, wir sind an einer ganz großen Sache dran«, entgegnete Westermann. »Es heißt allerdings Büchse der Pandora. Und was beinhaltet die nun?«, schmunzelte Dirk und hob die Flasche zum Mund.

»Kiste oder Büchse ist doch wohl egal. Aber sie trägt die Pestilenz in sich, wenn du mich fragst. Das riecht verdammt nach Tod und Verwesung«, sagte Charlotte. »Und wo wir gerade dabei sind, Polizeibeamter im Dienst und Alkohol? Das ist auch so eine Büchse, die du in der Hand hältst.«

»Ich hab Feierabend, meine Liebe! Und dies ist eine Flasche, wenn ich mich recht erinnere.«

»Ach, dann nimmst du das hier gar nicht ernst?«, murrte Charlotte.

»Doch, doch, aber …. Fassen wir zusammen. Du meinst also, dass diese Morde mit einer alten Fehde zusammenhängen?«

Sie nickte. »Alte Fehde, weiß ich nicht, aber etwas Schlimmes muss damals passiert sein und ich weiß auch, was!«

Jetzt sah Dirk sie fassungslos an.

»Warte, ich hol dir erst mal ein neues Bierchen.« Sie ging kichernd in die Küche und kam eine Minute später mit einer Flasche zurück. Sie reichte sie dem Kommissar und setzte sich wieder hin. Die Terrassentür stand sperrangelweit offen, und die schwüle Luft quälte sich durch den Raum.

»Du solltest besser die Tür zumachen, sonst hast du bald jede Menge Mücken im Wohnzimmer.« Er stand auf und schloss die Glastür. Draußen war es dunkel geworden. Dirk schaute auf die große Uhr an der Wand. Gleich halb zwölf. »Sag mal, wie lange ist die Lütte denn auf so einer Hochzeit?«

»So lange, bis sie vorbei ist«, lächelte Charlotte. »Ich weiß, es ist schon bannig spät, aber eines musst du noch wissen. Ich glaube nicht, dass es um eine Fehde ging. Da ist etwas Dramatisches geschehen, da bin ich mir sicher. Und jetzt wird abgerechnet.«

»Womit wird abgerechnet? Du sagtest gerade, du wüsstest, was passiert ist.«

»Na ja, nicht *was*, aber *wo* wir eine Antwort finden. Du musst unbedingt mit mir ins Archiv kommen, ich bin mir sicher, dass dort in den alten Zeitungen die Wahrheit liegt.

*

»Was ist mit dem Jacobsen?«, fragte Westermann am nächsten Morgen Thomas.

»Eigentlich könnten wir dem erst mal auf den Zahn fühlen. Der hat was von der Olsen gewollt, wenn ich mich recht entsinne.«

»Es sieht fast so aus, als liefen alle Wege bei dieser Jette Olsen zusammen. Merkwürdig«, sagte Westermann. »Eigentlich wollte ich mit Charlotte ins Archiv, aber das muss warten.«

»Ja, dann lass uns zu Jacobsen. Das Archiv und Lensahn laufen uns nicht weg.«

Erneut setzten sie sich in den Kombi und fuhren ihren nächsten Punkt an. Mittlerweile war es Nachmittag. »Sag mal, hast du eigentlich nie Hunger?«, fragte Thomas. »Ich könnte 'ne Currywurst und ein paar ordentlich fettige Pommes vernaschen.«

»Du denkst ständig ans Essen. Wenn du mich so fragst – ich könnte etwas im Magen vertragen. Hab seit gestern Abend nichts mehr gegessen. Aber Currywurst? Erinnert dich wohl an deine Besuche im Stadion, oder? Na, von mir aus, lass uns Currywurst …«

»Musst du eigentlich immer wieder darauf herumreiten? Ich will nichts mehr davon hören. Der Abstieg tut mir im Herzen weh …«

»Mein Jung, bleib ganz ruhig. Ich bin bei dir und schütze dein blaues Herz. Es wird schon. Braucht einfach seine Zeit. Dann kommen sie wieder.«

»Du hast gut reden. Dich interessiert das doch alles nicht. Ich hab echt keinen Bock mehr. So ein irrer Haufen! Ich wusste, dass sie absteigen. Von mir aus können die ihre dämliche Uhr komplett ausstellen.«

»Wie kannst du da so was sagen? Du weißt, ich bin immer mit dir, mein Jung.« Westermann lächelte verhalten und fuhr durch Burgs Altstadt. An einem kleinen Imbiss direkt unter dem Büro von Katrin hielt er, stellte den Wagen ab und sagte: »Du holst uns mal was Anständiges zu essen und ich …« Er deutete mit dem Finger in die erste Etage und ein Grinsen zog über sein Gesicht.

»Hätte ich mir ja denken können. Aber gleich wiederkommen, sonst komme ich hoch.«

Eine Stunde später fuhren sie in Puttgarden auf den kleinen Bauernhof von Walter Jacobsen, der keine Ähnlichkeiten mit dem Gutshof von Jette Olsen aufwies. Da konnte man schon auf den Gedanken kommen, dass der Landwirt sich damit anfreunden wollte, die Gutshofbesitzerin zu heiraten.

»Bekomm du bitte umgehend heraus, wie die Banksituation des guten Herrn aussieht. Ich habe da so meine Vermutungen, wenn ich mir das Grundstück so ansehe«, mutmaßte Westermann.

»Wie kommst du darauf?«, fragte Hartwig und ließ seinen Blick über das Hofgelände schweifen.

»Schau dich doch um. Hier ist, wie es aussieht, lange

nichts mehr passiert. Jede Menge schrottreifer Traktoren und Geräte.«

»Mit dem Mist kann man keinen Bauernhof in Schuss halten, da geb ich dir recht«, antwortete Hartwig, als er den in die Jahre gekommenen, verrosteten Fendt betrachtete.

»Das ist ein alter Farmer. Sieh mal, der hat sogar eine Seilwinde. Ich werd nicht mehr.« Dirk Westermann freute sich wie ein kleiner Junge. Es schien, als tauchte er gerade in seine Kindheit ein. »So einen hatte mein Großvater. Mann, wie lange ist das her. Allerdings war der besser in Schuss als dieser,« Westermann stellte den Wagen vor dem Haupthaus ab. Als er ausstieg, fiel ihm die Dachrinne auf, die, über der Eingangstür angebracht, an beiden Enden herunterhing. »Nee, der braucht dringend Geld. Da wäre die Kleine genau die richtige Partie gewesen.« Der Blick wanderte über den ungepflegten Hof und die zum Teil maroden Gebäude. Sie vermittelten das Gefühl, dass jahrzehntelang keine Hand mehr angelegt worden war.

»Armer Schlucker«, sagte Thomas und schoss einen kleinen Stein weg, der vor ihm auf dem Weg lag.

»Eindeutig verdächtig«, meinte Hartwig und blieb vor der Tür stehen. Ohne dass sie die Klingel betätigten, öffnete sich die Tür und Walter Jacobsen trat in den Eingangsbereich.

»Kann ich was für Sie tun?«, fragte er und erkannte in den Männern die Polizisten, die Tage zuvor in der Dienststelle mit ihm gesprochen hatten.

»Ja, wir haben da noch ein paar Fragen. Es handelt sich … aber, lassen Sie uns ins Haus?«

Thomas wusste, dass Dirk etwas herausfinden wollte. Sie betraten den Flur, der nicht besser aussah als das Grundstück.

»Was wollen Sie denn?« Die Kommissare sahen ihm an, dass es ihm peinlich war, die Männer hineinbitten zu müssen. »Es sieht hier nicht immer so aus, aber seit meine Frau ausgezogen ist, geht hier alles den Bach runter.« Es hörte sich wie eine Entschuldigung an.

»Wann haben Sie sich denn getrennt?«, fragte Hartwig. »Vor fünf Jahren«, antwortete Jacobsen und wurde verlegen. Er räusperte sich und fuhr mit den Händen durch die dunkelblonden Haare, während er voranging. Im Wohnzimmer, dessen Interieur die beste Zeit ebenfalls längst hinter sich hatte, bot er den Männern einen Stuhl an. Westermann ließ den Blick durch den Raum schweifen. Auf dem Sofa lagen Wolldecken, die anscheinend zum Schutz der Couch dort ausgebreitet waren. Der Stoff an den Lehnen war abgestoßen und wies Risse auf. Die Tapeten erinnerten ihn an die seiner Eltern. Allerdings war er damals gerade zwölf. Schrille, braungrüne Kreise im 70er-Jahre-Stil schmerzten in den Augen. »Kann ich Ihnen etwas anbieten?«, fragte der Landwirt und fuchtelte mit den Händen.

»Nein, wir haben nur ein paar Fragen«, sagte Westermann und zog sein Notizbuch aus der Brusttasche. Hartwig blickte sich um und entdeckte überall Spinnweben an der Decke, die zum Teil in dünnen Fäden herunterhingen und sich bei jedem Luftzug bewegten. Die hängen da mindestens solange, wie seine Alte weg ist, dachte er und grinste. »In welcher Verbindung stehen Sie zu Jette Olsen?«, fragte Westermann.

»Wieso interessiert Sie das?«, wollte Jacobsen wissen.

Er stand vor den Beamten und es sah nicht aus, als wollte er sich zu ihnen setzen. »Sie haben sich wegen Jette Olsen«, er suchte nach einer Notiz, »mit Michael Bruns geschlagen, ist das richtig?« Westermann sah den Landwirt an. Jacobsen schnaufte, dann sagte er: »Ja, ich fand sie früher mal ganz nett. Der Bruns hatte sie nicht verdient. Dieser fiese Knochen! Wollte nur an den Hof und hat sie richtig mies behandelt. Das wusste doch jeder.«

»Was heißt, er hat sie mies behandelt?«, wollte Hartwig wissen. »Er hat sie wie eine Schlampe behandelt, von oben herab und … grob. Ja, er war brutal zu ihr. Das hat sie nicht verdient.«

»Und Sie hätten sie nur ihrer selbst wegen gern an Ihrer Seite gehabt, oder wie soll ich das verstehen?« Westermann sah ihm direkt in die Augen.

»Ich … ich war in sie verliebt. Ob Sie mir das nun glauben oder nicht. Der Hof war mir egal! Der Alte hätte mich niemals auf den Gutshof gelassen.« Jacobsen ließ die Hand durch den Raum schweifen. »Ich konnte doch nichts einbringen, was seiner Tochter gerecht gewesen wäre. Deshalb hab ich auch nie verstanden, was der Bruns angestellt hat, damit er an die Jette kam.«

Westermann nickte. Sie hatten den Hof von Bruns genauestens inspiziert. Dort konnte man auch nicht unbedingt von Luxusgut sprechen. Etwas gepflegter war der Hof, aber nur unwesentlich. Jetzt fragte sich Westermann ernsthaft, wie Bruns es angestellt hatte, die Gunst des Gutshofbetreibers zu erlangen. Hat Charlotte mit ihren Vermutungen recht?

»Wo waren Sie in der Nacht vor Arne Olsens Tod, sagen wir, von Sonntag 22 Uhr bis Montagmorgen 2 Uhr? Können Sie mir das erklären? Und wo sind Sie neun Tage später gewesen, als Michael Bruns getötet wurde, in der Zeit von 18 Uhr bis Mitternacht?«

»Hohoho, was soll das denn werden? Sie verdächtigen mich doch nicht wirklich, die beiden Männer umgebracht zu haben! Und wieso ermordet? Ich versteh gar nichts mehr.

Warum sollte ich das Ihrer Meinung nach getan haben? Habe ich irgendein Motiv?« Jacobsen klopfte mit der Hand gegen seine Brust. Er wurde blass.

»Erzählen *Sie* es uns.« Der Landwirt eilte zum Fenster und schaute hinaus. Dann drehte er sich um: »Ich mag ein Idiot sein, ein armer Schlucker, der eine reiche Freundin gut hätte gebrauchen können, aber ich bin kein Mörder. Dem Bruns habe ich mehr als einmal den Tod gewünscht, das können Sie mir glauben. Aber ich war das nicht. Und mein Alibi? Als Arne tot aufgefunden wurde, da war ich zu Hause.«

»Gibt es dafür einen Zeugen?«, fragte Hartwig.

»Sieht wohl nicht danach aus, als würde ich hier oft Besuch empfangen. Nein, ich war alleine. Nur mein Hund war bei mir.«

»Und wo waren Sie an dem Abend, als Michael Bruns den Tod fand?«

»Ich, ich …«, er überlegte und lief durch das Zimmer. Sein Gesicht war eingefallen und er wirkte blass. »Ich war spätnachmittags mit Kollegen im Wald von Flügge.«

»Was wollten Sie da?«

»Was wohl, wir wollten das Viech erlegen, bevor es noch mehr Unruhe stiftet. Dabei hätten wir fast …«, er schwieg.

»Fast was?«, bohrte Westermann.

»Als wir den Wolf gejagt haben, ist uns ein Junge vor die Flinte gelaufen.« Jacobsen schien sichtlich erschüttert.

»Und dann?«, setzte der Hauptkommissar nach. »Haben wir sofort abgebrochen, was sonst. Wenn da etwas passiert wäre, nicht auszudenken. Dann hätten wir ein Riesenproblem.«

»Das haben Sie so oder so!«, entgegnete Hartwig. »Also wo waren Sie, nachdem die Jagd beendet wurde?«

»Zu Hause!«

»Dafür gibt es außer Ihrem Hund wohl genauso wenig einen Zeugen?«

Jacobsen nickte: »Genau!«

»Apropos Hund. Wo ist der jetzt?«

»Der liegt in der Küche vor dem Kachelofen.«

»Was haben Sie für einen Hund?« Hartwig sah seinen Chef von der Seite an. Was sollte diese Frage?

»Ich habe einen Englisch Setter.«

»Kann ich mir den mal ansehen?«, fragte Westermann.

»Ja, warum nicht.« Jacobsen pfiff durch die Zähne und rief »Lorenz!«.

»Toller Name!«, entgegnete Hartwig. Sie hörten, wie er durch den langen Flur gerannt kam. Die Krallen der Pfoten klackerten auf dem Steinboden. Schwanzwedelnd lief er auf sein Herrchen zu.

»Und ein sehr schöner Hund«, sagte Westermann beeindruckt. Der grau-weiß gefleckte Setter stupste seine Schnauze an Jacobsens Hand.

»Kann man ihn anfassen?«, fragte Hartwig.

»Na klar, geh …« Der Landwirt deutete auf die Männer. Thomas überlegte, worauf Dirk hinauswollte, und schwieg. Er würde es ihm sicherlich nachher erklären.

»Nehmen Sie ihn mit zur Jagd?«

»Natürlich, dafür habe ich ihn ja.« Jacobsen schien irritiert und fragte: »Warum ist das so wichtig?«

»Wofür ist der ausgebildet?«

»Das ist ein Vorstehhund! Er findet das Niederwild und bleibt dann solange sitzen, bis ich komme und schießen kann.« Westermann nickte.

Thomas Hartwig kraulte dem Jagdhund den Kopf und freute sich, dass es ihm gefiel. »Und wäre der Hund in der Lage, einen Kehlbiss durchzuführen?«

»Nein, dafür ist er nicht ausgebildet! Aber was sollen all diese Fragen? Ich versteh nicht.«

»Das müssen Sie auch nicht. Das war's dann fürs Erste. Ach, haben Ihre Jagdkollegen alle Hunde?« Westermann erhob sich und Hartwig folgte ihm.

»Ja, das ist so üblich. Wir sind doch Tierfreunde«, versuchte Jacobsen seine Unsicherheit zu überspielen.

»Deshalb wollen Sie auch alle gemeinsam diesen armen Wolf erlösen, oder?«

Westermann konnte sich den Satz nicht verkneifen. »Höre ich nur einen Ton von erneutem Jagddrang, dann haben Sie richtig Ärger. Ich hoffe, ich habe mich klar genug ausgedrückt!« Jacobsen nickte.

Ihr könnt mich mal …

*

»Das ist heute aber ein Mammutprogramm, wenn du mich fragst. Hätten wir das nicht morgen erledigen können?«, sagte Thomas Hartwig.

»Nein, hätten wir nicht! Wie du weißt, müssen wir einen Mörder fassen und … ich habe Urlaub, wenn du verstehst.«

Wenig später waren sie auf dem Weg nach Lensahn, um Dietrich Jensen zu befragen.

»Langsam knurrt mir wieder der Magen«, murrte Hartwig und hielt die Hand auf seinen Bauch. Er schob sein schwarzes Shirt hoch, sodass braun gebrannte Haut zum Vorschein kam.

»Wow, Sixpack, junger Mann? Na, verhungert siehst du nicht grade aus«, antwortete Westermann und lächelte. »Wieso bist *du* eigentlich so braun? Ich dachte, du arbeitest nur. Essen können wir später. Lass uns erst mal diesem Jensen auf die Bude rücken, um es mit deinen Worten auszudrücken. Wenn der da ist. Ich könnte mir vorstellen, dass Jette Olsen ihn umgehend informiert hat. Was denkst du?«

»Keine Ahnung. Aber so wie die mir vorkam, wäre es möglich. Hier ist es!«

Sie fuhren in eine Seitenstraße. Eine Wohnblocksiedlung aus den 60-ern. Sie stoppten den Wagen vor der angegebenen Hausnummer. Der Block stand abseits des Ortskerns.

»Hm, hier möchte ich nicht unbedingt wohnen«, sagte Hartwig. »Da könnte ein Pott Farbe nicht schaden.« Er stieg aus. Westermann folgte ihm und betrachtete die heruntergekommene Wohnanlage. Sie fanden den Eingang und suchten Dietrich Jensens Name auf der Klingelleiste. »Ich kann ihn nirgends entdecken«, sagte Hartwig und sah seinen Vorgesetzten fragend an, als die Tür aufging.

Westermann stellte sich vor die ältere Frau. »Entschuldigen Sie bitte, wir suchen hier einen Namen und finden ihn nicht. Können Sie uns weiterhelfen?«

»Wen suchen Sie denn?«, fragte sie und blieb mit ihrer Einkaufstasche vor den Kommissaren stehen.

»Jensen, Dietrich Jensen. Der sollte hier eigentlich wohnen.« Die Frau schüttelte energisch den Kopf. »Hier wohnt kein Dietrich Jensen, das weiß ich genau!«

»Woher wissen Sie das so sicher?«, fragte Westermann. »Weil ich schon 49 Jahre hier wohne, junger Mann!«

»Das leuchtet ein«, sagte Hartwig.

»Wie sieht der denn aus, Ihr Jensen?«, hakte sie nach. »Wissen Sie, eigentlich habe ich gar keine Zeit. Ich muss einkaufen, bevor die zumachen.« Sie zeigte auf ihre Einkaufstasche. »Wenn Sie uns weiterhelfen, nehmen wir Sie mit bis zum Geschäft, egal wohin«, sagte Westermann.

»Na, da könnte ja jeder kommen. Ich weiß doch gar nicht, wer Sie sind! Nachher rauben Sie mich aus, vergewaltigen mich und schmeißen mich irgendwo in den Wald.« Sie wirkte auf einmal ängstlich und wich einen Schritt zurück.

»Da machen Sie sich mal keine Sorgen, wir sind von der Polizei und niemand kann Sie besser beschützen als wir.« Hartwig zog grinsend seinen Ausweis aus der Tasche und hielt ihn der Frau vors Gesicht.

»Na, dann ist ja gut. Aber dazu müssen Sie mir erst mal sagen, wie der Mann aussieht, den Sie suchen.«

Westermann holte aus: »Er ist ungefähr 1,70 Meter groß, hat dunkle lockige Haare und dunkelbraune Augen. Er ist sehr schlank und …«

»Das hört sich nach Sebastian an, aber der heißt nicht Jensen, der heißt Harms!«

Westermann und Hartwig sahen sich sprachlos an …

»Meinst du, dass es sich um ein und dieselbe Person handelt?«, fragte Thomas, als sie die Stufen zum dritten Stock hochtrabten.

»Ich weiß nicht, aber wenn er es ist, dann hat er uns einiges zu erklären!« Angespannt standen sie vor der verblichenen Holztür, an der ein Plastikschild mit dem aufgedruckten Namen »Harms« zu lesen war. Westermann drückte auf den Klingelknopf. Irgendwo hallte Musik durch den mintfarben gestrichenen Hausflur. Es roch nach Knoblauch und herbem, billigem Rasierwasser. Hartwig rümpfte die Nase. Der Hauptkommissar klingelte erneut.

Es dauerte einen weiteren Moment, dann hörten sie schlurfende Schritte in der Wohnung. Die Tür öffnete sich und ihnen stand eine Frau gegenüber. Sie stützte sich auf einen Rollator und wirkte zerbrechlich. Fragend schaute sie die Männer an.

»Entschuldigen Sie bitte die Störung!« Westermann hielt ihr den Ausweis entgegen. »Wir sind auf der Suche nach Dietrich Jens… Sebastian Harms. Das ist doch Ihr Sohn, oder?«

Die verhärmte Frau nickte unmerklich und hauchte leise. »Ja, aber der ist nicht da. Er ist zur Arbeit«, stammelte sie. Ihr Blick war trübe und huschte an den Beamten teilnahmslos vorbei. Es hatte den Anschein, als wäre sie geistig überhaupt nicht anwesend oder zumindest betrunken.

»Wo ist das?«, fragte Hartwig.

»Ich bin krank, verstehen Sie? Wollen Sie reinkommen?«

»Nein, das ist nicht nötig. Wir kommen ein anderes Mal wieder. Wo arbeitet Ihr Sohn?«, fragte Hartwig noch einmal.

»In einem Baumarkt im Industriegebiet, in Oldenburg, aber warum wollen …?« Die Worte versagten. Sie hatte Schwierigkeiten, klare Sätze zu formulieren. »Mein Sohn ist ein guter Junge! Fleißig und hilft mir … immer … wenn ich ihn … brauche. Mir geht es nicht gut, wissen Sie. Mein Sebastian ist der beste Junge der Welt. Wollen Sie reinkommen?« Sie senkte für einen kurzen Moment den Blick, und in ihren Augen erschien ein verräterischer Glanz.

»Das glauben wir Ihnen gern. Aber vielleicht können Sie uns weiterhelfen«, sagte Westermann und fragte:

»Haben Sie ein Foto von Ihrem Sohn?« Die verhärmte Frau tat ihm leid. Sie musste schwere Jahre hinter sich haben. Sie nickte, hob die Hand und deutete auf die Wand im Flur.

Langsam zog sie den Rollator zurück und griff nach einer, in einem billigen Holzrahmen eingefasste, Fotografie. Sie drückte das Bild fest an sich, als wollte sie es nie mehr loslassen. Zögerlich und zitternd reichte sie es Westermann. Die Beamten blickten auf das Bildnis und sahen sich fassungslos an …

*

Tjark stromerte Tage später erneut durch das kleine Waldgebiet unweit des Campingplatzes. Stets in der Dämmerung, um kein Aufsehen zu erregen. Er hoffte, dass er die einmalige Begegnung mit dem Wolf wiederholen könnte. Zwar hatte er noch immer ein ungutes Gefühl im Magen, wenn er an das Zusammentreffen mit den Jägern dachte, aber die würden sich so schnell nicht mehr blicken lassen. Mit einem ellenlangen Ast bog er die Zweige der Büsche auseinander, in der Hoffnung, das Tier dort zu entdecken. Die Lage im Wald hatte sich zum Glück wieder beruhigt. Alle Untersuchungen schienen abgeschlossen zu sein und niemand interessierte sich mehr für das Gebiet, in dem ein Mensch zu Tode gekommen war.

Die Gäste, die sich lauthals über die Toten und den Wolf aufgeregt hatten, waren längst abgereist und die Insulaner zur Tagesordnung übergegangen, obwohl der Schock noch immer in ihren Gliedern steckte. Es stellte sich unwirklich dar, dass Leute aus ihrer Mitte tot im Wald aufgefunden wurden. Tjark war es egal. Er stiefelte durch das Unterholz und spähte aufmerksam zu allen Seiten. Was für eine Geschichte! Er hatte von Anfang an gehofft, dass der große graue Beutegreifer nicht für die Todesfälle auf der Insel verantwortlich war.

Wie kann jemand glauben, dass ein Wolf zwei Menschen auf dem Gewissen hat? Dass ein paar Schafe ihm auf seinem Weg in die Quere kamen, liegt in der Natur der Sache, fand er. Wenn man mir leckere Hamburger unter die Nase hält, würde ich auch nicht Nein sagen. Bei dem Gedanken lief ihm das Wasser im Mund zusammen. Mann, hab ich einen Kohldampf. Hunger wie ein Wolf!, grinste er. Einen letzten Versuch wollte er noch starten, dann würde er zum Campingplatz zurücklaufen. Es wurde dunkel. Seine Eltern wollten morgen abreisen. Ihnen war der Trubel um die Waldmorde eindeutig zu viel.

Möwen kreischten, und Tjark hatte Bedenken, dass sie das Tier verjagen könnten. Es knackte im Gebüsch. Ein verängstigtes Kaninchen lief Haken schlagend durch das Unterholz, bevor es in einem Bau verschwand. Etwas schien es erschreckt zu haben. Vögel flatterten aufgescheucht davon. Eine unheimliche Stille erfüllte auf einmal die Gegend und Tjark blieb stehen. Trotz der warmen Luft, die seinen Nacken streifte, überzog sich sein Körper mit einer Gänsehaut. Er bewegte sich nicht. Die Blicke glitten durch die Dämmerung. Mit zusammengekniffenen Augen suchte er die unmittelbare Umgebung ab. Wieder ein Kaninchen, das die Flucht ergriff. Die beklemmende Ruhe ließ ihm einen weiteren Schauer über den Rücken laufen. Er wagte nicht, einen Schritt weiterzugehen. Nicht einmal das Meeresrauschen nahm der Schüler wahr.

Tjark schluckte und wusste, dass *Er* sich irgendwo im Dickicht aufhielt. Auf einer kleinen Anhöhe verharrte er wie eine Statue und lauerte. Wie dumm, dass er in meine Nähe kommt, wo ich so ungeschützt herumstehe. Wenn es der Wolf ist, dann bin ich am Arsch. Tjark schluckte. Sein ausgetrockneter Hals verursachte ihm Probleme und er versuchte, Speichel anzusammeln. Seine Blicke sprangen hin und her, obwohl er die Begegnung herbeigesehnt hatte. Verdammt, was mach ich jetzt? Den gesamten Körper überzog erneut eine Gänsehaut. Er spürte die Augen des Wolfes auf sich ruhen. Der lauert genauso wie ich. Das Herz von Tjark schlug so laut, dass der Beutegreifer es hören musste. Das war nicht der Herzschlag der Erde, sondern rasendes Herzjagen eines Schülers, der sich wie Jagdbeute vorkam, nur auf den Angriff wartete und sich eindeutig zu viel zugetraut hatte. Nicht eine Möwe schrie, als hätten alle gemeinsam die Flucht angetreten. Was hab ich mir nur dabei gedacht? Er hielt den Ast fest mit der Hand umklammert und fasste automatisch mit der anderen an den Hals. Ich muss mich schützen. Wenn er angreift, bin ich ihm wehrlos ausgeliefert. Dann kann ich meine Kehle vergessen. Feierabend. Ihm war plötzlich eiskalt und er verlor die Kontrolle über seinen Körper, der wie die Membran einer heftig geschlagenen Trommel erzitterte. Ich Idiot! Und niemand ahnt, wo ich bin. Na, tolle Wurst. So gehe ich als Wolfsfraß in die Geschichtsbücher ein.

Dann knackte es ein weiteres Mal und Tjark sah das große graue Tier, das mit seinen weißen Lefzen und den leuchtenden, bernsteinfarbenen Augen auf der Lichtung stand. Er musste ihn die ganze Zeit im Visier gehabt haben. Geschockt hob er den Arm, um zumindest den ersten Angriff abwehren zu können. Und obwohl er schreien wollte, brachte er keinen Ton heraus. Er verharrte wie eine Skulptur, unfähig, sich zu bewegen. Cool bleiben, Junge, ganz cool bleiben. Der Arm zeigte mit dem Ast in die Luft, als sich die Starre löste und er versuchte, festen Stand einzunehmen. Ein letztes Mal atmete er tief ein, um Sauerstoff in seine Lungen zu pumpen. In dem Augenblick bewegte der Wolf sich mit aufgerichteten Ohren leichtfüßig auf ihn zu. Die Pfoten versanken im weichen Sand und Tjark wusste, dass sein Leben keinen Pfifferling mehr wert sein würde. Nur zwei Meter vor ihm setzte das mächtige Tier zum Sprung an. Der Schüler hielt die Luft an. Der Ast glitt aus der Hand und fiel zu Boden. Er schloss die Augen und ergab sich. In diesem Moment fand sich der Halbwüchsige mit dem Ende seines Daseins ab. Die Vorderpfoten des Wolfes landeten auf Tjarks Schultern.

Er stemmte sich mit ganzer Kraft gegen das Gewicht des Wolfes. Das wird mein letzter Urlaub in diesem Leben sein … Mama. Er sah riesengroße Fangzähne auf sich zukommen. Der mindestens doppelt so große Kopf des Beutegreifers senkte sich herab …

GLEICHER ABEND

Als hätte ich etwas anderes erwartet, dachte Westermann und fragte: »Können wir das Foto haben?«

Erneut nickte die schmächtige Frau. »Aber ich muss es zurückhaben!«

»Selbstverständlich! Sobald wir unsere Arbeit erledigt haben, bekommen Sie es wieder – versprochen.«

Die Kommissare verabschiedeten sich und traten ihren Rückweg an. Draußen angekommen sagte Hartwig: »Das ist aber ein Elend, wenn ich mir das hier so ansehe. Die arme Frau. Sag mal, war die betrunken?«, fragte er.

»Nein, das glaube ich nicht. Auf mich machte sie viel mehr den Eindruck, als stehe sie unter starken Medikamenten. Die Frau sah depressiv aus.«

Westermann sah seinen Kollegen an.

»Dieser Jensen oder Harms ist 'ne ziemlich arme Sau, findest du nicht?«, sagte Hartwig und lief Richtung Auto. »Ich weiß nicht, was ich davon halten soll, aber das ist schon beachtenswert, wenn sich jemand in dem Alter um die Mutter kümmert. Wenn sie dazu noch Depressionen hat – puh. In seiner Haut möchte ich nicht stecken.«

Westermann nickte und zündete die Pfeife an, die im Mundwinkel steckte. »Lass uns mal zu diesem Baumarkt fahren. Wahrscheinlich finden wir ihn dort«, sagte der Hauptkommissar und startete den Dienstwagen.

»Hat das nicht Zeit bis …?«

»Nein, hat es nicht. Aber wenn wir hier fertig sind, kannst du gleich nach Hause fahren.«

Eine Viertelstunde später rollten sie auf den Parkplatz. Sie stiegen aus und betraten den Heimwerkermarkt, der am Ende des Industriegeländes lag. An der Information im Kassenbereich hielt Westermann einer Frau in eindeutig erkennbarem Firmenoutfit seinen Ausweis entgegen. »Dürfen wir Sie kurz stören?« Verwundert blickte sie die Männer an und nickte. »Wir suchen den Herrn Jensen beziehungsweise Harms. Wissen Sie, wo wir den finden?«

»Der war gerade hier, wenn er nicht schon Feierabend hat. Der müsste irgendwo zwischen den Regalen rumwuseln. Warten Sie, ich rufe ihn aus.« Sie schritt zu einem Mikrofon, das auf der Arbeitsplatte befestigt war, drückte einen Knopf und sagte: »Herr Harms, Herr Harms bitte zur Information.« Dann fragte sie: »Was wollen Sie denn von ihm? Ist etwas mit seiner Mutter?«

»Nein«, antwortete Westermann. »Wir müssen ihn nur sprechen.«

Sie nickte und tat, als würde sie sich wieder ihrer Arbeit zuwenden. Dabei behielt sie die Kommissare genau im Blick.

Wenig später kam der schmächtige dunkelhaarige Mann ihnen entgegen.

»Er ist es. Ich habe es mir fast gedacht. Jetzt bin ich mal gespannt, wie er uns das erklären will.«

»Hallo, was wollen *Sie* denn schon wieder?«, murrte Sebastian Harms und sah die Männer düster an. »Sie können nicht einfach herkommen. Ich habe Ihnen, davon ganz abgesehen, alles gesagt, was ich weiß. Woher wissen *Sie* eigentlich, wo ich arbeite?« Sebastian Harms steckte die Hände in die Hosentaschen der Latzhose und hielt dem Blick der Kommissare stand.

»Sie wissen doch, dass wir die Polizei sind und *alles* herausbekommen«, murrte Hartwig.

»Von Ihrer Mutter, aber können wir Sie bitte unter vier Augen sprechen … oder wollen Sie das hier vor allen Leuten …« Westermann zeigte in die Runde und schaute auf die Mitarbeiterin hinter dem Tresen, die geschäftig Papiere zusammenschob, die bereits ordentlich vor ihr lagen.

Sebastian Harms wurde blass. Er schluckte und sagte leise: »Kommen Sie, wir können in den Aufenthaltsraum gehen.«

Die Kommissare folgten ihm und betraten einen Raum, in dem drei Holztische mit passendem Gestühl standen. Auf den Tischen jede Menge Lebensmittel, Kaffeebecher und Thermoskannen. Niemand hielt sich im Zimmer auf. Harms setzte sich ungefragt und deutete auf zwei leere Stühle ihm gegenüber. »So, was wollen Sie von mir und woher haben Sie meine Adresse?«

»Die haben wir von Jette Olsen. Dort haben wir allerdings nur Ihre Mutter angetroffen, die nicht denselben Namen trägt wie Sie, was Sie uns vorab erklären müssen«, sagte Westermann und fuhr fort. »Sie hat uns Ihren Arbeitsplatz genannt.«

»Dass das Scheiße war, im Wald zu jagen, ist mir klar. Aber dass Sie deshalb extra hierher kommen, versteh ich, ehrlich gesagt, nicht.«

»Wegen der Jagd sind wir auch nicht hier.«

»Sondern?« Harms sah die Polizisten erstaunt an.

Er schob einen der leeren Becher vor sich her und streckte die Beine aus. »Was wir vielmehr von Ihnen wissen wollen: Was haben Sie mit Jette Olsen zu tun und warum benutzen Sie einen falschen Namen?« Westermanns Ansage ließ Sebastian Harms aus seiner lässigen Haltung hochschnellen. Schlagartig saß er kerzengerade auf dem Stuhl und wurde zunehmend blasser.

»Ich, ich … Jette Olsen, die kenne ich nur flüchtig. Von ihrem Vater«, stotterte er.

»Das hat man uns aber ganz anders berichtet«, entgegnete Thomas Hartwig. »Sie sollen sich zu netten Liebesspielchen im Wald getroffen haben. So sagt man«, beendete er seinen Satz. »D… das stimmt nicht. Ich war mit ihr nicht im Wald. Wir sind uns da einmal zufällig über den Weg gelaufen. Wer so was erzählt, lügt«, polterte Sebastian Harms laut.

»Kommen Sie, wollen Sie wirklich, dass wir Frau Olsen mit Ihnen zusammen befragen? Das kann doch nicht in Ihrem Sinne sein. Also raus damit, was hatten Sie mit der Verlobten von Michael Bruns zu tun?« Westermanns Stimme bekam einen strengen Ton, der keine Widerrede duldete. Sebastian Harms knabberte an seinen Fingernägeln, die bereits bis auf das Nagelbett heruntergebissen waren. An einigen Stellen zeichneten sich entzündete Wunden ab.

»Okay, Sie werden es ja doch erfahren.« Er schluckte und sah die Kommissare abwechselnd an. »Wir lieben uns!«

»Sie lieben sich – und Michael Bruns, was hat der davon gehalten?«, fragte Hartwig.

»Der wusste es nicht.« Harms guckte verlegen nach unten.

»Und das glauben Sie wirklich? Wie lange haben Sie dieses Spielchen denn schon gespielt? Ich denke, dass Bruns herausbekommen hat, was Sie mit seiner Verlobten getrieben haben, und es kam zum Streit, bei dem der zukünftige Ehemann ums Leben kam. Ist es so?«, Westermann sah ihm tief in die Augen.

»Nein!«, stotterte Sebastian Harms. »Das ist nicht so! Ich habe ihn nicht umgebracht. Warum sollte ich? Jette liebt mich und wollte sich von ihrem Verlobten trennen.« Seine Adern pulsierten und traten deutlich hervor.

»Nehmen wir das mal an. Glauben Sie wirklich, dass er sich damit zufriedengegeben hätte?« Der Hauptkommissar ließ nicht locker.

»Sie, sie wollte das mit ihrem Vater klären!«

»Ja, aber der ist leider vorher ums Leben gekommen«, sagte Hartwig.

Westermann zog die Stirn kraus. Er entgegnete nichts, machte sich allerdings Notizen. »Ich nehme das mal so hin«, antwortete er stattdessen. »Aber weshalb spielen Sie mit gezinkten Karten?«

»Was meinen Sie?«

»Warum benutzen Sie ein Pseudonym? Kennt Jette Olsen Ihren richtigen Namen oder nicht?«

Die Schultern von Sebastian Harms sanken nach unten. Hilfe suchend blickte er Westermann an und sagte: »Nein, Sie kennt ihn nicht.«

»Kennt ihn einer in der Jägertruppe?«, wollte Hartwig wissen.

»Nein. Niemand auf Fehmarn kennt meinen richtigen Namen.« Jetzt war es heraus. Die Männer sahen ihn erstaunt an.

»Und warum nicht? Was spielen Sie für ein Spiel? Eine zweite Biografie? Sie kommen auf die Insel und sind ein anderer Mensch? Wo gibt's so was? Ich habe schon davon gehört, dass jemand sich ein weiteres Lebenskonstrukt aufgebaut hat, aber gleich um die Ecke? Sie mussten doch damit rechnen, dass man Ihnen irgendwann auf die Schliche kommt. Das verstehe ich nicht, klären Sie uns auf!« Westermann sah ihn fragend an.

Sebastian schluckte und schien zu überlegen, was er antworten sollte, ohne sich weiter in Schwierigkeiten zu bringen. »Das ist eine lange Geschichte.« Wieder stockte er und überlegte. »Ich bin leidenschaftlicher Jäger. Seit meiner Jugend gibt es für mich nichts Schöneres als mit den Waidmännern in den Wald und über die Felder zu ziehen. Aber Sie haben mittlerweile selbst mitbekommen, was für Leute auf der Insel auf die Jagd gehen. Das sind keine armen Schlucker, das sind gestandene Unternehmer, Bauern mit jeder Menge Kohle.« Harms sank immer mehr in sich zusammen. »Glauben Sie, die hätten mich in ihre Gruppe gelassen, wenn die wüssten, aus was für ärmlichen Verhältnissen ich stamme? Niemals!«, schrie er. »Also habe ich mir eine neue Identität erschaffen.« Er zuckte die Schultern.

»Und wie kamen Sie an Arne Olsen? Der war ja nicht gerade auf den Kopf gefallen, wie ich aus mehreren Erzählungen hörte. Den trickst man doch nicht einfach so aus.«

»Ich habe mich auf die großen Feste geschlichen und mit Arne Olsen angefreundet, den ich auf dem Jägerball in Oldenburg kennengelernt hatte. Er erzählte mir, dass er auf der Insel eine eigene Jagd besitzt, die er zwar verpachtet hat, aber die alle Jäger nutzen konnten. Wir haben uns auf Anhieb verstanden. Er hat mich quasi in die Gruppe eingeführt. Das ist alles, wirklich! Ich hab meinen Lebenslauf nur ein wenig aufgeblasen. Was ist denn daran so schlimm? Das tut doch keinem weh.«

»Und das ging so reibungslos?« Westermann gab sich mit der Antwort nicht zufrieden.

»Na ja, es hat schon ein gutes Jahr gedauert, bis der Rest der Truppe meine Person einigermaßen akzeptiert hatte. Aber der Olsen hat den *Dietrich Jensen* immer wieder zur Jagd eingeladen. Der hatte mich ins Herz geschlossen. Vielleicht hab ich ihn an irgendjemanden erinnert. Keine Ahnung! Das konnten die anderen nicht übergehen.« Ein dünnes Lächeln huschte über seine Lippen.

Westermann nickte. »Und wie ist das mit Jette Olsen passiert?«

»Na, wenn die gewusst hätte, wer ich bin, hätte die mich nicht mal mit dem Arsch angeguckt. So einer wie ich aus dem Niemandstal hat doch bei so einer Püppi nie und nimmer eine Chance. Die war auf dem Landjugendball. Ich kam da irgendwann spät in der Nacht an, weil ich Durst hatte. Wir haben uns unterhalten und Spaß gehabt. Ich erzählte ihr von Familienstreitigkeiten – Sie verstehen? Damit sie nicht auf die Idee kommt, mich besuchen zu wollen und meine wahre Identität herausfindet.«

»Das haben Sie sich ja alles fein ausgegrübelt«, sagte Hartwig.

»Ja, denk schon. Irgendwann sind wir dann zusammen los. Die ist richtig heiß, wenn Sie verstehen, was ich meine.«

»Los, wohin?«, fragte Thomas.

»Na ja, Sie wissen schon …«

»Nein, ich weiß nicht.« Er ließ nicht locker. »Mann, wir haben geknutscht, hinter der Scheune. Dann sind wir in mein Auto und haben rumgemacht.«

»Heißt was?«

»Wir hatten Sex, was sonst! Schiffe versenken.« Plötzlich grinste Sebastian Harms, als er an die Begegnung dachte.

»Und was ist mit Bruns? Hat der die Verlobte nicht im Blick gehabt? Wie ich hörte, war der nicht grad zimperlich, wenn es um seine Braut ging?«, sagte Hartwig trocken.

»Was sollte der denn auf dem Landjugendball? Dafür war der Knacker ja wohl ein bisschen zu alt, oder?«

Westermann schmunzelte jetzt ebenfalls und nickte. »Also gut. Für heute sind wir durch. Dabei belassen wir es fürs Erste. Halten Sie sich auf jeden Fall zu unserer Verfügung!«

Die Kommissare verließen den Aufenthaltsraum und stiefelten zurück zum Dienstwagen. »Damit gibst du dich zufrieden? Was ist, wenn der zuerst den Alten und danach diesen Bruns umgelegt hat? Dann hätte er freie Bahn!« Hartwig blieb am Wagen stehen und sah Westermann in die Augen.

»Jungchen, nun denk doch mal nach. Wenn er den Olsen umgebracht hat, dann hätte der Bruns freie Bahn gehabt, verstehst du das nicht? Dann wäre der Weg zur Hochzeit des Jahres frei gewesen. Sebastian Harms hätte dumm aus der Wäsche geschaut, und nie … niemals einen Fuß auf den Gutshof gesetzt.« Westermann stieg ein.

Thomas blickte über den Parkplatz und kratzte sich den Nacken. »Das leuchtet ein.« Seine Mundwinkel hingen herunter und er kletterte völlig unbefriedigt ebenfalls ins Auto. »Das ist mir alles zu kompliziert. Vielleicht sind wir ja komplett auf dem Holzweg und die Jette Olsen wollte den Hof für sich allein, hat beide beseitigt und hätte dann diesen Burschen da drinnen geheiratet. Das ist es!« Thomas Hartwig schnalzte mit der Zunge und griente Dirk von der Seite an.

»Das hört sich theoretisch alles ganz gut an. Aber wir haben bisher nur männliche DNA, die eines Wolfes oder wilden Hundes und keinerlei andere Spuren, die uns weiterbringen. Die KT hat den gesamten Tatort abgesucht. Da war nichts, kein einziges Indiz, das in irgendeiner Weise auf Jette Olsen hinweist. Nicht eine Faser, die man mit dem Fall in Verbindung bringen konnte. Die Spuren, die sie haben, können von jedem x-beliebigen Urlauber stammen.

Da sind im Sommer genügend Leute unterwegs. So kommen wir auch nicht weiter. Wir sind, glaube ich, völlig auf dem Holzweg und müssen nach einem männlichen Täter suchen. Wir werden morgen eine DNA-Untersuchung bei den jeweiligen Personen anordnen. Vielleicht hilft uns das weiter.«

»Ja, aber was ist, wenn sich die Olsen einen Hiwi gesucht hat, der für sie die Drecksarbeit übernommen hat? Kohle hat sie dann genug! Also doch der Harms?« Hartwig kreisten die Gedanken im Kopf.

»Nein, glaub ich nicht, so weit geht dieser schmächtige Typ nicht, um an sein Ziel zu gelangen. Ist ein ziemlicher Angsthase, wenn er in die Enge getrieben wird.« Westermann schüttelte den Kopf, dann sagte er:

»Mir geht dieser Wolf nicht aus dem Sinn. Wie passt die Wolfs-DNA mit der menschlichen DNA an Olsens Leiche zusammen? Ich werd verrückt!« Westermann schnaubte und gab Gas.

»Das mit dem Isegrim glaube ich nicht. Wir sind doch nicht im Wald beim Rotkäppchen.« Hartwig schüttelte energisch den Kopf. »Außerdem haben wir bei Olsen keine Waffe gefunden, so what! Wobei Rotkäppchen wieder auf die Olsen passen würde, nur dass dieses Mal Rotkäppchen selber zugeschlagen hat«, mutmaßte Hartwig.

Westermann musste über Thomas' Ideenreichtum lächeln. »Was dir alles so einfällt. Du hast gute Gedankengänge, die müssen wir nur etwas sortieren, dann klappt das sicher … wie mit deinem Verein!«

»Hör auf!«

»Hast ja recht. Ich bring dich nach Hause und hole dich morgen früh wieder ab.«

*

Fassungslos senkte er die Augenlider, als die Schnauze immer näher kam. Er spürte den warmen Atem am Hals. Tjark schloss mit dem Leben ab und sah sich mit klaffender Kehle am Boden liegen, als völlig unerwartet die raue Zunge des Wolfes über seine Haut streifte. Der Beutegreifer leckte wahrhaftig sein Gesicht ab, als wären sie die besten Freunde.

Tjark blieb weiter erstarrt stehen und konnte nicht glauben, was in diesem Moment passierte, obwohl kaum etwas so real war wie dieser Augenblick. Das große graue Tier tötete ihn nicht etwa, es schleckte ihm mit der rauen Zunge eines gefährlichen Jägers das Gesicht ab. Vorsichtig öffnete der Junge die Augen. Die riesige Schnauze direkt vor der Nase, hielt er sein ganzes Gewicht dem Tier entgegen. Der furchteinflößende Beutegreifer schmiegte den Kopf an Tjarks Schulter. Ihn erfasste auf einmal eine unglaubliche Ruhe. Er hörte nur auf seinen pochenden Puls, und dann hatte er das Gefühl, als schlugen beide

Herzen im gleichen Takt. Für wenige Augenblicke schien die Zeit stillzustehen.

Tjark traute sich nicht, den Wolf zu berühren. Er hielt es für besser, sich passiv zu verhalten. Nur keine Angst, cool bleiben, einfach cool bleiben.

Sonst hätte er mich längst gefressen. Er wird wissen, was er will … und es mir zeigen. Aber warum ist der so zutraulich? Das ist ein wildes Tier. Scheu und vorsichtig. Der muss schon mit Menschen in Kontakt gekommen sein. Vielleicht ist das einer von denen, die jemand aus einem Gehege befreit hat. Mann, ist das ein Hammer! Während Tjark seinen unfassbaren Gedanken nachhing, ließ der Wolf von ihm ab, sah ihn für einen Moment aus unergründlichen Augen an, drehte ab und verschwand genauso schnell wieder im Dickicht, wie er gekommen war. Nach dieser außergewöhnlichen Erfahrung, die er niemals im Leben vergessen würde, blieb Tjark eine Weile wie versteinert stehen. Er besann sich, drehte sich um und schlich mit einem Gefühl unendlicher Zufriedenheit zurück zum Campingplatz. Das glaubt mir niemand! Wenn er morgen nach Hause fahren würde, dann mit dem Wissen um eine Begegnung, die ihm niemand mehr streitig machen konnte.

ZWEI TAGE SPÄTER

»Ich glaube, dass wir hier die Antwort auf all unsere Fragen finden«, sagte Charlotte Hagedorn und stapfte die Treppen ins Stadtarchiv hinauf. Westermann und Hartwig folgten ihr.

Thomas schüttelte den Kopf.

»Nun tüddelt sie wirklich«, flüsterte er Dirk ins Ohr.

»Das hab ich genau gehört«, antwortete Charlotte und drehte sich um. »Ihr könnt mir glauben oder nicht. Aber hier finden wir die Lösung.«

Der Hauptkommissar warf seinem Kollegen einen Blick zu, der ihn umgehend schweigen ließ.

Erneut klopfte Charlotte an die Tür des Archivars und öffnete, ohne ein »Herein« abzuwarten.

»Frau Hagedorn, wir haben geschlossen. Heute ist nicht Dienstag!« Der Ton verhieß nichts Gutes.

»Aber Sie sind doch da, oder?«

»Ja, trotzdem. Wir haben keinen Gästebetrieb.«

»Wir müssen unbedingt noch einmal den Zeitungsord-ner haben.« Westermann folgte Charlotte und trat in den kleinen Raum, in dem drei Männer saßen, die Daten in den Computer einpflegten.

»Westermann, Kripo Oldenburg. Wir würden gerne in eine Ihrer Archivakten blicken, wenn es Ihnen keine Mühe macht. Oder müssen wir mit einem Durchsuchungsbeschluss zurückkommen?«

»N… natürlich nicht«, stotterte Bohntropp und bekam rote Ohren. »Selbstverständlich können Sie ins Archiv. Aber was suchen Sie denn?«

»Ich … wir brauchen Informationen über den Gutshof von Arne Olsen und was es damit auf sich hat. Ist das ein Problem?«

»Nein, allerdings habe ich Frau Hagedorn bereits gesagt, dass da nichts ist. Aber von mir aus – suchen Sie selbst.« Er zuckte die Schultern, und Westermann sah ihm an, dass er nicht erfreut über die erneute Schnüffelei war. Bohntropp führte die drei, wie schon damals Charlotte, an den kleinen Tisch im Turm. Dann holte er besagten Ordner mit den historischen Dokumenten hervor und knallte ihn mit nicht erfreutem Gesichtsausdruck auf den schmalen Holztisch.

»Viel Spaß damit!«, maulte er und verschwand.

»Na, der ist ja nicht gerade gut gelaunt«, stellte Hartwig fest und schaute durch die kleinen Fenster auf den Marktplatz. Als er den Platz inspiziert hatte, fläzte er sich auf einen der alten Holzstühle. »Nun schlag mal auf, Chef. Das ist ganz schön heiß, wenn ich das mal erwähnen darf. Ich glaube, je zügiger wir das durchhaben, umso schneller sind wir wieder draußen.«

Westermann setzte sich schräg von Charlotte, um mit ihr gemeinsam Einsicht in die Unterlagen zu nehmen, und warf Thomas Hartwig einen strafenden Blick zu. »Mein Bester, du musst nicht mit uns ausharren. Wenn es dir mit uns zu langweilig ist, kannst du gern ins Büro fahren und dich auf die Akten stürzen. Das hier ist äußerst wichtig, und mir reicht es langsam mit deinem Gemaule. Wenn dir was nicht passt, fahr in die Dienststelle!«

Hartwigs Augen wurden immer größer. So hatte er seinen Vorgesetzten lange nicht erlebt. Zuletzt, als sie die grausame Mordserie auf der Insel aufklären mussten, die ihm alles abverlangt hatte. Dieser Fall schien ihn ebenfalls nervös werden lassen.

Thomas setzte sich aufrecht hin, schüttelte den Kopf und hielt es für besser, sich der Situation anzupassen. Er räusperte sich und sagte. »Alles okay, Chef. War nicht so gemeint.«

Westermann entgegnete nichts. Innerlich musste er jedoch schmunzeln, was man wahrnehmen konnte, wenn man in seine Augen sah, die hinter den Brillengläsern verschwunden waren.

Sie blätterten Seite für Seite des Jahres 1988 durch und fanden … nichts.

»Irgendetwas muss da gewesen sein! Sonst würden die hier nicht alle so tun, als wenn nicht das Geringste passiert wäre«, sagte Charlotte und stachelte Dirk Westermann an, weiterzublättern. Januar 1989, Februar, März, April.

Plötzlich stutzte er, hielt inne und tippte mit dem Finger auf die Seite, als ihm eine Überschrift vom 4. April 1989 ins Auge stach: »Ich hab's. Ich glaube, da ist es.«

»Hab doch gewusst, dass es da was gibt!«, rief Charlotte aufgeregt. Sie schlug mit der Faust auf den Tisch, steckte ihren Kopf zu Dirk Westermann und begann zu lesen.

Haus und Hof beim Pokern verspielt. Bauer verlor in einer Nacht sein gesamtes Hab und Gut. Gutshofbesitzer erschoss sich.

Ein bitterböses Pokerspiel zerstörte die gesamte Existenz eines Gutsbesitzers aus Kopendorf, seiner Frau und der Kinder. Der Landwirt, der in einer Nacht alles verlor, erschoss sich daraufhin in der Scheune. Die Familie musste kurz darauf den Hof und das Anwesen verlassen.

Der neue Eigentümer Arne Olsen sprach von dem tragischen Ende eines ehrlich gewonnenen Spieles.

»Na, das ist ja ein Ding! Da hat einer mal so eben sein ganzes Hab und Gut verspielt. Und davon will hier keiner etwas wissen? Das glaub ich nicht. Da steckt eine Riesengeschichte dahinter«, sagte Charlotte und überflog hastig die folgenden Seiten. Sie suchte nach weiteren Mitteilungen über diese tragische Begebenheit.

»Wir müssen die Seite kopieren und uns auf die Suche nach den Vorbesitzern machen«, sagte Westermann und stand auf.

Thomas Hartwig erhob sich ebenfalls und setzte sich auf den Stuhl seines Kollegen. »Lassen Sie mich mal lesen.« Er ging den Bericht durch und spürte, dass diese Geschichte einen völlig anderen Hintergrund hatte, als alle dachten. Er notierte sich das Datum 4. April 1989. »Das ist 30 Jahre her«, sagte er und blickte Charlotte Hagedorn fragend an. »Was kann so lange her sein und jetzt zu zwei Morden führen?«

»Darauf kann ich mir leider auch keinen Reim machen«, antwortete Charlotte.

»Aber das bekomme ich raus«, sagte sie und stand ebenfalls auf. Sie musste Ernchen unbedingt einen Besuch abstatten. Wenn jemand etwas weiß, dann sie. Sie wohnte schon immer auf der Insel und war um die 40, als diese Geschichte passierte. Charlotte wischte sich ein paar Schweißtropfen von der Stirn und eilte die drei Stufen hinauf, die aus dem Archiv führten. Im Vorraum sah sie Dirk Westermann mit Bohntropp zusammenstehen, der ein säuerliches Gesicht machte. Hochrot drängte er an ihr vorbei und holte den riesigen Zeitungsordner, um eine Kopie der Seite herzustellen. »Die hätten Sie sich ja auch fotografieren können. Sie haben doch heute alle ein Smartphone, da sollte das möglich sein«, maulte Bohntropp und schleppte den dicken Wälzer in sein Büro.

»Immer freundlich bleiben«, sagte Westermann, »immer freundlich bleiben. Haben Sie den Bericht nicht eingepflegt?«

»Nein, so weit waren wir noch nicht.«

Hartwig grinste und steckte sein blaues T-Shirt zurück in die Jeans. Charlotte flüsterte Dirk Westermann etwas ins Ohr und verließ das Büro. Sie verschwand so schnell, dass Thomas keine Gelegenheit bekam, sich zu verabschieden. »Diese *Miss Marple*«, sagte er und schüttelte den Kopf.

NÄCHSTER ABEND BEI JETTE

Der Tritt traf die Holztür. Es knackte bedrohlich. Jette stapfte über den Hof und wusste nicht, wo sie ihre Aggressionen abladen sollte. Sie schnaufte, und der Gärtner, der dabei war, die Rosen zu schneiden, schüttelte den Kopf und sah ihr verwundert nach. Seitdem der Alte weg ist, herrscht hier Sodom und Gomorra …

Sie stieß mit dem Fuß gegen einen der Blumenkübel und schrie.

»Wer hat diese Scheißkübel verrückt? Ich dreh hier gleich durch!« Allerdings standen die genau dort, wo sie seit vielen Jahren ihren festen Platz hatten.

»Die braucht mal 'nen richtigen Kerl«, murmelte der Kollege des Hofgärtners.

»Das lass die Chefin mal nicht hören, dann warst du die längste Zeit hier beschäftigt.« Schnell wandte sich der Jüngere von beiden wieder der Arbeit zu.

Jette huschte ins Haus und streifte gleich im Flur ihre Turnschuhe von den Füßen. Sie flogen im hohen Bogen in eine Ecke, wo sie unbeachtet liegen blieben. Ich muss mir irgendetwas einfallen lassen und ihn loswerden. Fürs Bett war er gut, aber sonst ... Und Kohle hat der auch nicht. Jette stolzierte in die Küche und schenkte sich Kaffee ein, der in der Kanne der Kaffeemaschine auf dem Küchentresen stand. Pustend schlürfte sie das bittere Gebräu.

Eigentlich keine schlechte Idee, ihn verschwinden zu lassen, dachte sie und musste lächeln. Wozu so ein böser Wolf doch gut sein kann. Sie blickte zufrieden über ihr Anwesen. Da hatte jemand ganze Arbeit geleistet. Von nun an war sie Herrin über viele Hektar Land, einen wunderbaren Landsitz und jede Menge Geld. Jette atmete wie befreit ein und stellte angewidert den Kaffeebecher zurück auf den Tresen. Ich muss mir was Schlaues einfallen lassen. Sie trottete ins Wohnzimmer und griff in ihre Hosentasche. Vier WhatsApps zeigte das Handy an. Sie wusste, von wem sie waren. Genervt öffnete sie die Mitteilungen: »Ich vermisse dich«, lautete die Erste. Auf der Zweiten stand das Gleiche, dazu folgten drei rote Herzen. Dann: »Ich will dich, heute Nacht« und zu guter Letzt: »Wenn ich an deinen geilen Körper denke, wird mir heiß.« Sie zog die Augenbraue nach oben und fing an zu tippen. »Ich vermisse dich auch und wir müssen uns unbedingt sehen ...« Drei rote Herzen folgten. Entspannt schickte sie die Message ab. Es dauerte keine zwei Minuten, dann erhielt sie wie vermutet die Antwort. »Freu mich ... 8 okay?« Erneut antwortete sie: »Jipp, 8 ist perfekt. Bei mir Kuss.« Mir muss irgendetwas Glaubhaftes einfallen, sonst werde ich den nie los. Hat der gedacht, dass ich ihn heirate? Kehliges Lachen drang durch das Wohnzimmer. Jette steckte das Handy zurück in die Hosentasche. Sie schlüpfte in ihre Schuhe, die jede Menge Sand auf dem Dielenboden verteilt hatten, und verließ achtlos das Haus.

Ich werde eine Möglichkeit finden …

*

Auf der anderen Seite stand Dietrich und sortierte Ware. Er las Jettes Mitteilungen und lief zu den Regalen. Die Arbeit in einem Baumarkt war zwar nicht das, was er sich erträumt hatte, aber sie hielt ihn und die Mutter über Wasser. Seine Schwester Merit war vor langer Zeit nach Bad Harzburg gezogen und hatte geheiratet. Er hatte sie seit zehn Jahren nicht mehr gesehen. Sie hatte mit der Familie gebrochen. Wollte raus aus der Armut, raus aus der Sozialhilfefalle.

Weg von Hartz vier, rein in den Harz, das passt doch, lächelte Sebastian verächtlich. Sie hängte sich an einen Mann aus der Gegend, der auf dem Hof seiner Eltern lebte. Dort fand sie ihr neues Leben. Ob sie Kinder hatte, wusste er nicht. Dabei konnte er ihr die völlig andere Lebensweise weit weg von der Familie nicht einmal verdenken. Als er gedankenverloren eine Lieferung Äxte in einen Korb packte, überkam ihn ein sonderbares Gefühl. Seine Hand glitt über die kühle Stahlschneide, die angenehm in der Handfläche lag. Ein Schlag, dann … Damit kann man wunderbar das Holz für den Kamin spalten, vor dem wir die Abende verbringen werden. Er lächelte süffisant und legte die Axt behutsam zu den anderen in den Korb. Das Ziel rückte immer näher. Arne mochte er, mit ihm war er gut klargekommen, und es tat ihm leid, dass er tot war. Aber der Bruns war ihm von Anfang an ein Dorn im Auge, und er war froh, dass er ihm nicht mehr im Weg stand. Jetzt muss die Süße nur noch meine Frau werden, dann ist alles perfekt. Lächelnd legte er weitere Äxte in den Korb. Ich sollte eine davon kaufen …

In dem Moment klingelte sein Handy. Als er eine unbekannte Nummer sah, überlegte er, ob er abnehmen sollte. Nachdem er die Taste mit dem Hörer gedrückt hatte, hielt er es an sein Ohr.

»Ja? Ja, das bin ich … was? … ich komme sofort.«

Ohne sich abzumelden, wollte Sebastian den Arbeitsplatz verlassen.

»Hallo Harms, wo wollen Sie hin?«, fragte einer der leitenden Angestellten, als er seinen Golf ansteuerte.

»Ich muss weg, meine Mutter!«, rief er.

»Aber Sie können nicht einfach von der Arbeit abhauen.«

»Doch ich kann, ich muss!«

»Das wird ein Nachspiel haben«, rief der Vorgesetzte und lief wutentbrannt auf den schwarzen Wagen zu. Sebastian stieg ein, ohne seinen Vorgesetzten eines Blickes zu würdigen, und verschwand mit quietschenden Reifen.

*

Als Sebastian eine halbe Stunde später auf den Parkplatz fuhr, standen Polizei und Leichenwagen vor der Tür. Er ließ den Golf direkt hinter dem Wagen des Beerdigungsinstituts stehen und rannte auf die Polizeibeamten zu, die um einen Kunststoffsack herumstanden, in den in diesem Moment die Leiche seiner Mutter gelegt wurde. Der Bestatter zog den Reißverschluss zu.

»Auflassen, sofort aufmachen!« Er rutschte auf Knien zum Leichensack und riss dem in schwarz gekleideten

Mann die Lasche aus der Hand, mit dem er den Sack verschlossen hatte.

»Moment, Sie können nicht …«, entgegnete der Bestattungsunternehmer und sah ihn missbilligend an.

»Lassen Sie ihn«, sagte der Kommissar, der den Fall bearbeitete. Als er sich umdrehte, sah Sebastian Harms verdutzt in die Augen von Dirk Westermann.

»Was machen Sie hier?« Er riss, bleich geworden, den Reißverschluss auf und blickte in das Gesicht der Toten. Es war seine Mutter. Er fing an zu weinen, schrie verzweifelt. »Nein, nein« und legte seinen Kopf gegen ihren.

Westermann winkte die Männer zurück, die am Tatort ihre Arbeit verrichteten. »Lasst ihn«, flüsterte er.

Sebastian streichelte über die bleiche, erkaltete Wange der Mutter, sah ihr in die gebrochenen Augen und gab ihr mit zitternden Lippen einen Kuss auf den Mund. »Was ist passiert?«, rief er. »Sie konnte gar nicht mehr aus der Wohnung! Warum liegt sie hier unten auf dem Boden?«

Der Hauptkommissar wandte sich an den Mann auf dem Betonboden und sagte: »Sie ist aus dem Fenster gestürzt.«

»Wie aus dem Fenster gestürzt? Sie konnte gar nicht … Wer hat das getan?« Er sprang auf und schaute Westermann hasserfüllt an. »Niemals, niemals würde sie …«

»Selbstmord könnte in Betracht kommen«, antwortete der Beamte.

»Niemals«, schrie Sebastian und spuckte angewidert auf den Boden. »Sie haben sie umgebracht.«

Westermann sah ihn fragend an. »Wer hat sie umgebracht?«

Sebastian Harms brach augenblicklich ab und sagte leise. »Sie würde sich niemals umbringen!«

»Es sieht alles danach aus. Ein Stuhl stand im Wohnzimmer am Fenster. Die Spurensicherung untersucht in diesem Augenblick die Wohnung nach Spuren und Fremdeinwirkung. Keine Anzeichen von Einbruch oder Verwüstung.« Er nahm Sebastian beiseite.

»Kann es sein, dass Ihre Mutter unter Depressionen litt? Als wir nach Ihnen fragten, machte sie auf uns einen sehr desolaten Eindruck.«

Der Sohn der Toten atmete durch und sagte mit zitternder Stimme: »Sie war sehr krank, schon seit vielen Jahren sehr krank. Ich muss meine Schwester anrufen. Sie muss wenigstens wissen, dass unsere Mutter tot ist.« Regungslos starrte er den Kommissar an: »Ich muss meine Schwester anrufen.«

»Wo ist sie?«, fragte Westermann.

»Sie lebt im Harz ... ist lange weg ... hat unsere Mutter seit Jahren nicht mehr zu Gesicht bekommen.« Der Ton, den Sebastian anschlug, war monoton und teilnahmslos.

»Nennen Sie uns ihren Namen, dann kümmern wir uns darum.«

»Mit mir wird sie sowieso nicht sprechen«, sagte Sebastian und zuckte mit den Schultern. Er wirkte zerbrechlich auf den Kommissar. »Ich weiß nicht, was ich soll tun.« Hilflos sah er Dirk Westermann an.

»Sie müssen sich als Erstes mit dem Beerdigungsunternehmer zusammensetzen.«

Sebastian nickte abwesend, dann fragte er: »Aber wieso sind Sie eigentlich hier? Das ist doch, so wie Sie es darstellen, nur ein banaler Selbstmord.«

»Wir sind hier, weil ihr Name als Aktennotiz bei uns auf dem Tisch liegt und die Kollegen einen Zusammenhang vermuteten. Sie haben uns in der Dienststelle informiert und mich hinzugezogen. Ich sitze normalerweise in der Kriminaldienststelle in Oldenburg. Deshalb bin ich hier.«

Sebastian nickte. »Hm.«

Der Leichensack wurde auf eine Trage gelegt und in den Leichenwagen geschoben.

»Wir bringen Ihre Mutter in die Gerichtsmedizin, um Fremdverschulden auszuschließen, und geben Ihnen Bescheid.«

»Und, und wie lange dauert das?«

»Das kann ich nicht sagen. Aber ich melde mich persönlich, damit sie Ihre Mutter beerdigen können. Ich glaube, es handelt sich um Selbstmord.«

Westermann legte Sebastian Harms eine Hand auf die Schulter und verabschiedete sich. Er verließ das Grundstück und fuhr zurück nach Fehmarn. Wieso bringt sich die Mutter um? War sie todkrank und wollte nicht mehr leben? Aber der Sohn hat sich doch anscheinend rührend um sie … ich verstehe es nicht. Weshalb springt eine alte, kranke Frau aus dem Fenster?

Als die Beamten weggefahren waren, schlich Sebastian in den dritten Stock hoch und betrat die Wohnung. Alles vorbei. Sie sollte es doch noch einmal schön haben in ihrem Leben. Mama, warum …? Ich liebe dich … Sebastian schlurfte mit bleiernen Beinen zum Fenster, wo der umgekippte Stuhl lag. Er schüttelte verständnislos den Kopf. Wie hast du das geschafft?

Wie in Trance hob er den alten Holzstuhl vom Boden auf, setzte sich drauf und streichelte gedankenverloren über die Lehne. Sein Kopf sank auf die Knie und der vom Weinen geschüttelte Körper zuckte. In dieser Haltung verharrte er fast eine Stunde. Bleich und mit geröteten Augen richtete er sich auf und erhob sich. Er schien um Jahre gealtert.

Sebastian zog die Arbeitskleidung aus, schlich in sein Zimmer und streifte sich Jeans und ein sauberes T-Shirt über. Er schlüpfte in seine Schuhe, blickte ein letztes Mal zurück und verließ entschlossen die Wohnung.

*

Charlotte war hibbelig. Sie trat in die Pedale. Wollte Gewissheit haben. Es war kurz nach vier, als sie am gleichen Tag das Haus ihrer alten Freundin in Avendorf erreichte. Sie stieg schnaufend vom Rad und drückte ungeduldig auf den Klingelknopf. Ihre Kamera baumelte um ihren Hals. Ernchen Steen öffnete die Tür und sah sie erstaunt an.

»Oh, meine Süße. Was hab ich nur verbrochen, dass du mich schon wieder besuchst?«

Ihr kam es äußerst merkwürdig vor, dass Charlotte Hagedorn ein zweites Mal in kürzester Zeit zu ihr kam. Irgendetwas ist da faul, überlegte sie und bat ihre Bekannte hinein. »Möchtest du ein Schnäpschen?«, fragte Ernchen und bat Charlotte Platz zu nehmen.

»Ja, gern, du weißt doch, dass ich eine Schwäche für deinen Hexenlikör habe.« Sie grinste, zog das Band der Nikon vom Hals und setzte sich im Wohnzimmer an den Esstisch. Sie legte den Fotoapparat vor sich. Ernchen holte zwei Schnapsgläser aus dem alten Buffet und stellte eines davon vor Charlottes Nase. Dann zog sie den Korken aus der Medizinflasche und schenkte ein. Charlotte Hagedorn hob das Glas und prostete Erna Steen zu.

»Auf eine erfolgreiche Zusammenkunft.«

Ernchen guckte ihre Freundin fragend an. »Was soll das denn bedeuten? Erzähl, was hast du auf dem Herzen. Du kommst nicht mir nichts, dir nichts zweimal in kürzester Zeit auf deinem Drahtesel zu Besuch. Da stimmt doch was ganz und gar nicht!«

Sie nahm ihre Hand und versuchte eine herausgerutschte Haarsträhne in ihre kunstvoll drapierte Frisur zu stecken.

Charlotte leerte ihr Glas und hob es fordernd in die Höhe. »Kann ich noch einen? Der ist soo lecker.«

Kopfschüttelnd goss Erna Steen erneut ein. Beide prosteten sich zu. »Nun erzähl, was liegt dir auf dem Herzen?«

»Da will ich auch gar nicht länger um den heißen Brei herumreden. Es tut mir leid. Ich habe keine Zeit mehr zu vergeuden …« Sie stutzte, deutete mit dem Zeigefinger auf ihr Glas und sagte.

»Du bist die Einzige, die mir helfen kann. Und wenn du mir nicht hilfst, weiß ich nicht mehr weiter. Die Leute erzählen mir nichts. Keiner erzählt mir etwas. Ich werd bald verrückt!«

»Ja, was willst du denn verdammt noch mal wissen?«

Ernchen goss erneut nach und sah Charlotte mit aufgerissenen Augen an. »Nun red schon!«

»Also, es geht um diesen vermaledeiten Gutshof von Arne Olsen. Was ist da damals passiert?«

»Hab ich's gewusst! Du hörst nicht damit auf.« Ernchen sprang auf und lief zornig im Wohnzimmer auf und ab. »Kannst du das nicht endlich ruhen lassen oder willst du nicht?«

»Genau darum geht es! Niemand will darüber reden, was passiert ist. Ich habe mit den Kommissaren herausgefunden, dass es um ein Pokerspiel ging. Aber was ist wirklich zum damaligen Zeitpunkt geschehen? Keiner rückt mit der Wahrheit raus.« Charlotte war aufgebracht und sah ihre Freundin hilfesuchend an. »Ich brauche deine Hilfe! Entweder erzählst du mir jetzt davon, oder ich besuche dich nieee wieder, basta!«

Ernchen stand sprachlos vor ihr und wurde blass. Entsetzt zog sie die Likörflasche vom Tisch, schenkte sich ein, trank hastig und füllte noch mal nach. Sie ließ sich auf den Stuhl fallen und fuhr mit zittriger Hand über ihre Einschlagfrisur, die danach wie ein auseinandergerupftes Hühnernest aussah. Sie schnaufte wie eine Dampflok und brummelte. »Wenn du … aber es ist eigentlich auch egal. So lange her, interessiert doch niemanden weiter. Also …«

Sie schnappte erneut nach Luft und fuchtelte wild mit den Händen umher. »Der Arne Olsen und der Johann … nee, wie hieß der denn jetzt noch?« Ernchen schien nicht mehr Herrin ihrer Sinne zu sein. Der Likör hatte mittlerweile ihre logischen Fähigkeiten vernebelt. »Also nochmal. Der Johann … war der Besitzer des Gutshofes in Kopendorf. Kannst du mir folgen?«

»Ja, ja, nun weiter«, Charlotte Hagedorn rutschte auf ihrem Stuhl herum. Sie wusste, dass sie der Lösung immer näher kam. »Erzähl!«

»Ich mach ja schon«, maulte Ernchen. »Die Bauern haben damals oft gepokert. Es ging meist um Geld. Der Johann gehörte zu dieser Truppe. Aber der hatte ein Problem.« Sie leerte ihr Schnapsglas. »Red endlich!«

»Der Bauer hat gern zu tief ins Glas geschaut.« Sie kicherte. »Na, ja, der war Alkoholiker, konnte mit dem Teufelszeug nicht umgehen.«

»Weiter … red weiter.« Charlotte Hagedorn war versucht, sich ebenfalls einen Schnaps einzuschenken, unterließ es in weiser Vorausschau. Es reichte, wenn Erna sich völlig offenbarte.

»Ja doch! Der war oftmals betrunken. Bei einer dieser Pokerrunden waren die anderen alle ausgeschieden und längst nach Hause gegangen. In dieser verteufelten Nacht saßen nur noch Olsen, Bruns und Johann … ja wie hieß der bloß … ist einfach schon zu lange her … am Pokertisch. Das war die Nacht, als der damalige Bauer sein ganzes Hab und Gut verspielt hat. Die haben ihn wohl übel über den Tisch gezogen, was aber niemand je laut gesagt hat.«

»Und woher weißt du, dass er über den Tisch gezogen wurde?«

»Äh, weil äh, der Olsen im Suff mal anfing zu plappern, dann ging das einfach unter den Bauern rum.«

Ernchen hob mahnend ihre Hände in die Höhe. »Der Arme musste Haus und Hof verlassen … und dann hat er sich vor lauter Gram in der gleichen Nacht mit dem Jagdgewehr erschossen. Seine Frau und die Kinder wurden quasi vom Hof vertrieben.«

»Und wo sind die abgeblieben?«

»Das weiß niemand. Irgendwo auf dem Festland.«

Charlotte versuchte eins und eins zusammenzuzählen. »Dann haben die Männer ihn betrogen?«

»Das hab ich *so* nicht gesagt.«

»Wie denn? Haben sie oder nicht?« Charlotte war aufgebracht.

»Niemand hat es je laut ausgesprochen, aber ja, so soll es gewesen sein. Vermutet haben es alle, die von dieser Nacht wussten. Der Olsen ist nicht ganz rechtmäßig zu dem Gutshof gekommen. Aber von mir hast du das alles nicht! Wenn das rauskommt, kann ich mich gleich einsargen lassen. Wehe dir!«

Ernchen Steen saß da, und Tränen kullerten über ihre Wangen. Charlotte war bestürzt angesichts der Reaktionen, die sie hervorgerufen hatte.

»Und warum spricht es immer noch niemand aus? Warum wird der Deckel des Schweigens ausgebreitet, wo doch alles schon so lange her ist?«

»Weil, weil sie sich alle Mitschuld am Tod des Bauern geben und zugeschaut haben, als Olsen die Frau und die Kinder vom Hof verjagt hat. Darum!« Charlotte nickte und überlegte fieberhaft. »Niemand wollte Schuld an dem fürchterlichen Geschehen sein. Sie haben zugelassen, dass eine Familie zerstört wurde. Wer will da den ersten Stein werfen? Wer will daran erinnert werden, dass er ein Verbrechen geduldet hat. Seit damals wurde ein Mantel des Schweigens über die Sache gelegt und nie wieder davon gesprochen. Nur deshalb genoss der Olsen so einen Ruf auf der Insel. So jetzt weißt du alles.«

»Gibt es Beweise für diesen Betrug?«

Erna Steen zuckte mit den Schultern. »Ich weiß nur, dass der Bauer damals wohl einen Schuldschein unterschrieben haben soll. Damit war alles besiegelt. Aber ob es stimmt und wo der geblieben ist, das weiß ich nicht. Irgendetwas hat damals in der Zeitung gestanden.« Charlotte nickte.

Ernchen schüttelte die Schnapsflasche und goss die letzten Tropfen in ihr Glas. »Nun ist die Flasche leer … und mein Kopf voll. Ich glaube, ich muss mich hinlegen.« Charlotte hing ihren Gedanken nach und nahm überhaupt nicht wahr, was Ernchen von sich gab.

»Wir müssen diesen Schuldschein finden, koste es, was es wolle. Wenn Jette Olsen den findet und vernichtet, dann wird niemals jemand diesen ungeheuerlichen Vorwurf überprüfen können. Denn falls sie den damals wirklich über den Tisch gezogen haben, dann ist vielleicht auch die Unterschrift gefälscht und dann könnte Jette Olsen den Hof verlieren. Falls sie den Schuldschein gefunden hat … dann hat sie auch ein Motiv.«

»Du machst das schon«, lallte Ernchen, erhob sich und wollte nur noch, dass Charlotte ihren Besuch beendete. »Der Bruns, wie lange mischte der mit dem Olsen herum?«, fragte die Freundin in Miss-Marple-Manier.

»Von jeher. Aber seit dem Pokerspiel waren die beiden ganz dicke. Die Leute haben sich immer gefragt, was der Olsen mit dem Jungspund will, dem ekelhaften Kerl. Dat ist ne janz fiese Möpp.«

»Ja, aber wer hat etwas davon, dass die beiden tot sind?«, fragte Charlotte beiläufig.

»Jette, damit sie den Bruns nicht heiraten muss und Alleinerbin wird. Das ist doch klar! Der Alte hat seine Tochter mit ihm verkuppelt und ihm die Jagd verpachtet. Wohl ohne, dass er etwas dafür bezahlen musste. Der hat ihn mit irgendetwas in der Hand seit dem Pokerspiel.«

»Woher weißt du das alles?«, fragte Charlotte und schüttelte den Kopf.

»Wer von den alten Insulanern weiß es nicht?«, entgegnete Ernchen. »Der Olsen soll seine Tochter ein paar Mal sogar ziemlich vermöbelt haben, weil sie nicht mitgespielt hat. Jette musste sich mit ihm verloben. Aber noch mal: Von mir hast du das alles nicht! Ich komm in Teufels Küche!«

Charlotte schüttelte energisch den Kopf und sah Ernchen an. »Jetzt ergibt alles Sinn. Der Bruns war bei dem Pokerspiel anwesend und hat mitbekommen, dass der Olsen ihn über den Tisch zieht. Die haben gemeinsame Sache gemacht. Der Bruns hat ihn erpresst. Die Tochter ist sozusagen das Preisgeld.« Sie überlegte. »Und dann hätte er bei einer Heirat den gesamten Hof bekommen, wenn der alte Olsen tot ist.«

»Und die Jagd. Das Gelände ist groß und wertvoll. Bruns wäre damit ein mächtiger Mann auf der Insel geworden.« Ernchen sah ihre Freundin aus glasigen Augen an. »So haben beide davon profitiert. Dann hat sie sich quasi befreit! Jetzt kann sie den Jungspund heiraten und …«

»Wo denkst du hin? Sie wird doch diesen armen Schlucker nicht heiraten! Da muss ein Mann mit Geld her. Die Jette ist berechnend. Der Jung ist ihr zu … wie soll ich sagen? Zu normal.«

»Aber der wird sich das nicht gefallen … oh, mein Gott.«

»Was ist denn nu los?«, lallte Ernchen. »Wenn die aufräumt, dann ist der Jung in Gefahr! Wo ist dein Telefon?«

Erna Steen deutete auf die Kommode, auf der das Mobiltelefon stand.

Charlotte sprang auf. Sie wählte nervös eine Nummer: »Dirk, du musst … ich weiß, wer … der Jensen ist in Gefahr. Du musst sofort zu dem Hof fahren, bevor … nicht auszudenken … ja, mach ich!«, sie legte auf und wählte erneut. »Ja, Thomas, Sie müssen mich abholen … jetzt … wir haben den Fall zu lösen. Dirk ist schon auf dem Weg. … Ja, ich warte auf Sie.« Sie drückte den roten Knopf und stellte das Telefon zurück in die Station.

»Und nu?«, stammelte Ernchen.

»Nun nehmen wir die Mörderin vom Olsen-Hof fest!« Charlotte Hagedorn war sich sicher, dass der Fall endlich gelöst war. Der Wolf war nur zufällig zum falschen Zeitpunkt an den falschen Orten. Der hat die Toten gewittert, mehr nicht. Na ja, ein wenig an den Schafen geknabbert. Wer kann es ihm verdenken.

Zehn Minuten später fuhr Thomas Hartwig mit einem Dienstwagen der Burger Polizeistation vor.

»Ich muss«, sagte Charlotte, griff nach ihrer Kamera, drückte die verdutzte Erna und verließ eilig das Haus. Sie winkte ihr zu, dann verschwand sie im Wagen.

Als sie elf Minuten später hinter Westermanns Kombi parkten, der vor dem Grundstück an der Straße geparkt war, hatte Charlotte Hagedorn ein ungutes Gefühl in ihrer Magengegend.

»Da steht das Auto von dem Jensen. Das habe ich hier schon mal gesehen, als ich recherchiert habe. Hoffentlich ist es nicht zu spät.« Sie hielt sich die Hand auf die Brust, vor der die Nikon hing.

»So, liebe Miss Marple, Sie bleiben ganz ruhig, warten hier im Auto und ich schaue mir die Sache genauer an.« Thomas Hartwig stieg aus und schloss leise die Tür. Er lief über das Gelände auf das Haus zu. Charlotte, die sich natürlich nichts sagen ließ, verließ ebenfalls den Wagen und hechtete, so schnell sie konnte, mit ihrer Kamera um den Hals hinterher. Sie sah, dass Thomas Hartwig am vorderen Eingang hantierte und damit beschäftigt war, sich Zutritt zu verschaffen. Charlotte hingegen schlich rechts an der Hauswand entlang, in der Hoffnung, rückwärtig einen Weg ins Gebäude zu finden. Sie entdeckte das geöffnete Küchenfenster und überlegte, wie sie ins Innere kommen könnte. Eilig zerrte sie die Kamera nach hinten, sodass diese auf dem Rücken hing. Dann sah sie den Fenstersockel, der fast zehn Zentimeter hervorstach, und kletterte mit ihren Clogs darauf. Sie hielt sich krampfhaft am Fenstersims fest und war gewillt, ins Haus einzusteigen. Bäuchlings rutschte sie voran. Der Fotoapparat schlackerte auf ihrem Rücken und schlug mehrfach gegen den Fensterrahmen, was unangenehme Klopfgeräusche verursachte, die sie nicht verhindern konnte. Die Angst, dass er kaputt gehen könnte, ließ sie nervös werden. Als sie längsseits über die Arbeitsplatte rutschte, fanden ihre Füße endlich Halt auf dem Boden.

Erleichtert stand sie auf zittrigen Beinen, zerrte die Kamera vor die Brust und schlich durch die Küche in den Flur.

Gott sei Dank, hoffentlich hat mich keiner gehört. Eilig huschte sie weiter. Charlotte sah, dass die Türen im Erdgeschoss des Hauses allesamt geöffnet waren. So konnte sie sicher sein, dass sich niemand in den Räumen aufhielt.

Plötzlich hörte sie aus der oberen Etage einen dumpfen Schlag.

Irgendetwas fiel zu Boden. Charlotte blieb fast das Herz stehen, als sie sich Stufe für Stufe an der Wand entlang in den ersten Stock schob. Sie durfte auf keinen Fall aufgeben. Dirk war im Haus, vielleicht brauchte er ihre Hilfe. Sie zog die Kamera vom Hals, schlang das Halteband mehrfach um ihr Handgelenk und hielt sie mutig als Waffe in der Hand. Dann hatte sie die letzte Stufe erreicht. Das Holz der Diele knarrte. Sie verharrte still und hoffte, dass niemand das Geräusch mitbekommen hatte. Ihr Herz schlug bis zum Hals. Was immer hier geschieht, mit mir rechnet keiner. Beherzt trat sie auf die erste Tür zu, die einen Spalt geöffnet war. Dahinter befand sich ein Bad, niemand hielt sich darin auf. Sie schlich weiter. Mit der Kamera in ihrer erhobenen Hand huschte sie einen Schritt vor, blieb stehen und horchte erneut. Sie nahm ein schleifendes Geräusch wahr und schob ihre Nase so weit voran, bis sie einen Blick ins Zimmer werfen konnte.

Geschockt zog sie den Kopf zurück …

EINE GUTE STUNDE VORHER

Westermann raste Richtung Kopendorf. Er wusste, wenn er nicht rechtzeitig da war, würde Jette Olsen ihren Liebhaber ebenfalls beseitigen. Sie hatte keinerlei Zeit mehr zu verlieren. Als er in das Dorf fuhr, lenkte er seinen Wagen an den Straßenrand, um kein Aufsehen zu erregen. Er wollte sie überraschen, so wie sie ihren Vater und Verlobten überrascht hatte. Sebastians Auto stand im Hof, also würden sie da sein. Jettes Wagen parkte direkt daneben. Er musste sie stoppen. Mist, wieso ist Hartwig nicht da! Wenn man ihn braucht. Die Frau hatte mutmaßlich zwei gestandene Männer umgebracht und ließ sich von einem Polizeibeamten mit Sicherheit nicht abhalten. Westermann rannte über das Gelände und zog die P99 aus dem Holster. Verdammt, hoffentlich komme ich nicht zu spät. Es war mittlerweile nach 22 Uhr. Dass die Tür verschlossen war, daran brauchte er keinen Gedanken zu verschwenden. Sie würde ihm nicht Tor und Tür öffnen, wenn sie jemanden um die Ecke brachte. Er musste einen anderen Weg ins Innere des Hauses finden und entsicherte die Pistole. Mit gezogener Waffe schlich er um das Gebäude. Er fasste an die

Seitentür, die in den Wirtschaftsraum führte – verschlossen. Zwei Meter weiter, ein Fenster. Vorsichtig rüttelte er daran – zu. »Verdammt, irgendwo muss doch was offen sein.« Als er aufgeben und Verstärkung rufen wollte, sah er das Küchenfenster. Ein altes Holzfenster mit antikem Haken. Es war so weit geöffnet, dass frische Luft hineinströmen konnte. Dirks Pulsschlag beschleunigte sich. Mit der Hand versuchte er zwischen die beiden Fensterflügel zu gelangen. Zu schmal, verdammt. Er suchte nach einem Stück Holz, einem Ast. Irgendetwas, mit dem er die Verriegelung öffnen konnte. Seine Blicke wanderten über das Areal. Dann sah er am Holzzaun einen Ast liegen. Er blickte sich um und lief die fünf Meter zum Zaun. Hoffentlich sieht mich niemand. Es kommt jetzt darauf an, unbemerkt ins Haus zu kommen. Westermann bückte sich, griff nach dem Holzstück, brach es entzwei und schlich zurück. Vorsichtig schob er den dünnen Zweig zwischen die Fensterflügel und entsicherte den verschnörkelten Eisenriegel. Das Fenster war offen. Der Kommissar öffnete die Flügel, sicherte die Waffe und steckte sie in den rückwärtigen Hosenbund. Er schwang sich auf das Fensterbrett und versuchte jeglichen Lärm zu vermeiden. Dann stand er auf der Küchenarbeitsplatte und sprang leise auf den Steinboden. Niemand im Raum. Westermann zog die Waffe aus dem Hosenbund und entsicherte sie wieder. In Alarmbereitschaft lugte er aus der Tür.

Die Diele war ebenfalls menschenleer. Der Hauptkommissar holte Luft und schlich auf die andere Seite des Flures. Die Wohnzimmertür stand sperrangelweit offen. Auch dort befand sich niemand. Nirgendwo ein Lebenszeichen. Sie müssen sich im oberen Stock aufhalten, mutmaßte er und stieg die mit Teppichboden belegten Treppenstufen hoch. Hoffte, dass keiner seinen Weg kreuzte. Tritt für Tritt schlich er nach oben, jeden Winkel im Auge behaltend. Einige der Dielenstufen knarzten, und er blieb beim leisesten Geräusch stehen. Entschlossen richtete er die Waffe in alle Richtungen und stieg weiter hinauf.

Dann hatte er die letzte Stufe erreicht. Er lauschte an der ersten Tür, bevor er sie öffnete. Leer – das Badezimmer. Der zweite Zugang war ebenfalls verschlossen. Für einen Moment legte er seinen Kopf gegen die Tür und horchte. Nichts. Westermann nahm die Waffe in die rechte Hand und drückte mit der linken den Türgriff langsam herunter. Er wartete, dann schob er die Landhaustür wenige Zentimeter auf. Als er den Kopf hindurchsteckte, um zu überprüfen, ob das Zimmer leer war, gab es einen Schlag und ihm wurde schwarz vor Augen …

STUNDEN ZUVOR

Teilnahmslos fuhr er auf den Gutshof. Vor dem Eingang zum Haus stellte er seinen Wagen ab. Es interessierte ihn nicht mehr, ob jemand sich daran störte, dass er, der Arbeiter aus Oldenburg, mit der Tochter des Gutshofbesitzers Arne Olsen rummachte. Entschlossen drückte er auf den Klingelknopf. Es war kurz nach 21 Uhr, als die Tür geöffnet wurde.

Jette sah ihn sprachlos an. »Was machst du denn hier? Mit dir habe ich heute gar nicht mehr gerechnet.«

Sebastian sah ihr an, dass es ihr nicht recht war, ihn hier zu sehen.

»Wieso, du hast mir doch eine WhatsApp geschickt.« Der leere Blick in seinen Augen erschreckte sie.

»Ja, aber um acht. Jetzt ist es nach neun.«

»Meine Mutter ist tot, kann ich trotzdem reinkommen?«

Jette wirkte entsetzt und bat ihn ins Haus. »Oh, mein Gott, das tut mir leid.« Sie ging auf ihn zu und umarmte ihn. Sebastian wusste, dass ihre Trauer gespielt war. Wie sollte sie Betroffenheit empfinden für jemanden, den sie nicht einmal kannte? Er ließ es gleichgültig geschehen. Sie zog ihn in den Flur und verschloss die Tür. »Möchtest du etwas trinken?«, fragte sie und öffnete die Wohnzimmertür.

»Ich nehme, was du da hast«, sagte er und zeigte auf das Glas Wein auf dem Tisch. »Aber ich möchte mit dir alleine sein. Tröste mich! Lass uns nach oben gehen. Ich brauche dich jetzt.«

Jette stand vor ihm und nickte. Sebastian sah sie an. Ihre blonden Haare umschmeichelten ihr zartes Gesicht. Sie trug eine weiße luftige Bluse, die sie in Höhe ihres Bauchnabels geknotet hatte. Die kleinen festen Brüste hoben und senkten sich, als sie spürte, mit welchem Verlangen er sie taxierte.

Er ging auf sie zu und fuhr mit seiner Hand über ihren Po, streichelte mit den Fingerspitzen die nackten, braun gebrannten Oberschenkel. Sie bekam trotz Hitze eine Gänsehaut. Sebastian lächelte. Er wusste, dass er sie sexuell erregte. »Na, wollen wir hochgehen?«

»Ja, sofort«, hauchte sie. Sie eilte zum Tisch, nahm die Flasche Wein und holte ein zweites Glas aus dem Schrank. Sie schob sich fordernd an ihm vorbei. Warum eigentlich nicht? Im Bett ist er eine Granate, ein kleiner Quickie schadet nicht, dachte sie und hauchte ihm einen Kuss auf die spröden Lippen. Dass seine Mutter vor wenigen Stunden verstorben war, interessierte sie nicht wirklich. Sie musste nicht wissen, woran sie gestorben war, sondern die Traurigkeit ausnutzen, um Sex mit ihm zu haben. Es erregte sie, ihn im Schmerz an sich zu ketten. Sie wollte ihm den besten Sex aller Zeiten bieten, damit er ihr Spiel weiter mitspielte.

Jette machte mit Männern, was sie für richtig hielt. Warum sollte sie den zarten, sensiblen Liebhaber nicht zu ihrer Marionette formen. Erwartungsvoll erreichte sie ihre

Wohnung im ersten Stock, stellte die Gläser auf den Tisch. Sebastian folgte ihr. Er umfasste sie von hinten und fuhr mit den Händen über ihre Hotpants, bis seine Finger zwischen ihren warmen Innenseiten ihrer Oberschenkel landeten. Sie stöhnte laut, griff nach der Flasche Weißwein, nahm einen großen Schluck, drehte sich zu ihm und ließ die Flüssigkeit aus ihrem Mund über ihr Dekolleté laufen. Sie leckte sich die Lippen und streckte die Brüste heraus, die sich unter dem nassen Stoff abzeichneten. Sebastian verlor alle Hemmungen, nahm die Hände und riss ihr unsanft die Bluse auseinander. Sie trug nichts darunter. Er vergrub sein Gesicht zwischen ihren Brüsten und leckte den Wein von ihrer Haut, während sie die Flüssigkeit aus der Flasche über den Körper laufen ließ. Er packte sie und brachte sie zum Bett, warf sie auf die Decke und fing an, sie zu küssen. Gierig zerrte er ihre Shorts herunter und entledigte sich seiner Jeans. Sie lag erwartungsvoll unter ihm, wand sich wie hilflose Beute und ließ es geschehen. »Fester, sei brutal, ich will dich. Besorg es mir richtig, du, du … ooh.«

Sebastian lächelte, sah, wie sie mit geschlossenen Augen in höchster Erregung unter seinem Leib zuckte. Er senkte den Kopf, suchte ihren feuchten Hals und öffnete den Mund. Ihre Halsschlagader pulsierte im schnellen Takt. Jeglicher Verstand setzte aus. Es schüttelte ihn und eine Gänsehaut überzog den Körper. Seine Sinne waren so empfindlich, dass es wehtat. Der Puls raste und es schien, als würde sein Herz jeden Moment aussetzen. Jetzt sollten die sehnlichsten Träume sich erfüllen. Es war, als müsste er Tausend Tode sterben, als er in ihr kam. Im gleichen Augenblick vergrub er seinen Kopf an ihrem Hals. »Endlich!«

*

Charlotte blieb für eine Sekunde erstarrt im Raum stehen. Das Bild, das sich ihr bot, war an Unmenschlichkeit nicht zu überbieten. Dann holte sie aus und schlug mit der Kamera solange zu, bis die Person schließlich von Westermann abließ und zu Boden ging. Das Messer in der Hand flog im hohen Bogen durchs Zimmer, knallte gegen die Wand, prallte ab und landete unmittelbar vor Charlottes Füßen. Sie stellte sich entschlossen mit ihren darauf. Glücklicherweise hatte sie ihre Clogs an. So schnell würde niemand das Messer darunter greifen. Was ist mit Dirk? Oh, mein Gott!

Hartwig, der an der unüberwindbaren Eingangstür gescheitert war und das offene Fenster ebenfalls entdeckt hatte, folgte Charlotte wenig später. Er folgte den Geräuschen im Obergeschoss, zog seine Waffe und sprang in den Raum, aus dem der Lärm herkam. Was er sah, ließ ihn auf den Flur zurückweichen. Er würgte, rannte dieses Mal allerdings nicht davon. Er schnellte auf die makaber aussehende Figur zu, die sich auf Charlotte stürzte und sie zu Boden stoßen wollte. Thomas Hartwig überwältigte und drückte die Person nieder. Mit wenigen Handgriffen zog er Handschellen aus der hinteren Hosentasche und legte sie um die blutverschmierten Handgelenke.

»Was ist mit Dirk?«, schrie er. »Sehen Sie nach, was mit Dirk los ist!«

Während er mit dem Knie die Person am Boden gedrückt hielt, zog er sein Handy heraus und wählte eine Nummer.

»Ihr müsst sofort Verstärkung zum Olsen-Hof schicken. Krankenwagen, Spurensicherung, das volle Programm … Ja, eine tote Person, ganz offensichtlich.« Dann riss er die am Boden liegende Gestalt herum und richtete sie auf. Charlotte nahm ihren Fuß hoch und schob das blutige

Messer Richtung Tür, damit niemand es erreichen konnte. Sie kniete neben dem Hauptkommissar und legte ihren Kopf auf seinen Brustkorb, um den Herzschlag wahrnehmen zu können.

»Er atmet, er lebt, Gott, sei Dank«, flüsterte sie. Vorsichtig tätschelte sie die Wange *ihres* Kommissars. »Dirk, mein Jung, komm zu dir. Alles ist gut. Wir sind hier!« Immer wieder streichelte sie mit ihren Fingern über sein Gesicht. Er kam zu sich und stöhnte und hielt die Hand in die Seite. Charlotte schrie auf und rief: »Er ist verletzt! Da ist Blut, viel Blut.« Hilflos sah sie Thomas Hartwig an.

»Es kommt gleich Hilfe, halt durch Dirk, es kommt gleich Hilfe! Pressen Sie Ihre Hand auf die Stelle! Sie müssen etwas darauf drücken, sofort!« Der Hauptkommissar wurde bewusstlos. Aus der Wunde quoll weiterhin Blut.

»Kommt gleich Hilfe, mein Jung.« Sie presste ihre Lippen zusammen und zitterte. Der Schock hatte sie nicht wahrnehmen lassen, was um sie herum passiert war. Ihre Augen füllten sich mit Tränen, als sie ihre Augen auf das weiß bezogene Bett richtete. Dann erstarrte sie. Überall waren Unmengen von Blut.

Charlotte Hagedorn ließ den Blick auf die Person schweifen, die darin lag. Es war Jette Olsen, oder das, was von ihr übrig geblieben war. Eine junge Frau, die mit offenen Augen dalag. Ihre blonden Haare waren blutverschmiert. Eine surreale Situation, wie sie sie noch nie erlebt hatte. Es waren Sekundenbruchteile, die das gesamte Bild der grausamen Tat offenbarten. Der Kehlkopf der jungen Frau war herausgerissen und hing neben der klaffenden Wunde. Das Blut sickerte aus ihrem Hals. Auf dem Boden davor saß mit blutverschmiertem Gesicht Sebastian Harms, dessen Hände auf dem Rücken gefesselt waren.

Entrückt sah er abwechselnd Hartwig und Charlotte an. Er kicherte und sah aus wie ein Zombie, der sich gerade an einem Opfer zu schaffen gemacht hatte.

Draußen vernahm sie erleichtert Sirenen der Polizeifahrzeuge. Sie wusste nicht, wie lange sie den Zustand in diesem Raum noch ertragen konnte, ohne zusammenzubrechen. Dann knallte es zweimal und sie hörte Holz splittern. Die Beamten stürmten das Haus. Die Stufen knarrten, als die Männer die Treppe hochjagten. Augenblicklich wurde die Situation erfasst.

»Den könnt ihr mitnehmen«, meinte Hartwig tonlos und stieß Sebastian Harms angewidert von sich. Dann robbte er auf allen vieren zu seinem Vorgesetzten. »Dirk, alles wird gut«, flüsterte er und legte seine Hand auf die Brust von Dirk Westermann. Der Brustkorb hob und senkte sich kaum.

»Sie haben ihm das Leben gerettet«, sagte Thomas Hartwig, als er die zerstörte Kamera auf dem Boden liegen sah. Das Teleobjektiv war zerbrochen und lag am anderen Ende des Raumes.

»Ich konnte doch nicht zulassen, dass so ein dahergelaufener Typ *meinen* Kommissar tötet.«

Der Mörder grinste und bewegte den Kopf wie das Pendel einer Uhr von einer Seite zur anderen. Einer der Beamten zerrte ihn hoch und stieß ihn in den Flur. Als er im Türrahmen stand, drehte er sich um und stierte grinsend auf das Bett.

Hartwig wandte sich zu ihm und fragte: »Warum?«

»Weil alles mir gehört! Meine Mutter wäre stolz auf mich«, sagte er geistesabwesend und lächelte.

Charlotte kümmerte sich rührend um Dirk Westermann, bis die Ärzte eintrafen.

Hartwig zog Handschuhe über und ging um das Bett herum. Jette lag auf dem Rücken. Ihr Unterkörper war entblößt und um den Oberkörper klebte die zerrissene Bluse. Er betrachtete sie eingehend. Ihr Hals glich einem tiefen Krater. Aus einer aufgerissenen Stelle des Halses hing der Kehlkopf heraus. Die Kollegen der KT übernahmen. Thomas schluckte und trat einen Schritt zurück. Er suchte den Blickkontakt zu Charlotte, die immer noch neben dem bewusstlosen Dirk Westermann hockte. Ohne ein weiteres Wort verließ er den Raum und stieg die Stufen ins Erdgeschoss hinab. Er ging vor die Tür, sog die Luft in seine Lungen, würgte und übergab sich in den riesigen Blumenkübel. Kreidebleich setzte er sich auf die Eingangsstufe und hielt sich den Kopf.

Die Notärzte kamen wenig später mit der Trage, auf der Dirk Westermann schwer verletzt mit einer Stichwunde lag, die Treppe hinunter.

Der Hauptkommissar war wieder bei Bewusstsein und drehte seinen Kopf zu Thomas Hartwig. »Da hast du deinen Küstenwolf!«

Hartwig sah ihn an und nickte.

ZWEI TAGE SPÄTER

Thomas Hartwig saß auf einem Stuhl an Westermanns Krankenbett in der Inselklinik. »Mann, Chef, da hast du aber noch einmal richtig Schwein gehabt. Das hätte böse ausgehen können. Wenn Charlotte nicht gewesen wäre.«

»Aber sie war ja da. Sie ist eben meine Miss Marple.« Dirk lächelte. Er richtete sich auf. »Kannst du mir mal das Kissen aufschütteln«, grinste der Hauptkommissar.

Thomas sprang auf, rückte das Kissen. »Nun ist aber gut, hey«, sagte Hartwig und trat einen Schritt zurück.

Dirk Westermann lachte lauthals. »Ich wollte nur wissen, ob du meinen Anweisungen noch folgst, wo ich hier so desolat im HSV-Shirt herumliege.«

»Das weißt du doch. Ich hatte richtig Angst um dich. Da habe ich gedacht, das Shirt würde dich ein wenig aufmuntern. Du musst halt mit in die zweite Liga, das nützt nun alles nichts.« Er grinste, setzte sich wieder und hielt die Hand seines Chefs.

»Na, hör mal«, rief Westermann und entzog sie ihm kopfschüttelnd.

Jetzt war es Hartwig, der in lautes Gelächter einfiel.

»Nein, aber mal im Ernst. Hättest du gedacht, dass der Harms sich so entpuppt? Diese schmächtige Person«, fragte Dirk.

»Nicht wirklich. Die Jette Olsen hätte eher jedes Motiv gehabt, die beiden zu beseitigen. Aber der Harms … nee. Was die mit ihm wollte?«

»Na, was wohl. Mensch, Thomas. Das war einfach nur ihr Spielhase«, lachte Westermann.

»Das Einzige, was *ich* nicht verstanden habe, wie er es geschafft hat, die DNA des Tieres an die Opfer zu bringen« überlegte Thomas Hartwig.

»Hast du nicht zugehört? Er hat doch erzählt, dass er den Unterschlupf des Wolfes durch Zufall gefunden hatte und sich aus der Losung bedient hat. Darauf muss man erst mal kommen«, endete Westermann seine Ausführung. »Dazu die K.o.-Tropfen. Die hat er richtig fertiggemacht. Da war es ein Leichtes, sie zu überwältigen und die Kehle zu drosseln. Das Herausbeißen war dem Wahn des Jungen zuzuschreiben. Und du weißt ja, den Rest haben die Tiere veranstaltet.«

»Ja, und die Jäger zur Wolfsjagd anzutreiben, clever.« Hartwig rieb sich das Kinn. »Der Junge hatte was auf dem Kasten, und dennoch war er so von Hass getrieben. Wie hatte er sich das vorgestellt? Nimmt den Schuldschein und alles fällt an ihn und seine Familie zurück?«

»Ganz ehrlich, ich weiß es nicht. Die Gedankengänge waren so abstrus, da hätten wir ewig gebraucht, um ihm auf die Schliche zu kommen«, sagte Thomas.

»Dank Charlotte konnten wir den Fall schneller lösen als gedacht«, griente Westermann und zerrte sein Shirt zurecht.

Eine Schwester betrat das Zimmer. »Alles in Ordnung? Möchten Sie Kaffee oder Tee?«, fragte sie Westermann mit einem koketten Lächeln auf den Lippen und stellte ein Stück Marmorkuchen auf den kleinen Beistelltisch.

»Der Mann hier trinkt keinen Tee«, grinste Hartwig und fing sich einen grimmigen Blick seines Vorgesetzten ein.

»Kaffee, gern.«

Sie strahlte den gut aussehenden Kommissar im Bett an und verließ das Zimmer, um kurz darauf mit dem schwarzen Gebräu zurückzukommen.

»Aber mit der Heirat von Jette hätte der all seine Ziele erreicht. Der Hof wäre an ihn zurückgefallen, und niemand wäre dahintergekommen, dass er der Sohn des Bauern ist, der sich damals erschossen hat. Er konnte ja nicht ahnen, dass sie ihn nur als Betthäschen ausgenutzt hat, weil der alte Sack sie anekelte.« Hartwig griente und sah seinen Chef von der Seite an, der einen Schluck Kaffee trank und sich entspannt zurücklehnte.

»Du auch?«, fragte Dirk und hielt ihm den Becher hin. Thomas schüttelte den Kopf. »Nee, lass mal.«

»Der hat sich im Laufe der Jahre so in die Sache hineingesteigert, da gab es gar keine andere Möglichkeit, als die Bauern zu beseitigen. Die arme Mutter. Ich hatte das Gefühl, dass er all das nur für sie getan hat.«

Westermann guckte plötzlich abwesend aus dem Fenster. »Ja, glaube ich auch, aber du musst erst mal drauf kommen, dich in die Kreise der Jäger einzuschleichen«, sagte Hartwig und biss ohne zu fragen von Dirks Kuchen ab, der appetitlich auf dem Teller lag. »Du hast gesagt, ich kann das essen …«, krümelte er mit den Krumen herum.

Dirk seufzte, sagte aber kein Wort.

»Wie lange hätte er das Lügenspiel mit falschem Namen noch weiterspielen können? Irgendwann hätte er Jette Olsen erzählen müssen, wer er wirklich ist«, mutmaßte Hartwig.

»Irgendwann, wer weiß, hätte er es ihr gesteckt. Spätestens vor der Hochzeit«, lachte Dirk Westermann und hielt sich mit schmerzverzerrtem Gesicht die dick verbundene Seite.

»Stell dich mal nicht so an«, ulkte Thomas und knuffte seinen Chef am Oberarm.

»Nee, alles gut. Ich bin froh, dass wir das erledigt haben. So kannst du endlich deinen wohlverdienten Urlaub mit deiner Katrin genießen … und brauchst schon wieder nicht zu surfen!« Dirk Westermann atmete tief ein, lehnte sich zurück und schloss grinsend die Augen.

»Dass der Wolf die Männer getötet hat, daran habe ich sowieso nicht geglaubt«, sagte Thomas bestimmt. »Insofern hat uns das Tier auf die richtige Spur gebracht. Hätten wir das nicht weiter verfolgt, wäre die Geschichte als Tierangriff erledigt gewesen.« Thomas verschränkte die Arme vor der Brust:

»Da ist der Wolf, ohne das er es wusste, quasi sein Komplize gewesen«, nickte Hartwig. Mit den Fingerspitzen fegte er einen Fussel von seinem T-Shirt und gähnte.

»Ja, aber ohne den Wolf würden beide noch leben. Das Tier hätte die Männer jedenfalls nicht angegriffen. Und dass die so zugerichtet waren, daran waren ganz andere Tiere schuld. Mann, Mann. Harms hat ja ausgespuckt, dass die Anwesenheit des Wolfes seine Gedanken genau zum richtigen Zeitpunkt Richtung Mord gelenkt hat. Es ist verworren genug.«

»Wenn ich mir überlege, dass er denen in die Kehle gebissen hat, wie krank ist das?«, fragte Hartwig und schüttelte sich.

»Krank allemal. Aber wie schon gesagt, das ging alles nur, weil er sie vorher mit K.o.-Tropfen in die Spur geschickt hat. Ohne den immensen Alkoholkonsum und die Tropfen hätte er das nie geschafft. Ziemlich gerissen, der Junge«, sagte Dirk Westermann.

»Hoffentlich bleibt der bis an sein Lebensende in der Klinik, sonst.« Hartwig fasste sich theatralisch an den Hals und streckte die Zunge heraus.

»Der kommt nie wieder raus, da kannst du sicher sein«, entgegnete Dirk.

»Ehrlich, ich hätte den Wolf gerne einmal nur gesehen. Auch wenn die Schafe dran glauben mussten. Das tut mir für die Bauern schon echt leid«, sagte Thomas und schnaubte.

»Versteh ich gut. Das sind ja auch faszinierende Wesen. Nur wenn sie Probleme machen, dann muss etwas passieren.«

»Ja, du hast recht. Und wenn du dich nicht langsam mal rasieren lässt, muss bei dir auch was passieren. Du siehst ja schon selbst aus wie ein Wolf.« Der Bart des Hauptkommissars glich mittlerweile dem eines Almöhis.

Die Männer schlugen laut lachend ein.

Dieser Fall war gelöst. Wer konnte die beiden noch aufhalten. Der nächste Fall würde nicht lange auf sich warten lassen und die ganze Energie der Kommissare aus Oldenburg abfordern. Wie gut, dass sie ihre Miss Marple von Fehmarn an ihrer Seite wussten.

DIE HELDIN

»Mein liebstes Tantchen. Schau mal, was ich für dich habe. Weißt du was, wir machen eine Überraschungsfahrt.« Charlotte schaute ihre Nichte fragend an.

»Was ist denn eine Überraschungsfahrt? Willst du mit mir essen gehen? Ich hab gar keine Lust, irgendwo hinzugehen. Die Leute sind zur Zeit so ... so anhänglich.«

Katrin lachte lauthals. »Aber nein. Du packst sofort eine Reisetasche und wir sind für zwei Tage weg. Damit du dem Trubel auf der Insel entgehst.«

»Wie weg? Und was ist mit deinem Kommissar?«

»Dem geht es zum Glück schon wieder besser und er hat mir ausdrücklich befohlen, mit dir diese Reise zu unternehmen. Sonst verhaftet er dich, sobald er aus dem Krankenhaus entlassen wird. Sind doch nur zwei Tage. Ich wollte ihn auch nicht allein lassen, aber es gab nur diese eine Möglichkeit und ...« Sie zwinkerte mit den Augen. »Sei kein Frosch!«

Charlotte zuckte mit den Schultern und begab sich in ihr Schlafzimmer. Kurze Zeit später saßen sie im dunkelgrünen Cabriolet und fuhren mit offenem Verdeck Richtung Autobahn. »Aber wo fahren wir denn hin?«, fragte Charlotte sichtlich nervös.

»Ich sagte doch Überraschungsfahrt.« Sie lächelte geheimnisvoll und drehte die Musikanlage auf.

Zwei Stunden später rollten sie auf einen Parkplatz. Erstaunt blickte Charlotte Hagedorn hinaus. »Wo sind wir bitteschön?«

»Steig aus, dann wirst du es sehen.«

Die Künstlerin war aufgeregt. Sie öffnete die Beifahrertür und stieg aus. Sie entdeckte ein riesiges Schild, das über dem Eingang hing. »Wolfcenter, ich glaub's ja nicht!« Sie klatschte begeistert in die Hände. Wie oft hatte sie in letzter Zeit davon gesprochen und sich einen Besuch in einem Wolfsgehege gewünscht. Aber in ihren kühnsten Träumen hätte sie nie damit gerechnet, dass ausgerechnet ihre Nichte ihr diesen Wunsch erfüllen würde. Dazu in *den* Wolfspark, von dem sie sämtliche Videos auf YouTube angeschaut hatte. Sie lief um das Auto herum und drückte Katrin, die die warme Luft genoss, als wenn sie sie zerquetschen wollte.

»Tantchen, lass mich am Leben. Ich will dir doch nichts Böses. Bitte!« Sie befreite sich und sagte: »So, komm, die Taschen nehmen und dann auf in den Kampf.« Sie lachte und zog ihre Reisetasche vom Rücksitz.

Aufgeregt lief die Fotografin neben ihrer Nichte her. Sie war sprachlos, und das wollte bei Charlotte Hagedorn etwas heißen. Die Tür war verschlossen. »Da ist zu! Siehst du, die haben gar nicht geöffnet.« Ihre Mundwinkel verzogen sich. Die Enttäuschung war ihr ins Gesicht geschrieben.

»Warte mal ab«, sagte Katrin und rief die Handynummer an, die auf einem kleinen Schild stand, das von innen gegen die Tür geklebt war. »Wir holen Sie gleich ab«, steht da. »Na, siehst du, die haben nur für den täglichen Verkehr geschlossen. Du hast die einmalige Gelegenheit, mit deinen Wölfen ganz allein den Park unsicher zu machen – und mit mir natürlich.« Sie zwinkerte ihrer Tante zu.

Wenige Minuten später kam eine Frau auf sie zu und begrüßte sie herzlich. »Ja, schön, dass Sie da sind. Dann wollen wir mal. Ich bringe Sie zu Ihrem Baumhaus.«

»Baumhaus?«, flüsterte Charlotte ihrer Nichte ins Ohr.

»Bleib ganz entspannt. Alles wird gut. Hab Vertrauen.« Katrin griente wie ein Honigkuchenpferd.

»Na, das kann ja heiter werden«, murrte Charlotte. Wenig später entdeckte sie das Baumhaus in luftiger Höhe. »Na, das ist ja mal ein Ding.«

Ihre Nichte lachte erneut. Sie blickten gemeinsam nach oben und bewunderten das fassgleiche Luxusappartement, das etwa fünf Meter über dem Boden direkt an einem der Wolfsgehege stand.

»Ist es das?«, fragte die Künstlerin aufgeregt. »Ja, das ist es. Das zweite ist auf der anderen Seite«, antwortete die Mitarbeiterin des Parks.

»Ich werd verrückt«, rief Charlotte und klatschte erneut in die Hände.

»Wenn wir die Formalitäten erledigt haben, bringe ich Sie hinauf.«

Eine halbe Stunde später staksten sie über eine Hängebrücke Richtung Holzhaus. Und nur wenige Minuten später blickten sie verzückt aus dem Panoramafenster und suchten nach den Grauwölfen, die sich irgendwo im Gehege herumtrieben.

»Lass uns runtergehen. Bitte!«, bettelte Charlotte. »Ich muss jetzt da runter und Kontakt aufnehmen.« Sie zog eine leichte Jacke über und steckte ihr Handy in die Hosentasche. Freudig erregt stiefelten sie die Hängebrücke hinunter. »Huch, das ist aber wackelig«, jauchzte sie.

Katrin, die vorsichtshalber die Kamera ihrer Tante in der Hand hielt, folgte ihr. Charlotte Hagedorn tänzelte mit hochrotem Kopf vor dem Gehege auf und ab. Katrin war entspannt und untersuchte das Dickicht.

»Da, da ist einer!«, rief ihre Tante aufgeregt.

»Du brauchst doch nicht so zu schreien. Die laufen nicht weg. Die hast du die nächsten zwei Tage fast für dich allein.« Ein großer europäischer Grauwolf kam auf den Zaun des Geheges zu. Es schien, als würde er von ihr und ihrer Tante überhaupt keine Notiz nehmen. Völlig entspannt schlich der Wolf am Metallzaun entlang. Ein Weiterer folgte. Und plötzlich wuselten sechs Tiere in unmittelbarer Nähe hinter dem Gatter herum. Katrin richtete das Objektiv auf das Rudel. Zwischendurch machte sie ein, zwei Fotos von ihrer Tante, die nicht in der Lage gewesen wäre, selbst zu fotografieren. »Komm her, Tantchen, hier sind sie alle zusammen.« Sie winkte Charlotte, die gar nicht wusste, wohin sie zuerst schauen sollte. Ihre Wangen glühten. Charlotte Hagedorn und ihre Nichte umrundeten den Park und kamen an insgesamt drei Wolfsgehegen vorbei.

Dann standen sie vor dem dritten Gehege, in dem zwei Hudson-Bay-Wölfe entspannt am Boden lagen und müde mit den Augen blinzelten.

»Wow«, flüsterte Charlotte ehrfürchtig und drängte mit ihrem ganzen Körper gegen den Zaun. Ihr Herz fing an zu klopfen. »Kommt doch mal her, ihr Süßen«, murmelte sie, und es schien, als wollte sie eine Hauskatze locken.

»Miez, miez«, lachte Katrin. »Das sind keine Kätzchen, das sind Wölfe«, entgegnete ihre Nichte.

»So wild sehen die aber gar nicht aus«, mutmaßte Charlotte und rieb mit den Fingern über den Zaun. Eine Stunde hielten sie sich an den Gehegen auf. Dann spazierten sie langsam zurück.

»Hör mal, hör mal«, rief die Künstlerin aufgedreht, als sie wieder im Baumhaus waren. Kaum wahrnehmbares Heulen eines einzelnen Tieres drang bis zur hölzernen Tonne herauf. Charlotte huschte zum Fenster, das unmittelbar neben ihrem Bett eingebaut war, und öffnete es. Dann hörten sie es deutlich. Zu dem einen Wolf gesellten sich die Gehegenachbarn, und innerhalb kürzester Zeit erreichte der Klang der Wolfsmusik ein grandioses Abendkonzert. Schweigend lauschten sie den tiefgründigen, melancholischen Gesängen der Beutegreifer.

»Das Wolfsgeheul klingt aber sehr traurig. So einsam und verloren, wenn du mich fragst«, flüsterte Katrin. Sie erschauderte bei den zu Herzen gehenden Rufen der Wölfe, die die Tiefe ihres Solarplexus erfassten.

»Das hört sich nur so traurig an«, murmelte Charlotte. »Die kommunizieren. Es zeigt die Zugehörigkeit zum Rudel. Oder sie kontakten das andere Geschlecht.«

Katrin lachte. »Vielleicht sollte ich auch öfter heulen, wenn Dirk mich besucht«, kicherte sie.

»Das bedeutet, dass du mit ihm eine Familie gründen willst«, sagte Charlotte. »Was du immer hast. Aber wer weiß«, lächelte sie geheimnisvoll.

»Wusstest du, dass andere Tiere das Geheul aus bis zu 15 Kilometern Entfernung vernehmen können und sie damit sogar ihr Revier markieren?« Katrin schüttelte erstaunt den Kopf. »Anderen Gleichgesinnten wird damit eine unsichtbare Schranke aufgezeigt. Es heißt: Bis hierhin und nicht weiter!«

Der abendliche Lockruf, die Unterhaltung der Beute-greifer erfüllte den gesamten Park. Das Herz von Charlotte schlug schnell. So schnell, dass sie erneut erwartete, gleich in Ohnmacht zu fallen. Selbst Katrin, die wesentlich sachlicher an die Sache heranging, stellten sich die Nackenhaare auf.

»Das ist fantastisch«, hauchte sie und lauschte dem Konzert. Mehr als zehn Minuten dauerte das ergreifende Zusammenspiel der Wölfe, dann versiegte es nach und nach.

»Außergewöhnlich, das ist so einmalig«, flüsterte Charlotte ergriffen und blieb bewegungslos stehen. Eine Dauergänsehaut hatte ihren Körper überzogen. »Das ist das Unglaublichste, was mir jemals widerfahren ist.«

Katrin lächelte. Warte erst morgen, dann kriegst du einen Herzinfarkt. Das wird dir den Atem verschlagen. Wenig später huschten sie unter die Bettdecken, um zu schlafen. Sie betrachteten durch das bodentiefe Fenster den Sternenhimmel, der am klaren Horizont erstrahlte. Charlotte traute sich nicht einzuschlafen. Sie wollte kein einziges Konzert der Wölfe verpassen.

Irgendwann allerdings wurden ihre Augenlider immer schwerer und sie fiel ebenso wie Katrin in einen tiefen Schlaf. Gegen drei Uhr waren sie jedoch wieder hellwach, als das Wolfsgeheul erneut ertönte und in einem Crescendo endete. Eine halbe Stunde, dann verstummten auch diese Laute. Sprachlos lagen Charlotte und ihre Nichte im Bett. Da es draußen stockdunkel war, schliefen sie kurze Zeit später völlig übermüdet wieder ein.

Am nächsten Morgen riss der Handywecker sie aus ihren Träumen. Es war fast 8 Uhr und wurde Zeit, sich fertig zu machen. Katrin bereitete zwei Becher Kaffee zu und kletterte die Holzstufen auf die Dachterrasse hinauf. Gähnend setzte sie sich in einen der Korbsessel und trank ihren ersten Bohnenkaffee hoch über dem Wolfsgehege. Charlotte folgte ihr, und schweigend genossen sie die grandiosen Augenblicke. Das von der Mitarbeiterin gebrachte Frühstück in einem Picknickkorb ließ nicht lange auf sich warten und enttäuschte nicht.

Eine Stunde später drängte Katrin zum Aufbruch. »Wir müssen zuerst die Sachen ins Auto bringen, dann habe ich *noch* eine Überraschung für dich.«

»Noch eine Überraschung? Mehr geht doch gar nicht!«

»Wart's ab!«, entgegnete sie und schmunzelte geheimnisvoll.

Sie spazierten etwas später schweigend an den Gehegen vorbei. Vor dem Auslauf mit den wunderschönen, weißen Hudson-Bay-Wölfen blieb Katrin stehen. »Die sehen fantastisch aus«, sagte sie und schaltete die Kamera ein, die Charlotte ihr freiwillig überlassen hatte. Gott sei Dank war nur das Objektiv bei dem Angriff des Mörders zu Bruch gegangen. Dirk hatte von Katrin umgehend ein Neues besorgen lassen, das er ihr im Krankenhaus freudestrahlend überreichte. Es war nicht uneigennützig. Katrin sollte Fotos von ihr und den Tieren machen, damit sie bei ihren Freundinnen richtig Eindruck schinden konnte. Eine Biologin des Centers kam auf sie zu.

»Aah, Sie sind ja schon da!«, sagte sie freundlich und stellte einen Korb auf die Erde, in dem Jacken mit Camouflage-Aufdruck lagen. Charlotte sah ihre Nichte stutzig an. »Sie bekommen von mir eine Einweisung und dann geht's ab ins Gehege.« Sie lächelte.

»Wie Einweisung … wofür?«

Die junge Mitarbeiterin schaute Katrin fragend an. »Überraschung!«, rief die laut. »Das ist unser Geschenk an dich, meine allerliebste Miss Marple. Du gehst gleich mit mir und der Biologin in das eingezäunte Areal.« Dieses bevorstehende Ereignis war mehr als geglückt. Charlotte war sprachlos. Mit offenem Mund lauschte sie der Frau, die ihnen die Jacken in die Hand drückte, verschlang ihre Anweisungen und nickte fortwährend. Ihr Herz schlug bis zum Hals.

Dann spazierten sie in eine Schleuse. Die Biologin des Wolfcenters öffnete die Tür. Katrin und Charlotte tapsten nach der Mitarbeiterin in das Gehege. Sie begaben sich direkt am Zaun in eine Hockstellung und warteten aufgeregt auf die Dinge, die gleich passieren konnten. Der weiße Rüde Kimo schlich auf Charlotte zu, gesellte sich zu ihr, stupste sie mit der Schnauze an und machte den Eindruck, als wollte er gestreichelt werden. Die Fotografin stand furchtlos auf und blieb ruhig in Erwartungshaltung. Ganz so, wie sie es in einem ihrer Bücher gelesen hatte. Mutig kraulte sie seinen Nacken, bis er genug hatte und eine Runde durchs Gehege tigerte. Leichtfüßig trabte er auf sie zu, stellte sich auf und legte die Pfoten auf ihre Schultern. Nun fuhr Charlotte doch der Schreck in die Glieder. Sie hoffte nicht, dass er sie fressen wollte. Aber wider Erwarten schleckte er ohne Vorwarnung mit seiner rauen Zunge über ihr Gesicht. Das Gleiche passierte Katrin, die sich allerdings augenblicklich die Hand vor den Mund hielt, um nicht von der Fähe Dala abgeschleckt zu werden. Charlotte hingegen streckte dem Rüden die Wange förmlich entgegen, um nichts von dem so viel zitierten Wolfskuss zu versäumen. Sie schloss für einen Moment die Augen, kraulte den Nacken des weißen Wolfes und empfing den Kuss des größten Beutegreifers und am meisten verschmähten Jägers unserer Zeit …

Ende

EPILOG

MONATE SPÄTER

Sebastian saß in seiner Zelle und hielt das Buch in der Hand, das sein Leben verändert hatte. Lebenslang mit anschließender Sicherungsverwahrung hatte ihm der Tod von Jette Olsen, ihrem Vater und ihrem Verlobten eingebracht. Das war es ihm wert. Seine Mutter hatte sich die letzten 30 Jahre gegrämt, wurde schwer krank und nahm sich letztendlich das Leben. Eigentlich wollte er nur Gerechtigkeit. Sich zurückholen, was ihm und seiner Familie gehörte und auf perfide Weise genommen wurde. Jahrelang hatte er sich darauf vorbereitet. Je länger die Mutter litt, umso größer wurde sein Hass.

Dass ein Wolf auf die Insel gelangte und sein Unwesen trieb, kam ihm gerade recht. Sebastian lächelte. Wie es ihm wohl geht? Er nahm das Buch »Der Werwolf von Hannover« in die Hand und las:

Wenn Haarmann dann mit seinen Gespielen im Bett lag, bekam er oft seine »Tour«, wie er selbst sagte. Er biss seine Opfer in den Adamsapfel und würgte sie gleichzeitig.

Der Tod trat durch Ersticken ein, entweder am Blut, das die Atemwege blockierte, oder am Zudrücken des Halses.

Immer wieder hatte er diesen Satz gelesen. Schon vor Jahren hatte er sich das Buch gekauft. Als dann der Wolf auftauchte, passte auf einmal alles zusammen. Es waren Teile eines riesigen Puzzles, dessen Bildnis er zusammensetzen wollte. Die Zufälle des Lebens spielten ihm dabei in die Hände. Die Rache sollte grausam sein. Aber er wusste nicht, wie …

Das Katz-und-Maus-Spiel mit dem Wolf und den Schafen hatte alles verändert. Das war es! Die Biografie des Werwolfes von Hannover. Die Biografie hatte sich wie eine Droge im Gehirn festgesetzt, und plötzlich fügten sich alle Teile zusammen. Die Vorstellung, sich auf diese Weise zu rächen, hatte ihn erregt. Wie es wohl wäre, einen Menschen durch einen Kehlbiss das Leben zu nehmen. Ohne Vorwarnung, ohne dass das Gegenüber nur die geringste Chance hatte, dem Tod zu entkommen. Ein paar K.o.-Tropfen reichten und sie lagen wie auf einem Präsentierteller vor ihm. Wie einfach hatten sie es ihm gemacht. Eitelkeit und Selbstüberschätzung hatten ihm bei seinen Morden geholfen.

Jette, Jette war selbst schuld. Sie war der krönende Abschluss. Dabei wünschte er sich, sie wäre an seiner Seite geblieben und sie hätten zusammen – aber es war alles anders gekommen. Hätte sie ihn nur nicht fallengelassen.

Nun denn …

Bei ihr wollte er den Geruch der Angst spüren. Den Genuss des gejagten Tieres erleben. Den Kampf bis zum letzten Atemzug. Hätte sie sich nicht so gewehrt, dann hätte es nicht so eine Sauerei gegeben … Er lächelte und las weiter.

*

Katrin war glücklich. Sie hatte die Geschichte mit Sven endgültig abschließen können. Ihr Leben lag an der Seite von Dirk Westermann, der eine Woche später aus dem Krankenhaus entlassen wurde und sich mit ihr in ihrer Wohnung erholte, bis das Handy des Hauptkommissars klingelte. Katrin saß neben ihm auf dem Balkon, als er annahm.

»Ja? … Was willst du denn? Nein … ich habe gerade keine Zeit. Ich ruf dich zurück.« Dirk Westermann räusperte sich und blickte an Katrin vorbei.

»Wer war das?«, fragte sie.

»Ach, niemand, nur meine Ex. Sie muss mich unbedingt sprechen. Nicht so wichtig.« Katrin sah ihn von der Seite an und ihr war plötzlich gar nicht wohl.

Westermann machte, bevor er die Akte Sebastian Harms schloss, die Tochter von Hermine Harms in Bad Harzburg ausfindig und überließ ihr den Schuldschein, den sie bei der Durchsuchung von Sebastians Wohnung entdeckt hatten.

Sie veräußerte den Gutshof und blieb mit ihrem Mann und den Kindern im Harz. Mit der Insel und ihren Bewohnern wollte sie nie wieder etwas zu tun haben.

Der Gutshof, der so viele Tote und Tränen verursacht hatte, gehört heute einem Industriellen aus Frankfurt, der nie etwas von der Historie dieses Hauses erfahren würde. Dazu waren die Insulaner viel zu verschworen …

∗

Und was passierte mit dem Wolf, dem Canis Lupus; dem großen grauen Beutegreifer, der vielen Menschen auf der Insel Angst eingeflößt hatte?

Der Vollmond warf erneut einen silbernen Schatten auf die Ostsee, die abermals schlafend dalag. Das Meer hatte seinen Glanz nicht verloren. In Begleitung des Trabanten lief er über die Brücke Richtung Festland. Auch dieses Mal regte sich kein Windhauch und er genoss die Stille. Der Beutegreifer verließ die Insel und drehte sich nicht mehr um. Er hatte die Fähe nicht gefunden, mit der er sein weiteres Leben verbringen wollte. Aber er hatte einen neuen Freund dazugewonnen. Und auch, wenn viele Menschen wahrscheinlich lange Zeit brauchten, bis sie begriffen, dass er ein Teil der Natur war, der uneingeschränkte Berechtigung besaß. Er würde es vorziehen, sich im Dunkel der Nacht weiter auf die Suche zu machen. Nach der Befreiung aus einem Gehege war er frei und wollte es bleiben. Den Blick zielgerichtet nach vorn, lief er über die Brücke.

Sein Körper zitterte nicht mehr. Er war gesättigt und hatte neue Erfahrungen gesammelt, die er weitergeben würde. Am höchsten Punkt der Brückenführung verminderte er das Tempo und blieb auf dem schmalen Pfad stehen. Wachsam spähte er nach allen Seiten. Kein Auto, kein Zug, keine Menschenseele.

Gestärkt setzte er sich ein letztes Mal. Tief sog er die salzhaltige Luft in die Lungen und blickte auf den tiefstehenden Erdbegleiter, seinen stummen Freund, der ihm nie von der Seite weichen würde. Zufrieden legte er den Kopf in den Nacken und heulte über das Meer, dann lief er weiter. Immer dem Herzschlag der Erde folgend.

*

12. MAI 15:30 UHR
ABSTIEG

Einige Wochen vorher was seine Welt zusammen gebrochen. Er saß im Wagen als er sich erinnerte. »Na, mein Jung, was willst du mit deinem Nachmittag anfangen?«, fragte Dirk Westermann und blickte seinen Kollegen von der Seite an. »Du kannst mich hier rauslassen. Ich gehe Fußball gucken. Es sei denn, du willst mit?« Der Hauptkommissar sah Thomas fragend an. »Ach ja, die spielen ja heute ihr letztes Spiel!« Er grinste.

»Was soll das denn heißen? Das ist nicht das letzte Spiel. Wir haben immer noch eine Chance ... auch wenn die ziemlich klein ist«, murmelte Hartwig deprimiert. »Na dann lass uns mal die Chance nutzen und Fußball schauen. Vielleicht hilft es ja, wenn ich dein Händchen halte.«

»He, lass das! Wir schaffen das, wenn ... wenn Köln mitspielt.«

»Warum muss Köln mitspielen?«

»Na, ja, die müssen gewinnen und wir müssen gewinnen. Dann haben wir es geschafft.«

»Und du glaubst, dass die für euch spielen?«

»Wir werden sehen!«

Kurz darauf saßen sie mit der Hamburger Fanfraktion in einer verräucherten Kneipe unmittelbar am Markt. Die Lautstärke war immens und Westermann bereute bereits, Thomas zugesagt zu haben. Was gäbe ich darum, mit Katrin am Strand ein wenig auszuruhen. Irgendwie kommen wir überhaupt nicht dazu, uns mal richtig zu unterhalten. Seufzend blickte er auf die Leinwand, die die Vorberichte präsentierte. Sie orderten ein Bier und Westermann ergab sich in die Fußballwelt von Thomas Hartwig, die nie seine gewesen war.

Das Spiel wurde angepfiffen. Die Fans grölten lautstark bei jedem Ball, den die Hamburger in ihre Gewalt brachten. Dann lautes Aufschreien. »Nein!«

»Was ist«, fragte Westermann. »Wolfsburg hat ein Tor geschossen.« Es hatte keine 20 Sekunden gedauert, um die Hamburger in die 2. Liga zu stürzen. Die Einblendung auf der Leinwand zeigte parallel das Spiel von Wolfsburg gegen Köln. Die Hamburger hofften auf Schützenhilfe aus Köln. Denn wenn Wolfsburg gewann, dann würden sie Relegation spielen und Hamburg wäre abgestiegen. Aber dann spielten sie gegen Gladbach um ihr Leben. Nach elf Minuten dann die Erlösung. Hunt schoss das 1:0 durch einen Elfmeter. Das Stadion bebte und weit über 50.000 Menschen jubelten. Die Relegation rückte näher.

Thomas Hartwig sprang auf, schrie und klatschte sich mit anderen Fans ab. Westermann beobachtete ihn fassungslos. Das Spiel ging weiter und Thomas ließ sich zurück auf den Stuhl fallen. »Das ist so toll«, rief er Westermann zu, der vielsagend nickte. Der schaute auf seine Uhr. Katrin hat in ein paar Minuten Feierabend. Wir könnten in einer halben Stunde in der Sonne liegen. »Ja, ja, ja«, schrien alle durcheinander, als Köln gegen Wolfsburg den Ausgleich erzielte. Zur Halbzeit gingen die Spieler des HSV mit der Führung in die Kabine. »Der Klassenerhalt schien zum Greifen nah. Jetzt müssen die Kölner nur noch ein Tor schießen«, rief Hartwig. Westermann nickte erneut und zog die Augenbraue nach oben. Ihm war schleierhaft, wie verrückt diese Fußballfans hinter ihrem Verein standen. Schauten zwei Spiele gleichzeitig und ein Verein war von der Hilfe eines anderen abhängig. Wie verrückt!

Dirk nahm sein Handy, ging vor die Tür und telefonierte mit Katrin. Als er ein paar Minuten später wieder ins verrauchte Lokal kam, sah Thomas schon an seinem Gesicht, dass das Gespräch nicht gut verlaufen zu sein schien. »Na, ist sie böse?«, fragte er mit schlechtem Gewissen. Westermann schüttelte den Kopf und nahm einen großen Schluck Bier, als könnte er damit die Situation entschärfen. Das Spiel lief bereits wieder. Die Spannung in der Kneipe war zum Greifen. Thomas Hartwig rutschte unruhig auf seinem Stuhl hin und her, als Wolfsburg in der 54. Minute das 2:1 schoss. Alle Fans im Lokal hielten sich verzweifelt den Kopf. Der Abstieg schien auf einmal unabwendbar. Die laute Euphorie wich Verzweiflung. Dann sprangen plötzlich alle auf, als Holtby für seinen HSV in der 63 Minute das 2:1 schießt. Die Stimmung im Stadion und in der Kneipe war riesig. Dirk Westermann schaute in die Runde. Das Ding ist durch, merken die es nicht? Er betrachtete Thomas von der Seite, der noch immer an ein Wunder glaubte. Dann folgt in der 71. Minute im Wolfsburger Stadion das 3:1 für Wolfsburg.

Plötzlich war es ruhig in der Kneipe. Alle setzen sich. Die Gesichtszüge zeigten die aufkommende Trauer der Fans. Dirk Westermann leerte sein Glas und konnte es nicht fassen. Die Männer brachen in Tränen aus. Selbst Thomas, der mit herunterhängenden Schultern auf seinem Stuhl hockte, liefen unaufhörlich Tränen über das Gesicht. »Damit ist es wohl besiegelt«, flüsterte Hartwig mit Tränen in den Augen.

Dann war es amtlich. Der Lieblingsverein Thomas Hartwigs warum 17:36 Uhr abgestiegen. Sein schwarz-blauweißes Herz verfiel in Trauer. Nach 54 Jahren, 261 Tagen, 0 Stunden und 36 Minuten erlosch die Stadionuhr des Hamburger Sportvereins.

»Ich möchte jetzt nach Hause«, flüstert Thomas mit tränenerstickter Stimme. Dirk Westermann nickt, umfasste die Schulter seines Kollegen und verließ mit ihm das Lokal. »Sieh es als Chance. So hat dein Verein Zeit, sich in Ruhe neu aufzustellen. Warte mal ab, die sind im nächsten Jahr wieder zurück.«

Dirk Westermann zog Thomas Hartwig an sich und brachte einen Verzweifelten Kommissar zum Dienstwagen.

PERSÖNLICHE WORTE

Vielleicht wird dem Wolf unrecht getan. Mit Sicherheit gehört er genauso auf diesen Planeten wie wir.

Ich habe mich in den letzten zwei Jahren intensiv mit diesen faszinierenden Tieren befasst und jede Menge Literatur darüber gelesen. Ich bin mit meinem Mann Martin in das Wolfcenter Dörverden gefahren, in dem wir hervorragend untergekommen sind und auf jede Frage eine adäquate Erklärung erhalten haben. Ich habe selbst den viel erwähnten Wolfskuss empfangen. Es war eine herausragende Erfahrung, die ich nicht missen möchte. Wohlwissend, dass Wölfe in der freien Natur ein anderes Verhalten an den Tag legen als in einem Gehege. Dennoch hat mir der Besuch bei Familie Faß im Wolfcenter eine neue Perspektive aufgezeigt, die mir den Blickwinkel von Seiten des Wolfes gezeigt hat. Unzählige, oftmals sehr anregende Gespräche wurden mit Personen geführt, die persönlich betroffen oder sich auf die Seite der Tiere stellten. Nicht alle waren positiv gestimmt. Dennoch teilt sich die Meinung vieler Menschen. Erhitzte Gemüter helfen den Wesen, die seit Menschengedenken unsere Begleiter sind, nicht weiter.

Wir sollten versuchen, eine adäquate Lösung zu finden, die beiden Seiten dienlich ist …

Vielen Dank
Ihre und eure
Heike Meckelmann

DANKE

Bereits zum vierten Mal möchte ich Danke sagen.

Viele Personen sind, wenn auch nicht immer sichtbar, an jedem meiner Projekte beteiligt. Ohne sie wäre der Küstenwolf nur halb so gut geworden. Ich bedanke mich bei Claudia Senghaas, meiner wunderbaren Lektorin, die mit mir durch alle Höhen und Tiefen geht, mich immer wieder aufbaut und mich anspornt, weitere Geschichten zu Papier zu bringen. Liebe Claudi … Danke!

Ohne Frage gilt ein großes Lob dem Gmeiner-Verlag und dem gesamten Team für die großartige Unterstützung, jegliche Hilfe und das Vertrauen, das alle in mich setzen. Ich werde euch nicht enttäuschen.

Danke dir Miriam. Deine Kapiteltrenner sind wunderschön und begleiten die Leser durch die Bücher. Danke und ich freue mich auf das nächste Projekt.

Danke Marina. Du hast so viel Geduld mit mir, lauscht meinen Worten, wenn ich dir aus dem neuesten Projekt vorlese … du bist mein erstes Ohr, dass obendrein das gesamte Objekt liest und mich auf Fehler hinweist.

Jürgen. Du hast mit Weitblick und scharfem Auge immer wieder Knoten entdeckt, die ich noch auflösen musste und die mich wahrscheinlich nicht wirklich weiter gebracht hätten. Danke für die Zeit, die du meinem Werk gewidmet hast … ich weiß, wie knapp deine Zeit ist …

Ein großer Dank gilt dem Team vom Wolfcenter Dörverden, sowie den Betreibern Christina und Frank Faß, die

Martin und mir ein unvergessliches Erlebnis im Wolfspark ermöglicht haben. Viele Informationen, die mir erklärt wurden und ein Erlebnis, das mir diese wunderbaren Tiere ein Stück weit näher gebracht hat.

Und dafür danke ich den beiden Hudson Bay Wölfen, die uns mit Freude in ihrem Zuhause willkommen geheißen haben. Dala, der verschmusten Fähe und Kimo, ihrem großen Bruder. Die tiefgehende Erfahrung in meinem Leben war die, einen Wolfskuss empfangen zu haben. Das werde ich niemals vergessen. Dafür danke ich euch ... ich komme wieder.

Und danke allen Lesern, die mich seit drei Bänden begleiten. Ohne euch wäre dies alles nicht möglich. Bleibt gern bei mir und wenn ihr Lust habt, schreibt eine Rezension, die für andere Leser hilfreich sein kann. Danke, danke, danke!

Eure

Heike Meckelmann